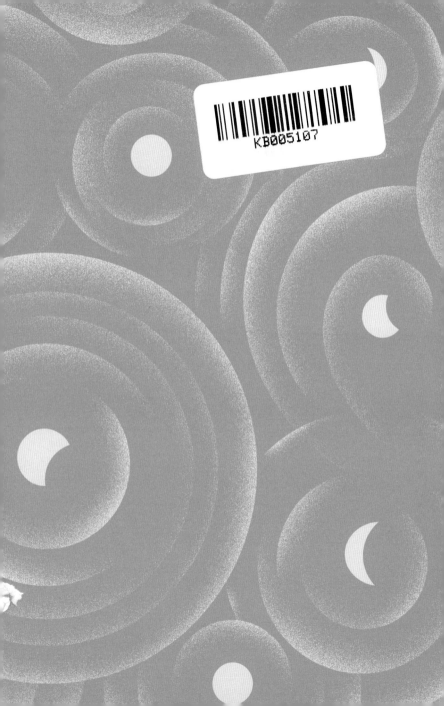

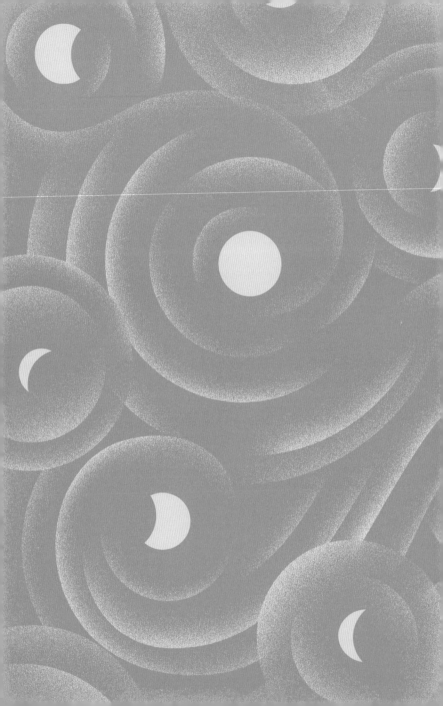

시간을 멈추는 법

HOW TO STOP TIME

시간을 멈추는 법

매트 헤이그 지음 | 최필원 옮김

 북폴리오

안드레아에게 바칩니다.

차례

나는 종종 한 세기 전에 헨드릭이 그의 뉴욕 아파트에서 들려주었던 말을 떠올리곤 한다.

"첫 번째 규칙은 사랑에 빠지지 않는 거야."

그는 말했다.

"다른 규칙도 있지만 이게 가장 중요해. 사랑에 빠지면 안 된다는 것. 사랑에 계속 빠져 있으면 안 된다는 것. 백일몽 속에서도 사랑하면 안 된다는 것. 이 규칙만 잘 지켜도 아무 문제 없을 거야."

나는 그의 시가에서 피어오르는 연기를 빤히 쳐다보았다. 창밖으로는 허리케인에 뿌리째 뽑힌 센트럴 파크의 나무들이 내려다보였다.

"두 번 다시 사랑에 빠지는 일은 없을 거예요."

나는 말했다. 헨드릭이 악마처럼 능글맞게 미소 지었다.

"좋아. 물론 음식과 음악과 샴페인과 10월에 누리기 힘든 화창한 오후는 마음껏 사랑해도 돼. 폭포의 황홀한 경치와 오래된 책에서 나는 냄새도 마찬가지고. 하지만 사람을 사랑하는 건 절대 안 돼. 알아듣겠어? 사람들에게 집착하지 마. 상대가 누구이든 마음을 열어 주지도 말고. 그렇지 않으면 미쳐 가게 될 거야. 아주 천천히……."

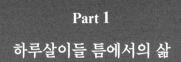

Part 1

하루살이들 틈에서의 삶

나는 늙었다.

믿기지 않겠지만 이 사실을 가장 먼저 털어놓고 싶다. 나를 보고 사십대 즈음이라 생각했다면 당신은 감조차 잡지 못한 것이다.

나는 늙었다. 그냥 늙은 게 아니라 나무나 대합이나 르네상스 그림만큼이나 늙었다.

좀 더 구체적으로 설명하면, 나는 4백여 년 전에 태어났다. 1581년 3월 3일, 한때 우리 집이었던 프랑스의 작은 저택 3층 부모님 방에서. 그맘때 치고는 온화한 날이었다. 어머니는 산파에게 집의 모든 창문을 열어 달라고 했다.

"신이 너를 보고 미소 짓고 있어."

어머니가 말했다. 하지만 신이 존재한다면 미소 짓는 대신 얼굴을 찡그렸을 것이다.

어머니는 아주 오래 전에 세상을 떠났다. 나는 아직도 살아 있고.

나는 조금 예외적인 케이스다.

나는 한참 동안 이런 상태를 병으로 여겼었다. 하지만 '병'이란 건 적절한 표현이 아니다. 아프고 쇠약하다는 걸 시사하니까. 그냥 문제가 있다고 해 두는 게 좋을 것 같다. 아주 드문 케이스지만 특별하다고는 볼 수 없다. 겪어 보지 않으면 누구도 알 수 없는 상태.

의학 학술지에는 실려 있지 않다. 공식적인 이름도 없고. 1890년대에 명성이 자자했던 한 의사는 그것에 '애너제리아 Anageria'라는 이름을 붙여 주었다. 하지만 어떤 이유에서인지 보편적인 지식으로 자리 잡지는 못했다.

그 문제는 대개 사춘기 즈음에 불거진다. 그 후로는 거의 변화가 없다. '환자'는 처음에는 자신이 그런 병을 앓고 있다는 사실을 인지하지 못한다. 매일 아침 일어나 어제 본 것과 똑같은 얼굴을 거울로 다시 보게 되니까. 하루 이틀이 지나도, 한 주 두 주가 지나도, 그리고 한 달 두 달이 지나도 이들은 자신에게 찾아드는 미묘한 변화를 인지하지 못한다.

하지만 충분한 시간이 지나면, 특히 생일이나 그와 비슷한 연례행사 때가 되면 사람들은 우리가 조금도 늙지 않았다는 걸 눈치 채기 시작한다.

솔직히 말하면 우리 역시 끊임없이 노화해 가는 중이다. 결국에는 똑같은 인간이니까. 단 그 속도가 남들보다 많이 느릴 뿐이다. 애너제리아를 앓는 사람들의 노화의 속도는 제각각이

다. 하지만 대개 정상인들보다 15배쯤 느리다고 보면 된다. 13배나 14배인 경우도 있지만 내 경우는 15배에 가깝다.

결국 우리도 언젠가는 죽는다는 얘기다. 우리의 정신과 몸은 정체되어 있는 게 아니다. 늘 변화하는 최신 과학은 우리의 노화 과정의 다양한 측면이 또 다른 시간 범위 안에서 이루어진다고 설명한다. 분자의 퇴화, 세포와 조직의 교차 결합, 핵유전자에 대한 세포와 분자의 변형.

내 머리는 결국 하얗게 세어 버릴 것이다. 머리가 다 빠져 버릴지도 모른다. 퇴행성 관절염과 난청에 시달릴 가능성도 있다. 노안은 말할 것도 없고. 근육량 감소와 기동성 저하로부터도 자유롭지 못할 것이다.

신기하게도 애너제리아에 걸리면 면역 체계가 강화된다. 거의 모든 바이러스성 감염과 세균성 감염으로부터도 안전하다. 물론 때가 되면 그것 역시 시들해질 것이다. 따분한 과학 얘기를 계속 이어 나가고 싶지는 않지만, 우리의 골수는 정상인의 것보다 조혈 줄기세포를 훨씬 많이 생산해 낸다.

문제는 활발히 생성되는 백혈구도 부상이나 영양실조로부터 우리를 구해 주지 못한다는 사실이다. 또 언제까지나 계속 유지되는 것도 아니고.

그러니 나를 정력을 잃지 않는 섹시한 뱀파이어로 보는 건 적절치 않다. 물론 그런 기분이 들 때도 분명 있지만. 우리 같은 사람이 느끼기에 나폴레옹이 죽은 날과 인간이 처음으로 달에 발을 내디딘 날 사이의 시간차는 고작 십 년 정도밖에 되지 않는다.

사람들이 우리에 대해 잘 모르는 이유 중 하나는 그들 대부분이 믿을 준비가 되어 있지 않기 때문이다.

사람들은 대개 자신들의 세계관에 맞지 않는 내용을 순순히 받아들이려 하지 않는다. 내가 439살이라고 주장하면 상대는 보나마나 나를 미친 사람 취급할 것이다.

사람들이 우리를 잘 모르는 또 다른 이유는 우리가 어떤 조직에 의해 철저히 보호되고 있기 때문이다. 우리의 비밀을 알아내고, 또 믿는 사람들은 가뜩이나 짧은 삶을 더 짧게 살다 가야 한다. 위험은 보통 사람들로부터만 오는 게 아니다.

내면으로부터도 오는 것이다.

스리랑카, 3주 전

찬드리카 세네비라트네는 사원으로부터 백 미터쯤 떨어진 나무 그늘 아래 누워 있었다. 개미들이 그녀의 주름진 얼굴 위를 기어 다녔다. 그녀의 눈은 감긴 상태였다. 위에서 나뭇잎이 바스락거리는 소리가 들려왔다. 고개를 들어 보니 원숭이 한 마리가 날카로운 눈빛으로 나를 내려다보고 있었다.

나는 삼륜 택시 운전사에게 원숭이를 구경할 수 있게 사원으로 가 달라고 했었다. 그는 얼굴에 털이 없고 온몸이 붉은 갈색을 띠는 이곳 원숭이가 릴레와 원숭이라고 설명해 주었다.

"멸종 위기에 빠져 있는 종이죠. 이제 몇 마리 남지 않았습니다. 이곳에서만 볼 수 있는 종이 돼 버렸어요."

운전사의 말이었다.

원숭이는 잽싸게 달아나 우거진 잎들 속으로 사라져 버렸다.

나는 여자의 손을 만져 보았다. 굉장히 차가웠다. 최소 하루는 이곳에서 싸늘하게 누워 있었던 것 같다. 나는 그녀의 손을 잡고 펑펑 울기 시작했다. 내가 느끼는 게 정확히 어떤 감정인지는 알기 힘들었다. 물결처럼 일렁이는 회한, 안도, 비애, 그리고 공포. 찬드리카가 내 질문에 답해 줄 수 없다는 사실이 슬펐다. 하지만 내가 직접 그녀를 죽이지 않아도 된다는 사실에는 안도했다. 그녀는 결국 죽을 운명이었다.

안도감은 또 다른 감정으로 바뀌었다. 스트레스 때문인지, 햇빛 때문인지 아니면 아침식사로 먹은 달걀 호퍼스(쌀가루와 코코넛 밀크로 만든 아주 얇은 팬케이크_역주) 때문인지 알 수는 없었지만 나는 울렁이던 속을 게워 내고 말았다. 순간 내게 깨달음이 찾아들었다. 더 이상은 못하겠어.

사원에는 전화가 없었다. 그래서 나는 갈레라는 마을의 호텔에 도착할 때까지 기다려야 했다. 열기로 끈적거리는 모기장 안으로 들어가 느리게 도는 천장 선풍기를 한동안 멍하니 올려다보고 있다가 헨드릭에게 전화를 걸었다.

"해야 할 일은 잘 마쳤나?"

그가 말했다.

"그래요."

내가 답했다. 실은 절반뿐인 진실이었다. 하지만 어쨌든 그가 원했던 결과를 확인했으니 된 것 아닌가.

"그녀는 죽었어요."

그리고 나는 언제나처럼 같은 질문을 던졌다.

"그녀를 찾았나요?"

"아니, 아직. 아직 못 찾았어."

그가 말했다. 언제나처럼.

아직. 그 단어는 수십 년간 나를 옥죄어 왔다. 하지만 이번에는 전에 없던 자신감이 생겼다.

"헨드릭, 부탁이에요. 난 평범하게 살고 싶어요. 더 이상 이러고 싶지 않다고요."

그가 지친 듯이 긴 한숨을 내쉬었다.

"아무래도 만나서 얘기하는 게 좋겠어. 못 본 지 너무 오래됐잖아."

로스앤젤레스, 2주 전

헨드릭은 로스앤젤레스에 돌아와 있었다. 1920년대 이후로 그곳을 떠나 있었으니, 그를 기억하는 사람과 맞닥뜨릴 걱정은 없었다. 그의 집은 앨버트로스 소사이어티의 본부로 쓰이고 있는 브렌트우드의 커다란 저택이었다. 그에게 브렌트우드는 완벽한 곳이었다. 제라늄 향기가 은은히 풍기는 땅, 높은 울타리와 담과 산울타리에 에워싸인 큰 집들, 보행자를 거의 찾아볼 수 없는 거리, 그리고 조금의 흐트러짐도 엿보이지 않는 나무들.

헨드릭은 자신의 집 수영장에서 나를 기다리고 있었다. 그는 일광욕용 의자에 앉아 있었고, 그의 무릎에는 노트북 컴퓨터가 놓여 있었다. 놀랍게도 헨드릭은 변해 있었다. 확실히 젊어진 모습이었다. 여전히 늙었고, 또 관절염으로 고생하고 있었지만 그는 백 년 전보다 훨씬 나아 보였다.

"안녕, 헨드릭. 좋아 보이는데요."

내가 말했다. 그는 태연한 모습으로 고개를 끄덕였다.

"보톡스. 눈썹올림 수술도 받았고."

그건 농담이 아니었다. 이번 인생에서 그는 전직 성형외과 의사로 살고 있었다. 은퇴 후 마이애미를 떠나 로스앤젤레스로 왔다는 설정이다. 그래야 이 지역에 아는 환자가 없는 이유를 쉽게 설명할 수 있을 테니까. 그는 이곳에서 해리 실버먼이라는 이름으로 불리고 있었다. ("실버먼. 마음에 안 들어? 꼭 늙어가는 슈퍼히어로로 이름 같잖아. 내 처지와도 다르지 않고.")

나는 빈 의자로 다가가 앉았다. 그의 하녀 로셀라가 저녁놀 색 스무디를 두 잔 만들어 가져왔다. 나는 쭈글쭈글한 그의 손을 유심히 쳐다보았다. 검버섯, 탄력 없는 피부, 그리고 남색을 띤 정맥. 얼굴과 달리 손은 거짓말을 하지 않는다.

"산자나무야. 정말 끔찍한 맛이지. 한번 마셔 봐."

헨드릭은 절대로 시대에 뒤떨어지는 법이 없었다. 1890년대 이후로 늘 그래 왔다. 적어도 내가 볼 때는. 수백 년 전, 튤립을 팔며 살았을 때도 그런 평가를 받았을 것이다. 그는 우리보다 나이가 많았다. 하지만 그때그때의 시대정신에 맞춰 살려는 노력을 게을리 하지 않았다.

"사실 말이야……."

그가 말했다.

"캘리포니아에서 늙어 가는 것처럼 보이려면, 젊어져 가는 것처럼 보이는 수밖에 없어. 마흔 살이 넘어서도 이마를 실룩일 수 있다면 사람들이 의심을 한다고."

산타바바라Santa Barbara에서 2년간 따분하게 살아 봤다고 헨드릭은 말했다.

"산타바바라는 아주 괜찮은 곳이야. 좀 복잡하긴 하지만 그 정도면 천국이지 뭐. 하지만 알다시피 천국에선 아무 일도 벌어지지 않잖아. 언덕 위 저택에 살며 매일 밤 그 지역 와인을 마셨어. 하지만 조금씩 미쳐 가는 나를 발견했지. 툭하면 공황발작도 일어났고. 지금껏 칠백 년 넘게 살아왔지만 공황발작에 시달려 본 건 그때가 처음이었어. 숱한 전쟁과 혁명을 목격하면서도 그런 적이 없었는데. 산타바바라의 아늑한 빌라에선 곤히 자다가 쿵쾅대는 가슴을 안고 눈을 뜬 적이 한두 번이 아니었지. 꼭 나 자신 안에 갇혀 버린 듯한 기분이었어. 하지만 로스앤젤레스는 확실히 다르더군. 여기선 마음이 편해지고……."

"마음이 편해진다고요? 부럽군요."

그가 잠시 내 얼굴을 살폈다. 마치 대단한 의미가 숨겨진 예술품을 뜯어보듯이.

"왜 그러지, 톰? 그렇게 내가 그리웠던 거야?"

"그랬던 것 같네요."

"정말 왜 그래? 아이슬란드가 그렇게 형편없었어?"

임무를 띠고 스리랑카로 향하기 전까지 나는 8년간 아이슬란드에서 살았었다.

"외로웠어요."

"오히려 그런 조용한 분위기를 좋아할 줄 알았는데. 토론토에서 그렇게 지내고 나서는. 자네가 그랬지? 진정한 고독은 사람들 틈에 끼어 있을 때 비로소 찾아든다고. 우리가 외톨이라는 건 자네도 알잖아, 톰. 새삼스럽게 왜 그래?"

나는 곧 잠수라도 할 것처럼 깊은 숨을 한 번 들이쉬었다.

"더 이상은 그렇게 살고 싶지 않아요. 이젠 그만두고 싶다고요."

그는 아무 반응이 없었다. 눈 하나 깜빡이지 않았다. 나는 그의 쭈글쭈글한 손과 통통 부은 손가락마디를 다시 쳐다보았다.

"출구는 없어, 톰. 자네도 잘 알잖아. 자네는 앨버트로스야. 하루살이가 아니라고."

그런 이름으로 불리게 된 데에는 단순한 이유가 있었다. 옛날 사람들은 앨버트로스를 장수하는 동물로 여겼다. 사실은 고작 육십 년 남짓밖에 살지 못하는데. 사백 년을 사는 그린란드상어나, 오백 년 전, 명나라 왕조 때 태어난 대합보다 수명이 훨씬 짧은데도. 아무튼 우리는 앨버트로스들이었다. 줄여서 '앨버들'이라고 불렸다. 그리고 지구상의 다른 모든 인간들은 하루살이들이었다. 단명하는 수생 곤충과 다를 게 없었으니까. 어떤 변종은 하루가 아니라 오 분만에 세상을 하직하기도 했다.

헨드릭은 늘 남들을, 다른 평범한 사람들을 하루살이라고 불렀다. 내 안에 깊숙이 뿌리를 내린 그런 표현들은 생각할수록 황당하게만 여겨졌다.

앨버트로스라니. 하루살이라니. 너무나 바보 같다.

그렇게 나이를 먹었어도, 누구보다 높은 지능을 가졌는데도 헨드릭은 아직 철이 들지 않았다. 그는 아이였다. 아주 늙은 아이.

다른 앨범들을 알게 되면 우울해졌다. 우리가 전혀 특별하지 않다는 사실을 깨닫게 되기 때문이다. 우리는 슈퍼히어로가 아니었다. 그냥 많이 늙었을 뿐. 헨드릭의 경우에서도 볼 수 있듯이 아무리 나이가 많아도 변하는 건 없었다. 다들 성격의 제한 속에 갇혀 사니까. 시간도, 장소도, 사람의 성격을 바꿔 놓을 수는 없다. 자신으로부터 탈출하는 것은 불가능한 일이었다.

"솔직히 말하면 좀 실망했어. 내가 자네를 위해 안 해 준 게 없었잖아."

그가 내게 말했다.

"그 점은 고맙게 생각하고 있어요. 하지만……."

나는 잠시 머뭇거렸다. 나를 위해 해 준 게 또 뭐가 있지? 약속했던 일도 아직 감감무소식이잖아.

"현대의 세계가 어떤지 알아, 톰? 우리가 살던 옛날과는 완전히 다르다고. 주소를 옮기고 교구 기록부에 이름만 적어 넣는다고 되는 줄 알아? 자네를 비롯한 멤버들의 안위를 돌보는 데 돈이 얼마나 드는지 알기나 해?"

"그럼 내가 그 돈을 아끼게 해 줄게요."

"내가 항상 명확하게 설명해 줬잖아. 이건 일방통행로나 다름없다고."

"내가 이런 일방통행로에 갇히고 싶다고 했었나요?"

그가 빨대로 스무디를 쪽 빨았다. 역겨운 맛에 그의 몸이 움찔했다.

"그게 인생인 걸 어쩌겠어? 자네가 아직 어려서 모르는 모양인데……."

"내가 어리다고요?"

"자네가 선택한 길이야. 자네가 원해서 허친슨 박사를 만났던 거잖아."

"그에게 무슨 일이 벌어질지 알았다면 그런 선택은 하지 않았을 겁니다."

그가 빨대를 쥐고 스무디를 휘휘 젓다가 옆에 놓인 작은 탁자에 글라스를 내려놓았다. 관절염에 좋다는 글루코사민 보충제를 챙겨 먹기 위해서였다.

"그랬다면 내 손에 죽었겠지."

그가 깍깍대는 소리로 웃었다. 그냥 던져 본 농담이라는 듯이. 하지만 그건 농담이 아니었다. 전혀 아니다.

"좋아. 새로운 조건으로 거래하자고. 타협을 보자는 얘기야. 자네가 원하는 인생을 약속하지. 그게 무엇이든 간에. 하지만 앞으로 8년마다 내 연락을 받게 될 거야. 자네가 다음 인생을 선택하기 전에. 그때마다 내가 시키는 대로만 하면 돼."

물론 한두 번 들어 본 말이 아니었다. 그가 약속한 것은 내가 진정으로 원하는 인생과 거리가 멀었다. 헨드릭은 몇 개의 선택지를 제시할 거고, 나는 그중 하나를 선택해야만 했다. 나는 이번에도 똑같은 대답을 내놓았다.

"그 애 소식은 없습니까?"

지금껏 백 번도 넘게 던져 온 질문이었다. 하지만 이번에는 그 어느 때보다도 애처롭고 절박하게 들렸다. 그가 글라스를 내려다보았다.

"없어."

여느 때보다 신속한 답변이었다.

"헨드릭?"

"아니, 없었어. 하지만 너무 걱정 마. 우리가 새로운 사람들을 놀라운 속도로 찾아내고 있으니까. 작년에 찾은 사람만 일흔 명이 넘는다고. 우리가 처음 시작했을 때 기억해? 일 년에 다섯 명도 못 찾았었잖아. 그 애를 찾고 싶다면 여기서 빠질 생각을 해선 안 되지."

그때 수영장에서 첨벙 소리가 자그맣게 들려왔다. 나는 일어나 그쪽으로 다가가 보았다. 작은 쥐 한 마리가 정수용 필터 위에서 필사적으로 허우적대고 있었다. 나는 무릎을 꿇고 앉아 쥐를 건져내 주었다. 녀석은 완벽하게 관리된 잔디 쪽으로 후다닥 달아나 버렸다.

나는 그에게 덜미를 잡혀 버리고 말았다. 헨드릭도 그 사실을 알고 있다. 살아서 빠져나갈 방법은 없었다. 설령 방법이 있다 해도 그냥 남아 있는 게 현명하다. 마치 보험에 든 것처럼 안심하고 살 수 있으니까.

"내가 원하는 인생이라고 했습니까?"

"자네가 원하는 인생."

그는 내가 뭔가 엄청나고 사치스러운 것을 요구할 거라 짐작하고 있을 것이다. 헨드릭답게. 내가 아말피 해안에 떠워 놓은 요트나 두바이의 최고급 펜트하우스에 살고 싶어 할 거라고 확신할 게 뻔했다. 하지만 내게는 이미 생각해 둔 답이 있었다.

"런던으로 돌아가고 싶어요."

"런던? 그 애는 거기 없을 텐데."

"알아요. 그냥 돌아가고 싶어졌어요. 거기가 고향이나 다름 없으니까. 난 교사가 되고 싶어요. 역사를 가르치는 선생님."

그가 웃음을 터뜨렸다.

"역사 선생님이라. 고등학교에서 말이지?"

"영국에서는 '중등학교'라고 하죠. 뭐 아무튼, 고등학교에서 역사를 가르치고 싶네요. 왠지 나한테 좋은 일이 될 것 같아서."

헨드릭이 미소를 흘리며 나를 쳐다보았다. 그의 얼굴에는 아직도 혼란스러워하는 표정이 희미하게 남아 있었다. 마치 내가 바닷가재 대신 닭고기를 주문하기라도 한 것처럼.

"좋아. 자네가 정 원한다면야 뭐……."

헨드릭이 장광설을 이어나가는 동안 나는 쥐가 산울타리 밑으로 사라지는 걸 지켜보았다. 짙은 그림자 속으로. 자유를 향해.

런던, 현재

런던. 새 인생의 첫 주.

오크필드 학교의 교장실.

나는 최대한 평범해 보이려 애쓰고 있다. 하지만 쉽지가 않다. 자꾸만 과거가 터져 나오려고 한다.

안 돼.

하지만 이미 나와 버렸다. 과거는 늘 사방에 널려 있다. 교장실에서는 인스턴트커피와 소독약, 아크릴 카펫 냄새가 풍긴다. 벽에는 셰익스피어를 그린 포스터가 붙어 있고.

가장 흔히 볼 수 있는 초상화다. 조금씩 벗겨져 가는 머리, 창백한 피부, 무언가에 취한 듯 멀건 눈. 진짜 셰익스피어와는 조금도 닮지 않은 그림이다.

나는 다시 다프네 벨로 교장에게 집중한다. 그녀의 귀에는 주황색 후프 귀걸이가 걸려 있고, 검은 머리에는 흰머리가 드문드문 섞여 있다. 그녀가 나를 쳐다보며 미소를 짓는다. 아쉬움이 묻어나는 미소다. 마흔 살이 되기 전에는 누구도 지을 수 없는 미소. 슬픔과 반항과 위안이 뒤섞인 미소.

"난 여기서 오래 근무했어요."

"그러십니까?"

나는 말한다. 밖에서 경찰 사이렌이 아득하게 들려왔다.

"시간이라는 거…… 이상하죠?"

그녀가 말한다. 그러곤 종이컵을 컴퓨터 옆에 조심스레 내려놓는다.

"아주 이상하죠."

나는 말한다.

다프네가 마음에 든다. 이 면접도 마찬가지다. 런던, 그것도 타워 햄리츠에 돌아와서인지 기분이 아주 좋다. 평범한 일자리를 얻기 위해 면접을 보고 있다는 사실 자체가 너무 좋다. 모처럼 평범하게 살게 되었다는 생각에 가슴이 부푼다.

"교직에 몸담은 지 삼십 년이 됐어요. 이 학교에서만 이십 년을 보냈죠. 이 얘길 하니 갑자기 우울해지네요. 그만큼 내가 늙었다는 뜻이니까."

그녀가 다시 미소를 지으며 한숨을 내쉰다. 사람들이 이런 푸념을 늘어놓을 때마다 나는 웃음을 참느라 괴롭다.

"전혀 그렇게 보이지 않으십니다."

예의를 차리기 위해 나는 말한다.

"센스가 좋으시군요! 보너스 점수를 드릴게요!"

그녀가 두 옥타브나 높아진 소리로 웃는다. 그녀의 웃음이 보이지 않는 새처럼 느껴진다. 그녀 아버지의 고향인 세인트

루시아에서 날아와 창밖의 잿빛 하늘로 사라져 버리는 이국적인 새.

"당신의 젊음이 부러워요."

그녀가 싱긋 웃는다.

"마흔한 살이면 젊은 것도 아니죠."

나는 터무니없는 숫자를 최대한 강조한다. 마흔하나. 마흔하나. 그게 나야.

"아주 좋아 보여요."

"얼마 전에 휴가를 다녀와서 그럴 겁니다."

"어디 좋은 데 다녀왔어요?"

"스리랑카. 아주 좋았어요. 바다에서 거북에게 먹이도 줘 봤고……."

"거북?"

"네."

나는 창밖으로 시선을 돌린다. 한 여자가 교복 차림의 아이들을 인솔해 운동장으로 나가고 있다. 그녀가 걸음을 멈추고 아이들을 돌아보며 무언가를 당부한다. 청바지 차림의 그녀는 안경을 끼고 있다. 긴 카디건이 바람에 펄럭인다. 그녀가 흐트러진 머리를 귀 뒤로 쓸어 넘긴다. 그중 한 아이가 무슨 말을 불쑥 내뱉었는지 그녀가 웃음을 터뜨린다. 환해진 그녀의 얼굴이 나를 매료시킨다.

"아."

다프네가 말한다. 민망하게도 그녀는 내 시선이 붙들려 있는 창밖을 내다본다.

"프랑스어를 가르치는 카미유예요. 아주 좋은 선생님이죠. 아이들에게 인기도 많고요. 늘 저렇게 야외 수업을 한답니다. 여긴 그런 학교예요."

"훌륭한 교장 선생님이 계시기 때문이겠죠."

대화를 다시 원위치로 돌리기 위해 나는 말한다.

"그렇게 되려고 늘 애쓰고 있어요. 교직원 모두 노력하는 중이죠. 가끔 승산 없는 싸움으로 느껴질 때도 있어요. 그래서 당신의 이력을 보고 걱정을 했죠. 추천서 내용이 굉장하더군요. 일일이 다 체크해 봤는데……."

안도감이 찾아든다. 그녀가 그의 이력을 꼼꼼히 체크했기 때문이 아니라, 누군가가 그녀에게 전화나 이메일로 성실히 답을 주었기 때문이다.

"아시다시피 우린 서퍽 같은 시골의 중등학교가 아니에요. 여긴 런던이에요. 런던에서도 타워 햄리츠라고요."

"애들은 다 같은 애들이죠."

"그곳 아이들은 순진하잖아요. 여긴 달라요. 그곳 같은 특전을 누리지 못한다고요. 내가 걱정하는 건 당신이 온실 속 화초처럼 살아왔기 때문이에요."

"전혀 그렇지 않습니다."

"이곳 학생들은 역사엔 아무 관심이 없어요. 오로지 자기들이 사는 세상에만 집착할 뿐이죠. 그 아이들이 흥미를 느끼게 해 줘야만 해요. 어떻게 하면 역사에 생기를 불어넣을 수 있을까요?"

굉장히 까다로운 질문이다.

"역사에 생기를 불어넣을 필요는 없습니다. 역사는 이미 살아있으니까요. 우리 모두가 역사입니다. 역사는 정치가나 왕이나 여왕들이 아닙니다. 모두가, 모든 것이 역사가 될 수 있어요. 그 커피 보이시죠? 커피 얘기를 하다 보면 자본주의와 기업 왕국과 노예 제도의 모든 역사를 설명할 수 있습니다. 우리가 편히 앉아 커피를 누릴 수 있는 건 남들이 쏟은 피와 그들이 겪은 끔찍한 고통 덕분이죠."

"갑자기 커피 맛이 떨어져 버리네요."

"아, 죄송합니다. 제가 드리고 싶은 말씀은 바로 이겁니다. 역사는 사방에 널려 있습니다. 사람들로 하여금 그 사실을 깨닫고 이해하게 만드는 게 중요하죠."

"그렇군요."

"역사는 사람입니다. 그래서 모두가 좋아하죠."

다프네가 의심에 찬 눈빛으로 나를 쳐다본다. 그녀는 몸을 살짝 움츠리고 눈썹을 추켜세운다.

"정말 그런가요?"

나는 고개를 끄덕인다.

"아이들에게 잘 일깨워 주면 되는 겁니다. 그들이 하는 모든 말과 행동, 그리고 그들이 보는 모든 것이 역사와는 떼려야 뗄 수 없는 관계라는 걸 말이죠. 세상에 존재했던 모든 인간은 다 그렇게 엮여 있습니다. 저기 보이는 셰익스피어도 예외는 아니고요."

나는 다시 창밖으로 시선을 돌린다. 3층에서 내다보는 풍경이 환상적이다. 보슬비가 내리는 잿빛의 런던조차도 꽤 봐줄 만하다. 지금껏 숱하게 지나쳐 다닌 오래된 조지 왕조 풍 건물이 시야에 들어온다.

"저기 보이는 저 건물 말입니다. 굴뚝이 많이 솟아 있는 건물, 보이시죠? 저곳은 한때 정신병원이었습니다. 그리고 저쪽……."

나는 벽돌로 지어진 또 다른 건물을 가리킨다.

"저 건물은 한때 도축장이었어요. 저기서 나온 뼈들로 자기를 빚고는 했었죠. 만약 이백 년 전에 저곳을 지나다녔다면 미치광이와 소들이 내지르는 괴성을 들을 수 있었을 겁니다."

만약, 만약, 만약.

나는 동쪽의 슬레이트로 된 테라스 지붕들을 가리킨다.

"실비아 팽크허스트(1882년~1960년. 영국의 여성운동가로 여성 참정권 운동을 전개했다_역주)는 저쪽 올드 포드 가의 한 빵집에서 이스트 런던의 여성 참정권 운동가들과 만나 왔었죠. 당시 그곳엔 금색으로 '여성에게도 투표권을'이라고 적어 놓은 커다란 간판이 걸려 있었습니다. 그 옆에는 성냥 공장이 자리하고 있었고요."

다프네는 무언가를 적어 내려가는 중이다.

"음악에도 재능이 있으시군요. 기타에 피아노에 바이올린까지."

플루트도. 하지만 굳이 언급하지는 않는다. 만돌린도. 시턴(약 1500년경에 발명된 현악기로, 모양은 기타와 유사하다_역주)도. 틴 파이프도.

"네."

"마틴이 무안해 하겠는데요."

"마틴?"

"우리 학교 음악 선생님이에요. 한심해요. 정말로. 트라이앵글조차 제대로 못 친다니까요. 그런데도 자기가 무슨 록스타인 줄 알아요. 정말 딱하죠."

"저는 음악을 좋아합니다. 연주하는 것도 좋아하고요. 하지만 음악을 가르치는 건 쉬운 일이 아닙니다. 음악에 대해 얘기하는 것 자체도 그렇고요."

"역사와 다르게 말인가요?"

"역사와는 다르게요."

"현재 교과 과정을 거뜬히 따라잡으실 것 같은데, 그렇죠?"

"그럼요. 물론이죠."

나는 태연하게 거짓말을 내놓는다.

"아직 젊기도 하고."

나는 애매한 표정을 지으며 어깨를 으쓱인다.

"난 쉰여섯이에요. 그러니까 마흔하나는 젊은 거라고요."

쉰여섯은 젊은 거야.

여든여덟도 젊은 거고.

백서른 살도.

"저는 아주 늙은 마흔한 살입니다."

그녀가 미소를 짓는다. 그리고 펜을 똑딱거린다. 한 번의 똑딱거림은 한순간이다. 한 번, 그리고 잠시 멈추었다가 또 한 번. 오래 살수록 점점 힘들어진다. 순간을 붙잡는 것. 각 순간들이 도착하는 즉시. 과거와 미래가 아닌 무언가에 갇혀 사는 것. 이곳에 실제로 존재하는 것.

에밀리 디킨슨(1830~1886. 미국의 시인으로, 자연과 사랑 외에도 청교도주의를 배경으로 한 죽음과 영원 등의 주제를 많이 다루었다_역주)이 말하지 않았던가. '영원'은 수많은 '지금'들이 모여 만드는 거라고. 하지만 어떻게 '지금'을 살 수 있을까? 어떻게 다른 모든 '지금'들의 유령들을 막아 낼 수 있을까? 한마디로, 어떻게 살아야 하는가?

헛소리가 이어지고 있다.

요즘 들어 이럴 때가 많다. 다른 앨버들도 비슷하다고 들었다. 인생의 중간 시점에 도달하면 생각이 많아진다. 기억들은 넘쳐나고, 그럴수록 두통은 심해진다. 오늘 두통은 견딜 만하다. 거슬리기는 하지만.

나는 다시 집중해 보려 애쓴다. 몇 초 전까지 즐겁게 임했던 인터뷰. 비교적 평온했던 순간을 되새긴다. 그저 환상에 지나지 않는다 해도.

평온은 없어. 적어도 내게는.

나는 집중해 보려 애쓴다. 다프네는 고개를 저으며 웃음을 터뜨린다. 하지만 그녀의 눈빛에서는 슬픔에 가까운 감정이 묻어나오고 있다.

"톰, 난 모든 게 마음에 들어요. 훌륭한 이력이에요."

톰.

톰 해저드Tom Hazard.

내 이름, 내 원래 이름은 에스티엔느 토마 앙브루아즈 크리스토프 아자르Estienne Thomas Ambroise Christophe Hazard였다. 나의 출발점. 그 후로 나는 무수히 많은 이름을 갖게 되었다. 별의별 게 다 되어 봤고. 하지만 영국에 처음 도착해서는 불필요한 부분들을 다 쳐내고 톰 해저드가 되었다.

그 이름을 다시 쓰니 꼭 고향으로 돌아온 기분이다. 머릿속에서 그 이름이 계속 메아리친다. 톰. 톰. 톰. 톰.

"모든 부분에서 합격점을 받으셨어요. 설령 그렇지 않았다고 해도 우린 당신을 고용했을 겁니다."

"정말요? 이유가 뭡니까?"

그녀가 눈썹을 치켜세운다.

"다른 지원자가 없거든요."

우리는 동시에 웃음을 터뜨린다. 하지만 그 웃음은 하루살이보다도 빨리 죽어 버린다. 그녀가 곧바로 덧붙인 한마디 때문에.

"난 채플 가에 살아요. 혹시 그곳의 역사에 대해서도 알고 있나요?"

물론. 그 뜻밖의 질문이 차가운 바람처럼 내 정신을 번쩍 들게 했다. 머릿속 욱신거림도 그새 강도가 높아진 것 같다. 나는 오븐 안에서 폭발하는 사과를 떠올린다. 이곳으로 돌아오는 게 아니었는데. 헨드릭에게 이걸 원한다고 얘기하는 게 아니었는데. 나도 모르게 로즈가 떠오른다. 마지막으로 그녀를 보았던 순간을. 그리고 절박함이 담긴 그녀의 눈빛을.

"채플 가. 글쎄요. 아뇨, 그곳 역사에 대해선 아는 게 없습니다."

"괜찮아요."

그녀가 커피를 한 모금 넘긴다.

나는 셰익스피어 포스터를 올려다본다. 그가 나를 쳐다보고 있는 것 같다. 마치 옛 친구를 보듯이. 그의 초상화 밑에는 인용문이 적혀 있다.

우리는 오늘 이러고 있지만, 내일은 어떻게 될지 누가 알겠는가.

"느낌이 아주 좋네요, 톰. 이런 느낌은 믿어야겠죠?"

"그렇죠."

나는 말한다. 느낌을 한 번도 믿어본 적 없으면서.

그녀가 미소를 짓는다. 나도 미소를 짓는다. 그러고서 자리에서 일어나 문으로 향한다.

"9월에 뵙겠습니다."

"하! 9월. 9월은 눈 깜짝할 새에 찾아올 거예요. 나이가 들수록 시간이 점점 빨라지는 것 같지 않나요?"

"저는 오히려 그래서 좋은데요."

나는 속삭인다. 그녀는 듣지 못한다. 자기 말을 이어 가느라.

"그리고 애들도."

"네?"

"아이들도 인생의 속도를 높여 주죠. 내겐 자식이 셋 있어요. 첫 애가 스물두 살인데 내년에 졸업해요. 레고를 가지고 놀던 게 엊그제 같은데 어느새 다 커서 새 아파트를 보러 다닌다니까요. 눈 깜짝할 새 이십이 년이 흘러가 버린 거예요. 혹시 자녀가 있으세요?"

나는 문손잡이를 꼭 움켜쥔다. 바로 지금도 순간이다. 그리고 그 안에는 천 개도 넘는 다른 순간들이 고통스럽게 살아있다.

"아뇨. 없습니다."

나는 대답한다. 그게 진실을 내놓는 것보다 쉬우니까.

그녀는 살짝 어색해하는 반응이다. 뭔가 할 말이 있어 보이지만 끝내 꺼내지 않는다.

"그때 뵐게요, 해저드 씨."

나는 교장실처럼 소독약 냄새가 풍기는 복도로 나온다. 십대 아이 두 명이 벽에 기댄 채 서서 휴대폰을 들여다보고 있다. 늙은 사제들이 기도서를 들여다보듯이. 나는 사무실 안을 흘끔 돌아본다. 다프네의 시선은 컴퓨터 모니터에 고정되어 있다.

"네, 그때 뵙겠습니다."

다프네 벨로와의 면접을 마치고 학교를 빠져나온다. 21세기를 살고 있지만 여전히 17세기에 갇혀 있는 것 같은 기분도 든다.

나는 넋 나간 사람처럼 채플 가 쪽으로 걸음을 옮겨 나간다. 마권 판매소, 인도, 버스 정류장, 콘크리트 가로등, 그리고 건성으로 남겨 놓은 낙서들. 거리는 필요 이상으로 넓은 것 같다. 채플 가에 도착하는 순간 이미 알고 있는 사실이 확인된다. 한때 이곳을 지켰던 집들이 보이지 않는다. 그 자리에는 1800년대 후반에 지어진 집들이 빽빽이 들어차 있다. 빨간 벽돌로 지어진 크고 소박한 집들. 당시 유행했던 스타일이다.

한때 작은 성당과 야경꾼이 버티고 있었던 모퉁이에는 KFC가 생겼다. 빨간 플라스틱이 상처처럼 욱신거린다. 나는 눈을 감고 계속 걸어 나간다. 그 집이 어디쯤 있었더라? 나는 스무 걸음 만에 멈춰 선다. 눈을 뜨니 연립 주택 두 채가 보인다. 몇 세기 전에 본 것과는 완전히 다른 모습이다. 아무런 표시도 없던 문은 파란색의 현대식으로 바뀐 상태다. 창문 안으로 TV가 갖추어진 거실이 들여다보인다. 누군가가 TV를 켜고 비디오 게임을 즐기고 있다. 화면 속에서 외계인이 폭발한다.

두통은 점점 심해지고 다리가 풀려 버릴 듯 후들거린다. 나는 뒤로 주춤 물러난다. 과거가 주변 공기를 희박하게 만들어 놓은 것 같다. 중력의 법칙을 뒤틀어 버렸거나. 나는 주차된 차에 몸을 기댄다. 순간 도난 방지 경보기가 작동한다.

요란한 경보음은 1623년에서 들려오는 고통의 울부짖음 같다. 나는 황급히 집에서 떨어져 나온다. 과거로부터도 이토록 쉽게 떨어져 나올 수 있다면 얼마나 좋을까?

런던, 1623년

나는 지금껏 살아오면서 딱 한 번 사랑에 빠졌었다. 어떤 이들은 이런 내가 로맨틱하다고 생각할지 모른다. 생애 유일한 참사랑이라니. 달콤하게 들리지만 현실은 공포 그 자체다. 사랑이 가고 남겨진 압도적인 외로움. 존재의 이유가 사라진 후에도 꾸역꾸역 살아가야 하는 운명.

내 유일한 삶의 이유는 로즈였다.

그녀가 세상을 떠난 후 좋았던 기억들은 조금씩 흐려져 갔다. 끝은 또한 끔찍한 시작이기도 했다. 그녀와 마지막으로 함께 했던 날. 몇 세기 전 오늘, 나는 그녀를 만나러 채플 가로 향했다.

그때…… 나는 그녀의 집 밖에 서 있었다.

문에 노크를 하고 잠시 기다리다가 또 다시 문을 두드렸다. 모퉁이에서 맞닥뜨렸던 야경꾼이 내게로 다가왔다.

"여기가 무슨 집인 줄 알죠?"

"네, 알아요."

"들어가면 안 돼요. 위험하다고요."

나는 한 손을 앞으로 내밀었다.

"물러서요. 나도 걸렸으니까. 더 이상 가까이 오지 말아요."

이 거짓말은 꽤 효과적이었다. 야경꾼이 화들짝 놀라며 물러났다.

"로즈."

나는 문에 대고 불러보았다.

"나야. 나라고. 톰. 방금 그레이스를 봤어. 강가에서. 걔가 당신이 여기 있다고 알려 줬어."

한참 후, 안에서 그녀의 목소리가 흘러나왔다.

"톰?"

몇 년 만에 들어 보는 목소리였다.

"오, 로즈! 어서 문을 열어. 지금 당장 당신을 봐야겠어."

"그럴 수 없어, 톰. 난 병에 걸렸다고."

"알아. 하지만 내겐 옮지 않을 거야. 지난 몇 달간 수많은 역병 환자들과 부대끼며 지냈어. 그런데도 감기 한 번 걸리지 않았다고. 자, 로즈. 당장 문을 열어."

그제야 그녀가 문을 열었다.

중년의 여성. 우리는 동갑이었다. 하지만 그녀는 쉰 살이 다 된 모습을 하고 있었다. 나는 아직 십대 소년의 모습이었는데.

그녀의 피부는 잿빛을 띠고 있었다. 얼굴에 난 상처들은 지도 속 영토들을 연상시켰다. 그녀는 똑바로 서 있을 기운조차도 없는 듯했다. 순간 가슴 속에서 죄책감이 치밀어 올랐다. 그냥 침대에 누워 있게 할걸. 괜히 나 때문에. 하지만 그녀는 무척 반가위하는 모습이었다. 나는 그녀를 부축해 침대로 데려갔다. 그녀의 입에서는 알아들을 수 없는 말이 연신 흘러나오고 있었다.

"당신은 아직 어려 보이네. 아직도 청년이잖아. 아니…… 소년에 더 가깝다고 해야 하나?"

"이마에 주름이 조금 생겼어. 봐."

나는 그녀의 손을 잡았다. 그녀는 내 주름이 보이지 않는 모양이었다.

"미안해. 떠나라고 해서 미안해."

그녀가 말했다.

"그게 옳은 일이었잖아. 내 존재 자체가 널 위험에 빠뜨릴 수 있었으니까."

혹시 모르니 이렇게 덧붙여야 할 것 같다. 어쩌면 이건 내가 실제로 했던 말이 아닌지도 모른다. 솔직히 아닐 가능성이 크다. 하지만 나는 이렇게 기억하고 있다. 현실 그 자체가 불분명하다면 현실에 대한 기억에 충실할 수밖에 없다. 완벽하지는 않아도 그나마 현실에 근접한 내용이니까.

하지만 곧바로 이어진 그녀의 대꾸는 정확히 글자 그대로 기억하고 있다.

"어둠이 모든 걸 덮고 있어. 이토록 진저리 나는 황홀감이 또 있을까?"

나는 그녀가 느끼는 공포를 감지할 수 있었다. 사랑하기 위해 우리가 지불해야 할 대가였다. 상대의 고통을 마치 내 것인

양 흡수하는 것.

그녀는 계속해서 발작적인 망상 증세를 보였다. 병세는 빠르게 악화되어 가는 중이었다. 이제 그녀는 나와 정반대가 되어 버렸다. 내 앞으로는 영원에 가까운 미래가 펼쳐져 있었지만 로즈의 인생은 종말을 향해 빠르게 내달리는 중이었다.

집 안은 어두웠다. 모든 창문이 판자로 둘러쳐진 상태였다. 축축이 젖은 잠옷 차림의 그녀가 힘겹게 침대에 몸을 뉘었다. 그녀의 얼굴은 창백한 대리석처럼 반짝였고, 피부는 빨간색과 회색 반점들로 뒤덮인 상태였다. 목에는 달걀만 한 혹이 나 있었다. 이렇게 변한 그녀를 보는 것 자체가 큰 죄를 짓는 것 같았다.

"괜찮아, 로즈. 괜찮아."

겁에 질린 그녀의 눈이 휘둥그레져 있었다. 두개골 안에 갇힌 무언가가 그녀의 두 눈을 밖으로 밀어내고 있는 듯했다.

"괜찮아, 괜찮아, 괜찮아…… 곧 나아질 거야……."

황당한 말이다. 새빨간 거짓말. 로즈가 신음을 토했다. 그녀의 몸이 통증 때문에 뒤틀렸다.

"당신은 가."

그녀가 쉰 목소리로 말했다. 나는 몸을 구부리고 그녀의 눈썹에 입을 맞추었다.

"조심해."

그녀가 말했다.

"내 걱정은 하지 말라니까."

솔직히 말하면 이래도 되는 건지 조금 불안하기는 했다. 괜찮을 것 같지만 혹시 또 모르는 일이었다. 나는 이 세상에 태어나 마흔두 해를 살았다. (로즈의 눈에 비친 것처럼 열여섯 살 남짓 되어 보일 뿐이었지만) 더 이상 이 문제로 걱정하고 싶지 않았다. 그녀 없는 삶은 어차피 무의미했으니까.

1603년 이후로 로즈를 보지 못했지만 그녀를 향한 나의 사랑은 오히려 더 뜨거워졌다. 그리고 지금은 그 사랑 때문에 많이 아프다. 그 어떤 육체적 고통보다 더.

"우린 많이 행복했었지, 톰? 안 그래?"

그녀의 얼굴에 희미한 미소가 머금어졌다. 무거운 들통을 들고 귀리가 저장된 헛간을 지나쳤던 때가 떠올랐다. 아주 오래전 화요일 아침, 우리는 기분 좋게 수다를 떨었다. 그녀의 미소와 몸에서 발산된 환희도 생생히 기억났다. 고통이 아닌 황홀함의 몸부림. 그녀의 여동생이 깨지 않게 우리는 최대한 소리를 죽여야만 했다. 강 제방의 경사면에서 터덕터덕 걸어 돌아왔던 때도 떠올랐다. 진흙길에는 야견들이 어슬렁거렸지만 전혀 무섭지 않았다. 귀로 끝에서 그녀가 기다리고 있었기에.

우리가 함께한 모든 시간, 그리고 우리가 나눠 온 모든 대화는 어느새 가장 단순하고 기본적인 진리로 압축되어 버렸다.

"우린…… 당신을 사랑해, 로즈. 미칠 듯이 사랑한다고."

그녀를 번쩍 안고 토끼고기 파이와 체리를 먹여 주고 싶었다. 뭐라도 먹어서 병을 낫게 하고 싶었다. 그녀는 극심한 통증에 시달리고 있었다. 보나마나 죽고 싶다는 간절한 소망을 품고 있으리라. 하지만 나는 그게 무엇을 의미하는지 모른다. 죽음이 찾아든 후 이 세상은 어떻게 되는 것인지도 궁금했고.

그녀로부터 반드시 들어야 할 답이 있었다.

"매리언은 어디 있지?"

나는 물었다.

그녀가 한동안 나를 올려다보았다. 왠지 나쁜 소식을 듣게 될 것 같았다.

"도망쳤어……."

"뭐?"

"걔도 당신이랑 똑같아."

무슨 말인지 이해가 빨리 되지 않았다.

"나처럼 늙지 않게 됐다고?"

그녀는 한숨과 기침과 훌쩍거림 틈틈이 말을 이어 나갔다. 나는 말을 아끼라고 그녀를 말렸지만 고집을 꺾지 않았다.

"그래. 세월이 흘러도 변함없는 외모를 보고 사람들이 의심하기 시작했거든. 난 이사를 가자고 했지만 별로 내켜 하지 않더라고. 어느 날 매닝이 찾아와서……."

"매닝?"

"걔는 그날 밤에 떠났어, 톰. 황급히 따라 나가 봤지만 이미 사라져 버렸더라고. 어디로 갔는지 아직도 나타나지 않고 있어. 부디 무사히 잘 지내고 있으면 좋겠는데. 당신이 찾아 주면 좋겠어. 당신이 그 애를 지켜 줘야 해. 제발, 마음 굳게 먹고. 톰, 난 괜찮으니까 걔를 찾아봐. 난 먼저 간 동생들을 따라갈 거야."

의욕이 나지는 않았지만 그녀의 부탁을 거절할 수가 없었다. 영원한 젊음과 미래의 행복을 다 바쳐서라도 반드시 해내야만 하는 일이다.

"마음 굳게 먹을게, 로즈."

그녀의 호흡은 많이 가빠져 있었다.

"난 당신을 믿어."

"오, 로즈."

나는 그녀가 들을 수 있게 계속해서 그녀의 이름을 불러 댔다. 그녀가 계속 현실을 살아갈 수 있게.

우리는 시간의 신하들이야. 시간은 우리에게 사라지라 하고……

그녀는 노래를 불러 달라고 했다.

"당신이 마음에 담고 있는 노래."

"내 마음은 너무 슬픈데."

"그럼 슬픈 노래를 불러 주면 되잖아."

나는 류트(연주법이 기타와 비슷한 초기 현악기_역주)를 가져오려 했지만 그녀는 그냥 내 목소리만 듣고 싶다고 했다. 무반주로 노래를 하려니 민망했다. 아무리 로즈 앞이라 해도. 하지만 그녀가 원하기에 거부할 수 없었다.

그녀가 미소 짓네, 나를 기쁘게 하는 봄,

그녀가 얼굴을 찌푸리며 비탄에 찬 겨울을 쫓아 주네…….

그녀가 희미하게 미소를 지었다. 근심에 찬 미소. 순간 온 세상이 시들어 가는 기분을 느꼈다. 나도 그 속에 파묻혀 함께 시들어 갈 수 있다면. 그녀를 따라서. 이렇게 유별나고 남다른 내가 그녀 없이 어떻게 살아갈 수 있을지 막막했다. 물론 노력은 많이 해보았다. 한동안 그녀 없이 버텨 본 적이 있었다. 하지만 그렇게 흘려버린 세월은 너무나도 허무했다. 그냥 숨만 쉬며 살았을 뿐이다. 글자 하나 없는 책과도 다르지 않은 처지였던 것이다.

"매리언을 찾아볼게."

그녀가 눈을 감았다. 마치 그게 죽기 전에 마지막으로 듣고 싶었던 말인 것처럼.

그녀의 피부는 1월의 찌푸린 하늘 같은 잿빛으로 변해 갔다.

"사랑해, 로즈."

나는 그녀의 입을 내려다보았다. 물집으로 뒤덮인 창백한 입술은 미동조차 하지 않았다. 엄청난 공포가 나를 압도했다. 방 안에서 움직이는 것이라고는 둥둥 떠다니는 먼지뿐이었다.

나는 신에게 빌었다. 부탁하고 애원하고 협상했다. 하지만 신은 자비를 베풀지 않았다. 신은 완고한 귀머거리였다. 내 목소리를 전혀 듣지 못했다. 결국 그녀는 세상을 떠나 버렸다. 나는 끝이 보이지 않는 검은 구멍으로 떨어졌고, 그 후 몇 세기 동안 그 나락에서 헤어나지 못했다.

런던, 현재

나는 아직도 기운이 없다. 머릿속이 욱신거린다. 아무래도 좀 걸어야 할 것 같다. 채플 가의 기억을 지우는 데 도움이 되기를 바라며. 어쩌면 해크니가 약이 되어 줄지도 모른다.

웰 레인. 지금은 웰 가로 불리는 곳. 로즈와 내가 처음으로 함께 살았던 곳이다. 고통과 이별과 역병이 엄습해 오기 전까지. 작은 집과 마구간과 헛간들, 그리고 연못과 과수원들은 사라진 지 오래다. 눈에 익지 않은 거리를 한없이 쏘다니는 건 건강에도 좋지 않다. 내가 찾는 기억들은 진작 증발해 버렸을 것이다. 그럼에도 나는 걸음을 멈추지 않는다.

계속 걸어 나간다. 아마 해크니에서 가장 붐비는 거리일 것이다. 버스와 쇼핑객들이 부산하게 움직이고 있다. 나는 휴대폰 매장과 전당포와 샌드위치 가게를 차례로 지나쳐 걷는다. 길 건너에 우리가 살았던 자리가 보인다.

이제 그곳에는 창문 없는 빨간 벽돌 건물이 우뚝 서 있다. 밖에는 파란색과 하얀색의 간판이 붙어 있다. '해크니 애완동물 구조 서비스.' 삶의 흔적이 지워졌다는 걸 확인하는 것보다 우울한 일은 없다. 나는 현금 인출기 옆 벽에 몸을 기댄다. 비밀번호를 입력하던 노인은 나를 보고 바짝 긴장한 모습이다. 나는 황급히 사과를 한다. 강도가 아니니 걱정 말라고 안심시켜 보지만 의심 가득한 노인의 눈빛은 변함이 없다.

스태퍼드셔 테리어를 끌고 건물을 나서는 남자가 눈에 들어온다. 문득 내가 할 수 있는 일이 떠오른다. 과거와 화해할 수 있는 방법.

나는 길을 건너가 건물로 들어선다.

사방에서 개 짖는 소리가 요란하게 들려온다. 하지만 작은 바구니 안에 앉아 있는 녀석은 조용하다. 요상하게 생긴 회색 개는 푸른 눈을 가졌다. 녀석은 주변의 야단스러움에는 아무 관심이 없는지 시종 도도한 모습을 보이고 있다. 마치 내 처지를 보는 듯하다.

개는 옆에 놓인 뼈 모양의 노란 고무 장난감에 눈길도 주지 않는다.

"이 개는 품종이 뭔가요?"

나는 유기견 보호소의 자원 봉사자에게 묻는다. (명찰에는 '루'라고 적혀 있다.) 그녀가 팔뚝의 습진을 긁어 댄다.

"아키타 견이에요. 일본에서 왔죠. 아주 드문 품종이에요. 허스키를 닮지 않았나요?"

그녀가 말한다.

"그렇군요."

바로 이곳이다. 이 사육장. 귀엽고 슬퍼 보이는 개가 갇혀 있는 이 사육장이 바로 우리의 침실이 있었던 바로 그 자리다.

"몇 살이나 됐죠?"

나는 루에게 묻는다.

"아주 늙었어요. 열한 살. 그래서 새 주인을 찾아 주기가 힘들죠."

"여긴 어떻게 들어오게 됐나요?"

"저희가 발견했어요. 아파트 발코니에서 살고 있더군요. 쇠사슬에 묶인 채로 말이죠. 정말 끔찍한 상태였어요. 보세요."

그녀가 녀석의 허벅지에 나 있는 황토색 흉터를 가리킨다. 그 부분에는 털이 자라지 않고 있다.

"담뱃불로 지진 흔적이에요."

"많이 우울해 보이는군요."

"그렇죠?"

"이름이 뭡니까?"

"이름을 몰라서 그냥 에이브러햄이라고 불러요."

"어째서죠?"

"이 녀석을 발견한 곳이 링컨 타워라는 아파트였거든요."

"아, 에이브러햄. 이제 알겠네요."

나는 말한다.

에이브러햄이 일어난다. 그리고 내 앞으로 다가와 담청색 눈으로 나를 빤히 올려다본다. 마치 내게 할 얘기가 있다는 듯이. 사실 나는 개를 데려가려고 온 게 아니었다. 그건 오늘 계획에 없던 일이었다. 그럼에도 불구하고 나는 말한다.

"이 녀석이 마음에 드네요. 내가 데려갈게요."

루가 깜짝 놀라며 나를 쳐다본다.

"다른 개들은 안 보시게요?"

"네."

내 시선이 얼룩진 루의 팔뚝으로 떨어진다. 아파 보이는 진홍색 상처. 머릿속에 추웠던 겨울날이 떠오른다. 환자들로 북적이는 허친슨 박사의 대기실에서 진단을 기다리고 있었을 때.

런던, 1860년

눈보라가 치고 있었다. 비교적 온화했던 기온은 1월 들어 급격히 떨어졌다. 나폴레옹 조크가 유행했고 금융 스캔들이 터졌으며, 온갖 상인들이 몰려나온 얼어붙은 템스 강에서 마지막 서리 축제가 열렸던 1814년 이후 런던의 가장 추운 날이었다.

밖에 나와 바람을 쐬면 얼굴에 마비가 올 정도였다. 피가 얼어붙는 기분도 느낄 수 있었다. 나는 2마일 떨어진 블랙프라이어스Blackfriars 가로 향하는 중이었다. 거리 양옆으로는 가로등 기둥이 줄지어 세워져 있었다. 검은색의 우아한 연철 가로등은 한때 현대적인 것으로 여겨졌을 것이다. 블랙프라이어스 가에는 허친슨 박사의 병원이 자리하고 있었다. '런던 비전염성 피부병 치료 전문 병원.' 빅토리아 시대 사람들에게는 파격적으로 와 닿는 이름이었다.

물론 나는 피부병을 앓고 있지 않았다. 내 피부는 발진 하나찾아보기 힘들 정도로 완벽하다. 정확히 279년 되었다는 사실을 제외하고는 내가 봐도 흠 잡을 데 없는 피부였다. 나는 실제 나이에 비해 몇 백 년 젊어 보였다. 아니, 몸 자체가 확실히 젊게 느껴진다. 정신까지 서른 살 즈음으로 돌아갈 수 있다면 얼마나 좋을까?

내가 허친슨 박사에게 연락했던 이유는 그가 '조로증progeria'과 유사하거나 그것과는 정반대인 질병들을 진단하고 연구하는 전문가였기 때문이다.

그 단어는 '전前'과 '조기早期'의 의미를 가진 그리스어 'pro', 그리고 '늙었다'는 의미의 'geras'가 합쳐져 만들어진 것이었다. 조로. 말 그대로 너무 이르게 늙었다는 뜻. 이 병에 걸리면 유아기 때부터 이상한 증상을 보이게 된다. 그리고 그 증상은 나이가 들면서 점점 더 뚜렷해져 간다.

우선 노화와 관련된 증상들이 나타난다. 탈모, 주름진 피부, 약해진 뼈, 도드라진 혈관, 뻣뻣해진 관절, 나빠진 신장 기능과 시력. 그 병에 걸리면 어린 나이에 죽게 된다.

그런 불운한 아이들은 세상에 늘 존재해 왔다. 여섯 살배기 소년이 머리가 빠지고 피부에 탄력이 사라졌다면 그 분야 권위자인 허친슨 박사를 찾아가 확실한 진단을 받아야 한다.

나는 낙관적인 분위기에 젖어 그를 만나러 가는 길이다. 이 세상에 나를 도울 수 있는 사람은 허친슨 박사뿐이다. 솔직히 최근 들어 조금 힘들었었다. 나는 지난 이백 년 동안 매리언을 찾기 위해 런던을 포함한 전국 방방곡곡을 들쑤시고 다녔다. 가끔 그 애를 닮은 사람에게 불쑥 다가가 바보짓을 하기도 했다.

언젠가 요크의 섐블즈에서 술 취한 구두 수선공에게 흠씬 두

들겨 맞은 적도 있었다. 내가 자기 아내에게 치근댄다고 오해했기 때문이었다. 그저 언제 태어났는지 물어봤을 뿐이었는데. 그리고 돈을 벌 수 있는 기회가 포착될 때마다 음악을 연주했다. 간혹 불필요한 의심을 받을 때면 정체를 바꾸고 다른 곳으로 옮겨 갔다. 그런 탓에 돈을 많이 모으지는 못했다. 힘겹게 번 돈은 집세와 술값으로 전부 지출됐다.

딸을 찾으러 다니면서 절망에 빠져 본 게 한두 번이 아니었다. 나는 단순히 실종자를 찾는 게 아니라 잃어버린 삶의 의미도 같이 찾고 있는 중이었다. 인간이 백 살을 넘겨 살지 못하는 이유는 심리적으로 기진맥진하기 때문이다. 계속 살아 나갈 의지가 없기 때문에. 지겹게 반복되는 생각과 인생에 지쳐 버리기 때문에.

누구나 언젠가는 살아오면서 숱하게 봐 온 미소나 몸짓에 진저리를 치게 되어 있다. 세계 질서는 틀에 박힌 변화만을 반복해 왔고, 뉴스는 더 이상 새롭게 여겨지지 않았다. '뉴스news'라는 단어 자체가 조크로 전락해 버렸다. 그리고 모든 것이 영영 깨지지 않는 사이클 안에 갇혀 버렸다. 그것도 밑을 향해서만 천천히 돌아가는 사이클 안에. 무엇보다도 같은 실수를 끊임없이 반복하는 인간들에 대한 관용이 조금씩 사그라져 갔다는 게 문제였다. 처음 들었을 때는 좋았지만 이제는 스스로 귀를 뜯어 버리고 싶을 만큼 진절머리 나는 후렴을 가진 노래 속에 갇혀 버린 기분이랄까.

우리가 시도 때도 없이 스스로 목숨을 끊고 싶은 생각에 사로잡히게 되는 이유였다. 나는 가끔 그런 충동을 행동으로 옮기는 상상을 해보곤 했다. 로즈가 세상을 떠난 후 몇 년 동안은 비소를 구하기 위해 약제상을 기웃거릴 때가 많았다. 그리고 최근 들어 또 다시 그런 상태에 빠지게 되었다. 다리 한복판에 멈춰서서 죽음을 꿈꾸기도 했고.

로즈, 그리고 어머니와의 약속만 아니었다면 진작 행동에 옮겼을 것이다.

나는 이렇게 사는 게 싫었다. 죽을 만큼 외로웠기 때문이다. 이건 보통 외로움과 차원이 다르다. 사막 바람처럼 스며드는 그런 외로움이었다. 아는 사람들을 속속 잃어가는 것으로도 모자라 나 자신마저 잃어 간다고 생각해 보라. 그들과 함께 했을 때의 나를 잃어 가고 있다고.

지금껏 살아오면서 진정으로 사랑했던 사람이 세 명 있었다. 어머니, 로즈, 그리고 매리언. 그중 두 명은 세상을 떠났고, 나머지 한 명은 아직 생존해 있을 가능성이 높았다. 정신적 지주가 사라져 버린 뒤 나는 방황하기 시작했다. 무작정 바다로 나가 두 번의 항해를 했고, 한동안 술에 절어 살기도 했었다. 매리언을 반드시 찾아야 한다는, 그리고 그 과정에서 나 자신도 함께 찾아야 한다는 의지가 없었으면 절대로 버텨 낼 수 없었을 것이다.

나는 눈보라를 헤치고 걸어 나갔다. 숙취는 여전히 가시지 않고 있었다. 이 정도의 숙취에 시달리려면 실은 엄청난 노력이 필요했다. 눈 때문인지 도시는 절반만 존재하고 있는 것처럼 느껴졌다. 마치 모네가 색칠을 하기 전에 흐릿하게 밑그림으로 그려 놓은 런던을 걷고 있는 듯한 기분이었다. 성당 밖에선 몸에 맞지 않는 누더기와 납작한 모자 차림의 남자들이 배식을 기다리며 줄을 서 있었다. 살을 에는 추위에 얼어붙은 그들은 말도, 움직임도 없었다.

왠지 이 여정이 헛고생으로 끝나 버릴 것만 같다는 생각이 들었다. 하지만 다른 선택의 여지가 없었다. 내 '남다른 상태'에 대해 속 시원한 설명을 들려줄 수 있는 사람은 이 세상에 허친슨 박사뿐이니까. 하지만 그가 과연 이런 날씨에도 병원을 지키고 있을지 의문이었다.

병원에 도착하니 간호사인 미스 포스터가 맞아 주었다. 그녀는 허친슨 박사가 병원을 비우는 경우는 절대 없으니 안심하라고 했다.

"지금껏 단 하루도 일을 쉬신 적이 없어요."

미스 포스터가 말했다. 보나마나 숱한 환자들에게 같은 말을 남발해 댔을 것이다. 깨끗한 모자와 앞치마 차림의 그녀는 무척 순수하고 하얘 보였다. 마치 눈보라가 만들어 놓은 무언가를 보는 듯했다.

"오늘 아주 운이 좋으셨네요. 런던의 모든 시민이 허친슨 박사님을 만나고 싶어 하는 것 같거든요."

그녀가 말했다. 그러곤 나를 찬찬히 뜯어보았다. 내게 어떤 피부 질환이 있는지 짐작해 보려는 모양이었다.

나는 미스 포스터를 따라 3층으로 올라갔다. 그녀는 내게 가구가 잘 갖춰진 방에서 기다려 달라고 했다. 방은 빨간 벨벳으로 덮인 등 높은 고급 의자들과 다마스크직(실크나 리넨으로 양면에 무늬가 드러나게 짠 두꺼운 직물_역주) 벽지, 위엄 있어 보이는 벽시계 등으로 꾸며져 있었다.

"박사님께선 지금 다른 환자를 봐주고 계시거든요. 오래 기다리셔야 할 거예요, 크립스 씨."

그녀의 목소리는 성당에서나 들을 법한, 숭배심이 넘치는 속삭임에 가까웠다. (나는 에드워드 크립스라는 이름으로 살아가는 중이었다. 플리머스에 살던 옛 술친구를 기리는 의미로.)

"기다리는 건 제 특기입니다."

나는 말했다.

"다행이네요."

그녀는 진지한 목소리로 말하고 곧 방을 나갔다. 나는 얼굴이 끔찍해 보이는 반점과 발진으로 뒤덮인 사람들과 함께 방에서 차례를 기다렸다.

"바깥 날씨, 정말 고약하죠?"

나는 얼굴에 자주색 발진이 난 여자에게 말했다.

(지난 사백 년간 변하지 않은 게 있다면 그것은 바로 날씨 얘기로 어색한 침묵을 깨 보려는 영국 사람들의 욕구일 것이다. 나

는 지금껏 그렇지 않은 곳에서 살아 본 적이 없다.)

"오, 정말 최악이에요."

그녀가 말했다. 하지만 딱 거기까지였다.

한참 후, 진찰실 문이 열리고 남성 환자가 걸어 나왔다. 울퉁불퉁한 반점들로 뒤덮인 얼굴은 그의 말쑥한 옷차림과 뚜렷한 대조를 이뤘다. 마치 얼굴에 작은 산들이 솟아 있는 것 같아 보였다.

"안녕하세요."

그가 환히 미소를 지으며 내게 인사했다. 안에서 기적을 체험했는지 그는 무척 들뜬 모습이었다. (아니면 박사로부터 기적을 약속받았거나.)

대기실은 또 다시 정적에 파묻혔다. 들리는 것이라고는 벽시계의 똑딱거림뿐이었다.

마침내 내 차례가 돌아왔다. 진찰실로 들어가자 허친슨 박사가 맞아 주었다. 조나단 허친슨은 꽤 인상적으로 생긴 남자였다. 인상적으로 생긴 사람들로 넘쳐나는 시대였음에도 그는 그 정도가 남달랐다. 키는 컸고 맵시가 있었으며, 얼굴에는 긴 턱수염을 기르고 있었다.

턱수염 그 자체만으로 감탄을 자아내기에 충분했다. 그리스 철학자나 조난당한 선원을 보고 있는 기분이었다. 굉장히 공들여 계획하고 기르고 관리해 온 수염 같았다. 밑으로 내려갈수록 폭은 좁아졌고 수염의 끝은 한 가닥의 희고 가는 실처럼 보였다. 아침에 혹독한 날씨에 시달려서인지 그의 수염은 내게 이승의 삶을 비유하는 상징처럼 느껴졌다.

"이렇게 시간 내 주셔서 감사합니다."

나는 말했다. 하지만 이내 후회가 밀려들었다. 절망했다는 티는 내고 싶지 않았는데.

허친슨 박사가 회중시계를 꺼내 잠시 들여다보았다. 그는 면담이 이어지는 동안에도 시간을 몇 번 확인했다. 시간이 궁금해서라기보다는 그냥 습관인 듯했다. 많은 사람들이 그런 습관을 가지고 있었다. 요즘 사람들이 스마트폰을 하루 종일 끼고 다니는 것처럼.

그는 한동안 나를 빤히 쳐다보았다. 그리고 책상에서 편지를 집어 들었다. 내가 쓴 편지였다. 그가 내용의 일부를 소리 내어 읽어 나갔다.

"허친슨 박사님."

그의 목소리는 성량이 풍부했는데, 포르투갈 와인처럼 달콤하게 들리지는 않았다.

"저는 박사님을 존경하고 있습니다. 박사님이 새 질병에 대해 쓰신 글을 우연히 보게 되었습니다. 사람을 비정상적인 속도로 노화시키는 병 말입니다. 제 경우는 조금 특별합니다. 한 가지 유사점이 있기는 합니다만, 그 때문에 더 불가해합니다. 이 세상의 모든 기독교 국가에서 제게 속 시원한 설명을 해 주실 수 있는 분은 오로지 박사님뿐이십니다. 부디 일생 동안 저를 괴롭혀 온 고통을 없애 주시기를……."

그는 편지를 조심스레 접어 책상에 내려놓고서 다시 나를 응시했다.

"선생님의 피부는 건강해 보이는군요. 아무 문제도 없어 보입니다."

"저는 건강합니다. 적어도 몸은요. 아마 세상 누구보다도 건강할 겁니다."

"그럼 뭐가 문제입니까?"

"답을 드리기 전에 제 신원을 절대 공개하지 않겠다고 약속해 주십시오. 제게서 무엇을 발견하시든 학술지에 제 이름을 공개하시면 안 됩니다. 제게는 무척 중요한 문제입니다. 그렇게 약속해 주실 수 있겠습니까?"

"물론이죠. 대체 문제가 뭔지 궁금해 죽을 것 같습니다. 자, 이제 말씀해 주시죠."

나는 그에게 내가 겪고 있는 문제를 알려 주었다.

"저는 사실 늙었습니다."

나는 덤덤하게 말했다.

"그게 무슨……."

"이래 보여도 저는 많이 늙어 있습니다."

한참 후에야 그는 비로소 내 말을 이해했다. 그의 목소리는 많이 달라져 있었다. 태도에서는 의심이 묻어났다. 그는 호기심을 주체하지 못하면서도 내게 질문을 던지는 것을 두려워하는

58

눈치였다.

"몇 살이나······?"

"박사님의 상상을 초월할 만큼 늙었습니다."

나는 대답했다.

"과학의 목적은 상상의 한계를 알아내는 것입니다. 그 목표를 달성하면 마법과 미신은 발붙일 곳을 찾지 못하게 되죠. 세상엔 '사실'만이 남게 되는 겁니다. 한때 사람들은 지구가 평평하다고 믿었습니다. 과학과 의학으로 자연의 미스터리를 풀려 하지 않았죠."

그가 오랫동안 나를 쳐다보다가 몸을 앞으로 기울이고 속삭였다.

"썩은 생선."

"그게 무슨 말씀입니까?"

그가 몸을 뒤로 젖히고 입술을 오므렸다. 그의 얼굴에는 애절한 표정이 떠올라 있었다.

"사람들은 썩은 생선과 나병의 관련성을 모릅니다. 확실하게 입증되었는데도 말이죠. 썩은 생선을 많이 먹으면 나병에 걸리게 된다는 사실 말입니다."

"오, 저도 몰랐습니다."

내가 말했다. (물론 21세기의 나는 썩은 생선과 나병 사이에 아무 관련이 없다는 것을 알고 있다. 하지만 앞으로 이백여 년 동안 썩은 생선을 많이 먹으면 나병에 걸린다는 사람들의 믿음에는 변함이 없을 것이다. 허친슨 박사의 말이 옳았다. 입증된 사실들 대부분은 나중에 반증에 시달렸다가 다시 증명된다. 내가 어렸을 때만 해도 과학계 밖의 사람들은 지구가 평평하다고 믿었다. 단지 눈앞의 땅이 둥글지 않다는 이유만으로. 그러다가 지구가 구체일 수 있다는 가능성에 서서히 마음을 열기 시작했다. 얼마 전 내가 WH 스미스에서 「뉴 사이언티스트」라는 잡지를 훑다가 '홀로그램 원리'라는 것에 대해 알게 되었던 것처럼. 그때 읽은 기사에는 끈 이론과 양자역학과 홀로그램처럼 반응하는 중력에 관한 내용이 실려 있었다. 놀랍게도 그 이론은 온 우주가 그저 우주론적 지평선에 얹혀 있는 평면적 정보에 지나지 않으며, 우리가 입체적으로 느끼는 모든 것은 사실 3D 영화처럼 환상에 지나지 않는다는 것을 암시했다. 어쩌면 모든 것이 시뮬레이션일지도 모른다는 것. 한마디로, 지구는 평평할 수도 있고, 그렇지 않을 수도 있다는 뜻이다.)

"말씀해 보시죠."

그가 말했다. 더 이상은 회피할 수 없는 질문을 던지려는 것이다.

"정확히 몇 살이십니까?"

그래서 나는 그 답을 들려주었다.

"저는 1581년 3월 3일에 태어났습니다. 그러니까 이백칠십일 년을 살아온 셈이죠."

나는 그가 황당해하며 웃음을 터뜨릴 줄 알았다. 하지만 그는 말없이 나를 뚫어져라 쳐다볼 뿐이었다. 창밖에서 춤을 추며 떨어지는 소낙눈이 소용돌이치는 내 머릿속을 잘 반영해 주고 있었다. 그는 눈을 크게 뜬 채 손가락으로 자신의 아랫입술을 꼬집어 대고 있었다. 한참 후, 그가 말했다.

"그러시군요. 알겠습니다. 자, 이제 진단을 내려 드리겠습니다."

나는 미소를 지었다. 그토록 원하던 진단을 받게 되었으니.

"제대로 치료를 받으시려면 베쓰렘에 가 보셔야 할 겁니다."

나는 그곳을 지나쳤던 기억을 떠올렸다. 그 안에서 들려온 비명들도.

"베쓰렘 병원 말씀입니까? 그 아수라장 같은 곳?"

"그렇습니다."

"하지만 거긴 미치광이들만 가는 곳이지 않습니까?"

"정신병원입니다. 그곳에 가시면 도움을 받으실 수 있을 겁니다. 자, 저는 다음 환자를 받도록 하겠습니다."

그가 턱으로 문을 가리켰다.

"하지만……"

"베쓰렘으로 가보십시오. 그런 망상을 없애는 데 도움이 될 겁니다."

당시 가장 유명했던 철학자는 독일의 아르투르 쇼펜하우어였다. 나는 현명치 못하게도 그의 저서를 모조리 구해 읽어 보았다. 우울할 때 쇼펜하우어를 읽는 것은 추울 때 옷을 홀홀 벗어젖히는 것과 다르지 않다. 그의 책에서 본 한 구절이 문득 떠올랐다.

모든 사람은 자신이 보는 시야의 한계를 세상의 한계로 받아들인다.

나는 허친슨 박사가 과학 분야의 최고 권위자일 거라 믿었었다. 그라면 내가 앓고 있는 병에 대해 속 시원한 진단을 내려 줄 수 있을 거라고 생각했었다. 하지만 내가 잘못 짚었다는 게 확인되자 엄청난 비탄이 찾아들었다. 희망이 죽어 버린 것이다. 나는 이제 모든 시계視界를 넘어서 버렸다. 투명인간이 되어 버린 거다.

갑자기 흥분이 끓어올랐다. 나는 주머니에서 동전 하나를 꺼냈다.

"이걸 보십시오. 이 페니(영국의 화폐 단위. 1페니는 1파운드의 100분의 1이다_역주) 말입니다. 보시다시피 엘리자베스 1세 시대의 것입니다. 자, 한번 보시라니까요. 어서요. 제가 떠나올 때 딸이 준 겁니다."

"골동품이군요. 제 친구는 헨리 8세 시대에 통용됐던 은화를 가지고 있습니다. 하프그로트라고 부른다나요. 아무튼 그 친구는 튜더 왕조 시대에 태어나지 않았습니다. 하프그로트는 선생님의 페니보다 훨씬 희귀하고요."

"저는 망상증 환자가 아닙니다. 믿어 주십시오. 저는 아주 오래 살았습니다. 영국이 타히티 섬을 발견했을 때도 그 자리에 있었고요. 또 쿡 선장과 알고 지냈습니다. 궁내부 대신 극단에서도 일했었고요. 제발 말씀해 주십시오, 박사님. 혹시 저 같은 환자가 찾아오진 않았습니까? 저랑 같은 병에 걸린 소녀……아니, 여자가. 그녀의 이름은 매리언입니다만 다른 이름을 썼는지도 모릅니다. 또 다른 신원 뒤에 숨어 지내는지도 몰라요. 우리 같은 사람들이 살아남기 위해서는 불가피하게…….”

허친슨 박사가 걱정 어린 눈으로 나를 쳐다보았다.

“이만 돌아가 주십시오. 많이 흥분하셨습니다.”

“당연히 흥분할 수밖에요. 저를 도와줄 수 있는 사람은 이 세상에 오직 박사님뿐입니다. 제가 왜 이러는지, 어쩌다 이렇게 됐는지 꼭 알아야겠습니다.”

나는 그의 손목을 움켜잡았다. 그가 흠칫 놀라며 내게서 손을 빼냈다. 내 광기가 무슨 전염병이라도 되는 듯이.

“가까이에 경찰서가 있습니다. 당장 나가지 않으면 경찰을 불러 끌어내겠습니다.”

내 눈은 어느새 촉촉해져 있었다. 시야에 담긴 허친슨 박사의 모습이 흐려졌다. 그의 요구에 따르는 수밖에 없었다. 희망을 버리는 수밖에 없었다. 적어도 당분간은. 나는 자리에서 일어나 고개를 끄덕였다. 그리고 말없이 진찰실을 나왔다. 그 후로 31년간 나는 나 자신과 내 역사를 비밀에 부쳐 왔다.

런던과 세인트 올번스, 1860-1891년

허친슨 박사와의 첫 만남 이후 나는 또 다시 비탄과 불안, 염려와 절망에 절어 살았다. 그 외의 어떤 감정도 느끼지 못했던 나날이었다. 그리움이 뒤섞인 비탄에 잠기는 고통은 적어도 내가 아직 살아있다는 걸 확인시켜 주었다. 견딜 수 없을 만큼 괴로워질 때면 삶과 소음에 몸을 던져 버리곤 했다. 혼자서 보드빌(노래와 춤을 섞은 대중적인 희가극_역주) 극장을 찾아가 소음과 웃음이 가장 요란한 맨 앞줄에서 함께 웃고, 또 노래하며 그 즐거움을 온몸으로 느껴 보려 했다. 하지만 금세 면역이 되어 버리고 말았다.

타는 듯이 더웠던 1880년 8월의 어느 날, 나는 화이트채플을 떠나 세인트 올번스까지 걸어갔다. 너무 많은 기억이 서려 있는, 그리고 너무 많은 유령이 출몰하는 런던에서는 더 이상 버틸 수가 없었다. 또 다른 신원 뒤에 숨어 지낼 때가 온 것이다. 내 인생은 러시아 마트료시카 인형과 다르지 않았다. 쉴 새 없이 허물을 벗어 내지만 과거의 삶은 고스란히 제 모습을 간직하고 있을 뿐이었다.

나는 오랫동안 새로운 껍데기를 끊임없이 만들어 내는 것만이 유일한 해결책이라고 굳게 믿어 왔었다. 그래서 계속 도망쳐야 하고, 또 변해야 한다고 마음을 다잡았다. 세상의 눈에 다르게 비칠 수 있게 계속 새로운 것으로 탈바꿈해야 한다고.

세인트 올번스는 런던에서 얼마 떨어지지 않았다. 하지만 그런 건 아무래도 상관없었다. 영국 어디를 간다 해도 충분히 벗어났다는 기분은 들지 않을 테니까. 나는 그곳에서 말의 편자를 만드는 편자공으로 일했다. 요즘 사람들은 1880년대 초반을 연기와 공장으로 넘쳐났던 산업의 시대로 알고 있지만, 사실은 그렇지 않았다. 모든 시대가 그렇듯 당시 또한 온갖 시기가 뒤섞인 대혼란의 시대였다. 아무리 세월이 흘러도 과거는 계속 같은 자리에 머물며 메아리쳐 댄다. 당시는 말과 수레의 시대였다. 그 어느 때보다 대장장이에 대한 수요가 높았다.

하지만 세인트 올번스에서 내 상태는 더 심해졌다. 주홍빛으로 물든 대장간의 열기에 취해 한동안 넋을 놓고 있기도 했다. 그럴 때면 관리자인 제레미아 카트라이트가 이제 그만 구름에서 내려오라며 팔꿈치로 내 옆구리를 찌르거나 등을 찰싹 후려치곤 했다.

언젠가 나 혼자 남겨졌을 때 충동에 휩쓸려 무모한 짓을 벌인 적도 있었다. 갑자기 소매를 걷어 올리고 빨갛게 달구어진 편자를 왼쪽 팔뚝에 꾹 눌러 버렸던 것이다. 피부가 지글거리며 타들어 가는 동안 나는 이를 악물고 터져 나오려는 비명을 필사적으로 참아 냈다.

미소 짓는 입처럼 생긴 그 흉터는 아직도 내 팔뚝에 선명하게 남아 있었다. 그것을 내려다볼 때마다 묘하게 위안이 찾아들었다. 물론 그것 때문에 더 곤란해진 것도 사실이었다. 꽁꽁 숨겨야 하는 것이 하나 더 늘었으니 말이다. 익명성을 위협하는 뚜렷한 흔적.

그래도 어느 정도는 성공한 셈이었다. 고통을 똑똑히 느꼈으니까. 스며든 통증은 내 몸속을 요란하게 휘젓고 다녔다. '아직 살아있는 게 맞아.' 나는 생각했다. 살아있으니 고통스러운 거라고. 그런 깨달음과 현실의 증거가 나를 안심시켜 주었다.

하지만 나는 아직도 내가 미치지 않았다는 증거를 찾아 헤매는 중이었다. 그러던 어느 날, 문득 뇌리를 스치는 생각이 있었다. 어쩌면 내게 이미 그 증거가 있을지 모른다는 생각. 바로 나 자신. 그리고 시간.

그래서 나는 그 증거를 챙겨 또 다시 허친슨 박사를 찾아가 보기로 했다.

런던, 1891년

허친슨 박사는 나를 알아보지 못했다. 예약자 명단에 오른 이름은 에드워드 크립스가 아닌, 유년시절에 썼던 내 본명이었다. 톰. 하지만 성은 바꿔야 했다. 위그노(프랑스의 칼뱅파 신교도_역주)식인 아자르나 평범한 스미스가 아닌, 상징적인 윈터스로.

6월 4일은 후텁지근한 날이었다. 나는 뚱한 대장간 관리자 제레미아의 말이 끄는 수레를 빌려 타고 읍내에 왔다.

'런던 비전염성 피부병 치료 전문 병원'은 이제 '런던 피부 클리닉'이라는 새로운 이름으로 불렸다. 하지만 모든 것은 내가 기억하는 그대로의 모습을 유지하고 있었다. 가구가 잘 갖춰진 대기실, 4층까지 이어진 계단. 허친슨 박사의 진찰실도 조금 어수선해진 것만 빼면 과거 모습 그대로였다. 그의 책상은 온갖 서류와 아무렇게나 펼쳐진 책들로 넘쳐 났다. 가죽 의자에서는 찢어진 부분이 보였다. 저번과 같은 공간이었지만 지금은 회오리바람이 한 번 스치고 지나간 듯한 모습을 하고 있었다.

허친슨 박사도 모든 정상인들과 마찬가지로 많이 늙어 있었다. 인상적이었던 턱수염은 희끗희끗해졌고 심하게 성긴 상태였다. 눈의 흰자위는 누레졌고, 반점으로 덮인 손은 관절염으로 뒤틀려 있었다. 아주 근사했던 목소리 또한 탁하게 변했다. 그는 보통 사람이었고, 시간은 묵묵히 제 역할을 다해 온 것이다.

"윈터스 씨. 찾아봤더니 선생님의 정보가 없더군요."

내가 진찰실에 들어온 후로 그는 단 한 번도 나를 쳐다보지 않았다. 그의 시선은 책상에 어지럽게 널린 서류에 단단히 고정되어 있었다.

"예약할 때 신상 정보를 알려 드리지 않았습니다."

그제야 박사가 고개를 들고 나를 쳐다보았다. 그의 눈이 지저분한 내 옷과 검게 그을린 손을 차례로 훑어 나갔다. 보나마나 나 같이 추레한 사람이 왜 자신을 찾아왔을지 의아해하고 있을 것이다.

"진료비는 아래층에서 냈습니다."

나는 헛기침을 한 번 한 후 말했다.

"혹시 저를 기억하시는지요?"

그가 내 눈을 똑바로 쳐다보았다.

"마지막으로 박사님을 뵈러 왔을 땐 에드워드 크립스라는 이름을 썼습니다. 그 이름은 기억하십니까? 모르시겠어요? 박사님이 제게 정신병원으로 가보라고 하지 않으셨습니까."

박사가 숨을 할딱이는 소리가 점점 격해져 갔다. 그는 가죽 의자에서 일어나 내 앞으로 바짝 다가왔다. 그리고 자신의 침침한 눈을 잠시 비벼 댔다.

그가 속삭였다.

"이럴 수가."

"기억하시겠죠? 네? 삼십일 년 전에도 찾아왔었잖아요. 이제 저를 알아보시겠죠?"

그는 가쁜 숨을 몰아쉬고 있었다. 마치 깨달음이라는 가파른 언덕을 간신히 넘은 듯이.

"아니야. 아니, 아니, 아니. 그럴 리 없어. 난 지금 꿈을 꾸고 있는 거야. 당신은 매스켈라인이나 쿡, 둘 중 하나일 거야."

매스켈라인과 쿡은 콤비로 활동하는 마술사들이었다. 그들은 마침 런던에서 공연을 펼치고 있었다.

"이건 꿈이 아닙니다, 박사님."

"내가 제정신이 아닌가 봅니다."

눈 앞에 있는 나라는 존재보다 자신의 정신 상태를 의심하는 편이 더 쉬운 모양이었다. 나는 급격히 우울해졌다.

"아닙니다, 박사님. 박사님은 제정신이십니다. 그때 제 증상에 대해 들으셨죠? 제가 시간에 휩쓸리지 않는다고 했던 말 기억하십니까? 축복처럼 들리겠지만 사실은 저주에 더 가깝습니다. 보십시오. 이래도 거짓이라고 하시겠습니까? 저는 실제로 이렇게 살고 있습니다. 이 모든 게 다 현실이란 말입니다."

"당신이 유령이 아니라고요?"

"아닙니다."

"내 상상력이 만들어 낸 유령이 정말 아니라고요?"

"아닙니다."

그가 손을 뻗어 내 얼굴을 더듬었다.

"정확히 언제 태어났습니까?"

"1581년 3월 3일에 태어났습니다."

"1581년이라……."

그는 믿어지지 않는다는 듯 몇 번 반복해 웅얼거렸다.

"1581년. 1581년. 그럼 런던 대화재 때 여든다섯 살이었겠군요."

"그 열기를 온몸으로 느꼈습니다. 불꽃에 피부가 그슬리기도 했었죠."

그가 확 달라진 눈빛으로 나를 쳐다보았다. 마치 부화 직전의 공룡 알을 발견한 고생물학자를 보는 듯했다.

"이런, 이런, 이런. 당신으로 인해 모든 게 바뀌었습니다. 모든 게 다. 이런 사람이 세상에 당신뿐입니까? 또 다른 환자도 있나요? 같은 증상을 가진……?"

"네! 쿡 선장과 두 번째 항해를 하면서 한 남자를 만났습니다. 태평양의 한 섬에서 왔다는데요, 이름은 오마이였습니다. 내 유일한 친구가 되어 주었죠. 그리고…… 제 딸 매리언도 그렇습니다. 그 애가 어릴 때 헤어졌어요. 딸도 저와 같은 케이스라는 걸 아이 어머니로부터 들었습니다. 열한 살 때 성장 속도가 비정상적으로 바뀌었답니다."

나는 말했다. 허친슨 박사가 미소를 지었다.

"얼떨떨하네요."

나도 그를 따라 미소를 지었다. 마침내 믿어 주는 사람이 생겼다는 사실에 환희가 밀려들었다.

하지만 그 환희는 십삼일 후, 허친슨 박사의 시체가 템스 강에서 발견되는 순간 싹 증발해 버렸다.

런던, 현재

아직도 두통에 시달리고 있다.

아무렇지 않다가도 어느 순간 갑자기 통증이 찾아든다. 그리고 통증은 늘 기억을 동반한다. 엄밀히 따지면 이건 두통이 아니라 기억통이다. 인생통.

아무리 애를 써도 통증은 완전히 사라지지 않는다. 모든 수단과 방법을 다 써 봤는데도. 이부프로펜(소염 진통제의 하나_역주)도 먹어 봤고, 물도 몇 리터씩 들이켜 봤고, 라벤더 향이 나는 물로 목욕도 해봤고, 어둠 속에 누워 있어 보기도 했고, 관자놀이를 살살 마사지해 보기도 했고, 천천히 심호흡도 해봤고, 류트 음악과 해변의 파도 소리를 들어 보기도 했고, 명상도 해보았고, 내 목소리가 섬뜩하게 느껴질 때까지 스트레스 해소 요가 비디오 코스가 알려 준 대로 "너는 안전해, 그러니 모든 근심을 털어 버려."라는 만트라도 수백 번 반복해 읊어 봤고, 뇌사 상태에 빠지기 직전까지 TV를 봤고, 카페인을 완전히 끊기도 해보았으며, 노트북 컴퓨터 화면의 밝기를 줄여 보기도 했지만 그림자처럼 끈질긴 두통은 가실 줄 몰랐다.

제대로 해보지 못한 한 가지가 있다면 그건 숙면이다. 세월이 흐를수록 잠드는 게 점점 더 힘들어졌다.

어젯밤, 잠이 너무 오지 않아 거북에 대한 다큐멘터리를 시청했다. 최장수 동물은 아니지만 종에 따라 '180년 넘게' 살기도 한단다. 군이 인용 부호를 붙인 이유는 하루살이들의 추정치가 사실과 크게 다르기 때문이다. 상어의 수명을 추정해 놓은 자료만 봐도 그걸 알 수 있다. 인간의 수명은 말할 것도 없고. 세상 어딘가에는 분명 오백 번째 생일을 코앞에 둔 거북이 살고 있을 것이다.

아무튼 나를 가장 우울하게 만든 것은 인간이 거북이 아니라는 사실이었다. 거북은 2억2천만 년 전부터 이 땅에 살아왔다. 트라이아스기 때부터. 하지만 거북은 그때와 달라진 게 거의 없다. 그에 비하면 인간이 이 땅에 살아온 시간은 얼마 되지 않았다.

천재가 아니더라도 우리에게 그리 많은 시간이 남지 않았다는 결론에 도달할 수 있다. 인간의 다른 아종亞種들, 그러니까 네안데르탈인, 아시아의 데니소바인, 그리고 인도네시아의 '호빗' 등은 긴 게임에 젬병이었다. 그리고 보나마나 우리도 다르지 않을 것이다.

하루살이들은 별로 개의치 않을 것이다. 어차피 앞으로 살날이 삼사십 년 밖에 남지 않았으니까. 생각의 폭이 작아도 상관없다. 스스로를 변치 않는 나라, 변치 않는 국기, 그리고 변치 않는 세계관에 갇혀 사는 변치 않는 존재라고 생각해도 문제될

건 없다. 그 모든 것에 특별한 의미가 있다고 믿어도 된다.

나처럼 오래 살다 보면 세상에 변치 않는 건 없다는 사실을 깨닫게 된다. 오래 살면 모두가 난민이 되어 버린다. 국적 따위는 전혀 중요하지 않다는 걸 알게 된다. 그뿐 아니라 오랫동안 고수해 온 자신의 세계관이 틀렸다는 것도 확인할 수 있다. 인간a human being을 정의하는 건 오로지 인간으로 사는 것being a human뿐이라는 사실도 깨닫게 되고.

거북에게는 국적이 없다. 챙겨야 할 국기도, 전술 핵무기도 없다. 테러리즘이나 국민 투표나 중국과의 무역 전쟁도 없다. 운동할 때 듣는 스포티파이(Spotify. 온라인 음악 스트리밍 서비스_역주) 플레이리스트도 없고, 거북 제국의 쇠퇴와 몰락에 대한 책도 없다. 인터넷 쇼핑이나 셀프 서비스 계산대도 없고.

사람들은 다른 동물들에게 진전이 없다고 한다. 하지만 진전이 없는 건 인간의 정신이다. 우리는 아직도 미화된 침팬지로 살아갈 뿐이다. 무기들만 좀 커졌을 뿐. 우리는 그저 양자와 입자 덩어리에 지나지 않는다. 우리에게는 그것을 깨닫기에 충분한 지식이 있다. 그럼에도 불구하고 이 우주로부터 우리 자신을 분리시키려 무던히 애를 쓰고 있다. 우리가 나무나 바위나 고양이나 거북보다 낫다고 믿으면서.

지금 내 머릿속은 인간의 공포와 고통으로 가득 차 있다. 앞으로 미래가 얼마나 남았을지 생각하면 가슴이 불안으로 차오른다.

요즘은 하루에 세 시간만 자도 기쁠 지경이다. 옛날에는 '콰이어팅 시럽'을 썼었다. 헨드릭이 추천한 기침약이었다. 하지만 콰이어팅 시럽에는 모르핀이 함유되어 있었다. 그래서 백 년 전쯤 아편제가 금지되었을 때 그 약도 생산이 중단되었다. 이제는 효과 없는 '비첨스 나이트 너스'에 의존할 수밖에 없다.

의사를 만나 보는 게 현명한 일이겠지만 그러지 않았다. 그게 앨버트로스 소사이어티의 규칙이었다. '무슨 일이 있어도 절대 의사를 찾아선 안 된다.' 내게는 지키기 쉬운 규칙이었다. 허친슨 박사의 죽음에 대한 죄책감 때문이었다. 혹시 종양이 생긴 건 아닐까? 하지만 나는 지금껏 종양이 생긴 앨버 이야기를 들어본 적이 없었다. 만약 종양이 맞는다면 그 또한 굉장히 느린 페이스로 자라고 있을 것이다. 최소한 인간의 평균 수명 정도는 주어지지 않을까? 하지만 증상을 봐서는 종양이 아닐 가능성이 컸다.

아무튼 첫 출근을 하루 앞둔 오늘도 두통은 예외 없이 나를 괴롭혀 댔다. 물과 시리얼로 배를 채운 후 에이브러햄을 데리고 산책에 나선다. 녀석이 간밤에 소파의 한쪽 팔걸이를 물어뜯어 놓았지만 나는 거기에 신경 쓸 정신이 없다.

어쩌면 골칫거리 개가 내게는 축복인지도 모른다. 그 덕분에 나 자신에 대해 고민할 시간이 줄었으니. 아키타 견은 일본 산악 지대에 특화된 종이다. 녀석의 처지는, 청정하고 웅장한 환경에서 살기 위해 태어났지만 운명의 장난으로 때와 오염과 콘

크리트로 뒤덮인 런던 동부에 갇혀 버린 내 처지와 별로 다르지 않다. 카펫에 오줌을 갈기고 소파를 물어뜯는 녀석을 무작정 나무랄 수만은 없는 이유다. 자기가 원해서 이런 삶을 사는 게 아니니까.

에이브러햄과 나는 매연을 온몸으로 맞으며 터덕터덕 걸어 나간다.

"한때 여기 우물이 있었어."

마권 판매소를 지나면서 나는 말한다.

"그리고 여기, 이곳은 일요일 미사를 보고 나온 사람들이 모여 스키틀(나무로 된 아홉 개의 핀을 세워 놓고 공을 굴려 쓰러뜨리는 경기_역주)을 하던 자리야."

십대 소년이 우리를 지나쳐 간다. 단을 접은 바지와 헐렁한 '더 헌드레즈' 티셔츠를 입은 소년을 보고 있노라니 랭그라브 반바지(긴 헝겊 조각을 부풀려 호박 모양의 실루엣을 만들어 낸 17세기에 유행한 반바지_역주)와 오버스커트 차림으로 런던 거리를 누비고 다녔던 17세기의 아이들이 떠오른다. 소년이 휴대폰에서 눈을 떼고 탐탁지 않은 눈빛으로 나를 쳐다본다. 아이의 눈에 나는 나사 풀린 런던 외톨이로만 보일 것이다. 어쩌면 소년은 월요일에 내가 가르치게 될 학생인지도 모른다.

우리는 길을 건너간다. 가로등 기둥에는 광고지가 붙어 있다. 캔들라이트 클럽. '주류 밀매점을 테마로 한 런던 최고의 칵테일 바에서 광란의 20년대를 체험하세요.' 두통이 다시 심해진다. 눈을 질끈 감자 기억 하나가 기침처럼 튀어 오른다. 파리의 시로스Ciro's 피아노 바에서 〈스윗 조지아 브라운Sweet Georgia Brown〉을 연주했던 순간. 그리고 내 어깨에 살며시 얹어졌던 낯선 이의 손.

나는 어느새 공원에 들어와 있다. 마지막으로 피아노를 쳐 본 게 언제였는지 기억도 나지 않는다. 하지만 그립지는 않다. 피아노는 마약과도 같다. 유혹적이고 강렬해서 연주자에게 심각한 정신적 문제를 안겨 주기도 한다. 죽은 감정들을 깨우기도 하고 잃어버린 자신 안에 빠져 허우적거리게 만들기도 한다. 신경 쇠약에 걸릴 지경까지 내몰기도 하고. 앞으로 살면서 피아노를 만져 볼 일이 또 있을지 모르겠다. 나는 에이브러햄의 목걸이에서 클립을 풀어 준다. 녀석은 내 옆에 바짝 붙어 서서 나를 올려다본다. 혼란스러워하는 표정이다. 자유라는 개념이 당혹스럽다는 듯이.

나도 그 기분을 잘 안다.

공원을 둘러보던 중 비숑 프리제를 끌고 나온 남자가 눈에 들어온다. 그는 개의 배설물을 조심스레 비닐봉지에 담고 있다. 다람쥐 한 마리가 너도밤나무 몸통으로 폴짝 뛰어오른다. 구름 뒤에서 태양이 얼굴을 빠끔히 내민다. 에이브러햄은 어딘가로 총총 걸어 나간다.

바로 그때 한 여자가 눈에 들어온다.

그녀는 얼마 떨어지지 않은 벤치에 앉아 책을 읽고 있다. 눈에 익은 얼굴이다. 이런 일은 흔치 않은데. 언제부터인가 나는 사람들의 생김새에 관심을 갖지 않게 되었다. 어차피 이 얼굴이 저 얼굴이고, 저 얼굴이 이 얼굴이니. 하지만 이 여자는 대번에 알아볼 수 있다. 다프네의 사무실 창문 밖으로 내다보았던 바로 그 얼굴이다. 프랑스어 교사. 그때와 마찬가지로 지금도 그녀는 자신이 하는 일에 집중하고 있다.

비슷한 사람들 틈에서 혼자만 튀어 보이는 건 쉬운 일이 아니다. 하지만 그녀에게는 독특한 스타일이 있다. 옷차림을 말하는 게 아니다. 물론 맵시 있게 차려입기는 했지만. (참고로 그녀는 코듀로이 블레이저에 청바지 차림이고, 안경을 쓰고 있다.) 그보다 더 눈에 들어오는 건 벤치에 책을 내려놓고 아늑하게 앉아 공원을 찬찬히 둘러보는 그녀의 자세다. 눈을 감은 채 두 볼을 살짝 부풀렸다가 숨을 내쉬며 고개를 젖히는 모습. 나는 시선을 돌려 버린다. 공원에서 여자를 쳐다보는 남자. 나는 누구라도 될 수 있다. 더 이상 1832년이 아니지 않은가.

고개를 돌리는 순간 그녀가 부르는 소리가 들려온다.

"개가 예뻐요."

근대 프랑스어 악센트가 느껴진다. 그래. 그때 내가 본 여자가 분명해. 그녀가 에이브러햄에게 한 손을 내민다. 에이브러햄은 꼬리를 흔들어 대며 그녀의 손을 핥는다.

"운이 좋으시네요."

그녀가 고개를 들고 불안해하는 눈빛으로 나를 쳐다본다. 그것도 어색함이 느껴질 만큼 오랫동안. 내가 너무 매력적이라 눈을 뗄 수 없기 때문은 아닐 것이다. 나는 그렇게 생각할 만큼 오만하지는 않다. 최소 지난 백 년 동안은 이런 눈빛을 받아 본 적이 없었던 것 같다.

내가 이십대 같아 보였던 1700년대에는 흔히 있던 일이었다. 비탄을 흉터처럼 안고 살았을 때. 하지만 요즘은 다르다. 그녀는 무언가 다른 이유로 나를 응시하고 있는 것이다. 왠지 불안해진다. 그녀도 학교에서 나를 보았던 걸까? 그래. 아마 그랬을 거야.

"에이브러햄! 에이브러햄! 돌아와! 어서 오라고!"

개가 헉헉대며 내게로 달려온다. 나는 목걸이에 클립을 채우고 나서 휙 돌아선다. 등에서 그녀의 시선이 느껴진다.

집에 돌아온 나는 7학년 학습 계획안을 꺼내 본다. 첫 번째 주제가 침침한 화면에 떠오른다. 「튜더 왕조 시대 영국의 마녀 재판」. 계획안에서 절대 빼놓을 수 없는 내용이다.

내가 왜 이러고 있는지 알 것 같다. 내가 왜 역사 교사가 되고 싶었는지. 과거를 다스릴 필요가 있기 때문이다. 그것이 바로 역사다. 과거를 가르치고 알리는 것. 과거를 통제하고 정리하는 것. 과거를 애완동물로 만들어 버리는 것. 하지만 우리가 살아온 역사는 책이나 화면으로 접하는 역사와는 거리가 멀다. 과거의 어떤 것들은 절대로 길들여지지 않는다.

갑자기 머리가 지끈거려 온다.

나는 자리에서 일어나 주방으로 향한다. 아무래도 블러디 메리(보드카와 토마토 주스를 섞은 칵테일_역주)를 한 잔 만들어 마셔야 할 것 같다. 그냥 대충 만들어서. 셀러리 스틱 따위는 필요 없다. 나는 음악도 틀어 놓는다. 가끔 음악이 도움이 될 때가 있다. 차이콥스키의 6번 교향곡과 빌리 홀리데이와 형편없는 스포티파이 플레이리스트 대신 돈 헨리의 〈보이즈 오브 서머The Boy of Summer〉를 골랐다. 비교적 최근에 발표된 곡. (사실은 1984년에 만들어진 곡이지만.)

나는 80년대 독일에서 처음 들었을 때부터 이 노래와 사랑에 빠졌었다. 이유는 모르겠다. 이 노래를 들을 때마다 유년 시절의 기억이 떠오른다. 내가 유년기를 보낸 건 이미 몇 세기나 전의 일인데도. 노래를 듣고 있노라면 어머니가 구슬픈 프랑스 샹송을 불러 주던 생각이 난다. 우리가 영국에 온 후로 어머니는 샹송만을 불러 주었다. 그것도 아주 슬프고 향수를 불러일으키는 곡들만. 두통이 계속 이어지고 있다. 하지만 오래 전 존 기퍼드가 겪었을 고통에 비하면 아무것도 아니다. 눈을 감자 오래된 추억들이 우르르 몰려든다.

영국, 서퍽, 1599년

기억난다. 어머니는 내 침대 옆에 앉아 프랑스어로 노래를 불러 주었다. 어머니의 손가락이 마치 도망치듯 체리목 류트의 줄들을 바쁘게 오고 갔다.

어머니에게 음악은 도피 수단이었다. 차분한 목소리로 〈에르 드 쿠르air de cour〉를 불러주는 어머니의 표정이 오늘 저녁 따라 심상치 않았다.

노래하는 어머니는 무척 아름다웠다. 노래를 부를 때는 늘 눈을 감았다. 마치 노래가 꿈이나 기억이라도 되는 것처럼. 하지만 오늘 어머니는 눈을 감지 않았다. 대신 미간을 찌푸린 채 나를 빤히 쳐다보고 있었다. 미간의 주름은 아버지를 떠올리거나 프랑스에 문제가 생겼을 때만 볼 수 있는 것이었다. 어머니가 갑자기 연주를 멈추었다. 그러곤 류트를 내려놓았다. 그 류트는 로슈포르 공작으로부터 선물 받은 것이었다. 내가 아기였을 때.

"넌 조금도 변하지 않는구나."

"어머니, 제발. 그 얘긴 하지 마세요."

"네 얼굴엔 수염이 한 가닥도 나지 않았어. 벌써 열여덟 살이나 됐는데도 말이야. 오 년 전 모습에서 조금도 변하지 않았다고."

"어머니, 그건 제가 어쩔 수 있는 게 아니잖아요."

"시간이 너만 비껴가는 것 같아, 에스티엔느."

어머니는 아직도 나를 에스티엔느라고 불렀다. 적어도 집에서만큼은. 밖에서는 무조건 토마로 불리고 있었지만.

나는 근심을 밀쳐 내고 어머니를 안심시키려 애썼다.

"시간이 저만 비껴간 게 아니에요. 태양은 계속 뜨고 지잖아요. 봄이 가면 여름이 오고. 저는 제 또래 누구보다도 열심히 일해 왔어요."

어머니가 내 머리를 쓰다듬었다. 어머니의 눈에는 내가 아직도 어린아이로 보이는 모양이다.

"더 이상 나쁜 일이 생기지 않기를 바랄 뿐이야."

순간 어릴 적 기억 하나가 뇌리를 스쳤다. 어머니가 비탄에 울부짖으며 우리가 살던 프랑스 대저택 홀에 걸린 태피스트리에 얼굴을 파묻었던 것. 아버지가 랭스 근처 전장에서 대포에 맞아 죽었다는 소식이 전해진 날이었다.

"우린 아무 문제도 없을 거예요."

"그래. 지붕 이는 일로 돈이 꽤 벌리긴 하지. 하지만 카터 씨 밑에서 일하는 건 그만뒀으면 좋겠구나. 모두가 기퍼드 저택 지붕에 올라가 일하는 널 볼 수 있으니까. 이미 너에 대한 소문이 파다하게 퍼져 있어. 이 마을은 좁은 곳이라고."

아이러니하게도 나는 태어나서 처음 십삼 년 동안 빠르게 성장했다. 비정상적으로 빠르지는 않았지만 남다른 성장 속도이기는 했다. 그것이 카터 씨가 나를 고용한 이유였다. 나이가 어려 보수를 많이 줄 필요가 없었고, 무엇보다도 열세 살 소년치고는 체격이 크고 힘이 셌기 때문에. 하지만 어느 순간 갑자기 조금의 변화도 감지되지 않을 만큼 성장 속도가 느려지게 되었다.

"캔터베리로 갔어야 했어요. 아니면 런던으로."

나는 말했다.

"내가 큰 도시를 싫어하는 거 알잖니."

어머니가 잠시 말을 멈추고 속치마를 손으로 문질러 폈다. 나는 어머니를 빤히 쳐다보았다. 일생을 프랑스 대저택에서 살아온 어머니가 영국의 먼 구석에서, 그것도 의심 많은 사람들이 득실대는 마을의 작고 초라한 집에서 살게 되다니 마음이 착잡했다.

"네 말이 맞아. 우린……."

그때 밖에서 누군가의 울부짖음이 들려왔다. 나는 황급히 바지와 신발을 걸치고 문으로 향했다.

"안 돼. 넌 여기 있어."

"누군가가 다친 것 같아요. 나가서 봐야겠어요."

나는 그렇게 말하곤 밖으로 뛰쳐나갔다. 날은 많이 어둑해져 있었다. 석양이 진 후의 하늘은 핀치(부리가 짧은 작은 새의 종류_역주)의 알 같은 푸른색을 띠고 있었다. 골목은 같은 소리를 듣고 나온 동네 사람들로 소란스러웠다.

나는 계속 달려 나갔다. 잠시 후, 그가 보였다.

그 남자.

존 기퍼드.

멀리 떨어져 있었지만 나는 어렵지 않게 그를 알아보았다. 그는 건초더미만큼이나 덩치가 컸다. 그가 두 팔을 양옆으로 늘어뜨린 채 걸어오는 중이었다. 팔을 흐느적거리며 걷는 존의 모습이 무척 어색해 보였다. 그가 갑자기 두 차례 구토를 쏟아냈다. 길가에 역겨운 토사물을 뿌려 놓은 그는 다시 휘청대며 걸음을 옮겨 나갔다.

그의 아내 앨리스와 세 아이가 패닉에 빠진 백조 새끼들처럼 울부짖으며 그를 뒤따르고 있었다.

마침내 그가 에드워드스톤의 모든 주민이 모여 있는 마을 중앙 잔디밭에 다다랐다. 그의 귀에서는 피가 배어 나오고 있었다. 그가 기침을 하자 입과 코에서 터져 나온 피가 그의 턱수염을 적셨다. 그는 땅에 픽 고꾸라졌다. 그의 아내는 출혈을 막아보려는 듯 그의 입과 귀에 두 손을 얹어 놓았다.

"오, 존, 주님이 살려주실 거예요, 존. 오, 주여⋯⋯. 존⋯⋯."

주민 몇 명이 그녀를 따라 기도를 시작했다. 끔찍한 광경을 보지 못하도록 아이들을 와락 끌어안은 부모들도 있었다. 하지만 대부분의 주민들은 호기심에 찬 눈으로 지켜보는 중이었다.

"루시퍼의 짓이야."

눈을 휘둥그레 뜬 칼갈이 월터 언쇼가 말했다. 그는 내 바로 옆에 서 있었다. 입에서 역한 맥주 냄새가 풍겼다.

땅에 벌러덩 누운 존 기퍼드의 두 팔이 덜덜 떨리고 있었다. 떨림의 강도는 서서히 줄어드는 중이었다. 잠시 후, 그는 시커먼 피로 물든 잔디에서 숨을 거두었다.

실신한 앨리스가 남편 위로 쓰러졌다. 마을사람들은 무거운 침묵 속에서 멍한 얼굴로 서 있었다.

타인의 참혹한 비극을 목격한 나는 불편해진 마음을 안고 돌아섰다.

눈에 익은 얼굴들을 차례로 지나치던 중 빵집 주인의 아내 베스 스몰이 눈에 들어왔다. 그녀는 비난하는 듯한 눈빛으로 나를 쳐다보고 있었다.

"그래, 토마 아자르. 넌 멀리 떨어져 있는 게 좋겠어."

당시에는 무슨 뜻인지 이해하지 못했었다. 하지만 얼마 지나지 않아 그게 경고라는 사실을 깨달을 수 있었다.

나는 존 기퍼드를 한 번 돌아보았다. 그는 여전히 미동도 없이 누워 있었다. 그의 큼직한 손은 피에 젖어 번들거렸다. 나는 멈추지 않고 계속 걸음을 옮겨 나갔다. 밤하늘에서는 겁에 질린 얼굴 같은 달이 나를 내려다보고 있었다.

런던, 현재

"마녀."

나는 교사의 목소리로 말한다. 아이들이 주목하지 않는 목소리 말이다.

무수히 많은 선택지를 제치고 내가 고른 삶이다. 자신을 외면하는 열두 살짜리 아이들 앞에 서 있는 남자의 삶.

"사백 년 전 사람들은 왜 마녀의 존재를 믿고 싶어 했을까?"

나는 교실 안을 찬찬히 둘러본다. 실실 웃는 얼굴, 어색해하는 얼굴, 휴대폰을 들여다보는 얼굴, 그리고 그 세 가지 전부 다인 얼굴. 아침 9시 35분. 수업이 시작된 지 겨우 5분이 지났을 뿐이다. 매끄러운 시작으로 볼 수는 없다. 수업도, 오늘 하루도, 이 직업도. 모든 게 최악의 시작을 맞았다.

교사로 사는 것은 어쩌면 내게 있어 새 출발이 아닌지도 모른다. 그저 또 하나의 실망스러운 선택에 불과할 뿐인지도.

스리랑카를 찾기 전까지 나는 아이슬란드 북부에서 8년을 지냈다. 코파스케르라는 어촌에서 북쪽으로 10마일 떨어진 곳이었다. 그때 내가 아이슬란드를 선택했던 이유는 그 전에 토론토에서 몇 년을 살아 봤기 때문이었다. 토론토는 지구상에서 가장 행복한, 그야말로 최고의 도시다. 하지만 그럼에도 불구하고, 어쩌면 바로 그런 이유 때문에 나는 불행했다.

나는 그곳 아파트에 틀어박혀 살았다. 그 누구와도 소통하지 않았다. 언젠가 그곳 프로 야구 팀 블루 제이스의 경기를 보러 나간 적이 있었다. 하지만 유대감 없는 사람들에게 둘러싸여 있다 보니 문득 아이슬란드 같은 곳으로 떠나고 싶어졌다. 그리고 아이슬란드에서의 적적한 삶은 나로 하여금 평범한 삶을 갈망하게 만들었다.

하지만 평범한 삶이 행복을 보장하지는 않는다. 물론 교사의 삶은 가식이었다. 어쩌면 세상 사람 모두가 나처럼 연기를 하며 살아가고 있는지도 모른다. 이 학교의 모든 교사와 아이들은 말할 것도 없고. 어쩌면 셰익스피어가 옳았을 수도 있다. 온 세상이 하나의 무대일지 모른다는 말. 이 모든 게 연기가 아니라면 세상은 당장 와르르 무너져 내릴 수도 있다. 행복의 비결은 자신에게 진실한 삶을 사는 게 아니었다. 솔직히 그 말이 무슨 뜻인지도 모르겠다. 누구나 무수히 많은 자아를 가지고 있는데. 행복의 비결은 자신에게 가장 어울리는 거짓말을 찾는 것이다.

히죽히죽 웃는 열두 살짜리 아이들을 응시하며 나는 생각한다. 이건 내게 어울리는 거짓말이 아니야.

"당시 사람들은 왜 마녀의 존재를 믿었을까?"

나는 다시 묻는다. 다프네가 교실 밖 복도를 걸어가고 있다.

그녀가 안을 들여다보며 내게 미소를 짓는다. 그리고 양손 엄지를 들어 보인 후 계속 갈 길을 재촉한다. 나도 미소를 흘리며 최고의 시간을 보내고 있다는 듯 연기에 돌입한다. 아주 잘 하고 있다고. 너무나 익숙한 일이니 걱정 말라고. 새로운 재주를 배우는 늙은 개의 처지와는 다르다고.

나는 또 다시 같은 질문을 던진다.

"무엇이 그들로 하여금 사악한 마법을 믿게 만들었을까?"

맨 앞 여학생이 손을 든다. 소녀가 답을 내놓을 줄 알았지만 그냥 번쩍 든 손으로 하품이 터지는 입을 막을 뿐이다.

결국 답변은 내 차지가 된다. 나는 이 주제가 일깨우려는 기억을 떠올리지 않으려 최선을 다해 본다. 동시에 목소리가 갈라지지 않도록 노력한다.

"당시 사람들이 마녀의 존재를 믿었던 건 그게 가장 손쉬운 답이었기 때문이었어. 적이 필요했고, 속 시원한 설명도 필요했기 때문에. 당시 같은 난세엔 특히 더 그랬지. 무지가 판을 치는 세상에서 사람들은 마녀에게 모든 책임을 떠넘기려 했었어. 그러면…… 어떤 사람들이 마녀의 존재를 믿었을까?"

"바보들이요."

누군가가 대답한다. 어디서 웅얼거림이 튀어나왔는지 확인이 되지 않는다. 나는 미소를 지었다. 수업이 끝나려면 오십오 분을 더 기다려야 한다.

"그랬을 것 같지? 하지만 아니야. 모든 이가 마녀의 존재를 믿었어. 엘리자베스 1세는 마녀 행위를 금지하는 법을 제정했고, 나름대로 식자로 알려진 제임스 왕은 그녀에 이어 왕위에 오르고 나서 마녀에 관한 책을 쓰기도 했지. 가짜 뉴스를 가장 먼저 생산해 낸 기술은 인터넷이 아니라 바로 인쇄술이었어. 책들이 미신을 확고히 굳혀 버린 거지. 그런 이유로 거의 모든 이가 마녀의 존재를 믿게 된 거야. 전국을 들쑤시고 다니며 마녀를 사냥하는 사람들도 그렇게 탄생하게 됐고."

순간 날카로운 통증이 찾아든다. 극심한 두통. 뇌 안에서부터 내뿜어진 통증이 나를 주춤하게 만든다. 더 이상 말을 이을 수가 없다. 맨 앞에 앉아 하품을 했던 소녀가 걱정스러운 표정을 짓고 있다.

"괜찮으세요, 선생님?"

"그래. 그냥 두통일 뿐이야. 곧 나아질 거야."

그리고 또 다른 아이. 이번에는 뒤편에 앉은 여학생이다.

"마녀가 맞는지 아닌지는 어떻게 알 수 있었죠? 사람들이 무슨 방법을 썼나요?"

그 질문이 어두운 방에 갇힌 까마귀처럼 내 머릿속을 휘젓는다.

사람들이 무슨 방법을 썼나요?

사람들이 무슨 방법을 썼나요?

사람들이 무슨 방법을 썼나요?

영국, 서퍽, 1599년

세상의 모든 부모가 그렇듯 어머니 역시 복잡하고 모순되는 인간이었다. 도덕주의자처럼 굴었지만 기쁨을 주는 것들의 열렬한 애호가이기도 했다. (음식, 음악, 자연 미학, 뭐 그런 것들.) 신앙심이 깊었지만 기도를 하는 것보다 세속적인 샹송을 부르는 것으로 마음의 평화를 찾으려고 했다. 자연을 사랑했지만 성을 나설 때마다 불안해했고, 연약했지만 억세고 고집이 셌다. 나는 그런 기이함의 근원이 궁금했다. 비탄이 어머니를 그렇게 만든 건지, 아니면 그것이 어머니의 본성이었는지.

"세상에 우리를 기쁘게 해 주지 않는 건 없어. 하찮은 풀잎도, 그 어떤 색깔도 우리에게 행복을 줄 수 있지. 꼬뱅 씨의 말이야."

영국에 도착한 지 얼마 되지 않았을 때 어머니가 불쑥 말했다. 나는 꼬뱅 씨를 좋아하지 않았다. 아니, 칼뱅이라고 해야 하나? 아무튼 그는 우리 집 모든 문제의 근원이었다. 적어도 한때는 그랬었다. 하지만 이제는 내가 그 배턴을 넘겨받았다. 그리고 우리 집의 문제는 빠른 속도로 악화되어 갔다. 그리고 그들이 찾아와 우리 집 문을 두드렸을 때 나는 깨달았다. 더 이상 도망칠 곳이 없다는 것을. 세상 그 어느 곳에서도 안심할 수 없다는 것을.

'프리커pricker'라고도 불리는 마녀 사냥꾼의 이름은 윌리엄 매닝이었다. 런던에서 온 그는 키가 컸고, 단단한 체구와 각진 얼굴을 가진 남자였다. 머리숱은 적었지만 어깨는 떡 벌어졌고 힘이 셌으며 도살업자처럼 큼직한 손을 가지고 있었다. 왼쪽 눈에 백내장이 있어 반쯤 장님으로 봐도 무방했다. 마을에서 그를 보지는 못했지만 언젠가 말 두 마리가 동쪽으로 달려가는 소리에 놀라 잠에서 깬 적은 있었다.

말을 타고 다니는 사람은 또 다른 치안 판사였다. 그에 대해 알려진 것이라고는 그가 노아 씨라고 불린다는 사실뿐이었다. 그는 말쑥한 옷차림이었고, 자신이 신사라고 자처했다. 그 역시 키가 컸지만 피부는 잿빛을 띠고 있었다. 마치 죽음처럼. 그리고 유령처럼(cadaverous, 이 단어는 그로부터 이백 년쯤 지나서야 즐겨 쓰게 되었다.)

군郡 전체가 우리 소식에 귀를 기울이고 있었다. 하지만 우리는 그날 노크 소리를 듣기 전까지 그 사실을 모르고 있었다.

윌리엄 매닝이 내 손목을 움켜잡았다. 그는 굉장히 억센 사람이었다. 그가 나머지 한 손으로 내 피부에 난 분홍색 반점을 가리켰다. 그는 그것을 만지기가 두려운 모양이었다.

"악마의 얼룩! 표시하시죠, 노아 씨."

매닝이 의기양양하게 말했다. 노아 씨가 반점을 내려다보았다.

"보입니다. 사악한 기운이 느껴지네요."

나는 웃음을 터뜨렸다. 공포에 질린 웃음이었다.

"아니에요. 벼룩이 문 자국이라고요."

내가 말했다. 나는 여전히 열세 살의 외모를 하고 있었다. 그들은 고분고분 말을 듣는 소년의 반응을 기대했었을 것이다. 청년의 건방진 저항 대신. 매닝이 나를 노려보았다. 그 말 외엔 달리 표현할 방법이 없다. 그의 시선이 어머니 쪽으로 돌아갔다.

"옷 벗어."

그가 나지막하고 단호한 목소리로 말했다. 나는 그를 증오했다. 그때까지만 해도 나는 증오라는 것을 모르고 살았었다. 내게 증오는 그저 아버지를 죽인 사람들에게 느끼는 추상적인 감정일 뿐이었다. 하지만 그것이 어떻게 생겼는지는 몰랐었다. 증오에게는 얼굴이 필요하다.

"안 돼요."

내가 말했다. 어머니는 혼란스러워 하는 모습이었다. 잠시 후, 깨달음이 찾아들었는지 어머니가 프랑스어로 욕을 하기 시작했다. 매닝은 무식한 사람이었다. 박학다식한 척했지만 어머니가 쓰는 언어는 한 마디도 알아듣지 못했다.

"저 여자도 표시하십시오. 악마처럼 말을 하고 있지 않습니까. 썩은 영혼을 부르고 있는 겁니다."

그는 문을 닫으라고도 했다. 어느새 마을 사람들이 우리 집 문간에 몰려와 있었다. 베스 스몰은 탐탁지 않아 하면서도 고소해 하는 표정이었다. 그녀 옆에는 불쌍한 앨리스 기퍼드가 서 있었다. 사람들은 눈앞에서 펼쳐지는 극적인 상황에 큰 관심을 보이는 중이었다. 노아 씨가 달려가 문을 닫았다. 나는 매닝과 어머니 사이에 서 있었다. 매닝이 단검을 꺼내 내 목에 갖다 댔다.

옷을 벗은 어머니가 흐느끼기 시작했다. 내 눈가도 촉촉이 젖어들었다. 공포와 죄책감 때문이었다. 다 내 책임이다. 이 모든 건 노화를 거부하는 내 신체적 특이함 때문에 벌어진 일이었다.

"여기서 한마디만 더 하면 네 마녀 엄마를 죽여 버릴 거야. 너나 마르바스가 허튼수작을 부리기 전에."

마르바스. 모든 질병을 낫게 할 수 있다는 지옥의 악마. 그 악몽 같았던 밤, 이 문제의 이름은 몇 시간에 걸쳐 숱하게 언급되었다.

어머니는 양철로 된 수프 그릇이 놓인 테이블 옆에 알몸으로 서 있었다. 매닝의 음탕한 시선이 어머니의 몸을 훑어 나가는 중이었다. 그는 마녀에게 자꾸 눈길을 주는 자신을 경멸하고 있었다. 그가 단검으로 어머니를 살짝 찔렀다. 처음에는 어깨, 그 다음에는 팔뚝, 그 다음에는 배꼽 근처. 칼이 닿은 곳들에서 피가 배어 나오기 시작했다.

"피의 색깔을 한 번 보십시오, 노아 씨. 새까맣지 않습니까?"

노아 씨가 피를 유심히 살펴보았다.

피는 평범한 피 색깔을 띠고 있었다. 평범한 사람이 흘린 피이기 때문이다. 하지만 매닝의 권위감에 압도된 노아 씨의 눈에는 그렇게 보이지 않는 모양이었다.

"그렇군요. 아주 새까맣습니다."

사람들은 오직 자신들이 보고 싶어 하는 것만을 보려 한다. 지금껏 살아오면서 백 번도 넘게 깨달은 진리다. 하지만 당시에는 처음 겪는 일에 어리둥절할 뿐이었다. 단검이 몸에 닿을 때마다 어머니가 움찔했다. 하지만 매닝은 어머니가 능청스럽게 연기를 하고 있다고 믿었다.

"보십시오. 얼마나 교활합니까. 고통스러워하는 표정이 꽤 그럴듯하죠? 보나마나 악마와 거래를 했을 겁니다. 존 기퍼드가 그렇게 죽은 것도 아들에게 불로불사의 영천을 선물한 대가였죠. 세상에 이토록 악의적인 거래가 또 있겠습니까?"

"저흰 존 기퍼드의 죽음과 아무 상관이 없어요. 저는 그의 집 지붕에 짚을 얹기만 했다고요. 그게 전부예요. 어머니는 그를 알지도 못하셨어요. 하루 종일 집에만 틀어박혀 계시니까요. 제발 그만들 두세요!"

더 이상 지켜볼 수가 없었다. 나는 매닝의 팔뚝을 움켜잡았다. 그가 단검의 손잡이로 내 머리를 내리찍었다. 그런 다음, 나머지 손으로 내 멱살을 움켜잡고 같은 자리를 반복해서 내리찍었다. 어머니의 입에서 비명이 터져 나왔다. 나는 두개골이 박살나는 기분을 느끼며 바닥에 고꾸라졌다. 정적과 함께 아찔함이 찾아들었다. 나는 이 허약한 몸이 전혀 열여덟 살 소년답지 않다는 사실에 절망했다.

매닝은 벼룩이 문 또 다른 자국을 찾아냈다. 이번에는 어머니의 몸에서. 배꼽 옆에 난 자그마한 자국은 지구 위에 뜬 붉은 달을 연상시켰다.

"아이의 자국과 똑같이 생겼습니다."

어머니는 몸을 떨고 있었다. 옷뿐만 아니라 말까지 빼앗겨 버린 듯했다.

"벼룩이라니까요. 그냥 벼룩에게 물린 거라고요."

나는 고통과 절망이 묻어나는 목소리로 절규했다. 그러다 몸을 일으키려 돌로 된 바닥을 두 손으로 짚는 순간 뒤통수에 또 한 번의 충격이 가해졌다.

그리고 내 시야는 암흑 속으로 묻혀 버렸다.

가끔 꿈에서 그날을 다시 체험할 때가 있다. 소파에서 잠에 빠져들 때도 그날이 떠오른다. 어머니의 몸에서 배어 나온 피. 문간에 서서 구경하는 사람들. 그리고 나를 짓밟은 매닝의 발. 나는 벼락에 맞기라도 한 듯 화들짝 놀라며 몇 세기 전 악몽에서 깨어난다.

그 후로 모든 것이 바뀌었다. 그 전까지 내 유년 시절이 완벽했다는 말은 아니다. 하지만 아직까지도 나는 그 시절이 많이

그립다. 로즈를 알기 전, 어머니에게 무슨 일이 벌어질지 알기
전, 그리고, 그리고, 그리고…… 나는 처음으로 돌아가고 싶다.
긴 이름으로 불리면서 남들과 같은 속도로 성장했던 어린 시절
로. 하지만 과거로 되돌아갈 방법은 없다. 내가 할 수 있는 일이
라고는 조금씩 무게를 더해 가는 과거를 질질 끌고 다니며 그
것에 깔려 죽지 않기를 기도하는 것뿐이다.

런던, 현재

점심시간, 나는 근처 슈퍼마켓으로 달려가 파스트라미(양념한 쇠고기를 훈제해 차게 식힌 것_역주) 샌드위치, 소금과 식초 맛 감자칩, 그리고 체리 주스 한 병을 산다.

계산대 앞에는 긴 줄이 늘어서 있다. 그래서 나는 셀프 서비스 계산대로 내키지 않는 걸음을 옮긴다.

아침부터 되는 일이 하나도 없다.

"계산대에 정체불명의 아이템이 올려졌습니다."

여자의 목소리가 반복해서 알려 준다. 계산대 위에는 내가 스캔한 아이템들뿐인데도.

"직원에게 도움을 요청하세요."

여자 로봇이 덧붙인다.

"계산대에 정체불명의 아이템이 올려졌습니다. 직원에게 도움을 요청하세요. 계산대에 정체불명의 아이템이……."

나는 주위를 살핀다.

"실례합니다."

직원은 보이지 않는다. 당연하게도. 오크필드 교복(하얀 셔츠, 그리고 초록색과 노란색 넥타이) 차림의 십대 소년들이 음료수 캔과 음식을 손에 쥔 채 줄을 서 있다. 그들의 시선이 일제히 내 쪽으로 돌아온다. 새로 온 교사임을 알아본 그들이 무언가를 속닥거린다. 킥킥 웃기까지 한다. 가장 익숙한 기분이 찾아든다. 엉뚱한 시간을 살고 있는 기분. 나는 멀뚱히 서서 화면만 들여다본다. 여자 목소리를 한 귀로 흘리면서. 머릿속이 욱신거려 온다. 영혼은 말한다. 헨드릭이 옳았던 것 같다고. 런던으로 돌아오는 게 아니었다고.

교무실로 향하는 길에 안경 쓴 여자와 맞닥뜨린다. 공원에서 책을 읽고 있던 여자다. 다프네가 언급했던 프랑스어 교사. 사람을 민망하게 만드는 눈빛으로 나를 쳐다보았던. 그녀는 빨간 면바지에 검은 터틀넥, 그리고 번들거리는 에나멜가죽 플랫 슈즈 차림이다. 머리는 뒤로 단정하게 묶여 있다. 자신감 넘치고 세련된 모습. 그녀가 미소를 짓는다.

"당신이군요. 공원에서 봤던."

"맞아요. 기억나네요. 난 새로 온 역사 교사예요."

나는 말한다. 마치 그 사실을 방금 깨달은 것처럼.

"신기하네요."

"그렇죠?"

그녀는 미소를 지으면서 미간을 찌푸린다. 내가 그녀에게 혼란을 준 모양이다. 오래 살아 본 나는 이 표정이 무엇을 의미하는지 잘 안다. 내가 가장 두려워하는 표정이다.

"안녕하세요."

나는 말한다.

"안녕하세요."

그녀가 프랑스 악센트를 살짝 섞어 말한다. 나는 숲을 떠올린다. 어머니가 노래하는 모습도. 눈을 감자 파란 하늘 아래서 나선형을 그리며 떨어지는 플라타너스 씨가 떠오른다.

익숙한 폐소공포증이 찾아든다. 어딘가에 갇혀 있는 기분. 숨기에는 이 세상이 너무나도 작게 느껴진다.

나는 더 이상 버티지 못한다.

다시 걸음을 옮겨 나가기 시작한다. 그녀가 생각하고 있을지 모르는 것으로부터 벗어나기 위해.

학교에서의 첫날을 보내고 돌아온 나는 에이브러햄과 앉아 있다. 녀석은 내 무릎에 머리를 얹어 놓은 채 잠들었다. 보나마나 개꿈 속을 허우적대고 있을 것이다. 녀석은 가끔 움찔하거나 몸을 뒤척거린다. 끊어지는 이미지처럼. 두 개의 순간에 갇혀 버린 것처럼. 녀석이 낑낑댄다. 과연 꿈속에서 어떤 기억을 다시 체험하고 있을까? 나는 손을 뻗어 살살 쓰다듬어 준다. 그러자 움찔거림이 멎는다. 더 이상 낑낑거리지도 않는다. 들리는 거라고는 쌕쌕대는 숨소리뿐이다.

"괜찮아."

나는 속삭인다.

"괜찮아, 괜찮아, 괜찮아……."

나는 눈을 감는다. 순간 육중한 윌리엄 매닝의 모습이 생생히 떠오른다. 마치 그가 이 방에 들어와 있는 것처럼.

영국, 서퍽, 1599년

윌리엄 매닝이 어둑해져 가는 하늘을 빤히 올려다보았다. 얼굴은 딱딱하게 굳어져 있었다. 그의 모든 행동이 과장되어 보였다. 그는 이 모든 걸 한 편의 연극으로 여기고 있는 듯했다. 하긴, 당시에는 모든 것이 공연처럼 펼쳐졌다. 말로와 존슨과 셰익스피어의 시대였기에. 재판도 마찬가지였다. 그리고 죽음도. 특히 죽음이.

에드워드스톤에서 10마일이나 떨어진 곳이었지만 마을사람들 모두가 와 있었다. 16세기엔 마녀 재판이 흔히 벌어졌을 거라고 생각하겠지만 그건 사실이 아니다. 당시 마녀 재판은 굉장히 드물게 접할 수 있는 오락거리였다. 사람들은 재판을 보기 위해 먼 길을 마다 않고 몰려왔다. 그들은 악이 설명되고, 발견되고, 또 죽임을 당하는 걸 지켜보며 안도했다.

매닝이 내게 말을 했다. 하지만 그것은 군중에게 던지는 말이기도 했다. 그는 배우였다. 국왕 극단에 들어가 활동해도 될 만큼 연기력이 출중했다.

"네 운명은 네 어머니가 결정하게 될 거야. 만약 네 어머니가 물에 빠져 죽으면, 그렇게 결백이 증명되면 넌 살 수 있어. 하지만 네 어머니가 죽지 않으면 넌…… 마녀의 아들인 너는 어머니와 함께 교수대로 향하게 될 거야. 내 말 이해하겠어?"

나는 풀로 덮인 라크 강기슭에 어머니와 나란히 서 있었다. 내 다리와 손목은 쇠사슬에 묶인 상태였다. 어머니처럼. 다시 옷을 걸친 어머니는 온화한 날이었음에도 비에 젖은 고양이처럼 부들부들 떨고 있었다. 나는 어머니를 위로하고 싶었다. 하지만 사람들의 눈에는 그 시도가 사악한 기운을 불러들이는 마법으로 비칠 수도 있었다.

그들은 어머니를 강기슭 쪽으로 끌고 갔다. 의자가 기다리는 곳으로. 나는 그 틈을 타 조심스레 입을 열었다.

"죄송해요, 어머니."

"네 잘못이 아니야, 에스티엔느. 너 때문이 아니야. 오히려 엄마가 미안하구나. 다 내 잘못이야. 이곳으로 오는 게 아니었는데. 이곳으로 오는 게 아니었는데."

"어머니, 사랑해요."

"나도 사랑해, 에스티엔느."

어머니가 말했다. 어머니의 목소리에 갑자기 힘이 들어갔다.

"엄마도 널 사랑해. 마음을 굳게 먹어야 한다. 넌 강한 아이야. 네 아버지처럼. 엄마에게 약속해 줘. 끝까지 살아남겠다고. 무슨 일이 있더라도 끝까지 살아남아야 해. 엄마 말 알아듣겠니? 넌 특별한 아이야. 신이 널 그렇게 만드신 건 다 그럴 만한 이유가 있었기 때문이야. 네가 그 이유를 찾아내야 해. 끝까지 살아남겠다고 약속해 주겠니?"

"약속할게요, 어머니. 약속해요, 약속해요, 약속해요……."

그들은 어머니를 나무 의자에 앉히고 온몸을 꽁꽁 묶어 놓았다. 어머니는 무릎이 벌어지지 않도록 다리를 모았다. 마지막 저항이었다. 하지만 남자들은 어머니의 다리를 하나씩 붙잡고 반듯이 앉게 했다. 금속 띠가 둘러지자 어머니가 몸부림치며 비명을 질렀다.

그들이 어머니를 천천히 올리기 시작했다. 나는 차마 그 광경을 볼 수 없었다. 의자가 충분히 높아지자 매닝이 산발을 한 남자에게 밧줄을 꼭 붙들고 있으라고 지시했다.

"잘 붙잡고 기다려요."

나는 고개를 들고 파란 하늘 아래 대롱대롱 매달린 어머니를 올려다보았다. 어머니는 고개를 떨어뜨린 채 나를 내려다보고 있었다. 몇 세기가 지났음에도 나는 공포에 질린 어머니의 눈을 생생히 기억하고 있다.

"자, 시작합시다."

강기슭에 선 매닝이 말했다.

"안 돼요!"

나는 눈을 질끈 감았다. 잠시 후, 의자가 물 위로 떨어지는 소리가 들려왔다. 나는 다시 눈을 떴다. 어머니는 초록색과 갈색을 띠는 탁한 물속으로 사라졌다. 그리고 아무 일도 벌어지지 않았다. 수면 위로 기포가 떠올랐다. 윌리엄 매닝은 한 손을 번쩍 든 채 밧줄을 잡고 있는 남자에게 아직은 당기지 말라고 말했다.

나는 큼직한 빨간 손을 쳐다보았다. 짐승의 손. 나는 그 손이 다시 밧줄을 움켜쥐기를 간절히 바랐다. 서둘러 끌어올린다 해도 어머니의 운명은 바뀌지 않겠지만. 그래도 나는 어머니가 살아서 물 위로 올라오는 모습을 보고 싶었다. 그 대가로 내 목숨을 바쳐야 한다 해도. 나는 어머니의 목소리를 다시 듣고 싶었다. 그걸 들을 수 없는 세상은 상상도 할 수 없었다.

마침내 그들이 의자를 끌어올렸다. 물에서 건져 낸 시신은 축 늘어져 있었다. 어머니는 패닉에 빠져 숨을 내쉬었던 걸까? 나를 살리기 위해 일부러 그랬던 건 아닐까? 나는 궁금했다. 내가 영원히 찾지 못할 그 답은 오직 강만이 알고 있었다.

어쨌든 어머니는 나 때문에 세상을 떠났다. 나는 어머니 때문에 살게 되었고. 그 후로 오랫동안 나는 어머니에게 했던 약속을 후회했다.

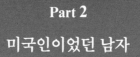

Part 2

미국인이었던 남자

런던, 현재

나는 여기 서 있다.

주차장. 오크필드 학교에서의 둘째 날을 보내고 나온 나는, 직원 전용 주차장 철제 울타리에 매어 둔 자전거의 자물쇠를 푸는 중이다. 나는 자전거를 탄다. 차를 신뢰하지 않기 때문이다. 자전거를 타고 다닌 지 백 년도 넘었다. 자전거는 인간의 가장 위대한 발명품들 중 하나다.

변화는 보다 나은 삶을 선물하기도 하지만 오히려 그 반대 결과를 불러오기도 한다. 물을 내릴 수 있는 현대식 변기는 우리의 삶의 질을 향상시켜 준 고마운 변화다. 하지만 셀프 서비스 계산대는 그렇지 않다. 가끔 우리는 삶의 질을 향상시키는 동시에 악화시키는 변화를 접하기도 한다. 인터넷이 바로 그런 경우다. 전기 키보드. 미리 썰어 놓은 마늘. 그리고 상대성 이론.

인생이라는 게 원래 그렇다. 변화를 두려워할 필요도, 어쩔 수 없이 반겨야 할 이유도 없다. 그로 인해 잃을 게 없다면. 변화 그 자체가 바로 인생이다. 내가 아는 유일한 불변의 것.

카미유가 자신의 차로 향하고 있다. 공원에서 본 여자. 그리고 어제 복도에서. 그때는 많은 대화를 나누지 못했다. 폐소 공포증 때문에 도망치듯 나와야 했기 때문이다.

하지만 지금은 도망칠 구멍이 없다. 차에 도착한 그녀가 열쇠를 자물쇠에 꽂는다. 나는 여전히 자물쇠와 씨름 중이고. 우리의 시선이 맞닿는다.

"안녕하세요."

"아, 안녕하세요."

"역사 전문가."

역사 전문가.

"네. 오늘따라 자물쇠가 말썽이네요."

"내가 집까지 태워 줄까요?"

"아니에요. 난…… 이건……."

내가 대답한다. 필요 이상으로 서둘러. (오랜 세월을 살아왔지만 한담은 여전히 쉽지가 않다.)

"또 만나서 반가워요. 난 카미유라고 해요. 카미유 게렝. 프랑스인이고요. 알다시피 프랑스어를 가르치고 있어요. 가르치는 과목과 국적이 같죠. 하지만 세상에 국적이 자신을 정의하도록 내버려 두는 사람이 있을까요? 바보가 아니라면."

나는 알 수 없는 이유로 무모하게 대꾸한다.

"나도 프랑스에서 태어났어요."

이력서와는 일치하지 않는 내용이다. 다프네가 가까운 곳에 있는데. 내가 지금 뭘 하고 있는 거지? 왜 저 여자에게 그걸 알려 주려 하는 거야?

또 다른 교사가 다가오고 있다. 그와는 아직 정식으로 인사를 나누지 못했다. 카미유가 그들에게 말한다.

"내일 봐요."

그들도 그녀에게 인사를 한다.

"그럼…… 프랑스어도 할 줄 알겠네요."

그녀가 내게 말한다.

"Oui(네). 하지만 내가 쓰는 프랑스어는 너무 구식이에요. un peu vieillot(좀 시대에 뒤처졌죠)."

그녀가 고개를 갸웃하며 미간을 찌푸린다. 너무나도 익숙한 반응이다. '인식'하기.

"C'est drôle. J'ai l'impression de vous reconnaître(재미있네요. 당신이 눈에 익어요). 우리 언젠가 만난 적 있지 않나요? 그날 공원에서 만나기 전에 말이에요. 왠지 그랬던 것 같은데."

"아마 도플갱어였을 겁니다. 워낙 흔해 빠진 얼굴이라서요."

나는 예의상 미소를 짓는다. 하지만 경계는 늦추지 않는다. 이 대화가 길어지면 낭패를 볼 수도 있을 것 같다. 두통도 점점 심해지는 것 같고.

"난 근시가 있어요. 그래서 안경을 쓰죠. 하지만 언젠가 검사를 받아본 적이 있는데…… 내가 '초인식자super-recognizer'였더라고요. 나만의 특별한 능력이죠. 남다른 측두엽을 가졌다나요. 시각 인식에 있어선 상위 1퍼센트에 속한대요. 요상한 뇌를 가졌죠?"

그녀가 단호한 어조로 말한다. 나는 그녀의 말이 멎기를 바라고 있다. 투명인간으로 살고 싶은데. 숨길 게 없는 평범한 사람이고 싶은데. 결국 나는 고개를 돌려 버린다.

"대단하군요."

"프랑스에 마지막으로 가 본 게 언제였죠?"

"아주 오래됐어요."

나는 말한다. 설마 1920년대에 거기서 날 봤으려고? 그러곤 간신히 자물쇠를 푸는 데 성공한다.

"내일 봐요."

"기억해 내고 말 거예요."

그녀가 웃음을 터뜨리며 말한다. 그리고 자신의 자그마한 닛산 자동차에 오른다.

"기필코 기억해 내고 말겠어요."

"하, 젠장!"

내가 말한다. 그녀는 차문을 닫았다. 그러곤 경적을 울리며 나를 지나쳐 달려 나간다. 손까지 살랑 흔들면서. 나는 손을 흔들어 화답한 후 자전거에 오른다. 또 다시 헨드릭을 찾아가 다른 데로 보내 달라고 애원할 때가 온 건가? 하지만 그녀가 나를 어디서 보았을지 알고 싶기는 하다. 위험이 따르겠지만 한번 파헤쳐 봐야겠다.

그날 밤, 집으로 헨드릭의 전화가 걸려 온다.

"런던은 어떤가?"

그가 묻는다.

나는 작은 이케아 책상에 앉아 몇 세기 동안 지니고 다닌 엘리자베스 1세 페니를 물끄러미 내려다보고 있다. 평소에는 지갑 안의 작은 폴리에틸렌 주머니에 넣고 다니지만 지금은 책상위에 덩그러니 놓여 있다. 나는 흐려진 문장紋章을 응시한다. 매리언이 동전을 손에 꼭 쥐고 있었을 때가 떠오른다.

"괜찮아요."

"일은? 적응이…… 다 된 거야?"

그의 목소리는 언제나 짜증을 유발시킨다. 잘난 체하는 톤. '적응'이라는 단어를 내뱉을 때도 왠지 조롱하는 것처럼 들린다.

"헨드릭, 미안한데요, 내가 지금 두통이 심하거든요. 거긴 브런치 먹을 시간인지 몰라도 여긴 많이 늦었어요. 내일 아침엔 빨리 일어나서 수업 준비도 해야 하고요. 그렇지 않아도 잠자리에 들려던 참……."

"요즘도 두통에 시달리나?"

"가끔요."

"뭐 걱정할 문제는 아니야. 중년기에 접어들면 원래 그런 거라고. 기억통. 그냥 앞으로는 더 조심하면서 살면 돼. 현대 생활이라는 게 좀 골치 아프거든. 화면 보는 시간도 가급적 줄이고. 우리 눈은 인공광에 취약하니까. 하긴, 누구 눈인들 안 그러겠어? 블루라이트가 24시간 주기 리듬을 무너뜨린다는 거 알지?"

"네, 알아요. 24시간 주기 리듬. 이만 끊을게요."

1초도 채 지나지 않아 대꾸가 돌아온다.

"자넨 은혜를 잊고 있는 듯하군."

"왜 그렇게 생각하죠?"

"자네의 최근 태도를 보니까 그런 것 같아."

나는 동전을 지갑에 집어넣고 잘 봉한다.

"이건 태도 문제가 아니에요. 난 전혀 반항적이지 않다고요."

"요즘 들어 생각이 많아졌어."

"무슨 생각인데요?"

"시작."

"시작이라뇨?"

"우리의 시작 말이야. 의사에 대해 들었을 때. 아그네스에게 전보를 보냈을 때. 그녀가 자넬 데려가려고 왔을 때. 내가 자네를 처음 만났을 때. 1891년. 차이콥스키. 할렘. 핫도그. 샴페인. 래그타임(1890년대부터 미국 미주리주의 흑인 피아니스트들 사이에서 유행한 피아노 음악으로 재즈에 많은 영향을 끼쳤다_역주). 그 모든 게 다 생각나. 내가 매일매일을 자네 생일로 만들어 줬었지? 아직도 그러고 있고. 난 자네가 자꾸 따분한 삶에 집착하는 게 이해가 안 돼. 매리언을 포기하면 오랫동안 신나게 살 수 있는데."

"그 앤 내 딸이니까요."

"그건 나도 알아. 하지만 지금 자네 꼴을 보면 한숨만 나온다고. 왜 굳이 그런 삶을 살기를 원하는 건지……."

나는 스피커폰으로 바꿔 놓고 물을 마시러 주방으로 들어간다. 물을 벌컥벌컥 들이키면서는 어머니를 떠올린다. 물속에 잠겨 마지막 숨을 내쉬는 모습. 헨드릭은 계속 주절대고 있다. 나는 거실로 나가 노트북 컴퓨터를 펼친다.

"난 지금껏 자네를 지키는 요정 노릇을 해 왔어. 인정하지? 자넨 신데렐라였고. 옛날엔 편자를 만들고 살더니만 이젠 선생 짓까지 하는 거야? 원한다면 뭐든 다 가질 수 있는데도. 마차도, 유리 구두도."

나는 페이스북에 접속한다. 내 개인 페이지는 진작 만들어 놓았다. 요즘에는 페이스북을 하지 않으면 더 의심을 받는다. 헨드릭도 말리지 않았다. (은퇴한 성형외과 의사인 척하는 그조차도 페이스북을 하고 있다.)

물론 프로필 정보는 다 허구다. 사실대로 적고 싶어도 생년을 1581년으로 입력할 방법이 없다.

"내 말 듣고 있는 거야?"

"듣고 있어요, 헨드릭. 어떻게 날 지켜 주는 요정의 말을 한 귀로 흘려버릴 수 있겠어요?"

"난 진심으로 자네 걱정을 하고 있는 거야. 정말이라고, 톰. 자네가 여기 왔다 간 후로 많이 생각해 봤어. 심상치 않았던 자네 눈빛이 마음에 걸려서 말이야. 뭔가를 갈망하는 듯한 눈빛."

나는 기운 빠진 소리로 웃는다.

"갈망?"

그때 무언가가 눈에 들어온다.

페이스북에서 누군가가 친구 신청을 해 온 것이다. 그녀. 카미유 게렝. 나는 신청을 받아준다. 헨드릭의 장광설이 이어지는 동안 나는 그녀의 페이지 타임라인을 훑어 나간다.

그녀의 게시글에는 프랑스어와 영어와 이모티콘이 뒤섞여 있다. 마야 안젤루와 프랑수아즈 사강과 미셸 오바마와 JFK와 미셸 푸코를 인용한 글들도 보인다. 페이스북 친구 중에는 프랑스에서 알츠하이머병 환자들을 돕기 위해 자선 모금 운동을 하는 사람도 있다. 그녀는 자기 페이스북에 그의 모금 페이지 링크를 걸어 놓기도 했다. 그녀가 지은 시도 몇 편 보인다.

나는 〈마천루〉라는 작품을 읽어본다. 〈숲〉이라는 작품도 있다. 그녀의 시가 마음에 든다. 나는 무의식적으로 카미유가 업로드한 사진들을 훑기 시작한다. 그녀에 대해 깊이 알아보고 싶다. 나를 어떻게 아는지에 대해서도 궁금해 미칠 것 같다. 어쩌면 그녀도 앨버일지 모른다. 우리가 아주 오래 전 서로를 스쳐 지난 적이 있었을까?

설마. 그녀가 페이스북을 시작한 건 2008년이었다. 당시 사진 속 그녀는 지금보다 열 살쯤 젊어 보인다. 이십대의 모습. 그녀가 남자와 찍은 사진들도 있다. 에릭 빈센트. 좌절감이 느껴질 정도로 잘생긴 남자다. 그가 강에서 헤엄치는 사진도 있다. 번호가 적힌 러닝셔츠 차림으로 찍은 사진도 보이고. 그는 많은 사진들에 태그가 되어 있다.

2011년부터 2014년까지는 프로필 사진이 등록되지 않았던 것으로 나와 있다. 그 기간에 에릭에게는 무슨 일이 있었던 걸까? 나는 다시 〈숲〉이라는 작품을 읽어 본다. 그에게 바치는 시가 분명하다. 그의 프로필 페이지는 보이지 않는다.

풀어야 할 미스터리가 늘어난 것이다.

"거기에 닻을 내리면 안 돼, 톰. 첫 번째 규칙 기억하지? 내가 다코타에서 했던 말. 첫 번째 규칙을 명심하라고."

2015년에 촬영된 사진 속에서 카미유는 슬픈 눈으로 카메라를 응시하고 있다. 파리의 한 노천카페인 듯하다. 그녀 앞 테이블에는 레드와인이 담긴 글라스가 놓여 있다. 그녀가 안경을 쓰고 찍은 첫 사진이다. 그녀는 선홍색 카디건을 걸치고 있다. 저녁 공기가 찼던 모양이다. 카디건으로 몸을 꽁꽁 싸맨 걸 보면. 그녀의 입가에는 억지 미소가 머금어져 있다.

"첫 번째 규칙. 사랑에 빠지면 안 된다."

나는 기어들어가는 목소리로 말한다.

"맞아, 톰. 절대 사랑에 빠져선 안 돼. 정말로 어리석은 짓이라고."

"그게 캐릭터에 몰입하는 데 도움이 된다는 거 알잖아요."

"하루살이인 척하는 것 말인가?"

"그래요."

그가 한숨을 내쉰다. 그리고 목청을 가다듬으려 헛기침을 한 번 한다.

"언젠가 줄타기 곡예사를 알고 지낸 적이 있었어. 그도 하루살이였지. 이름은 시더(Cedar. 삼나무_역주)였고. 나무 이름처럼 말이야. 아주 요상한 친구였어. 코니아일랜드 유원지에서 일했는데 줄타기 곡예에 있어선 정말 최고였지. 줄타기 곡예사의 실력을 어떻게 가늠하는지 아나?"

"어떻게 가늠하죠?"

"아직 살아있으면 실력이 출중한 거야."

그가 자신의 조크에 웃음을 터뜨린다.

"아무튼, 그가 줄을 잘 타는 비결을 귀띔해 준 적이 있었어. 사람들은 긴장을 풀고 발밑을 보지 않아야 한다고 하지만 사실은 그 반대라더군. 밧줄 위에선 절대 긴장을 풀면 안 된대. 자신이 줄타기 곡예의 달인이라는 사실도 잊어야 하고, 발밑 상황도 계속 신경 써야 한다나. 무슨 말인지 이해가 돼? 자넨 하루살이가 될 수 없어, 톰. 한순간도 긴장을 풀어선 안 된다고. 실수로 발을 헛딛는 순간 모든 걸 잃을 수 있으니까."

나는 휴대폰을 챙겨 들고 소변을 보러 화장실로 들어간다. 볼일을 보면서 소리가 나지 않도록 소변 줄기를 변기 안쪽에 겨눈다.

"무슨 얘긴지는 알겠는데요, 난 아직도 당신이 연락한 이유를 모르겠어요, 헨드릭."

나는 거울을 들여다본다. 무언가가 눈에 띈다. 왼쪽 귀 위에 돋아난 흰머리! 무척 환상적이고 흥분되는 발견이다. 두 번째 흰머리. 첫 번째 흰머리는 1979년에 돋아났었다. 2100년쯤 되면 멀리서도 알아볼 수 있을 만큼 많이 나 있을 것이다. 이런 자그마한 변화는 언제나 나를 황홀하게 한다. 나는 변기 물도 내리지 않은 채 들뜬 마음으로 화장실을 나온다.

"난 그냥 전화하고 싶을 때 하는 것뿐이야. 자네의 답을 듣고 싶을 때. 제때 통화하지 않으면 걱정이 되거든. 자네도 내가 불안해하는 걸 바라진 않지? 내가 뭐라도 해야 하니까 말이야. 그러니까 경거망동하지 마. 소사이어티가 자네를 얼마나 도와줬는지 잊지 말라고. 그래. 우리도 자네가 딸을 찾기를 바라고 있어. 하지만 너무 거기에만 집착하면 안 돼. 1891년까지만 해도 자네는 길 잃은 영혼이었어. 자유도, 선택할 수 있는 것도 없었고. 비탄에 빠져 혼란스러운 나날을 보냈었잖아. 자기가 누구인지도 모른 채로. 난 그런 자네에게 지도를 내줬어. 자신이 누군지 깨달을 수 있도록."

내가 누군지 난 아직 몰라. 나는 속으로 웅얼거린다. 알려면 아직 멀었다고.

"1891년을 잊지 마, 톰. 단 한순간도 머릿속에서 지워 버리면 안 돼."

그렇게 전화는 끊어져 버린다. 나는 그의 충고를 따르기로 한다. 화면에서 카미유의 사진을 지우고 1891년을 떠올린다. 내 인생이 처음으로 전환점을 맞았을 때. 갑자기 궁금해진다. 그때 나는 함정에 빠진 것일까, 아니면 자유를 찾은 것일까? 어쩌면 그 둘 다였는지도 모른다.

마천루

나는
당신이
시를
옆으로
뉘일 때가
좋다
아주
멀리서 보면
꼭
축소된
도시 같아 보이니까.
낱말로
만들어진
마천루들.

숲

당신이
느려지면
좋겠다
세상 모든 게
느려지면 좋겠다
순간을 모아
숲을 만들고 싶다
그리고 그 숲에서
영원히 살고 싶다
당신이 떠나기 전에.

영국, 세인트 올번스, 1891년

하늘을 올려다보는 제레미아 카트라이트의 얼굴이 어두워졌다. 그는 비가 내리기 전에 철을 챙겨 와야겠다고 했다. 그가 한 시간 정도 나가 있는 동안 나 혼자 대장간을 지켰다. 나는 용광로 안에서 벌건 주황색으로 달구어진 금속을 멍하니 들여다보았다. 인생과 마찬가지로 철도 완전히 달구어졌을 때 쳐야 한다. 정확하게 타이밍을 맞춰서. 주황색 금속이 서서히 밝아지면서 분홍색과 노란색을 띠기 시작할 때까지 기다렸다가. 그게 바로 단조열鍛造熱이다. 변화를 일으키는 열. 노란색은 금세 하얗게 변하고, 그런 백열 상태가 되면 너무 늦어 버린 것이다. 바로 그 직전에 꺼내는 것이 중요하다.

금속을 꺼내 모루(대장간에서 불린 쇠를 올려놓고 두드릴 때 받침으로 쓰는 쇳덩이_역주)에 내려놓고 망치로 두드리려는 순간 누군가가 나를 지켜보고 있다는 걸 알아차렸다.

여자. 요상하게 생긴 여자.

아직도 그녀를 처음 보았을 때의 기억이 생생하다. 마흔 살쯤 되어 보였다.

그녀는 긴 스커트에 블라우스 차림이었다. 둘 다 검은색이었었고, 얼굴은 챙이 넓은 모자로 덮여 있었다. 6월 말의 무더운 날씨에 전혀 어울리지 않는 옷차림이었다. 더군다나 그녀는 지옥같은 열기로 가득 찬 대장간에 들어와 있었다. 모자 밑으로 왼쪽눈을 덮고 있는 새까만 실크 안대가 살짝 드러났다.

"어서 오세요. 무엇을 도와드릴까요?"

"오히려 내가 도와줘야 할 것 같은데요."

"그게 무슨 뜻이죠?"

그녀가 고개를 저었다. 그러곤 열기가 부담스러운지 얼굴을 찌푸렸다.

"아무것도 묻지 말아요. 적어도 지금은 참아 줘요. 머지않아모든 궁금증이 다 풀릴 거예요. 자, 나랑 같이 가요."

"네?"

"여긴 당신이 있을 곳이 아니에요."

"네?"

"아무것도 묻지 말라고 했잖아요."

그녀가 작은 목제 권총으로 내 가슴을 겨누었다.

"맙소사. 지금 뭐하는 거예요?"

"당신은 과학계에 당신 존재를 드러내고 말았어요. 당신을쫓는 기관이 있는데…… 지금 그걸 설명할 시간이 없어요. 하지만 한 가지 분명한 건 여기 있다간 머지않아 살해당하게 될 거라는 사실이에요."

대장간의 열기를 쬐고 있다 보면 망상 증세가 불쑥 튀어나올 때가 있었다. 마치 악몽을 꾸는 듯한 느낌. 순간 내가 백일몽 속에서 허우적대고 있는 건 아닌지 궁금해졌다.

"허친슨 박사가 죽었어요."

그녀가 말했다. 목소리는 차분했지만 무언가 조용한 힘 같은 것이 느껴졌다. 마치 피할 수 없는 불가피한 현실을 설명하고 있는 것처럼.

"허친슨 박사?"

"살해됐어요."

그녀는 잠시 뜸을 들였다. 들리는 것이라고는 불길이 맹렬하게 타오르는 소리뿐이었다.

"살해됐다고요? 누구에게 말이죠?"

그녀가 「타임스」에서 오려 낸 신문 기사를 내게 건네주었다.

'템스 강에서 의사의 시체가 발견되다.'

나는 기사 내용을 빠르게 훑어 나갔다.

"당신이 실수한 거예요. 그를 찾아가면 안 되는 거였어요. 그는 당신의 정보를 기록해 뒀어요. 당신이 앓고 있는 특수한 병에 이름까지 지어 붙였더군요. '애너제리아.' 보나마나 관련 논문도 발표됐을 거예요. 설마 소사이어티가 그걸 그냥 보고만 있었겠어요? 어떻게든 그를 죽여야 했다고요."

"당신이 그를 죽였어요?"

그녀의 얼굴이 열기를 받아 빛을 발하고 있었다.

"그래요. 내가 죽였어요. 더 많은 생명을 구하기 위해서. 자, 나랑 같이 가요. 밖에 마차가 대기하고 있어요. 그걸 타고 플리머스로 갈 거예요."

"플리머스?"

"걱정 말아요. 추억하러 가는 건 아니니까."

"이해가 안 되는군요. 당신 정체가 뭡니까?"

"내 이름은 아그네스예요."

그녀가 핸드백을 열고 봉투 하나를 꺼내 내게 건넸다. 나는 나무 망치를 내려놓고 그것을 받아들었다. 봉투에는 이름도, 주소도 적혀 있지 않았다. 안에 무엇이 담겨 있는지 파란색 종이 봉투는 통통했다.

"이게 뭐죠?"

"당신 티켓이에요. 그리고 신분증."

순간 당혹감이 밀려들었다.

"뭐라고요?"

"당신은 오래 살았어요. 생존 본능이 뛰어나다는 뜻이죠. 하지만 이곳은 너무 위험해요. 지금 당장 나와 함께 떠나야 살 수 있다고요. 마차가 우릴 기다리고 있어요. 플리머스에 도착하면 곧장 미국으로 떠나게 될 거예요. 거기 가면 당신의 모든 궁금증이 속 시원히 풀릴 거고요."

그녀는 그 말을 남기고 밖으로 쌩하니 나가 버렸다.

대서양, 1891년

배들이 많이 바뀌었다.

과거에도 바다에 나가 본 적이 있다. 하지만 그때의 바다와 지금의 바다 사이에는 큰 차이가 있었다.

인류의 진전은 우리와 자연 간의 거리로 가늠할 수 있다. 우리는 증기선 에트루리아를 타고 대서양을 가로지르는 중이었지만, 묘하게도 메이페어의 한 레스토랑에 앉아 있는 기분을 느꼈다.

우리는 일등칸에 타고 있었다. 당시 일등칸은 말 그대로 진정한 일등칸이었다. 승객들도 그에 걸맞은 옷차림을 해야만 했다.

미스터리의 여인 아그네스는 새 옷으로 가득 찬 여행 가방을 내주었다. 나는 우아한 코튼 트윌(능직(綾織)의 목면. 트렌치코트 등에 쓰이는 천_역주) 쓰리피스 정장에 실크로 된 폭넓은 넥타이를 두르고 있었다. 면도도 말끔히 한 상태였고. 그녀가 면도날로 직접 해 주었다. 나는 붙잡혀 있는 내내 그녀가 칼로 내 목을 그어 버리면 어쩌나 전전긍긍했었다.

레스토랑 창밖으로 하갑판이 내려다보였다. 이등실과 삼등실 승객들이 추레한 옷차림으로 서성이고 있었다. 내가 지난주까지 걸치고 다녔던 옷들이었다. 난간에 몸을 기댄 채 수평선을 바라보는 이들도 있었다. 그들의 머릿속은 엘리스섬과 아메리칸 드림으로 가득 차 있을 것이다.

나는 그때껏 아그네스 같은 사람을 만나 본 적이 없었다. 그녀는 솔직담백했고, 도덕관념이 없었으며, 스스로를 완벽히 절제할 줄 아는 특이한 캐릭터였다. 필요에 따라 사람을 죽일 수도 있는 무시무시한 사람이기도 했고.

아그네스는 여전히 상복 같은 검은 드레스 차림을 하고 있었다. 빅토리아 여왕 시대 스타일. 언뜻 봐도 상류층 숙녀의 고상한 풍모가 느껴졌다. 안대조차 우아해 보일 정도였다. 하지만 그녀가 선택한 술은 옷차림과 전혀 어울리지 않는 위스키였다.

그녀는 질리언 쉴즈라는 가명을 쓰고 있었다. 하지만 본명은 아그네스 웨이드였다.

"나를 아그네스로 봐 줘요. 난 아그네스 웨이드예요. 절대 입 밖에 내선 안 되는 이름이지만 내가 아그네스 웨이드라는 사실은 잊지 말아 줘요."

"당신은 나를 톰 해저드로 봐 주면 돼요."

그녀는 1407년, 요크셔에서 태어났다. 나보다 무려 한 세기 이상 나이가 많은 것이다. 그 사실이 나를 불편하게 하면서도 위로가 되어 주었다. 나는 그녀가 지금껏 누구로 분해 살아왔는지 다 듣지 못했다. 하지만 그녀는 자신이 18세기 중반에 플로라 번이라는 유명한 해적의 삶을 살았다는 사실까지는 알려 주었다. 미국 연안에서 주로 활동했다나.

그녀는 닭고기 프리카세를, 나는 삶은 게르치 요리를 각각 주문했다.

"살아오면서 여자가 있었나요?"

뜻밖의 질문에 나는 머뭇거렸다. 내 반응을 확인한 그녀가 잽싸게 덧붙였다.

"걱정 말아요. 당신에게 관심 있어서 물어본 게 아니니까. 당신은 너무 진지해서 탈이에요. 난 진지한 여자를 좋아하지만 남자는…… 밝은 사람을 선호해요. 특히 같이 어울려 놀 때는. 그냥 호기심이 일어서 물어봤던 거예요. 분명 누군가가 있었던 것 같은데. 설마 지금껏 살아오면서 여자가 한 명도 없었을라고요."

"딱 한 명 있었어요. 아주 오래 전에."

"그 여자, 이름이 있었나요?"

"있었죠. 그래요. 이름이 있었어요."

하지만 그녀에게는 알려 주고 싶지 않았다.

"그 후로는요?"

"없었던 것 같아요. 아니, 없었어요."

"왜죠?"

"이유는 없어요."

"상심 때문에?"

"원래 사랑 자체가 고통이에요. 아프고 싶지 않으면 하질 말아야죠."

그녀가 동의한다는 듯 고개를 끄덕였다. 그리고 침을 한 번 삼켰다. 마치 자신의 말에 맛이 느껴지기라도 하는 것처럼. 그녀의 시선이 멀리 돌아가 버렸다.

"맞아요, 맞아. 사랑은 아픈 거예요."

"말해 봐요. 허친슨 박사는 왜 죽인 거죠?"

내가 물었다. 그녀는 식사 중인 다른 손님들을 찬찬히 둘러보았다. 상류층답게 옷을 지나치게 차려입은 사람들은 곧고 뻣뻣한 자세로 앉아 있었다.

"제발 공공장소에선 살인 얘기를 꺼내지 말아 줘요. 당신은 신중함을 좀 더 익힐 필요가 있어요. 굳이 직접적인 표현을 쓰지 않고도 말할 수 있잖아요. 가끔은 곧은 진실을 구부려야 할 때도 있다고요. 지금쯤이면 당신도 잘 알 텐데요. 당신이 어떻게 지금껏 무사히 버텨 올 수 있었는지 궁금하네요."

"그건 나도 알아요. 하지만……."

아그네스가 눈을 감았다.

"당신은 아직 철이 덜 들었어요. 아직도 어린아이 상태에 머물러있다고요. 겉으로는 다 큰 것처럼 보이지만 실은 순진한 소년일 뿐이에요. 빨리 어른이 될 필요가 있어요. 아무래도 우리가 도와줘야 할 것 같네요."

그녀의 태도가 나를 오싹하게 만들었다.

"그는 좋은 사람이었어요."

"사람. 당신이 그에 대해 아는 건 그것뿐이었죠? 그가 사람이었다는 거? 재기를 노리던 한물간 의사. 처음 만났을 때 당신 주장을 묵살해 버렸던 사람. 그는 예순여덟 살이었어요. 이미 많이 노쇠한 상태였다고요. 트위드를 걸친 해골이나 다름없었어요. 내가 죽이지 않았어도 몇 년 살지 못했을 거예요. 만약 살려 뒀다면 보나마나 자신이 알아낸 사실을 논문으로 발표했겠죠. 애너제리아 케이스를 최초로 발견한 장본인이라면서 이름을 떨치려 했을 거라고요. 만약 그랬다면 몇 년 살지 못하는 사람들은 물론 앞으로 몇 세기를 더 살아가야 하는 사람들까지도 죽음으로 내몰렸을 거예요. 대를 위해 소를 희생한다는 표현 알죠? 더 많은 생명을 살리기 위해선 어쩔 수 없었어요. 그래서 소사이어티가 싸우고 있는 거라고요."

"소사이어티, 소사이어티, 소사이어티……! 당신은 계속 소사이어티를 얘기하지만 정작 그게 뭔지에 대한 설명이 없어요. 난 그것의 정확한 명칭도 모르고 있다고요."

"앨버트로스 소사이어티."

"앨버트로스?"

우리가 주문한 음식이 도착했다.

"또 주문하실 게 있습니까?"

올백 머리의 말쑥하게 차려입은 웨이터가 물었다. 아그네스가 미소를 지어 보였다.

"없어요. 이만 꺼져 줘요."

웨이터가 깜짝 놀라며 콧수염을 매만졌다.

"알겠습니다."

나는 완벽하게 조리된 생선을 내려다보았다. 허기진 뱃속이 요동치고 있었다. 지난 백 년간 이런 고급 요리를 입에 대 본 적이 없었다.

"앨버트로스는 장수 동물이잖아요. 우리도 오래 살고. 헨드릭 피터센이 1867년에 소사이어티를 만들었어요. 우리 같은 '앨버트로스들', 또는 '앨버들'을 결속시키고 또 보호하기 위해서."

"헨드릭 피터센은 대체 어떤 사람입니까?"

"아주 늙고 아주 지혜로운 사람이에요. 플랑드르에서 태어났지만 미국이 미국이었을 때부터 거기서 살아왔어요. 튤립 파동 때 큰돈을 벌고 나서 뉴욕으로 갔죠. 뉴욕이 아직 뉴 암스테르담이었을 때. 모피 교역에 뛰어들기도 했고요. 이런저런 일을 하며 엄청난 부를 축적했고, 나중엔 부동산에까지 손을 뻗게 됐어요. 헨드릭 자체가 미국의 역사인 셈이죠. 그는 우리를 보호하기 위해 소사이어티를 만들었어요. 우린 축복 받은 거라고요, 톰."

나는 웃음을 터뜨렸다.

"축복. 축복이라. 저주가 아니고요?"

그녀가 레드 와인을 한 모금 넘겼다.

"헨드릭은 당신이 이 질환을 축복으로 여겨 주길 바라고 있을 거예요."

"황당하군요."

"살아남고 싶다면 다른 방법이 없어요."

"솔직히 이렇게 연명해 나가는 게 무슨 의미가 있나 싶어요, 아그네스."

"아그네스가 아니에요. 질리언이라고요."

그녀가 신경질적으로 말했다. 그녀는 다시 시선으로 주위 테이블들을 훑어 나가다 가방에서 무언가를 꺼냈다. 콰이어팅 시럽 기침약이었다. 그녀는 그것을 위스키에 섞은 후 내게도 권했다. 나는 고개를 저었다.

"그 말이 얼마나 어리석게 들리는 줄 알아요? 주위를 둘러봐요. 다른 사람들을 한번 보라고요. 3등 선실의 망명자들 있죠? 그들 대부분은 예순 살도 채 되지 않아 세상을 떠나게 될 거예요. 이 세상은 끔찍한 질병으로 넘쳐나고 있어요. 천연두, 콜레라, 장티푸스, 그리고 역병. 당신도 악몽 같았던 당시 상황을 기억하고 있죠?"

"물론이죠."

"우리는 그런 것들을 걱정할 필요가 없어요. 우리 같은 사람이 죽는 방법은 두 가지뿐이에요. 구백오십 살쯤 돼서 자다가 죽거나, 아니면 폭력에 의해 심장이나 뇌가 손상되어 죽거나. 우린 인간의 고통을 면제받게 된 거라고요."

나는 그날 로즈가 고열에 시달리며 괴로워했던 모습을 떠올렸다. 사시나무처럼 몸을 떨며 헛소리까지 해 대던 모습을. 그 후 지금껏 이어져 온 기나긴 세월도 떠올려 보았다.

"가끔 이렇게 한없이 살아가느니 차라리 권총으로 자살하는 게 훨씬 낫겠다는 생각이 들곤 해요."

아그네스가 콰이어팅 시럽을 섞은 위스키 잔을 살살 돌렸다.

"당신도 오래 살아 봤으니 우리의 존재가 세상에 알려지면 우리만 위험해지는 게 아니라는 걸 잘 알 텐데요."

"물론이죠. 허친슨 박사의 죽음이 그 사실을 확인시켜 주지 않았습니까."

"난 허친슨 박사 얘길 하는 게 아니에요. 다른 사람들 얘길 하고 있는 거라고요. 당신 부모님은 어떻게 되셨죠?"

그녀가 잽싸게 쏘아붙였다. 나는 한동안 생선을 씹으며 뜸을 들였다. 마침내 나는 음식을 삼키고 나서 냅킨으로 입을 훔쳤다.

"아버지는 종교 때문에 프랑스에서 죽음을 맞으셨어요."

"아. 종교 전쟁? 신교도였나요? 아니면 위그노 교도?"

나는 세 번 다 고개를 끄덕였다.

"어머니는요?"

아그네스의 눈이 나를 뚫어져라 쳐다보고 있었다. 그녀는 내 게 도망칠 구멍이 없다는 걸 알고 있었다. 나는 결국 그녀에게 진실을 털어놓고 말았다.

"봐요. 무지는 우리의 적이라니까요."

"이제는 억울하게 마녀로 몰려 죽임을 당하는 일 따위는 없잖아요."

"무지는 세월이 흐르면서 그 형태가 변하게 돼 있어요. 하지만 절대로 사라지지 않죠. 영원히 치명적인 위협으로 남게 될 거예요. 그래요. 허친슨 박사는 살해됐어요. 하지만 만약 그가 살아남았다면, 그의 논문이 세상에 공개됐다면, 사람들은 당신을 죽이려고 달려들었을 거예요. 그리고 다른 사람들도."

"다른 사람들? 그게 누구죠?"

"그건 헨드릭이 설명해 줄 거예요. 아무 걱정 말아요, 톰. 당신 목숨은 안전하니까. 당신에겐 살아야 할 이유가 있어요."

나는 어머니가 했던 말을 떠올렸다. 내게 삶의 목적이 필요하다는 말. 나는 부드러운 생선을 씹으며 골똘히 생각에 잠겼다. 과연 나는 그것을 찾을 수 있을까?

뉴욕, 1891년

우리는 에트루리아의 상갑판에 나란히 서 있었다. 아그네스가 말했다.

"저길 봐요. 세계를 비치는 자유."

내가 자유의 여신상을 처음 보았던 순간이었다. 번쩍 들린 그녀의 오른쪽 손에는 횃불이 들려 있다. 당시 그녀는 구릿빛을 띠고 있었다. 반들반들 윤기도 흘렀고. 굉장히 인상적인 모습이었다. 배는 햇빛을 받아 발개진 그녀를 지나 항구로 접근했다.

가까이서 보는 그녀는 말 그대로 장대했다. 스핑크스와 피라미드의 스케일에 조금도 뒤지지 않았다. 나는 세상이 다시 작고 겸손해지기 시작했을 때 태어나 지금껏 살아왔다. 하지만 뉴욕의 스카이라인을 보고 있노라니 세상이 다시 큰 꿈을 품기 시작했다는 느낌이 들었다. 고함을 내지르기 위해 목청을 가다듬고 있는 것 같았다. 자신감을 회복하는 단계. 나는 주머니에 한 손을 찔러 넣고 매리언의 페니를 만지작거렸다. 언제나처럼 동전은 내게 위안을 주었다.

"난 가까이서 봤어요."

아그네스가 말했다.

"저기 저렇게 멈춰 서 있는 것 같지만 사실 그녀는 걸어 나가는 중이에요. 과거의 굴레에서 벗어나려고 하고 있어요. 노예제도의 굴레에서, 그리고 남북 전쟁의 굴레에서. 그녀는 자유를 향해 나아가고 있어요. 하지만 애석하게도 멈춰 버린 시간 속에 영원히 갇혀 버리고 말았죠. 자, 보이나요? 횃불 말고 저 발을 보라고요. 그녀는 움직이고 있어요. 안 그래 보이긴 해도. 그녀는 더 나은 미래를 향해 나아가는 중이지만 아직 갈 길이 멀어요. 당신처럼 말이에요, 톰. 하지만 곧 알게 될 거예요. 당신에게도 새 삶이 기다리고 있다는 것을."

나는 다코타를 올려다보았다. 웅대하고 화려한 7층짜리 버터크림색 석조 건물은 우아한 난간과 가파른 박공지붕으로 꾸며져 있었다. 빠르게 돌아가는 도시가 나를 아찔하게 만들었다. 왠지 내 삶의 속도도 거기에 발맞추려 빨라질 것 같았다. 뉴욕에 온 지 몇 시간이 지났음에도 한껏 들뜬 마음은 조금도 시들해지지 않았다. 1890년대 뉴욕은 무척이나 매력 있는 곳이었다. 사람을 흥분시키는 진실한 무언가가 늘 피부에 와 닿는 곳. 내 모든 감각이 되살아나고 있는 것 같았다.

나는 문지방에 잠시 멈춰 섰다.

여기서 달아나면 어떻게 될까? 아그네스를 밀쳐내고 공원으로 도망치거나 72번가를 따라 내달리면? 하지만 나는 이미 도시의 신선한 기운에 중독된 상태였다. 전에 없던 생기가 느껴졌다. 죽은 듯이 살아온 허무한 세월의 때가 벗겨져 나가고 있었다.

아메리칸 인디언 조각상이 근엄한 표정으로 우리를 내려다보고 있었다. 아그네스는 그를 '지켜보는 인디언'이라고 불렀다. 나는 1980년, 상파울루에서 일하고 있을 때 작은 컬러텔레비전 화면을 통해 존 레논의 암살 소식을 접했다. 당시 화면에 비쳤던 곳이 바로 이 건물이었다. 레논이 총에 맞은 곳. 이 건물이 들락거리는 모든 이에게 저주를 내린 건 아닐까 궁금했다.

나는 여전히 바짝 긴장한 상태였다. 하지만 이마저도 모처럼 느껴 보는 감정인지라 나쁘지 않았다. 우리는 계단을 올라갔다.

"그가 당신을 시험할 거예요. 당신을 시험하지 않을 때도. 모든 게 시험이라고요. 그는 상대의 생각을 읽을 수 있어요. 얼굴과 동작만 보고 무슨 생각을 하는지 알아맞히죠. 그 부분에 있어서는 세상 누구보다도 탁월해요. 헨드릭은 그런 남다른 재능을 오랫동안 갈고닦아 왔어요."

"재능? 뭐에 대한 재능인데요?"

아그네스가 어깨를 으쓱였다.

"그는 그걸 '재능'이라고 불러요. 사람을 다루는 능력. 상대를 이해하는 능력. 오백 살부터 육백 살까지는 뇌의 능력치가 정상인의 범위를 훌쩍 뛰어넘죠. 그는 무수히 많은 문화권에서 무수히 많은 사람들을 상대해 왔어요. 그 덕분에 경악스러울 만큼 정확하게 상대의 얼굴과 몸짓을 읽어 낼 수 있게 된 거죠."

우리는 센트럴 파크가 내려다보이는 프렌치 플랫에 들어와 있었다. 당시 미국에서는 '아파트먼트'라는 표현이 쓰이지 않았다.

"난 저걸 내 정원으로 여기고 있어."

창가에 서 있는 키가 크고 호리호리한 체구의 남자가 말했다. 그는 유행하는 스타일의 양복을 걸치고 있었고, 한 손에는 지팡이가 꼭 쥐어져 있었다. 실제로 관절염을 앓고 있긴 했지만 그보다는 보여 주기 위한 전시용이었다.

"전망이 굉장하군요."

나는 그에게 말했다.

"그렇지? 저 건물들 말이야, 하루가 다르게 쑥쑥 자라나고 있어. 자, 앉지."

모든 것이 그의 목소리만큼이나 우아했다. 스타인웨이 피아노와 그 옆에 놓인 고급 소파. 스탠딩 램프, 마호가니 책상, 샹들리에. 아그네스가 소파에 앉아 책상 앞의 의자를 가리켰다. 헨드릭은 책상 뒤로 돌아갔지만 자리에 앉지는 않았다. 그의 시선은 여전히 창밖을 향하고 있었다. 그녀가 나를 돌아보며 고개를 끄덕였다. 빨리 앉으라는 신호였다.

헨드릭은 계속해서 센트럴 파크를 내다보았다.

"어떻게 지금껏 살아남을 수 있었지, 톰?"

그가 나를 돌아보았다. 당시에 그는 나이가 꽤 들어 보였다.

만약 아그네스가 '하루살이'라고 부르는 보통 사람이었다면 일흔 살 정도로 짐작되었을 것이다. 그렇다면 현재 그의 모습은 여든 살이 넘은 노인 정도로 봐야 할 거다. 하지만 신기하게도 그는 지금보다 그때가 더 나이 들어 보였다.

"자네는 긴 세월을 용케 버텨 왔어. 듣자 하니 죽을 고비가 많았다던데. 왜 다리에서 뛰어내리지 않았지? 무엇을 위해 지금까지 꾸역꾸역 살아온 거지?"

나는 그를 쳐다보았다. 그의 볼은 축 늘어져 있었고, 눈 밑에는 녹아내린 양초 같은 처진 살이 덕지덕지 붙어 있었다.

나는 그 진짜 이유를 들려주고 싶지 않았다. 헨드릭이 매리언에 대해 아는 것을 원하지 않았기 때문이다. 나는 그 누구도 신뢰하지 않았다.

"우린 자네를 돕고 싶어. 자네는 대저택에서 태어났지? 아주 유복한 삶을 살았었잖아. 우리는 자네를 그 좋았던 시절로 돌려보내 줄 수 있어. 자네 딸도 찾아 줄 수 있고."

순간 나는 움찔했다.

"내 딸이라고요?"

"허친슨 박사의 보고서를 읽어 봤어. 거기에 매리언에 대한 내용이 있더군. 아무 걱정 마. 우리가 찾아 줄 테니까. 기필코 찾아낼 거야. 내 약속하지. 아직 살아있다면 찾는 게 어렵지 않을 거야. 우린 우리 같은 사람들을 모조리 찾아내야만 해. 새로운 세대가 모습을 드러내면 그들도 찾아내야 하고."

나는 두려웠다. 하지만 매리언을 찾는 데 도움을 주겠다는 제안이 나를 조금 흥분시킨 것도 사실이었다. 갑자기 외로움이 살짝 걷히는 느낌이었다.

그의 책상에는 디캔터(병에서 따라낸 술을 담는 유리병_역주)와 위스키가 놓여 있었다. 그리고 글라스 세 개. 그는 우리에게 한 잔 하겠느냐고 묻지도 않고 글라스에 술을 따르기 시작했다. 나는 신경을 안정시키는 데 도움이 될 것 같아 거절하지 않았다.

그가 라벨을 소리 내어 읽었다.

"이것 좀 봐. '웩스퍼드 올드 아이리시 몰트 위스키 리큐어. 과거의 맛.' 과거의 맛이라니! 내가 젊었을 땐 위스키가 존재하지도 않았는데."

그는 독특한 악센트를 가지고 있었다. 완전한 미국인으로는 볼 수 없을 정도였다.

"난 자네보다 나이가 훨씬 많아."

그가 애석한 듯 한숨을 내쉬며 커다란 마호가니 책상 뒤에 앉았다.

"신기하지 않아? 우리가 여태껏 살아남아 기어이 보게 된 것들 말이야. 안경, 인쇄기, 신문, 라이플, 나침반, 망원경…… 진자 시계…… 피아노…… 인상주의 그림…… 사진…… 나폴레옹…… 샴페인…… 세미콜론…… 광고판…… 핫도그…….."

그가 혼란스러워하는 내 얼굴을 빤히 쳐다보았다.

"자네는 핫도그를 먹어 보지 못했겠구만. 빨리 코니아일랜드로 데려가야겠는데. 거기 가야 뉴욕 최고의 핫도그를 맛볼 수 있거든."

"맞아요."

아그네스가 말했다. 그녀의 목소리에서는 신랄함이 조금 사라져 있었다.

"먹는 건가요?"

나는 물었다.

"그래."

그가 웃음을 터뜨렸다.

"소시지야. 특별한 소시지. 닥스훈트 소시지. 프랑크푸르트 소시지. 그걸 빵에 넣어 먹는 거야. 맛이 아주 환상적이지. 문명이 그쪽을 향해 달려왔던 거라고. 어릴 적 플랑드르에 살 땐 나중에 핫도그라는 걸 먹어 보게 될 줄은 상상도 못했는데."

이해할 수 없었다. 사람이 죽었는데, 그를 믿고 바다를 건너온 사람이 바로 앞에 앉아 있는데 뜬금없이 소시지 타령이라니.

"재미. 그게 삶의 목표가 돼 버렸어. 좋은 것들을 누리는 재미……, 고상한 것들. 음식. 술. 그림. 시. 음악. 시가."

그가 책상에서 시가와 크롬으로 된 라이터를 꺼냈다.

"시가 피우겠나?"

"담배는 좋아하지 않아요."

그가 실망한 표정을 지었다. 그러곤 시가 하나를 아그네스에게 건넸다.

"폐에 좋은 건데."

"정말 괜찮아요."

나는 위스키를 홀짝이며 대꾸했다. 그가 시가에 불을 붙이며 말했다.

"훌륭한 것들. 감각적인 쾌락. 그 외의 것들은 죄다 무의미해. 다 필요 없다고."

"사랑?"

나는 말했다.

"그게 뭐?"

헨드릭이 아그네스를 돌아보며 미소 지었다. 다시 시선이 내게로 돌아왔을 때 그 미소는 위협적인 것으로 바뀌어 있었다. 그가 화제를 돌렸다.

"자네가 왜 그 의사를 찾아갔는지 이해가 안 돼. 이제는 마녀 같은 미신이 만연해 있지 않다고 생각했나? 자네의 비밀을 털어놔도 안전할 것 같았어?"

"사람들을 돕고 싶었어요. 우리 같은 사람들 말예요. 다들 속 시원한 의학적 설명을 듣고 싶어 하잖아요."

"그게 왜 어리석은 판단이었는지 아그네스가 이미 설명해 줬겠지?"

"조금은요."

"옛날보다 지금이 더 위험해. 과학과 의학의 발달이 늘 환영만 받는 건 아니지. 배종설과 미생물학과 면역학. 작년에 장티푸스 백신이 개발됐어. 하지만 자네, 그거 아나? 백신 연구 프로젝트에 투자한 사람들이 베를린 실험 연구소가 올린 쾌거를 엉뚱하게 활용했다는 거?"

"장티푸스 백신은 어떻게 활용하든 좋은 거 아닌가요?"

"그 연구 때문에 우리가 희생됐는데도?"

그가 끓어오르는 분을 삭이려는 듯 어금니를 꽉 물었다. 아그네스의 침묵이 나를 더 불안하게 만들었다. 어쩌면 책상 서랍 안에 권총을 보관하고 있는지도 모른다. 어쩌면 이 모든 게 시험이었는지도. 나는 시험에 합격하지 못했고, 헨드릭은 그에 대한 벌로 내 머리에 총알을 박아 넣으려 하는 건지도 모른다.

"과학자들은…… 이 시대의 마녀 사냥꾼들이야. 자네도 마녀 사냥꾼들을 알지? 보나마나 잘 알고 있을 거야."

그가 유황이라도 삼킨 듯한 표정으로 말했다.

"이 사람은 마녀 사냥꾼들을 알고 있어요."

아그네스가 스탠딩 램프 쪽으로 가느다란 연기를 뿜어냈다.

"하지만 자네가 모르는 건 마녀 재판이 지금까지 이어져 왔다는 사실이야. 이제는 다른 이름으로 횡행하고 있을 뿐이지. 우린 그들의 손에 놀아나고 있어. 연구소가 우리 존재를 알고 있다고."

그가 책상 위로 몸을 기울이고 「뉴욕 트리뷴」 위에 시가의 재를 털어 냈다.

"무슨 말인지 이해해? 과학계에서 우리 존재를 아는 사람들이 생겼다는 얘기야."

그가 다시 의자 등받이에 몸을 붙였다.

"다행히 아직은 그 수가 많지 않아. 베를린에 몇 명 있을 뿐이지. 그들은 우리를 인간으로 보지 않는다고. 두 사람을 잡아 감금했고, 실험실에서 고문해 댔어. 우리가 무슨 기니피그라도 되는 줄 아나 봐. 한 명은 남자, 또 한 명은 여자였는데 그중 여자는 탈출했어. 그녀도 소사이어티 멤버가 됐지. 아직도 독일에 살고 있어. 바이에른의 한 시골 마을에. 우리가 그녀에게 새 이름과 새 삶을 선물해 줬어. 그녀는 우리가 필요로 할 때마다 도움을 주고 있는데, 물론 그녀가 필요로 할 땐 우리가 나서 줘야지."

"몰랐습니다."

"몰랐던 게 당연하지."

공원은 쓰러진 나무들로 어수선했다. 새 한 마리가 날아와 창턱에 내려앉았다.

처음 보는 새였다. 이곳 새들은 뭔가 달랐다. 작고 노란 새는 희부연 잿빛 날개를 가지고 있었고, 아주 팔팔해 보였다. 새가 머리를 틀고 창문 안을 들여다보다가 이내 시선을 돌려 버렸다. 날지 않을 때 새들이 보이는 모습은 무척 흥미로웠다. 그것은 연속적인 동작보다 일련의 정지 장면에 가까웠다. 스타카토. 갇혀 버린 순간들.

"자네 딸도 위험에 빠져 있을지 몰라. 우리 중 누구라도 봉변을 당하게 될 수 있어. 그래서 모두가 힘을 합쳐야 하는 거야.

내 말 알아듣겠어?"

"네."

"마지막으로 물어볼 게 한 가지 있어."

헨드릭이 위스키를 한 모금 넘기고 나서 말했다.

"뭐든 물어봐요."

"살아남고 싶나? 정말로 그러고 싶어? 끝까지 버티고 싶으냔 말이야."

나 자신에게 숱하게 던져 왔던 질문이었다. 내 대답은 늘 '예스'였다. 딸을 찾기 전에는 절대로 죽을 수 없기 때문이다. 하지만 내가 생존을 진정으로 원하는가는 또 다른 문제였다. 로즈가 세상을 뜬 후로 내게는 두 가지 가능성만 주어졌다. 죽느냐 사느냐.

하지만 호화로운 아파트에서, 그리고 창턱에 앉은 노란 새가 지켜보는 가운데 내가 고를 수 있는 선택지는 하나뿐이었다. 높은 곳에 올라와서 보는 하늘은 새파랬고, 발밑에 펼쳐진 도시는 활기로 넘쳤다. 확실히 매리언과 가까워진 느낌이었다. 미국은 사람의 생각을 미래 시제로 바꾸어 놓았다.

"네, 물론이죠. 살아남고 싶어요."

"살아남으려면 우리랑 뜻을 같이해야 해."

새가 푸드덕 날아가 버렸다.

"그래요. 우리 다 같이."

나는 말했다.

"너무 걱정하지 마. 우린 종파가 아니니까. 우리의 목표는 살아남는 거야. 인생을 마음껏 즐기기 위해서라도 꼭 그래야 한다고. 이곳엔 신이 단 둘뿐이야. 사랑의 여신 아프로디테, 그리고 술의 신 디오니소스."

그가 잠시 애석해하는 표정을 지었다.

"아그네스, 할렘으로 갈 건가?"

"네. 가서 옛 친구를 만날 거예요. 일주일 동안 잠도 푹 잘 거고요."

햇빛을 받은 디캔터가 보석처럼 반짝거렸다. 그걸 쳐다보는 헨드릭의 얼굴에 다시 미소가 머금어졌다.

"봐! 해가 다시 났어. 공원에서 산책이나 할까?"

뿌리째 뽑혀 나온 단풍나무가 길을 막고 있었다.

"허리케인이야! 몇 주 전에 사람이 몇 명 죽었어. 대부분 선원들이었지. 공원 관리인들이 수습하는 데 애를 먹고 있는 것 같아."

헨드릭이 설명했다.

나는 촉수처럼 펼쳐진 뿌리를 쳐다보았다.

"바람이 엄청났었나 보네요."

헨드릭이 나를 쳐다보며 미소를 지었다.

"정말 굉장했어."

그는 파헤쳐진 땅과 흩뿌려진 나뭇잎들을 내려다보았다.

"아주 체험 같은 거랄까. 바로 저기서 말이야. 나도 모르게 몸이 붕 떠 버렸다니까. 뿌리가 뽑혀 나간 거지. 자네도 뿌리 뽑힌 나무처럼 떠돌이 생활을 오래 했었잖아. 물론 그럴 수밖에 없었겠지만."

나는 고개를 끄덕였다.

"여기저기 많이 떠돌아다녔죠."

"척 보니 알겠어."

나는 그 말을 칭찬으로 받아들이고 싶었다. 하지만 그건 쉬운 일이 아니었다.

"꿋꿋이 버티는 게 비결이야. 어떻게 움직이고, 어떻게 버텨야 하는지 알아?"

"아뇨."

"허리케인처럼 살면 돼. 스스로 폭풍이 되는 거지. 그래야……."

그가 말을 멈추었다. 그의 은유에는 설득력이 부족했다. 나는 그의 번들거리는 구두를 내려다보았다. 나는 그때껏 그런 구두를 본 적이 없었다.

"우린 달라, 톰. 남들과는 다른 사람들이야. 과거를 안고 살아가는 사람들. 사방에 덫이 널려 있어. 이런 위험한 세상에선 서로 도우며 버텨 나가는 수밖에 없어."

그가 말하곤 내 어깨에 살며시 손을 얹었다. 무언가 엄청난 비밀을 알려 주려는 듯이.

"과거는 사라지지 않아. 그냥 숨어 있을 뿐이지."

우리는 쓰러진 단풍나무를 멀리 돌아 나갔다. 눈앞에는 폭풍을 버텨낸 맨해튼이라는 거대한 숲이 펼쳐져 있었다.

"우리는 그들을 넘어서야 해. 내 말 이해하겠어? 생존을 위해서 최대한 이기적으로 살아야 한다고."

헨드릭과 나는 은밀한 농담을 나누며 킥킥대는 외투 차림의 커플을 지나쳐 걸어 나갔다.

"자네의 인생이 변하고 있어. 세상도 마찬가지야. 이제 우리 세상이 온 거라고. 그저 하루살이들에게 우리 정체만 들키지 않으면 돼."

순간 머릿속에 템스 강에 떠 있는 시체가 떠올랐다.

"아무리 그래도 허친슨 박사를 죽인 건……."

"이건 전쟁이야, 톰. 눈에는 보이지 않지만 명백한 전쟁이라고. 무슨 수를 써서라도 스스로를 보호해야만 해."

세련된 정장 차림의 남자 두 명이 자전거를 타고 우리를 지나쳐 갔다. 그들은 똑같이 생긴 콧수염을 기르고 있었다. 그들의 자전거는 최신형으로, 앞뒤 바퀴의 크기가 동일했다.

"그 오마이라는 사람은 뭐지?"

헨드릭이 속삭였다. 그의 눈썹은 참새의 날개처럼 치켜 올라가 있었다.

"네?"

"허친슨 박사가 그에 대해 기록해 뒀어. 자네가 남태평양에서 만났다며? 대체 누구지?"

나는 초조함을 감추려 웃음을 터뜨렸다. 그가 나의 가장 큰 비밀을 알고 있다니 기분이 묘했다.

"옛 친구예요. 지난 세기에 알고 지냈죠. 잠깐 런던에 와서 지낸 적이 있었는데 아마 어딘가에 숨어 살고 있을 거예요. 그를 마지막으로 본 게 백 년도 더 됐어요."

"그렇군. 알았어."

헨드릭이 말했다. 그러곤 재킷을 열고 안주머니에서 베이지색 티켓 두 장을 꺼냈다. 그중 하나는 내게 건네졌다.

"차이콥스키. 오늘밤. 뮤직 홀. 구하기 쉽지 않았다고. 자네는 좀 더 큰 그림을 볼 필요가 있어, 톰. 이토록 오래 살아왔으면서 아직도 못 보고 있잖아. 하지만 걱정 마. 곧 보게 될 테니까. 자네 딸내미를 위해서라도. 자네 자신은 물론이고. 날 믿어. 머지 않아 보게 될 거야."

그가 몸을 기울이고 씩 웃어 보였다.

"만약 그걸 보지 못한다면 자넨 죽은 목숨이나 다름없어."

우리는 빨간 플러시 천으로 덮인 좌석에 앉아 있었다. 헨드릭 옆자리의 여자가 화장실에 가려고 일어났다. 그녀는 비싸 보이는 짙은 자홍색 드레스 차림이었다. 퍼프소매, 높은 깃, 벨 모양 스커트, 화려하게 수놓아진 데콜라주(상체 위쪽이 노출되도록 깊게 파진 네크라인_역주). 헨드릭이 나를 돌아보며 관람석의 유명

인사를 가리켰다.

"발코니석에 앉은 저 남자……, 초록 드레스 여자 옆에서…… 몸을 기울이고 있는 사람 말이야. 모두가 안 보는 척하면서 흘끔흘끔 쳐다보고 있는 저 남자."

나는 푸근한 인상과 발그레한 피부를 가진 남자를 올려다보았다. 그의 올빼미처럼 둥근 얼굴은 잘 관리된 하얀 턱수염으로 덮여 있었다.

"앤드류 카네기야. 전설적인 사업가지. 록펠러보다 돈이 많아. 기부도 그보다 훨씬 많이 했지. 하지만…… 잘 봐. 많이 늙었잖아. 앞으로 길어야 십 년밖에 못 살걸. 운이 좋다면 몇 년 더 살 수도 있겠지만. 그가 세상을 떠난 후에도 카네기 강철로 만든 철로들은 아주 오랫동안 이 땅에 남게 될 거야. '잔돈'으로 지은 이 공연장도 그가 땅 속에 묻히고 난 후 오랫동안 굳건히 이 자리를 지키게 될 거고. 그게 저 사람이 이걸 지어 놓은 이유지. 자신의 이름을 길이 남기기 위해서. 부자들은 다들 이런다고. 자신과 자손들이 오래도록 넉넉하게 살 수 있게 해 놓은 후에 이런 식으로 세상에 유산을 남겨 놓는 거야. 이 단어, 슬프게 들리지 않아? 유산. 무의미하잖아. 결국엔 자기들이 누리지도 못할 텐데. 유산이라는 게 대체 뭔가? 지금 우리가 갖고 있는 것들의 공허하고 변변찮은 대체물일 뿐이지 않은가. 강철과 돈과 멋들어진 콘서트 홀도 불멸을 안겨 주지 않아."

"우리도 언젠가는 죽습니다."

그가 미소를 지었다.

"날 봐, 톰. 외모로는 저 친구랑 비슷하지? 하지만 난 갓 태어난 아기보다도 어려. 서기 이천 년이 돼도 난 보란 듯이 살아있을 거거든."

나는 그를 살짝 자극해 보기로 했다.

"겉으로는 젊어 보일지 몰라도 속은 어떻습니까? 노인으로 몇 백 년을 사는 게 뭐가 그리 좋죠?"

나는 분명히 그를 불쾌하게 만들었다. 보이지 않는 선을 일부러 넘어 버렸다. 하지만 그는 태연하게 미소만 흘릴 뿐이었다.

"인생은 다 같은 인생일 뿐이야. 음악과 신선한 굴과 샴페인을 누릴 수만 있다면 그런 건 뭐……."

"정말 아픈 데가 하나도 없어요?"

"관절이 안 좋기는 해. 가끔 자다가 통증 때문에 깰 때가 있지. 언제부터인가는 감기에도 걸리더군. 고열에 시달리기도 하고. 자네도 나이가 들어가면서 이런 변화를 느끼게 될 거야. 앨버로 살아오면서 마음껏 누렸던 신체적 이득은 결국 시들해져 가게 돼 있어. 이런저런 병에 걸리면서 저들과 점점 비슷해져 가지. 생체 차폐가 사라진다는 얘기야. 하지만 이 정도 통증은 견딜 만해. 오래 살기 위해 치러야 하는 작은 대가인걸 뭐. 삶은 최고의 특전이야. 나는 지구상에서 가장 축복받은 사람이고. 자네도 감사해할 줄 알아야 해. 새 천년이 돼서도 건재할 테니까. 나보다, 아그네스보다 더 오래 살게 될 테니까. 자네는 신이나 다름없어,

톰. 걸어 다니는 신! 우린 신이고 저들은 하루살이들이야. 자네는 앞으로 신 역할을 즐기는 법을 배워 둘 필요가 있어."

노쇠해 보이는 남자가 무대 중앙으로 걸어 나왔다. 그의 얼굴에는 긴장된 표정이 떠올라 있었고, 머리는 탈모가 진행 중이었다. 그가 관객을 향해 서서 어색한 미소를 지어 보였다. 기다렸다는 듯 박수갈채가 터져 나왔다. 그는 말없이 서서 관객을 응시하고 있었다. 차이콥스키가 무대 위 작은 지휘대로 다가가 지휘봉을 집어 들었다. 그는 지휘봉을 높이 들고 잠시 뜸을 들였다. 마치 지팡이를 손에 쥔 늙은 마법사가 사악한 기운을 모으고 있는 듯한 모습이었다.

뮤직 홀 안은 쥐 죽은 듯 조용해졌다. 지켜보는 모두가 숨을 죽이고 있었다. 세련되고 문명화된 느낌이었다. 극도로 정제되고 감질나게 하는 분위기. 관객들은 집단으로 오르가즘을 느끼고 있는 듯했다.

시간의 흐름이 느려진 것 같았다.

마침내 음악이 흐르기 시작했다. 나는 오랫동안 음악을 즐기지 못하며 살아왔다. 이번 공연도 별 기대가 되지 않기는 마찬가지였다.

트럼펫과 바이올린과 첼로의 폭발적인 연주로 공연은 시작되었다. 한참 후, 소리가 작고 부드러워지면서 교향곡은 점점 무르익어 갔다.

처음에는 별 감흥이 없었다. 하지만 나도 모르는 새 음악이 내 마음속으로 스며들어 왔다.

아니. 스며들어온 게 아니었다. 그건 적절치 않은 표현이다. 음악은 마음속으로 스며들지 않는다. 음악은 이미 마음속에 갇혀 있다. 음악은 마음의 문을 열어 주고, 듣는 이로 하여금 자신이 간직해 온 줄도 몰랐던 감정들을 전부 깨어나게 해 준다. 어떤 면에서는 부활이라고도 볼 수 있다.

음악에서 갈망과 에너지가 묻어나왔다. 나는 눈을 감았다. 그때 내가 느낀 감정을 묘사하는 건 쉬운 일이 아니다. 바로 그것이 음악의 존재 이유가 아닌가 싶다. 다른 방법으로는 소통이 불가능한 언어이기 때문에. 아무튼 나는 그 음악을 듣고 다시 소생한 기분을 느꼈다.

트럼펫과 프렌치 호른과 베이스 드럼이 일제히 폭발했다. 그 엄청난 에너지에 내 심장은 쿵쾅거렸고 머릿속은 아찔해졌다. 나는 다시 눈을 뜨고 지휘봉을 휘두르는 차이콥스키를 바라보았다. 그는 허공에서 음악을 속속 뽑아내고 있었다. 마치 음악이 대기 중에 둥둥 떠 있기라도 한 것처럼.

음악이 멎었을 때 작곡가는 진이 완전히 빠져 버린 모습이었다. 일제히 자리를 박차고 일어난 관객들이 우레 같은 박수갈채를 보내며 "브라보!"를 연신 외쳐 댔지만 그는 희미하게 미소를 흘리며 가볍게 목례만 할 뿐이었다.

"들어 보니 브람스는 게임도 안 되지?"

헨드릭이 내 귀에 대고 속삭였다. 나는 그게 무슨 말인지 몰랐다. 그저 감동이 느껴지는 세상으로 되돌아왔다는 사실이 기쁠 뿐이었다.

물론 뮤직홀이 그의 영업 기술 중 하나라는 건 진작 알고 있었다. 나를 소사이어티로 끌어들이려는 헨드릭의 계략. 내 딸을 찾아 주고, 멋진 인생도 선물하고. 그때까지만 해도 그가 내게 무엇을 원하고 있는지 알지 못했다. 하지만 분명한 것은 이미 내가 그에게 단단히 홀려 버렸다는 사실이었다. 그가 매리언을 언급한 순간에 게임은 사실상 끝나 버렸다고 봐야 했다. 하지만 헨드릭이 나불대는 주장은 굉장히 설득력 있게 와 닿았다. 앨버트로스 소사이어티가 내 딸뿐만 아니라 나 자신까지도 되찾을 수 있게 해 준다는 것.

다음날, 우리는 헨드릭의 아파트에서 샴페인을 곁들여 아침을 먹으며 대화를 나누었다. 그때 나눈 대화는 아직까지도 뇌리에 선명히 남아 있다.

"첫 번째 규칙은 사랑에 빠지지 않는 거야."

헨드릭은 그렇게 말하고, 손가락으로 테이블에 뿌려진 와플 부스러기를 털어낸 후 시가에 불을 붙였다. 그가 말을 이었다.

"다른 규칙도 있지만 이게 가장 중요해. 사랑에 빠지면 안 된다는 것. 계속 사랑에 빠져 있으면 안 된다는 것. 백일몽 속에서도 사랑하면 안 된다는 것. 이 규칙만 잘 지켜도 아무 문제 없을 거야."

나는 그의 시가에서 피어오르는 연기를 빤히 쳐다보았다.

"두 번 다시 사랑에 빠지는 일은 없을 거예요."

"좋아. 물론 음식과 음악과 샴페인과 10월에 누리기 힘든 화창한 오후는 마음껏 사랑해도 돼. 폭포의 황홀한 경치와 오래된 책에서 나는 냄새도 마찬가지야. 하지만 사람을 사랑하는 건 절대로 안 돼. 알아듣겠어? 사람들에게 집착하지 마. 상대가 누구이든 마음을 열어 주지도 말고. 그렇지 않으면 미쳐 가게 될 거야. 아주 천천히……."

그가 잠시 말을 멈추었다.

"8년. 그게 규칙이야. 앨버가 한곳에 8년 이상 머물면 곤란한 일에 휘말리게 돼 있어. 그게 바로 '8년 규칙'이야. 딱 8년 동안만 신나게 사는 거지. 그런 다음엔 내가 보내는 곳으로 떠나야 해. 거기서 새 인생을 시작하는 거야. 과거의 유령이 없는 곳에서."

나는 그를 믿었다. 어떻게 그러지 않을 수 있겠는가? 로즈가 세상을 떠난 후 갈 곳을 잃고 헤맸었는데. 잃어버린 나를 되찾으려 그토록 애를 쓰고 있었는데. 신나는 인생. 어쩌면 내게도 가능할지 모른다. 체계만 갖춰진다면. 무언가 붙잡을 게 있다면. 살아가야 할 이유가 생긴다면.

"그리스 신화를 좀 아나, 톰?"

"조금요."

"난 다이달로스 같은 존재야. 미노타우로스가 갇힌 미궁을 만든 장인 말이야. 난 우리 모두를 보호하기 위해 미궁을 만들었어. 그게 바로 소사이어티야. 하지만 다이달로스에겐 고민이 있었어. 사람들이 그의 지혜에 귀를 기울이지 않았다는 것이지. 그의 아들 이카로스도 아버지의 경고를 무시해 버렸고. 그 이야기도 알고 있지?"

"네. 그와 이카로스가 그리스 섬에서 탈출하려고 했고……."

"크레타 섬."

"크레타 섬. 맞아요. 하지만 그들의 날개는 밀랍과 깃털로 만들어진 것이었죠. 그리고 그의 아버지는……."

"다이달로스."

"그의 아버지는 아들에게 태양이나 바다에 너무 접근하지 말라고 당부했어요. 날개에 불이 붙거나 물에 젖을 수 있으니까."

"그리고 결국 그 두 가지 불행이 다 벌어지고 말았어. 태양의 열기에 밀랍이 녹아 버렸고, 그는 바다로 추락해 버렸지. 자네는 아직 높이 떠오르지 않았어. 하지만 오랫동안 너무 낮은 데서 살아왔지. 그 균형을 맞추는 게 중요해. 자네는 어떤 것 같나, 톰?"

"난 이카로스가 아니에요."

"그럼 누구지?"

"답하기 어려운 질문이네요."

"가장 중요한 질문이기도 하지."

"모르겠어요."

"삶을 지켜보는 사람인가, 아니면 그 삶을 사는 사람인가?"

"둘 다인 것 같아요. 지켜보기도 하고, 살기도 하고."

그가 고개를 끄덕이곤 물었다.

"자네는 뭘 할 수 있지?"

"네?"

"지금껏 어디 있었지?"

"세계 곳곳을 돌며 살았어요."

"아니, 그런 걸 묻는 게 아니야. 도덕적으로 어떤 위치에 있었느냐고. 살아오면서 무슨 일을 했었지? 선은 몇 번이나 넘어 봤어?"

"왜 그런 걸 묻는 거죠?"

"우리 규칙의 구조 안에서는 자네도 자유로워야 하니까."

갑자기 불안해졌다. 하지만 나는 그 기분을 무시하고 샴페인만 홀짝거렸다.

"대체 뭘 하려고 자유로워야 하는 거죠?"

그가 미소를 지었다.

"우린 오래 살 수 있잖아, 톰. 길고 은밀한 삶을 이어 가려면 반드시 처리해야 할 것들이 있어. 그 얘긴 나중에 하지."

그가 웃음을 터뜨렸다. 여러 세기를 살아왔음에도 그의 치아는 건강해 보였다.

런던, 현재

우린 오래 살 수 있잖아, 톰······.

캘리포니아에는 유명한 그레이트베이슨 강털소나무가 있다. 나이테를 꼼꼼히 세어 본 결과 그 나무는 5,065살로 확인되었다.

내 눈에도 그 소나무는 오래되어 보인다. 내 처지에 절망할 때마다, 그리고 영원히 살 수 없는 평범한 인간이고 싶어질 때마다 나는 캘리포니아에 있는 그 나무를 생각하곤 한다. 그 나무는 파라오들이 이집트를 지배했을 때부터 살아왔다. 트로이가 건국되었을 때부터. 청동기 시대가 시작되었을 때부터. 요가가 시작되었을 때부터. 매머드가 살았을 때부터.

그리고 그것은 차분하게 같은 자리를 지켜 왔다. 느릿느릿 자라면서. 잎을 만들어 냈다가 잃어 버리기를 반복하면서. 매머드가 멸종되었을 때도, 호메로스가 『오디세이』를 썼을 때도, 클레오파트라가 통치했을 때도, 예수가 십자가에 못 박혔을 때도, 싯다르타 고타마가 고통 받는 이들을 위해 눈물지으며 자신의 궁전을 떠났을 때도, 로마 제국이 쇠퇴하고 몰락했을 때도, 카르타고가 함락되었을 때도, 중국에서 물소가 사육되기 시작했을 때도, 잉카족이 도시를 건설했을 때도, 내가 로즈와 우물 너머로 몸을 기울였을 때도, 미국이 자기 자신과 전쟁을 벌였을 때도, 세계 대전이 연이어 발발했을 때도, 페이스북이 설립되었을 때도, 수백만의 인간과 다른 동물들이 살고, 싸우고, 번식하고, 당혹스러울 만큼 빠르게 무덤 속으로 달려 나갔을 때도, 나무는 항상 같은 모습으로 그 자리를 지켜 왔다.

그것은 시간에 대한 익숙한 교훈이었다. 모든 것은 변하게 되어 있지만, 그 무엇도 변하지 않는다.

나는 스물여덟 명의 열네 살 학생들 앞에 서 있다. 아이들은 의자에 뻐딱하게 앉아 펜을 만지작거리거나 몰래 휴대폰을 들여다보고 있다. 다루기 힘든 아이들이지만 지금껏 살아오면서 이보다 고된 일을 숱하게 겪어본 터라 개의치 않는다. 적어도 플리머스의 미네르바 여관에서 부대꼈던 술에 취한 선원과 도둑과 떠돌이들보다는 훨씬 낫다.

모든 것은 변하게 되어 있지만 그 무엇도 변하지 않는다.

"이스트엔드는 다문화 지역이야. 먼 옛날에도 그랬었고."

그렇게 이십 세기 이전 이주민들에 대한 수업이 시작된다.

"브리튼 섬에 원주민이란 없었어. 다들 여기저기서 이주해 온 사람들이었지. 고대 로마인들, 켈트족, 노르만족, 색슨족. 브리튼 섬은 애초부터 외지인들이 몰려와 만든 곳이었어. '근대 이주'라고 하는 것도 사실 알고 보면 그 역사가 엄청나. 삼백 년 전, 동인도 회사가 채용한 인도인들이 배를 타고 이곳에 왔지. 그 후엔 독일인들과 러시아 유대인들과 아프리카인들이 속속 이주해 왔어. 영국 사회와 이주민들은 떼려야 뗄 수 없는 관계였어. 그럼에도 불구하고 특히 눈에 띄는 이주자들은 이 땅에서 노골적으로 기인 취급을 받아 왔지. 예를 들면, 십팔 세기에 태평양 신탁 통치 제도에서 이주해 온 오마이라는 남자처럼. 두 번째 항해를 마친 쿡 선장이 그를 데려왔었어."

나는 잠시 말을 멈춘다. 내 옛 친구, 오마이와 함께 갑판에 나란히 앉아 있었던 기억이 떠오른다. 나는 그에게 딸의 동전을 보여 주며 '돈'이라는 단어를 가르쳐 주었다.

"오마이가 이곳에 왔을 때 국왕을 비롯해서 모든 유명 인사들이 몰려와 그를 맞아 주었어. 그와 함께 식사를 하겠다며 아우성이었지."

나는 불빛에 깜빡이던 그의 얼굴을 떠올린다.

"당시 가장 유명했던 화가 조슈아 레이놀즈 경이 그의 초상화를 그려 주기까지 했다니까. 비록 잠깐 동안이었지만 그는 유명세를 톡톡히 치러야 했어. 오마이는……."

오마이.

그의 이름을 소리 내어 불러 보는 건 실로 오랜만의 일이다. 1891년, 헨드릭에게 그를 언급한 이후 처음이다. 하지만 나는 자주 그를 생각했다. 오마이는 어떻게 되었을까. 그를 떠올리는 동안 두통은 더 악화된다. 살짝 현기증도 난다.

"그는……."

맨 앞의 소녀, 다니엘이 껌을 씹어 대며 눈살을 찌푸린다.

"괜찮으세요, 선생님?"

순간 여기저기서 웃음이 터진다. 다니엘이 몸을 틀고 뒤를 돌아본다. 이 상황을 즐기고 있는 것이다.

흔들리지 마.

나는 애써 미소를 지어 보인다.

"그래. 괜찮아. 런던에서도 특히 이 지역이 이민자들로 넘쳐 났었어. 예를 들면, 저기……."

나는 서쪽으로 나 있는 창문을 가리킨다.

"천오백 년대, 그리고 천육백 년대엔 프랑스인들이 득실거렸어. 아주 떼를 지어 이주해 왔었거든. 그렇게 몰려온 건 프랑스인들이 처음이었을 거야. 하지만 그들 모두가 런던에 정착한 건 아니었어. 그중 상당수가 캔터베리로 떠났지. 외진 시골로 간 사람들도 많았고. 켄트……."

나는 잠시 말을 멈추고 숨을 고른다.

"……서퍽. 스피탈필즈엔 아예 그들만의 공동체가 따로 생길 만큼 많이 몰려들었어. 이곳에 정착한 사람들 대부분은 잠사업(뽕나무를 재배하고 누에를 쳐서 생사를 얻는 것_역주)에 몸을 담았지. 견직공으로 말이야. 귀족 출신들이 낯선 타향에서 그러고 살아야 했다고."

중간쯤에 앉아 있는 소년, 안톤이 음울하고 진지한 표정으로 손을 든다.

"왜 그러니, 안톤?"

"그들은 왜 이곳으로 온 거죠? 프랑스에선 다들 귀족으로 살았다면서요."

"그들은 신교도들이었어. 위그노 교도들. 남들이 그렇게 불렀을 뿐 그들은 스스로를 그렇게 부르지 않았지만. 아무튼 그들은 장 꼬뱅, 그러니까 존 칼뱅의 가르침을 받들며 살아갔었지. 당시 프랑스에선 신교도들이 그렇게 할 수 없었거든. 영국에서 가톨릭교도들이 수난을 당했던 것처럼. 엄청나게 많은 사람들이……."

나는 눈을 감고 끔찍한 기억을 머릿속에서 지워 내려 애쓴다. 두통은 견디기 힘들 정도로 악화된 상태다.

아이들은 내 약점을 감지한 모양이다. 또 다시 요란한 웃음이 터져 나온다.

"많은 사람들이…… 도망치듯 조국을 떠나야만 했어."

나는 다시 눈을 뜬다. 안톤은 더 이상 웃지 않고 있다. 소년이 나를 쳐다보며 희미하게 미소를 짓는다. 내 편에 서겠다는 의미다. 하지만 나는 알고 있다. 그도 나머지 급우들처럼 내 정신 상태에 의문을 갖고 있다는 것을.

내 심장은 재즈 리듬처럼 미친 듯이 뛰고 있다. 눈앞에서 교실이 펑펑 돌기 시작한다.

"잠깐만."

나는 말한다.

"선생님?"

안톤은 진심으로 걱정하는 표정이다.

"괜찮아. 괜찮아. 그냥 좀……. 금방 돌아올게."

나는 교실을 나와 복도를 걸어 나간다. 옆 교실, 그리고 그 옆 교실을 차례로 지나쳐간다. 창문 안으로 카미유가 보인다. 그녀는 동사의 구조 형태가 빽빽이 적힌 화이트보드 앞에 서있다.

차분한 모습의 그녀는 학급을 완벽히 장악하고 있다. 그녀가 나를 내다보며 미소를 짓는다. 나는 애써 지은 미소로 화답한다. 전혀 그럴 상황이 아니지만.

나는 화장실로 들어간다. 그러곤 거울 앞으로 다가가 얼굴을 살펴본다.

보지 않아도 잘 아는 얼굴이다. 너무 익숙해서 오히려 낯설게 느껴진다.

"난 누구지? 난 누구지? 난 누구지?"

나는 찬물로 볼을 적신다. 그리고 천천히 심호흡을 해본다.

"내 이름은 톰 해저드야. 톰 해저드. 내 이름은 톰 해저드라고."

이름에는 많은 것이 담겨 있다. 그 이름으로 나를 불러 본 모든 사람들, 그리고 그 이름을 알려고 했던 모든 사람들을 고스란히 담고 있다. 어머니와 로즈와 헨드릭과 매리언은 말할 것도 없고. 하지만 그것은 닻이 아니다. 닻은 한자리에 고정시켜 주는 역할을 하지만 나는 아직도 한곳에 진득하게 머물지 못하고 있다. 영원히 이런 기분을 안고 세상을 떠돌게 될까? 언젠가는 어딘가에 멈춰 서게 되지 않을까? 결국에는 목적지인 항구에 다다르게 될 텐데. 내가 아는 곳이든 모르는 곳이든. 목적지가 없다면 출항할 이유 또한 없다. 나는 지금껏 제각각의 많은 사람들로 살아 보았다. 무수한 역할을 떠맡아 봤다. 나는 한 사람이 아니다. 내 몸에는 군중이 담겨 있다.

나는 내가 증오한 사람들이고, 또 내가 존경한 사람들이다. 나는 신나고 따분하고 행복하고 한없이 슬프다. 나는 역사의 양면에 서있다. 옳은 쪽과 그른 쪽 모두에.

한마디로 길을 잃어버렸다는 뜻이다.

"괜찮아."

나는 거울 속 얼굴에게 말한다. 또 다시 오마이를 떠올린다. 그가 어디 살고 있는지 궁금하다. 그를 찾아보지 않고 흘려 버린 세월이 야속하다. 이 세상은 친구 없이 살아가기에는 너무도 외로운 곳이다.

심호흡이 심박동수를 낮춰 준다. 나는 종이 타월로 젖은 얼굴을 훔친다.

화장실을 나와 다시 복도를 걷는다. 애써 고개를 들어본다. 하지만 카미유의 교실은 들여다보지 않는다. 사십 년의 기억만을 가진 평범한 교사처럼 행동하려 노력한다.

나는 다시 교실로 들어간다.

"미안."

나는 미소를 지으며 말한다. 별일 아니었다는 듯이. 우스갯소리로 분위기를 바꿔 본다.

"어릴 적에 마약을 좀 했거든. 그래서 가끔 원치 않는 플래시백에 시달리곤 해."

아이들이 일제히 웃음을 터뜨린다.

"그러니까 마약 같은 건 절대 해선 안 돼. 나중에 선생님처럼 정신적인 고통에 시달리다가 역사 교사가 되고 싶지 않다면 말이야. 자, 다시 수업으로 돌아가 볼까?"

그날 오후, 나는 카미유와 다시 맞닥뜨린다. 우리는 교무실에 들어와 있다. 그녀는 또 다른 언어 교사 요아킴과 대화를 나누고 있다. 그는 오스트리아인이고 독일어를 가르치며, 숨을 쉴 때마다 휘파람 소리를 내는 코를 가지고 있다. 그녀가 대화를 마치고 내 쪽으로 다가온다. 나는 홀로 앉아 차를 홀짝이고 있다.

"안녕, 톰."

"안녕하세요."

나는 말한다. 애써 미소를 흘리며 최대한 짧게 화답한다.

"아까 괜찮았어요? 좀……."

그녀가 적절한 단어를 찾아 잠시 머리를 굴린다.

"안 좋아 보이던데."

"그냥 두통이 좀 왔었어요. 가끔 그럴 때가 있어요."

"나도 그런데."

그녀의 눈이 가늘어진다. 나를 어디서 본 적 있는지 기억을 더듬고 있는 듯하다. 그래서 나는 잽싸게 말한다.

"아직도 가시지 않고 있어요. 두통 말이에요. 그래서 이렇게 차를 마시고 있는 거예요."

그녀는 살짝 기분이 상한 모습이다. 잠시 어색해하던 그녀가 고개를 끄덕인다.

"아, 그렇군요. 빨리 나아지길 바라요. 구급상자에 이부프로펜이 있을 거예요."

나에 대한 진실을 알고 있다면 당신은 치명적인 위험에 처하게 될 거예요.

"그럴 것까진 없어요. 고마워요."

나는 시선을 돌리고 그녀가 물러가 주기를 기다린다. 다행히 그녀는 내 기대에 부응해 준다. 그녀의 분노가 감지된다. 죄책감이 밀려든다. 아니. 사실 그뿐만이 아니다. 다른 무언가가 있다. 향수병 같기도 하고 무언가를 향한 갈망 같기도 하다. 아주 오랜만에 느껴 보는 감정. 그녀는 교무실 반대편으로 다가가 앉는다. 미소도 짓지 않고, 나를 쳐다보지도 않는다. 무언가가 시작되기도 전에 끝나 버린 느낌이다.

그날 밤 나는 에이브러햄과 공원을 산책한 후 페어필드 가로 빠져나온다. 평소에는 거의 다니지 않는 길이다. 런던에 온 후로 일부러 피해 다닌 길.

내가 처음으로 로즈를 만났던 곳이기 때문이다. 채플 가와 웰 가를 지나칠 때도 고통스럽기는 마찬가지다. 하지만 어떻게든 그녀를 잊어야만 한다. 모든 걸 극복해 내야만 한다. 요즘 사람들이 얘기하는 '종결'이라는 게 내게도 필요하다. 과거의 문을 닫아 버리는 건 불가능한 일이지만. 그저 묵묵히 인정하고 받아들일 수밖에 없다. 나 역시 그러려고 무던히 애쓰는 중이다.

페어필드 가에 들어섰다. 밝게 불을 밝히고 있지만 왠지 스산해 보이는 버스 터미널 밖. 손에 비닐봉지를 장갑처럼 끼고 에이브러햄이 싼 똥을 집어 쓰레기통에 버린다. 거리에 널린 배설물 양의 꾸준하고 지속적인 감소 추세를 차트로 정리하면 런던 역사의 단면을 엿볼 수 있다.

"에이브러햄, 거리에서 그런 짓을 하면 안 돼. 그래서 공원에 갔던 거잖아. 아까 갔던 초록색 공간 있지? 잔디로 덮여 있는 땅 말이야."

에이브러햄은 능청스럽게 못들은 척한다. 우리는 다시 걸음을 옮겨 나간다.

나는 주변을 둘러본다. 그녀를 처음으로 본 게 정확히 어느 지점인지 떠올려 본다. 하지만 찾아내는 건 불가능할 것 같다. 그 어느 곳도 낯익지 않다. 채플 가나 웰 가와 마찬가지로. 그때 본 건물들은 더 이상 눈에 띄지 않는다. 나는 창문 안을 들여다본다. 줄지어 늘어선 러닝머신 위에서 사람들이 내달리고 있다. 모두들 각자 머리 위에 하나씩 걸려 있는 TV에 정신을 빼앗긴 상태다. 헤드폰을 쓰고 있는 사람들도 있다. 달리면서 아이폰을 체크하는 여자도 보이고.

사람들에게 장소는 더 이상 장애가 되지 않는다. 장소는 중요하지 않다. 사람들은 어디서든 한 발만을 담가 둔다. 나머지 한 발은 디지털 세상에 빠져 있다.

나는 한때 거위를 팔았던 곳을 찾아본다. 그녀가 과일 담긴 바구니를 들고 서 있었던 곳.

기어이 나는 그 지점을 찾아내는 데 성공한다.

나는 미동도 없이 서있다. 차들이 쌩하고 지나쳐 갈 때마다 에이브러햄이 발광을 해 댄다. 두통의 강도가 한층 높아진다. 머릿속이 아찔해져 와서 나는 벽돌로 된 벽에 몸을 기댄다.

"잠깐만 기다려. 잠깐만."

나는 에이브러햄에게 말한다.

무수한 기억들이 봇물 터지듯 쏟아져 나온다. 머리가 극심한 통증으로 욱신거린다. 학교에서 시달렸던 것보다 훨씬 강력한 두통이다. 간간이 교통 소음이 멎을 때마다 이 거리의 살아있는 역사, 허공에 감도는 내 고통의 잔여물이 느껴진다. 의식이 혼미한 상태로 구원의 손길을 찾아 무작정 서쪽으로 향했던 1599년과 마찬가지로, 몸에서 기운이 쫙 빠져나간다.

Part 3

로즈

런던 근처, 보우, 1599년

나는 사흘 동안 쉬지 않고 걸어왔다. 발바닥은 벌건 물집으로 뒤덮여 있었다. 땅을 디딜 때마다 극심한 통증이 느껴졌다. 뻑뻑해진 눈은 자꾸 감기려 하고 있었다. 숲길 옆에서, 그리고 풀로 덮인 공공 도로변에서 짬짬이 눈을 붙이는 것으로는 턱없이 부족한 수면을 메울 수 없었다. 엄밀히 따지면 거의 잠을 자지 못했다고 봐야 할 것이다. 류트를 메고 다니느라 등도 아팠다. 그 어느 때보다도 배가 고픈 상태였다. 지난 사흘간 먹은 것이라고는 산딸기와 버섯과 말을 타고 지나가는 사람들이 던져주는 빵 조각이 전부였다.

하지만 그마저도 감사할 따름이었다.

전쟁터 같은 머릿속을 잠시나마 식혀 줄 수만 있다면, 그런 시련쯤은 얼마든지 반겨 맞을 각오가 되어 있었다. 내가 발산하는 나쁜 기운이 주변의 모든 풀과 나무와 개울과 시내를 오염시키는 것 같았다. 눈을 감을 때마다 그날 어머니의 모습이 떠올랐다. 높이 올려진 의자, 바람에 나부끼는 긴 머리. 어머니가 지르던 비명도 아직까지 귓전에 머물러 있었다.

지난 사흘간 나는 나 자신의 유령처럼 지냈었다. 자유의 몸이 되어 에드워드스톤으로 돌아갔지만 차마 그곳에 머물 수가 없었다. 그들은 살인자들이었다. 그곳의 모든 주민들이. 나는 집으로 돌아가 어머니의 류트부터 챙겼다. 집 안을 샅샅이 뒤져 봤지만 돈은 한 푼도 찾지 못했다. 나는 미련 없이 집을 떠났다. 도망치듯이.

에드워드스톤에 발을 붙이고 싶지 않았다. 베스 스몰이나 월터 언쇼 같은 사람들을 두 번 다시 보고 싶지 않았다. 기퍼드의 집도 지나다니고 싶지 않았고. 나는 내 안에 뿌리를 내려 버린 공포와 상실의 기분을 깨끗이 떨쳐 내고 싶었다. 한없는 외로움도. 하지만 그것들로부터 영영 벗어날 길은 없었다.

이제 조금만 더 가면 런던이 나올 것이다. 해크니라는 마을에서 혀짤배기소리를 하는 남자가 자세히 알려 줬었다. 런던에 도착하면 보우의 페어필드 가에서 열리는 그린 구스 장터를 지나게 될 거라고. 그곳에 가면 굶주린 배를 채울 수 있고, '온갖 광란의 현장'도 목격할 수 있을 거라고. 마침내 나는 그가 얘기한 곳에 도착했다. 페어필드 가. 예상했던 대로 어수선한 분위기였다. 도로 옆 광장에 서 있는 소 한 마리가 눈을 동그랗게 뜨고 나를 쳐다보았다. 마치 내게 무언가를 경고하고 있는 듯했다.

나는 소를 지나 계속 걸어 나갔다. 도로 양옆으로는 집들이 늘어서 있었다. 다른 마을들과 달리 이곳의 집들은 다닥다닥 붙은 채 직선으로 한없이 이어지고 있었다. '과연 런던이라 다르군.' 나는 생각했다. 거리는 엄청난 인파로 발 디딜 틈 없었다.

어머니는 인파가 몰리는 공간을 싫어했었다. 군중에 대한 어머니의 공포는 요즘도 유령처럼 출몰해 내 마음을 산란하게 만들곤 했다.

어디선가 요란한 소음이 들려왔다. 상인들의 간절한 고함소리. 에일 맥주에 취한 술꾼들의 웃음소리. 온갖 짐승들이 내는 잡다한 소리.

피리. 노래. 아수라장.

태어나서 처음 보는 광경이었다. 대혼란. 망상 증세에 시달리고 있던 터라 더더욱 정신이 없었다.

무수히 많은 사람들. 무수히 많은 낯선 이들. 사람들의 입에서는 동굴에서 쏟아져 나오는 박쥐 떼처럼 웃음이 터져 나왔다.

볼이 발그레한 노파가 일 말(과거 농장에서 힘든 일을 하던 덩치 크고 힘센 말_역주)처럼 한숨을 내쉬고 있었다. 그녀의 손에는 생선과 굴이 가득 담긴 짐 바구니 두 개가 들려 있었다.

임시변통으로 만들어 놓은 돼지우리 근처에서는 두 소년이 싸움을 벌이고 있었다.

파이 가판대.

빵 가판대.

무.

레이스.

열 살쯤 되어 보이는 소녀는 체리가 가득 담긴 바구니를 들고 있었다.

도로 양옆으로 구운 거위 고기를 파는 행상들이 여럿 보였다.

물웅덩이에는 상추가 처박혀 있었고.

내 앞을 지나쳐가는 한 남자가 길바닥에 엎어진 술고래를 가리키며 말했다.

"이제 겨우 종이 두 번 울렸는데 재단사 놈은 벌써 저 지경이 됐구만."

토끼.

날개를 활짝 펴고 서로를 향해 꽥꽥대는 거위 두 마리.

돼지. 소. 그리고 엄청나게 많은 술꾼들.

옷을 말쑥하게 차려입은 맹인 여자를 인도하고 있는 꾀죄죄한 고아 소녀.

절름발이 거지들.

아무 남자에게나 다가가 그의 다리 사이를 움켜쥐고 술에 취해 꼬인 혀로 은밀한 제안을 속삭이는 여자.

특히 북적거리는 에일 가판대.

네덜란드에서 온 거인과 웨스트컨트리에서 온 난쟁이를 나란히 세워 놓고 진기한 물건을 파는 잡화상.

검을 삼키는 남자.

바이올린 연주자. 피리 연주자. 플루트 연주자. 그들 모두가 비상한 손놀림으로 〈까마귀 세 마리〉를 연주하며 나를 수상쩍은 눈빛으로 쳐다보았다.

그리고 냄새. 구운 고기, 에일, 치즈, 라벤더, 방금 싸 놓은 똥.

머릿속이 다시 아찔해졌다. 하지만 나는 계속 비틀거리며 걸음을 옮겨 나갔다.

사방에서 풍기는 음식 냄새가 허기진 배를 고통스럽게 자극했다. 나는 거위 고기 가판대 하나를 골라 다가갔다. 그리고 잠시 구운 고기 냄새를 맡았다.

"이거 얼마죠?"

"3실링."

내게는 3실링이 없었다. 사실 내 수중에는 돈이 한 푼도 없었다.

나는 뒷걸음질 쳐 나오다가 어떤 남자의 발을 밟고 말았다.

"이 녀석아, 똑바로 보고 다녀!"

이 녀석, 이 녀석, 이 녀석.

"그래, 당신 눈엔 내가 그렇게 보이겠지."

나는 속으로 웅얼거렸다. 당시에 열여덟 살은 중년이나 다름 없었다.

바로 그때 눈앞의 세상이 핑핑 돌기 시작했다.

나는 원래 굉장히 건강한 편이었다. 내 '특별한 몸 상태' 덕분에 질병을 모르고 살아왔다. 감기나 독감 역시 걸려 본 기억이 없었다. 구토를 해본 적도 없고, 그 흔한 설사도 해본 적이 없었다. 1599년 당시에는 꿈도 못 꿀 일이었다. 하지만 지금 내 몸 상태는 최악이었다. 오전에는 비가 내렸었지만 지금은 화창한 날씨였다. 하늘도 새파랬다. 라크 강변에서 올려다보았던 그 하늘처럼. 뜨거운 열기가 내 상태를 몇 배 더 악화시켜 놓았다.

"실례합니다."

나는 정신을 차리지 못하고 중얼거렸다.

"실례합니다."

이러다 죽을 것만 같았다. 솔직히 그대로 쓰러져 죽는다 해도 아쉬울 것 같지는 않았다.

하지만 바로 그때 그녀가 눈에 쏙 들어왔다.

그녀는 과일이 담긴 바구니를 손에 든 채 나를 지켜보고 있었다. 내 나이쯤 되어 보였다. 검은 머리는 길에 늘어뜨려져 있었고, 눈은 개울가의 조약돌처럼 반짝이고 있었다.

나는 그녀에게로 다가갔다. 내 시선은 바구니에 담긴 자두와 흑자두에 고정되어 있었다.

갑자기 내가 몸에서 빠져나간 듯한 묘한 기분이 느껴졌다.

"자두 하나 먹어도 돼?"

나는 그녀에게 물었다.

그녀가 내 앞으로 손을 내밀었다. 나는 어머니를 물속으로 밀어 넣었던 매닝의 손과 손가락들을 떠올렸다.

"난…… 저기……. 난, 그게…… 난……."

인파 속에서 아까 본 소가 모습을 드러냈다. 나는 눈을 질끈 감았다. 나무 의자에 앉은 어머니가 강 위로 떨어지는 모습이 떠올랐다. 다시 눈을 떴다. 과일 파는 소녀가 얼굴을 찌푸린 채 나를 응시하고 있었다. 짜증이 난 것 같기도 했고, 혼란스러워하는 것 같기도 했고, 그 둘 다인 것 같기도 했다.

세상은 다시 회전을 시작했고, 나는 제자리에서 비틀거렸다.

"진정해."

과일 파는 소녀가 말했다. 그녀가 처음으로 내게 한 말이었다. 진정해. 하지만 나는 진정이 되지 않았다.

아버지가 세상을 떠났을 때 어머니가 몸을 기댈 벽을 필요로 했던 이유를 이제야 알 것 같았다. 비탄은 사람을 불안정하게 만드니까.

시야가 갑자기 환해졌다가 이내 어두워졌다.

다시 정신을 차렸을 때 나는 진창에 엎어져 있었다. 시간이 얼마나 흘렀을까? 몇 초? 아니면 오 분? 내 얼굴은 물웅덩이에 처박혀 있었고, 자두와 흑자두는 사방에 널려 있었다. 그중 몇몇은 오가는 사람들의 발에 짓이겨졌다. 하나는 지나던 개가 냉큼 먹어 버렸고.

나는 힘겹게 몸을 일으켰다.

소년들이 몰려와 놀려 대며 웃었다. 소녀는 허우적거리며 온전한 자두를 찾아 바구니에 담았다.

"미안."

나는 말했다. 그리고 진흙 묻은 자두 하나를 집어 들고 돌아섰다.

"야! 이봐! 너! 거기 서!"

그녀가 내 어깨를 움켜잡았다. 분노에 찬 그녀의 코에서 뜨거운 콧김이 뿜어져 나왔다.

"네가 한 짓을 좀 보라고!"

또 다시 의식을 잃고 쓰러질 것만 같았다. 나는 그녀를 무시하고 계속 걸음을 옮겨 나갔다. 여기 더 머물러 있다간 또 무슨 일을 저지를지 모른다.

"멈추라니까! 어딜 도망가는 거야?"

나는 진흙 묻은 자두를 한입 베어 물었다. 그녀가 내 손에서 자두를 낚아채 갔다. 새처럼 날렵한 움직임이었다. 그녀는 자두를 땅바닥에 내팽개쳤다.

"일주일 동안 먹고 살 돈이 전부 날아가 버렸어. 이젠 무슨 수로 샤프 씨에게 과일 값을 지불하지? 한 개도 팔지 못했는데."

"샤프 씨?"

"네가 물어내."

"돈이 없는데."

그녀의 얼굴이 굴욕과 분노로 시뻘게졌다. 그녀는 내 주머니 사정이 이해되지 않는 모양이었다. 비록 때가 잔뜩 묻어 있기는 했지만 내 옷차림은 주변 사람들에 비하면 꽤 봐줄 만했다. 어머니는 늘 강조했었다. 영국에 온 후로 사는 게 녹록치 않아졌다 해도 옷만큼은 말쑥하게 차려입어야 한다고. 그것은 우리가 누더기를 걸치고 다니는 에드워드스톤 사람들과 잘 어울리지 못했던 이유이기도 했다. 물론 더 큰 이유는 따로 있었지만.

"그거."

그녀가 내가 메고 있는 류트를 가리켰다.

"뭐?"

"그거 내놔. 그걸로 변상하라고."

"안 돼."

그녀가 땅에서 돌을 집어 들었다.

"그럼 이걸로 부숴야겠어. 네가 내 바구니를 부숴 놓은 것처럼."

나는 두 손을 번쩍 들어 보였다.

"안 돼! 안 돼!"

내 얼굴에서 무언가를 보았는지 그녀가 흥분을 조금 누그러뜨렸다.

"굶주린 주제에 류트는 끔찍이 챙기네."

"어머니가 주신 거야."

그 말에 그녀의 딱딱하게 굳었던 얼굴이 부드러워졌다. 분노는 다시 혼란스러움으로 바뀌었다.

"어머니는 어디 계신데?"

"사흘 전에 돌아가셨어."

그녀가 가슴 앞으로 팔짱을 꼈다. 그래. 그녀는 열여덟, 열아홉 살 정도로 보였다. 사람들이 커틀이라고 부르는 평범한 하얀 드레스 차림이었고, 목에는 빨간 네커치프를 비스듬히 둘렀다.

네커치프의 매듭은 그녀의 목 왼쪽으로 돌아간 상태였다. 주변 사람들과 달리 피부는 무척 깨끗했다. 그녀의 오른쪽 볼에는 점이 두 개 나 있었다. 큰 점과 작은 점. 꼭 행성 궤도에 갇힌 달을 보는 듯했다. 코에는 주근깨가 작은 별자리처럼 뿌려져 있었다. 검은 머리의 절반은 하얗고 납작한 모자로 덮였고, 밖으로 빼내어진 나머지 절반은 바람에 휘날리고 있었다.

그녀의 얼굴에서는 짜증이 잔뜩 묻어났다. 하지만 입 주변에는 장난기가 살짝 머금어져 있었다. 마치 미소를 지으려 할 때마다 탐탁지 않은 마음속 무언가에 번번이 방해를 받아 온 것처럼. 그녀는 키가 컸다. 당시에는 나보다도 조금 더 컸었다. 시간이 조금 흐르고 나서는 역전되었지만.

"돌아가셨다고?"

"그래."

그녀가 고개를 끄덕였다. 죽음이 전혀 새삼스럽지 않던 시대였다.

"나머지 가족은?"

"나 혼자뿐이야."

"어디 사는데?"

"떠돌아다니고 있어."

"집도 없어?"

나는 고개를 끄덕였다. 수치심이 밀려들었다.

"연주할 줄 알아?"

그녀가 다시 류트를 가리켰다.

"응."

"그럼…… 우리랑 같이 살자."

그녀가 결연한 투로 말했다.

"그럴 순 없어."

그때 어린 소녀가 다가와 그녀 옆에 붙어 섰다. 아이의 손에도 바구니가 들려 있었다. 오는 길에 봤던 체리 장수였다. 소녀는 열 살이나 열한 살쯤 되어 보였다. 척 봐도 그녀의 동생이라는 걸 알 수 있었다. 똑같은 검은 머리와 강렬한 눈빛. 지나가던 술꾼이 체리를 향해 손을 뻗는 순간 소녀가 잽싸게 바구니를 거두어들였다. 소녀는 매서운 눈으로 남자를 노려보았다.

"공짜로 재워 주겠다는 게 아니야. 우리에게 진 빚을 다 갚을 때까지만 같이 살자는 거라고. 손해를 변상할 때까지. 너 때문에 못 쓰게 된 과일과 바구니 말이야. 나중에 여유가 되면 방세도 내고."

소녀의 언니가 말했다. 동생은 날카로운 시선으로 나를 올려다보았다.

"앤 그레이스야. 난 로즈 클레이브룩이고."

그녀가 말했다.

"안녕, 그레이스."

"말투가 이상해. 말똥 같은 냄새도 나고."

그레이스가 못마땅한 표정을 지으며 말했다. 그리고 다시 나를 돌아보았다.

"어디서 왔어?"

"서픽."

나는 쉰 목소리로 대답했다. 그리고 하마터면 이렇게 덧붙일 뻔했다. 그리고 프랑스. 하지만 굳이 그럴 필요가 없을 것 같았다. 서픽 자체만으로도 충분히 이질적으로 느껴질 테니까.

또 다시 머릿속이 아찔해졌다. 로즈가 잽싸게 다가와 나를 부축해 주었다.

"서픽? 정말 서픽에서부터 걸어온 거야? 안 되겠다. 빨리 집으로 가자. 그레이스, 너도 부축 좀 해 줘. 체리도 좀 먹이고. 이런 상태로 그 먼 길을 걸어오다니."

"고마워."

나는 기어들어가는 목소리로 속삭였다. 온 신경은 불안정하게 땅을 디딘 내 두 발에 집중되어 있었다. 꼭 걸음마를 다시 배우는 기분이었다.

"고마워."

그렇게 내 두 번째 인생은 시작되었다.

런던, 현재

보슬비 속에서 너무 오랫동안 벽에 몸을 기댄 채 서 있었던 모양이다. 가차 없이 혹독한 도시에서 이러고 있는 건 위험한 일이다. 언제 도시의 부드러운 무의식적 복수가 시작될지 모르기 때문이다.

나는 그들이 다가오는 소리를 듣지 못했다. 로즈와 함께했던 당시의 기억에 사로잡혀 있었기 때문이다. 에이브러햄이 으르렁거리고 있다. 나는 고개를 들고 그들을 쳐다본다.

다섯 명. 소년들인가, 다 큰 남자들인가, 아니면 그 사이에 낀 청년들인가? 그들이 걸음을 멈추고 호기심에 찬 눈으로 나를 쳐다본다. 마치 내가 미술관에 진열된 조각품이라도 되는 것처럼. 그들 중 하나가 바짝 다가온다. 그는 큰 키에 떡 벌어진 어깨를 가지고 있다. 그의 뒤에서 또 다른 소년이 말한다.

"야, 사이코처럼 굴지 마. 시간이 많이 늦었다고. 그냥 가자."

하지만 덩치 큰 녀석은 꿈쩍도 하지 않는다. 그가 칼을 꺼내 든다. 가로등 불빛에 칼날이 번뜩인다. 그는 내 눈에서 공포가 엿보이기를 기다리고 있다. 하지만 그건 헛수고다. 인간이 상상할 수 있는 모든 일을 다 겪어 본 나를 놀라게 할 것은 세상에 없다.

에이브러햄이 이를 드러내고 으르렁거린다.

"개줄 놓지 마. 그랬다간 이 녀석도 당하게 될 테니까. 자……, 휴대폰과 지갑을 내놔. 그럼 조용히 물러가 줄게."

"너 지금 실수하고 있는 거야."

소년이 고개를 젓는다. 키가 무척 크지만 소년이 맞다.

"닥쳐. 휴대폰. 지갑. 어서. 난 한가한 사람이 아니라고."

그가 주위를 둘러본다. 차 한 대가 빗속을 헤치고 지나쳐 간다. 멈추지 않고. 아이들 중 하나가 눈에 익었다. 가장 어려 보이는 소년. 그의 얼굴의 절반은 후드 안에 숨겨져 있다. 휘둥그레진 그의 눈에는 공포가 가득 담겨 있다. 초조함에 몸과 눈이 좌우로 연신 흔들린다. 패닉에 빠진 그는 알아들을 수 없는 말을 중얼거리며 휴대폰을 꺼냈다 집어넣기를 반복한다. 오늘 교실에서 본 얼굴이다. 안톤.

"그냥 가자."

그가 기어들어가는 목소리로 말한다. 소년은 뒤로 슬금슬금 물러나는 중이다. 그를 보니 마음이 아파 온다.

"빨리 가자니까."

요즘에는 시간이 무기다. 기다림만큼 사람을 약화시키는 건 없다. 거리에서 칼을 휘두르는 놈들에게는 특히 더 그렇다.

"작네."

나는 눈앞의 소년이 쥐고 있는 칼을 쳐다보며 말한다.

"뭐?"

"세월이 흐르면서 모든 게 작아졌어. 컴퓨터, 전화기, 사과, 칼, 영혼."

"닥쳐! 죽고 싶지 않으면."

"옛날엔 사과가 엄청나게 컸었다고. 너희들이 직접 봐야 믿을 텐데. 꼭 초록색 호박처럼 생겼었다니까."

"닥치라고, 이 미친놈아."

"누굴 죽여 본 적 있어?"

"빌어먹을. 빨리 휴대폰과 지갑이나 내놔. 자꾸 버티면 이걸로 당신 목을 그어 버릴 거야."

"난 사람을 죽여 본 적이 있어."

나는 솔직하게 말한다.

"정말 끔찍했지. 그 기분을 네게 권하고 싶지 않아. 마치 나 자신이 같이 죽어 버린 느낌이었어. 그들의 죽음이 내 안으로 스며드는 느낌이랄까. 정말 미치는 줄 알았어. 사람을 죽이면 그 기분을 계속 안고 살아야 해. 그들을 마음속에 담아 두고 살아가야 한다고. 영원히⋯⋯."

"조용히 해."

나는 그의 눈을 똑바로 쳐다본다. 그리고 몇 세기에 걸쳐 응축되어 온 보이지 않는 기운을 쏟아낸다.

에이브러햄이 다시 으르렁거린다. 그리고 본격적으로 짖어 대기 시작한다.

"이 녀석은 늑대나 다름없어. 내 안위를 끔찍이 챙기지. 개줄이 내 손을 떠나는 순간 넌 죽은 목숨이 되는 거야."

칼이 살며시 떨리고 있다. 겁에 질려 있다는 증거다. 어쩌면 자신의 나약함을 깨닫고 부끄러워진 것인지도 모른다. 칼을 쥔 손이 천천히 내려진다.

"젠장."

그가 내뱉었다. 천천히 뒷걸음질 치던 소년이 몸을 홱 틀고 내달리기 시작한다. 나머지 아이들도 그를 뒤따라 달려 나간다. 안톤이 나를 흘끔 돌아본다. 나는 미소를 보이는 것으로 녀석을 혼란에 빠뜨린다. 나는 그를 이해한다. 사람이라면 누구나 자신이 원치 않는 방향으로 등을 떠밀릴 때가 있다. 방금 전 그 소년처럼.

런던 근처, 해크니, 1599년

그들은 보우에 살지 않았다. 그보다 더 멀리 떨어진 해크니라는 마을에 살고 있었다. 웰 가에 자리한 작고 좁은 집에서. 당시 해크니에는 딸기밭과 과수원이 많았다. 해크니는 런던, 그리고 그 주변 지역에 비해 공기가 좋았다. 내가 살던 서퍽만큼은 아니었지만. 한때 그곳에는 극장이 있었다. 하지만 내가 도착하고 몇 달 지나지 않아 사라졌다. 로즈는 극장에 얽힌 좋은 추억이 많다고 했다. 언젠가 리처드 버비지와 유명한 곰 '브라운 경'도 그곳에서 공연한 적이 있었다고 했고.

극장 때문인지는 몰라도 해크니 주민들은 에드워드스톤 주민들과 달리 편협하지 않았다. 외부인의 출현에도 노골적으로 경계하지 않았다. 애덤스 부인이라는 노파만 빼고. 그녀는 지나치는 모든 이들에게 침을 뱉으며 온갖 욕을 퍼부었다. 하지만 사람들은 그냥 웃어넘길 뿐이었다. 그것은 외부인에 대한 공포 때문이 아니라 모든 이를 향한 일반적인 증오 때문이었다. 그나마 상대에 대한 차별이 없다는 건 긍정적으로 평가해 줄 만했다.

"예전에 내 사과에 침을 뱉은 적이 있었어. 그레이스가 성난 고양이처럼 달려가 따졌지."

그들의 집으로 향하는 길에 처음으로 노파의 욕을 듣게 된 나를 위로하려는 듯 로즈가 말했다.

그들의 집은 나무와 회반죽으로 지어진 것이었다. 바로 옆에는 '위대한 돌담'이라는 지나치게 야심만만한 이름이 붙여진 작은 돌담이 세워져 있었다. 그 너머로는 '위대한 연못'이라고 불리는 작은 연못이 보였고, '위대한 외양간'이라는 헛간에는 말들이 살고 있었다.

뒤편에는 '귀리 헛간'이라 불리는 또 다른 헛간이 자리했고, 그 너머에는 나무가 우거진 광활한 과수원이 펼쳐져 있었다. 너도밤나무 숲으로 들어 가보면 돌들을 둥글게 쌓아 놓은 우물이 나타났다. 21세기의 눈으로는 시골 깡촌으로만 보이겠지만 당시 내 눈에는 담을 쌓아 분할해 놓은 땅, 그리고 동네와 인접한 과수원이 꽤 현대적으로 보였었다.

로즈와 그레이스는 마을의 한 농부와 계약을 맺은 상태였다. 그들은 과수원에서 자두와 흑자두, 체리뿐만 아니라 사과와 녹색자두와 구스베리까지 직접 따서 내다 팔았다. 그리고 그 수익은 인색하기로 소문난 농부 샤프 씨와 불공평하게 나누었다.

집에는 창문이 많이 나 있었다. 실로 오랜만에 보는 스타일이었다. 프랑스 집들에 비하면 별것 아니었지만 에드워드스톤 집들에 비하면 확실히 선진적이었다.

"저기…… 이름이 뭐야?"

로즈가 물었다. 그녀는 아주 직설적인 타입이었다. 나이에
비해 무척 성숙했고, 빈틈이 보이지 않았다.

"톰."

나는 사실대로 대답했다. 하지만 이내 멈칫했다. 함부로 본
명을 공개했다가는 뜻하지 않은 위험에 처할 수도 있었기 때문
이었다. 그래서 성은 일부러 틀리게 알려 주었다.

"톰 스미스."

"몇 살이야, 톰 스미스?"

이 질문에 대한 답변 역시 신중하게 내놓아야 했다. 솔직하
게 열여덟 살이라고 대답했다면 그녀는 믿어 주지 않았을 것이
다. 만약 그 말을 믿어 주었다면 그녀도 위험에 처하게 되었을
거고. 그녀가 짐작하고 있을 나이, 그러니까 열세 살이나 열네
살이라고 대답하는 것 역시 문제가 될 수 있었다.

"넌 몇 살이야?"

그녀가 웃음을 터뜨렸다.

"내가 먼저 물어봤잖아."

"열여섯 살."

다행히 그녀는 놀라지 않았다. 큰 키와 굵은 목과 떡 벌어진
어깨 덕분이었다.

"눈은 나이가 좀 들어 보이는데."

그녀가 내놓은 의견은 그것뿐이었다. 그 한 마디가 내게 큰
위안이 되어 주었다. 에드워드스톤 주민들은 내가 십대 초반일

거라고 믿었었다.

"난 열여덟 살이야. 그레이스는 열 살이고."

그녀가 말했다. 이 정도는 문제없었다. 이런 대화. 하지만 더 이상의 민감한 정보는 내주고 싶지 않았다. 그래서도 안 됐고. 나의 위험한 비밀. 나에 대해 모르고 있는 게 그들에게도 좋았다.

그들은 빵과 파스닙(당근을 닮은 뿌리 채소_역주) 수프, 체리를 내주었다. 로즈의 미소는 포근한 공기 같았다.

"어제 왔으면 더 좋았을걸 그랬어. 비둘기 고기로 파이를 만들어 먹었거든. 그레이스는 비둘기 잡는 데 명수야."

그레이스가 비둘기를 잡아 목을 비트는 시늉을 해보였다.

어느 정도 시간이 흐른 후, 예상대로 또 다른 질문이 던져졌다.

"여긴 왜 온 거야?"

로즈가 물었다.

"네가 초대했잖아."

"이 집 말고. 런던으로는 왜 가는 길이었냐고. 그것도 너 혼자서. 대체 어디서 온 거야?"

"서퍽. 너도 거기 살았다면 도망치지 않고선 못 배길걸. 미신에 집착하는 혐오스러운 옹고집들만 득실대니까. 우린 프랑스에서 왔어. 아무리 노력을 해도 그런 분위기엔 적응이 안 되더라고."

"우리?"

"어머니가 살아계셨을 때 말이야."

"어머니는 어떻게 되신 거야?"

나는 로즈를 빤히 쳐다보았다.

"그 얘긴 별로 하고 싶지 않아."

그레이스가 수프 스푼을 쥐고 있는 내 손을 쳐다보았다.

"떨고 있어."

"바로 코앞에 앉아 있잖아. 그렇게 대놓고 얘기하면 어떡해?"

로즈가 그렇게 말하곤 다시 나를 돌아보았다.

"널 언짢게 할 마음은 없었어."

"음식과 쉴 곳을 제공받는 대가로 그런 고백을 늘어놔야 하는 거라면 차라리 바깥 도랑에서 자겠어."

로즈의 눈이 분노로 번뜩였다.

"해크니에 아늑한 도랑이 많다는 걸 어떻게 알았지?"

나는 스푼을 내려놓고 자리에서 일어났다.

"서퍽 사람들은 농담 따위는 안 하고 사는 모양이지?"

"다 얘기했잖아. 프랑스에서 왔다고. 난 지금 농담할 기분이 아니야."

"반응이 왜 그래? 상한 우유라도 마신 것처럼."

그레이스가 개처럼 코를 킁킁거렸다.

"그래서 그런가? 시큼한 냄새가 나는데."

로즈가 진지해진 얼굴로 말했다.

"앉아, 톰. 나가도 갈 데가 없잖아. 우리에게 빚진 걸 다 갚을 때까지 달아날 생각일랑 마."

말도 안 되는 처지에 놓였다. 머리가 빙빙 도는 듯했다. 비탄에 빠진 채 사흘 동안 미친 듯이 걸었더니 속에서 열불이 났다. 나는 눈앞의 자매에게 화가 난 게 아니었다. 오히려 고마운 사람들이다. 하지만 그 고마움은 눈을 감고 매닝의 손을 떠올릴 때마다 밀려드는 고통에 파묻혀 버렸다.

"이 세상에 슬픔을 안고 살아가는 사람은 너뿐만이 아니야. 슬픔이 무슨 귀중한 것이라도 되는 것처럼 호들갑 떨지 말라고. 세상에 널리고 널린 게 슬픔이니까."

"미안해."

나는 말했다. 로즈가 고개를 끄덕였다.

"괜찮아. 피곤해서 그럴 거야. 참, 오늘부터 잠은 남자 방에서 자야 해."

"남자 방?"

그녀는 한때 자신에게 남동생이 둘이나 있었다고 설명해 주었다. 냇과 롤런드. 냇은 열두 살 때 장티푸스로 세상을 떠났고, 롤런드는 첫돌이 되기도 전에 심한 기침병을 앓다가 죽었다고 했다. 이야기는 그들의 부모가 어떻게 죽었는지에 대한 설명으로 이어졌다. 그들 어머니는 롤런드를 낳고 한 달 후, '산욕열'로 사망했다. (당시에는 흔한 질병이었다.) 아기가 태어날 때부터 허약할 수밖에 없었던 이유였다. 그들 아버지는 천연두로 세상을 떠났다. 자매는 꽤 덤덤하게 가족의 비극을 털어놓았다.

그레이스는 요즘도 어린 롤런드가 등장하는 악몽을 꾸다가 한밤중에 눈을 번쩍 뜰 때가 많다고 했다.

"들었지? 너만 슬퍼하며 사는 게 아니라고."

로즈가 상처받은 나를 조롱하듯 말했다.

그녀가 나를 침실로 이끌었다. 방에는 1980년대 휴대용 텔레비전 크기의 작은 정사각형 창문이 하나 나 있었다. (1980년, 상파울루 호텔에 살았을 때 나는 지겹도록 TV를 보았다. 그때만 생각하면 해크니 집의 자그마한 정사각형 창문이 떠올랐다.) 빈방은 수수하게 꾸며져 있었다. 침대에는 담요가 깔려 있었고, 매트리스는 밀짚으로 채워져 있었다. 하지만 피곤한 몸을 누이기에는 커다란 캐노피 침대 만큼이나 적당해 보였다.

나는 침대 위에 벌러덩 드러누웠다. 그녀가 신발을 벗겨 주고 나서 나를 물끄러미 내려다보았다. 딱딱하게 굳어 있던 표정은 많이 누그러진 상태였다. 그녀가 부드러운 목소리로 말했다. 마치 내 영혼에게 말을 걸듯이.

"아무 걱정 마, 톰. 푹 쉬어."

하지만 그날 밤, 나는 꿈결에 터져 나온 내 비명 소리에 놀라 잠에서 깨고 말았다. 창밖에는 통통하게 살이 오른 보름달이 걸려 있었다. 벌떡 일어나 앉은 나는 몸을 덜덜 떨며 가쁜 숨을 몰아쉬었다. 사방에서 압도적인 공포가 밀려들고 있었다.

로즈가 달려와 내 팔뚝에 손을 얹었다. 언니를 뒤따라온 그레이스는 문간에 서서 하품을 했다.

"괜찮아, 톰."

"전혀 괜찮지 않아."

나는 반쯤 넋이 나간 상태로 말했다.

"꿈은 믿을 게 못 돼. 특히 악몽은."

나는 내가 꾼 꿈이 사실은 고스란히 보관된 기억이라는 걸 알려 주지 않았다. 대신 그 현실을 부정하고 톰 스미스가 꾸었을 만한 악몽을 적당히 지어내어 그 내용을 들려주어야만 했다. 그녀는 그레이스를 방으로 돌려보낸 후 내 옆에 앉았다. 그러곤 몸을 기울여 내 입술에 입을 맞추었다. 가벼운 입맞춤이었지만 입술에 하는 입맞춤은 단순한 것으로만 볼 수는 없었다.

"왜 그런 거지?"

나는 물었다. 달빛이 미소 짓는 그녀의 얼굴을 환히 비춰 주었다. 추파를 던지는 미소는 아니었다. 아무런 사심이 묻어나지 않는 평범한 미소였다.

"무시무시한 네 머릿속에 다른 생각을 넣어 주려고."

"태어나서 너 같은 사람은 처음 봐."

나는 말했다.

"다행이네. 매일 똑같은 사람들만 만나면 사는 게 재미없잖아."

그녀의 눈가가 촉촉이 젖어 있었다.

"왜 울어?"

"이건 냇이 쓰던 침대야. 오랫동안 방치돼 온 침대에 다른 누군가가 누워 있는 걸 보니 기분이 이상해서, 갑자기 동생 생각이 났어."

그녀는 상심이 큰 듯했다. 순간 나 혼자만 괴롭고 힘들다고 생각했던 스스로가 부끄러워졌다.

"난 다른 데서 자도 돼. 바닥도 상관없고."

그녀가 고개를 저으며 미소를 지었다.

"아니야. 괜찮아."

아침식사는 호밀로 만든 흑빵과 에일이었다. 그레이스도 에일을 조금 마셨다. 당시 마음 놓고 마실 수 있는 음료는 그것뿐이었다. 물을 마시는 것이 러시안 룰렛을 하는 것만큼이나 위험천만했던 시절이었다.

"여긴 내 집이야. 부모님이 돌아가셔서 임대차 계약도 내 몫이 됐어. 그러니까 무조건 내가 정한 규칙에 따라야 해. 첫 번째 규칙은 우리에게 진 빚부터 갚아 나가는 거야. 그 후엔 매주 2실링씩 내야 하고. 여기서 우리랑 같이 사는 동안 말이야. 물론 물을 길어오는 것도 네가 해야 돼."

로즈가 설명했다.

'여기서 우리랑 같이 사는 동안.'

마음 놓고 무기한 머물 수 있는 곳이 생겼다는 생각에 기분이 좋아졌다. 그들의 작은 집은 새 거처로 받아들이는 데 아무 문제가 없었다. 비바람을 완벽히 막아 주었고, 깨끗하기까지 했으니까. 또한 통풍이 잘되었을 뿐만 아니라 라벤더 향까지 은은하게 풍겼다. 수수하게 생긴 꽃병에는 라벤더가 한 아름 꽂혀 있었다. 겨울에 쓸 수 있는 벽난로도 보였다. 로즈의 집은 에드워드스톤 집보다 조금 컸다. 방도 여러 개였고, 모든 게 깔끔하게 정돈되어 있었다.

원하는 만큼 이곳에서 지내도 된다는 제안이 묘하게도 나를 슬프게 했다. 내 인생의 그 무엇도 영구적일 수 없다는 걸 나는 진작 깨달은 상태였다.

당시만 해도 나는 그 불변의 진리가 흔들릴 수 있다는 걸 알지 못했었다. 내가 앓고 있는 병에 대해서도 제대로 이해하지 못했고. 그 병에는 이름조차 없었다. 설령 있었다 해도 내가 알 길은 없었겠지만. 나는 이 나이로 영원히 살게 될 줄로만 알았다. 남들은 부러워할지 모르지만 사실은 전혀 좋을 게 없었다. 내 이런 상태가 어머니를 죽음으로 내몰았다. 로즈나 그녀 동생에게는 그 사실을 철저히 비밀에 부쳐야 했다. 그러지 않았다가는 그들 역시 같은 위험에 처할 수 있었으니까. 당시에는 모든 게 빠르게 변해 갔다. 특히 유년기의 얼굴은 더더욱 그랬다.

"고마워."

나는 말했다.

"그레이스에게도 좋을 거야. 네가 여기서 함께 지내는 것 말이야. 먼저 간 동생들을 많이 그리워했거든. 하지만 조금이라도 문제를 일으켰다가는…… 우리 평판을 떨어뜨리거나 약속한 방세를 내지 않는다면…….".

그녀가 입에 체리를 물고 있기라도 한 듯 잠시 뜸을 들였다.

"그날로 이 집에서 쫓겨날 줄 알아."

"그럼 도랑에서 자야겠네."

"그것도 똥으로 범벅이 돼서."

어린 그레이스가 남은 에일을 마저 들이키고 말했다.

"미안, 톰. 잰 이름만 그레이스(Grace. '품위'라는 의미의 영단어_역주)일 뿐 언행은 전혀 그렇질 못해."

"똥이란 단어가 나쁜 건 아니잖아. 오히려 귀에 쏙쏙 들어와서 좋은데."

나는 그레이스가 무안해지지 않게 잽싸게 말했다.

"이 집엔 숙녀가 없어."

로즈가 잘라 말했다.

"나도 귀족은 아니야."

지금은 내가 한때 프랑스의 귀족이었다는 사실을 털어 놓을 타이밍이 아니었다. 로즈가 한숨을 내쉬었다. 나는 아직도 그녀의 한숨을 생생히 기억하고 있다. 슬픔이 묻어나는 한숨은 아니었다. 체념하고 현실을 받아들인다는 의미의 한숨이었다.

"그럼 됐어. 자, 오늘부터 새롭게 시작하는 거야."

나는 자매가 마음에 들었다. 그들은 내게서 소리 없는 비탄의 울부짖음을 걷어내 주는 고마운 아이들이었다.

나는 그들과 함께 살고 싶었다. 하지만 나 때문에 그들이 위험에 빠지는 건 원하지 않았다. 그들이 나에 대해 호기심을 품게 되면 큰일이다. 그게 가장 중요했다.

"어머니는 말에서 떨어지셨어. 그렇게 돌아가신 거야."

나는 불쑥 말했다.

"슬프다."

그레이스가 말했다.

"그래. 많이 슬프네."

로즈의 말이었다.

"가끔 그때 일을 꿈속에서 보곤 해."

그녀가 고개를 끄덕였다. 내게 던지고 싶은 질문이 많겠지만 그녀는 꾹 참고 있는 듯했다.

"오늘 하루는 푹 쉬는 게 좋겠어. 그래야 유머감각도 회복될 거 아냐? 우린 과수원에 다녀올 테니까 넌 집을 지키고 있어. 내일부턴 나가서 류트를 연주하고. 그렇게라도 돈을 벌어 와야지."

"아니, 아니. 너희에게 진 빚은 빨리 갚아야지. 당장 나가서 돈을 벌고 싶어. 네 말대로 거리에 나가 류트를 연주할 거야."

"어느 거리?"

그레이스가 물었다.

"가장 붐비는 거리."

로즈가 고개를 저었다.

"돈을 벌고 싶으면 런던에 가야 해. 성벽 남쪽으로."

그녀가 런던이 있는 방향을 가리켰다.

"류트 연주하는 소년! 사람들이 페니를 엄청 던져 줄걸."

"정말 그럴까?"

"자, 날씨도 화창하잖아. 사람들이 많이 몰릴 거야. 오늘부터는 신나는 꿈만 꾸게 될 테니까 두고 보라고."

창문으로 스며든 햇살이 그녀의 얼굴을 환히 비추었다. 그녀의 갈색 머리도 햇빛을 받아 황금색으로 보였다. 나흘 만에 처음으로 내 영혼은 잠시 동안이마나 참을 수 없는 고통으로부터 벗어날 수 있었다.

그녀의 동생이 바구니를 집어 들고 문을 열었다. 순간 바깥의 후끈한 열기가 안으로 스며들었다. 나무 바닥에 햇빛이 만들어 놓은 비스듬한 직사각형이 신비한 기운을 내뿜고 있는 것 같았다.

"자, 그럼……."

나는 말했다. 마치 할 말이 더 남은 것처럼. 나와 눈을 맞춘 로즈가 미소를 지으며 고개를 끄덕였다. 마치 내가 그 말을 다 해 버린 것처럼.

런던, 현재

새벽 세 시.

빨리 잠자리에 들어야 하는데. 기상 시간까지는 이제 고작 네 시간밖에 남지 않았다.

하지만 이런 상태에서는 도저히 잠이 올 것 같지 않다. 나는 컴퓨터로 디스커버리 채널을 보고 있다. 507년 전 명나라에 관한 다큐멘터리.

내 시선은 화면에 고정되어 있다. 두통을 극복하는 데는 별로 도움이 되지 않을 것이다. 하지만 나는 이미 화면 속 이미지에 단단히 사로잡혀 있는 상태다. 이건 앨버에게 내려진 저주다. 고산병과도 비슷하지만 이 경우는 고도가 문제가 아니라 시간이 문제다. 대립되는 기억들, 뒤죽박죽 섞여 버린 시간, 그것들이 유발하는 스트레스. 그 모든 게 이 두통을 불가피하게 만들었다.

칼을 휘두르며 위협하는 노상강도 역시 두통을 악화시키는 데 혁혁한 공을 세웠다. 그들 틈에서 발견된 안톤 또한 나를 불안하게 만들었다.

나는 BBC와 「가디언」 웹사이트를 차례로 살펴본다. 균열이 생긴 미중 관계와 관련된 기사 두어 개를 대충 훑어본다. 댓글 섹션은 세계의 파멸을 예상하는 사람들로 득실거린다. 사백삼 십구 년을 살아온 사람에게는 이런 소식마저도 큰 위안을 준다. 역사는 우리에게 가르쳐 주었다. 인간들이 역사를 통해 배우지 않는다는 사실을. 이십일 세기는 이십 세기의 저질 리메이크일 뿐이다. 하지만 우리가 어쩌겠는가? 세상 사람들은 절대 겹치지 않는 각자만의 유토피아를 꿈꾸고 있다. 바로 그 점이 재앙을 부르는 지름길이다. 공감대가 점점 줄어드니 평화를 유지하기가 힘들어질 수밖에.

뉴스를 다 훑고 나서는 트위터에 접속한다. 아직 계정은 없지만 구경을 하는 것만으로도 충분히 재밌는 공간이다. 다양한 목소리들, 말다툼, 오만, 무지, 가끔 눈에 띄는 연민, 그리고 새로운 종류의 상형문자를 향해 나아가는 언어의 진화.

나는 늘 그러듯 구글에 접속해 '매리언 해저드'와 '매리언 클레이브룩'을 검색해 본다. 새로운 결과는 보이지 않는다. 또 다른 이름을 쓰고 있는 모양이다. 만약 딸이 살아있다면 말이다.

다음으로는 페이스북으로 넘어가 본다. 카미유가 새로 올린 포스트가 눈에 들어온다.

"인생은 혼란스러워."

딱 그 말뿐이다. 여섯 명이 '좋아요'를 눌러 놓았다. 그녀에게 무례하게 굴었던 게 후회된다. 언제나처럼 의문이 찾아든다. 과연 내가 평범한 삶이라는 걸 누려 볼 수 있을까? 카미유를 볼 때마다 정상인의 삶을 갈망하게 된다. 그녀에게서는 공감되는 강렬한 무언가가 느껴진다. 그녀 옆에 앉아 에이브러햄을 바라보는 나의 모습이 머릿속에 떠오른다. 아늑한 침묵 속에 폭 안긴 채로. 이런 갈망이 생긴 게 몇 세기만인지 모르겠다.

아무 짓도 하지 않는 게 현명한 일이다. 하지만 나도 모르게 그녀의 글에 '좋아요'를 누르고 만다. 그리고 한 술 더 떠 "C'est vrai(그러게 말이에요)."라는 댓글까지 적어 놓는다. 댓글 옆에 내 이름이 보인다. 아무래도 삭제하는 게 좋을 것 같다.

하지만 나는 지우지 않는다. 그냥 놔두기로 한다. 나는 에이브러햄이 잠들어 있는 침대로 향한다. 녀석은 무슨 꿈을 꾸는지 연신 낑낑대고 있다.

아주 오랫동안 나는 슬픈 기억이 행복한 기억보다 훨씬 오래 남는다고 믿어 왔다. 그래서 나름의 감정적 계산에 따라 사랑이나 동지애나 우정을 얻으려고 애쓰지 않았다. 인간들이 사는 대륙으로부터 멀리 떨어진 앨버 군도의 자그마한 섬에 홀로 갇혀 살아온 이유였다. 나는 헨드릭이 옳다고 믿었다. 사랑에 빠지지 않는 것이 상책이라는 말.

하지만 이제는 분명히 알게 되었다. 감정은 계산이 안 된다는 것을. 상처받지 않으려고 스스로를 보호하는 과정에서 또 다른 미묘한 상처를 떠안게 될 수도 있다. 딜레마. 오늘밤이라고 뾰족한 수가 떠오르지는 않을 것이다.

인생은 혼란스러워.

'사실 우리가 아는 거라곤 그것뿐이지.' 나는 생각한다. 그리고 그 생각은 스르르 잠에 빠져들 때까지 악상처럼 머릿속을 맴돈다.

런던, 1599년

당시 뱅크사이드는 리버티들로 이루어져 있었다. 리버티는 일반적인 법이 적용되지 않는 성벽 내의 지정 공간이었다. 일반적인 법뿐만 아니라 그 어떤 법도 그곳에서는 효력이 없었다. 완전한 무법지대. 상상할 수 있는 모든 거래가 가능한 곳. 그 어떤 저질 오락거리도 마음껏 즐길 수 있는 곳. 매춘. 곰 곯리기(쇠사슬로 묶인 곰에게 개가 덤비게 하는 옛 유흥_역주). 거리 공연. 연극. 그 무엇이라도 가능했다.

제한 없이 자유를 누릴 수 있는 곳. 내가 그곳에서 처음 누려 본 자유는 똥 냄새를 풍겼다. 지금과 달리 당시 런던과 그 주변은 그런 역겨운 냄새로 진동했었다. 특히 뱅크사이드는 최악이었다. 사방에 무두질 공장이 널려 있었기 때문이다. 다리 건너에도 다섯 곳에 달하는 무두질 공장이 있었다. 나중에 알게 된 사실이지만, 그곳들이 역겨운 악취를 풍겨 대는 이유는 무두장이들이 가죽을 인분에 담가 두기 때문이었다.

계속 걸어 나가니 또 다른 냄새가 풍겨 왔다. 접착제와 비누 공장에서 풍기는 동물성 지방과 뼈 냄새. 지나는 사람들의 퀴퀴

한 땀 냄새도 얼굴을 찌푸리게 만들었다. 악취의 신세계에 발을 들인 듯한 기분이었다.

나는 곰 사육장을 지나쳐 걸어 나갔다. 어떤 이유에서인지 사람들은 그곳을 패리스 가든이라고 불렀다. 그 안으로 쇠사슬에 묶인 커다란 검은 곰 한 마리가 보였다. 지금껏 봐 온 그 어떤 생명체보다도 슬퍼 보였다. 온몸이 상처투성이였고, 꾀죄죄했으며, 잔인한 운명의 무게에 짓눌려 있는 듯한 모습이었다. 곰은 땅바닥에 주저앉아 있었다.

사실 곰은 말 그대로 스타였다. 뱅크사이드 최고의 명물. 그들은 곰에게 '새커슨'이라는 이름을 붙여 주었다. 앞으로 이곳을 지나면서 숱하게 보고 듣게 될 녀석이었다. 벌게진 눈, 목에 매달린 사나운 개들, 거품을 문 입. 흥분한 사람들은 격분한 곰을 신나게 조롱하며 쇼를 즐기고 있었다. 죽음에 맞서 싸울 때만 곰은 생기를 내보였다. 그 후로 오랫동안 나는 그 곰을 잊지 못했다. 끊임없이 가해지는 학대 속에서도 생존을 향한 헛된 의지를 굽히지 않았던 녀석.

그 첫날, 나는 로즈가 알려 준 곳을 찾아갔다. 왠지 엉뚱한 곳에 와 버린 듯한 기분이 들었다. 비누 공장의 소음으로부터는 충분히 떨어져 있었지만, 똥냄새를 풍기는 무두질 공장으로부터는 얼마 떨어지지 않은 곳이었다. 주변에는 몇몇 사람들이 서성이고 있었다. 초록색 드레스 차림의 여자가 호기심에 찬 눈으로 나를 쳐다보았다. 그녀의 치아는 까맣게 물들었고, 얼굴은 조악하게 바른 파우더로 덮여 있었다. 그녀가 몸을 기댄 석조 건물의 외벽에는 추기경의 빨간 모자가 그려진 간판이 걸려 있었다. 이 지역에서 흔히 찾아볼 수 있는 매음굴이었다. 밤낮을 가리지 않고 손님들이 들락거리는 것을 보면 돈벌이가 꽤 되는 모양이었다. 그곳에는 펍도 있었다. 퀸스 터번. 이 지역에서 깨끗한 축에 속하는 건물이었지만 그곳을 찾는 손님들 대부분은 더럽고 추잡했다.

그 펍과 매음굴 앞에는 공터가 자리하고 있었다. 잔디로 덮인 직사각형의 땅. 나는 사람들이 어슬렁거리는 그곳에 자리를 잡기로 했다.

나는 깊은 숨을 한 번 들이쉬었다. 그리고 곧바로 연주를 시작했다.

음악에는 부끄러울 게 없었다. 음악을 연주하는 이에게도. 엘리자베스 여왕조차도 기이한 악기 몇 가지는 연주할 수 있을 것이다. 하지만 대중 앞에서 악기를 연주하는 건 귀족 출신이 할 짓이 아니었다. 프랑스에서도 그렇지만 이곳 영국에서도 마찬가지였다. 더군다나 이곳은 대낮의 거리였다. 프랑스 백작과 백작 부인의 아들이 뱅크사이드에서도 건강에 가장 해로운 구역에서 악기를 연주한다는 건 씻지 못할 치욕이었다.

그럼에도 불구하고 나는 이곳에 서서 연주를 해 나갔다. 어머니가 가르쳐 준 프랑스 샹송을 몇 곡 연주했더니 지나던 사람들이 흘끔 돌아보았다. 용기가 조금씩 솟아났다. 나는 영국에 와서 배운 노래와 발라드들을 속속 연주해 나갔다. 사람들이 점점 몰리기 시작했다. 그중 몇몇은 내 앞으로 다가와 페니를 던져 주기도 했다. 다른 연주자들은 틈틈이 모자를 손에 들고 관중들 틈을 헤집고 다녔다. 요즘 거리의 악사들이 그러듯이. 하지만 내게는 모자가 없었다. 하는 수 없이 나는 두어 곡의 연주를 마칠 때마다 왼쪽 신발을 벗어 쥐고 한쪽 발로 깡충깡충 뛰어다녀야 했다.

사람들은 음악보다도 내 그런 모습에 더 재미를 느끼는 듯했다. 몰려든 관중들은 요상하고도 위협적인 사람들이었다. 뱃사공과 행상과 술꾼과 창녀와 연극광들. 그들 중 절반은 집을 나와 남쪽으로 향하는 사람들이었고, 페니를 후하게 던져 주는 나머지 절반은 다리 건너에서 온 사람들이었다. 빤히 쳐다보는 사람들의 시선이 부담스러워 눈을 감았더니 신기하게도 연주력이 좋아지는 것 같았다. 첫날에는 과일 한 바구니를 거뜬히 살 수 있을 만큼의 돈이 벌렸다. 그리고 일주일 후에는 한 바구니를 더 사서 로즈에게 바칠 수 있었다.

"아직 안심하기엔 일러, 톰 스미스. 나중에 방세도 다 챙겨 받을 테니까."

로즈가 웃음을 슬쩍 참으며 말했다. 그녀는 내가 사다 준 토끼 파이를 먹고 있었다.

"그럼 앞으로는 매일 고기 파이를 먹을 수 있는 거야? 스튜와 파스닙은 이제 질렸다고."

그레이스가 물었다. 소녀의 입가에는 페이스트리 부스러기가 붙어 있었다.

"파스닙이 뭐 어때서?"

"파스닙보다 고기 파이가 나은 건 사실이잖아. 여왕이나 귀족이 파스닙을 먹는 거 봤어?"

내가 말했다. 로즈는 미심쩍은 표정이 되었다.

"문제는 우리가 귀족이 아니라는 거지."

그들에게 나는 그저 서퍽에서 온 톰 스미스일 뿐이었다. 나는 그 사실에 만족했다. 어차피 백작이 될 가능성도 없었으니. 또다시 성만 한 대저택에 살며 하인들을 부릴 일도 없을 거고. 부모님이 세상을 떠났으니까. 프랑스는 이제 내게 적대적인 세상이 되어 버렸고, 나는 런던에 사는 거리의 악사일 뿐이었다. 여기서 괜히 욕심을 부렸다가는 또 다시 위험에 빠질 수 있었다.

보름 치 방세는 그 다음 주 화요일에 지불할 수 있었다. 덕분에 나도 자매와 동등한 위치에 설 수 있게 되었다. 그들 가족의 일원이 된 것이다. 그 소속감이 나로 하여금 불투명한 미래와 앞으로 겪게 될지 모르는 문제들을 잊게 해 주었다. 특히 극장으로 향하는 사람들에게 마드리갈(madrigal. 16세기에 이탈리아에서 유행한 세속적인 성악곡_역주)을 불러 주거나 볼이 발그레해진 로즈가 웃는 모습을 지켜볼 때는 전에 없던 행복이 느껴졌다.

그레이스는 류트를 배우고 싶어 했다. 그래서 날을 골라 아이에게 연주법을 가르쳐 주었다. 소녀의 자그마한 손이 천장에서 내려온 거미처럼 현들을 오고 갔다. 나는 그레이스의 손이 악기와 평행이 되도록 류트의 위치를 바꾸어 주었다.

아이는 자기가 가장 좋아하는 〈그린슬리브스(Greensleeves, 푸른 옷소매라는 뜻의 세계적으로 알려진 잉글랜드 옛 가요_역주)〉와 〈달콤하고 즐거운 5월〉을 배우고 싶다고 했다. 다른 건 몰라도 〈그린슬리브스〉는 가르쳐 주기가 꺼려졌다. 굉장히 유명한 곡이기는 하지만, 어린 아이들이 부르고 연주하기에는 한없이 부적절했기 때문이었다. 당시 나는 세상일에 빠삭한 사람이 아니었다. 하지만 '레이디 그린슬리브스'가 성적으로 문란한 여자들을 조롱하는 표현이라는 것쯤은 알고 있었다. 그녀가 야외에서 난잡한 섹스를 즐기는 통에 소매가 푸르게 물들어 버렸다는 내용의 노래.

하지만 그레이스는 고집을 꺾지 않았다. 아이의 순수함을 지켜 주어야 한다는 이유로 그 순수함을 깨뜨릴 수는 없는 일이었다. 그래서 나는 못 이기는 척 그 노래를 가르쳐 주었다. 그레이스는 걷기도 전에 뛰고 싶어 하는 아이였다. 조바심 내는 아이를 가르치는 건 쉬운 일이 아니었다. 하지만 우리는 인내하며 레슨을 이어 나갔다. 세례 요한 축일 전날 밤에는 밖에 나가 연주를 했다. 로즈는 미소를 지으며 창밖으로 우리를 지켜보았다.

가을이 시작될 무렵의 어느 날 저녁, 로즈가 내 방으로 슬그머니 들어왔다. 그녀는 많이 지쳐 보였다. 평소와는 다른 모습이었다. 말수도 줄어 있었고, 넋이 조금 나가 있는 듯했다.

"무슨 일이야?"

"그냥 고민이 좀 있어. 큰 문제는 아니야."

내게 할 말이 있는 게 분명했다. 하지만 어떤 이유에서인지 말문을 떼지 않고 있었다.

침대에 앉아 한참 뜸을 들이던 그녀가 마침내 입을 열었다. 내게 류트를 배우고 싶단다. 그걸 가르쳐 주면 방세를 5펜스 깎아 주겠다는 제안도 했다. 나는 기꺼이 가르쳐 주겠노라고 했다. 방세 때문은 아니었다. 그보다 그녀 옆에 바짝 붙어 앉아야 할 핑계거리가 생겼기 때문이었다.

그녀에게는 또 다른 점이 있었다. 볼에 난 것들처럼 엄지와 검지 사이에도 점 하나가 작게 나 있었다. 또 손에는 붉은 물이 들어 있었다. 남은 체리를 집어먹느라 생긴 얼룩이었다. 나는 그녀의 손을 살며시 잡아 쥐는 상상을 해보았다. 유치하게도! 어쩌면 머릿속의 뇌 역시 내 외모와 마찬가지로 아직 덜 성숙했는지도 모른다.

"정말 아름다운 류트야. 이런 류트는 처음 봐. 장식도 예쁘고."

그녀가 말했다.

"어머니가…… 친구에게 선물로 받으신 거야. 여기, 이거 보이지? 이걸 로즈라고 불러."

나는 현들 밑으로 보이는 울림 구멍을 가리켰다.

"공기 밖에 없는데?"

나는 웃음을 터뜨렸다.

"류트에서 가장 중요한 부분이지."

나는 그녀에게 두 개의 현을 사용해 연주하는 방법을 가르쳐 주었다. 현을 퉁기는 속도가 빨라질수록 내 심장도 빠르게 뛰었다. 나는 그녀의 팔뚝에 살며시 손을 얹었다. 눈을 감자 그녀를 향한 연민이 밀려들었다.

"음악에 있어 가장 중요한 건 시간이야. 시간을 통제할 줄 알아야 해."

나는 말했다. 연주를 마친 그녀가 한동안 골똘히 생각에 잠겼다.

"가끔 시간을 멈추고 싶어질 때가 있어. 행복한 순간에. 그럴 땐 교회 종이 영원히 울리지 않았으면 좋겠다는 생각이 들어. 그러면 두 번 다시 시장에 나가지 않아도 되고, 하늘이 찌르레기 떼로 뒤덮일 일도 없을 테니까. 하지만…… 인간은 누구나 시간에 휘둘리며 살 수밖에 없잖아. 우린 류트의 현들이나 다름없어. 안 그래?"

그녀는 분명히 그렇게 말했다. '우린 류트의 현들이나 다름없어.'

과일이나 따며 살아가기에는 로즈가 너무 아까웠다. 로즈는 철학자였다. 나는 지금껏 그녀처럼 지혜로운 사람을 만나 본 적이 없다. (곧 만나게 될 셰익스피어도 그녀의 지혜로움에는 미치지 못했다.) 그녀는 나를 자기 또래 대하듯 했다. 실로 고마운 일이었다. 그녀와 함께 있을 때면 모든 근심이 사라지고 마음이 편해졌다. 그녀는 나의 평행추였다. 그녀를 보고만 있어도 마음에 평화가 찾아들었다. 틈날 때마다 이글거리는 눈빛으로 그녀를 빤히 쳐다보는 이유였다.

요즘 사람들은 절대로 이렇게 상대를 쳐다보지 않는다. 나는 그녀를 간절히 원했다. 무언가를 원한다는 것은 그것이 없다는 뜻이다. 어머니가 강에서 숨을 거두었을 때 내 가슴 속에는 엄청나게 크고 깊은 구멍이 생겨 버렸다. 그때 느낀 압도적인 공허감이 영원히 지속될 거라 믿었었다. 하지만 로즈를 보고 있노라면 그 구멍이 조금씩 메워져 가는 기분이 느껴졌다. 나를 꼭 붙잡아줄 든든한 누군가가 생겼다는 사실이 기뻤다.

"난 네가 계속 여기 있어 주길 바라, 톰."

"있어 달라고?"

"그래. 여기서. 오랫동안."

"아."

"네가 떠나는 걸 원하지 않는단 말이야. 그레이스도 널 좋아하고, 나 역시 네가 좋아. 그것도 아주 많이. 네 덕분에 우리 마음이 편안해졌어. 네가 나타나기 전까지는 너무 외로웠거든. 하지만 지금은 전혀 그렇지 않아."

"나도 여기서 지내는 게 좋아."

"다행이네."

"하지만 언젠가는 떠나야 할 때가 올 거야."

"왜?"

나는 그녀에게 모든 걸 털어 놓고 싶었다. 내가 정상인과 다르다고. 이상하고 독특한 사람이라고. 평범한 사람들처럼 나이를 먹지 않는다고. 어머니는 말에서 떨어져 죽은 게 아니라 억울하게 마녀로 몰려 물고문 의자에 앉은 채 익사했다고. 그녀에게 윌리엄 매닝에 대해서도 들려주고 싶었다. 세상에서 가장 사랑하는 사람을 잃고 그것에 대한 책임을 느끼는 것이 얼마나 고통스러운 일인지. 나 자신조차 풀 수 없는 미스터리로 살아가는 것이 얼마나 괴로운지. 내 이름이 에스티엔느이고 성은 스미스가 아니라 아자르라는 것도 알려주고 싶었다. 어머니가 세상을 떠난 후 그녀가 내게 유일한 위안이 되어 주었다는 사실도. 속 시원히 털어놓고 싶은 건 많았지만 차마 입이 떨어지지 않았다.

"그건 말할 수 없어."

"네 속은 도무지 알 수가 없어."

잠시 침묵이 흘렀다.

밖에서 새소리가 들려왔다.

"키스 받아 본 적 있어, 톰?"

나는 첫날밤 그녀가 내 입술에 살짝 입을 맞추었던 사실을 떠올렸다.

"제대로 키스해 본 적 있느냐고, 톰."

내 머릿속을 꿰뚫어보고 있기라도 한 듯 로즈가 말했다. 내 침묵이 쑥스러운 대답이었다.

"키스. 그것도 음악이랑 비슷해. 시간을 멈추게 하니까. 언젠가…… 연애를 해본 적이 있었어."

그녀가 말했다.

"여름에. 그는 과수원에서 일했어. 우린 키스를 했고, 온갖 즐거운 일들을 같이 해 댔었지. 하지만 속에서 뜨거운 감정이 끓어오르진 않았어. 진정으로 사랑한다면 가볍게 키스만 해도 황홀경에 빠져야 하는데 그땐 그렇지 않았거든. 정말 그렇게 될 수 있을까?"

그녀가 류트를 옆에 내려놓고 내게 입을 맞추었다. 내 눈이 스르르 감겼다. 흐릿해져 가던 세상은 금세 자취를 감추어 버렸다. 남겨진 건 오로지 그녀뿐이었다. 그녀는 별이었고, 하늘이었으며, 바다였다. 특별히 주어진 시간의 한 조각. 우리는 그 안에 사랑의 꽃봉오리를 심어 놓았다. 마침내 키스가 끝이 났다. 나는 그녀의 머리를 부드럽게 쓸어내렸다. 밖에서 교회의 종소리가 아득하게 들려왔다. 어느새 세상의 모든 것은 정상으로 돌아와 있었다.

런던, 현재

나는 9학년 아이들 앞에 서 있었다. 오늘도. 너무 피곤하다.
새벽 세 시를 넘겨 잠자리에 드는 것은 교사가 할 짓이 못 된다.
유리창에 달라붙은 빗방울들이 보석처럼 빛나고 있다. 나는 지
난 시간에 이어 이주민들에 대한 재앙 같은 수업을 이어나가는
중이다. 튜더 왕조 후기의 사회사, 특히 영국의 엘리자베스 1세
시대에 초점을 맞추었다.

"엘리자베스 여왕 시대 영국에 대해 아는 것들 있니?"

나는 묻는다. 차라리 사르디니아(이탈리아 반도 서쪽 해상에 있는
지중해 제2의 섬_역주)로 갈걸 그랬어. 아니면 마요르카 섬의 레몬
농장. 아니면 인도네시아의 해변. 혹은 야자나무 숲이 있는 몰
디브 청록색 바다 옆의 섬.

"누가 거기 살았었지?"

한 소녀가 손을 든다.

"지금은 죽은 사람들이요."

"고맙구나, 로렌. 또 아는 사람?"

"스냅챗을 안 한 사람들이요."

"그래, 맞아. 니나."

"프랜시스 어쩌고 하는 사람?"

나는 고개를 끄덕인다.

"드레이크와 베이컨, 둘 다 이름이 프랜시스였어. 하지만 내가 찾는 답은 그 시대를 정의하는 이름이야."

오랫동안 나는 늙음을 한탄하는 사람들을 딱하게 여겨 왔다. 하지만 교사가 되고 나니 그들의 심정이 새삼 이해가 된다.

내 시선이 한 학생에게로 돌아간다. 그 아이와 눈이 마주치는 순간 나는 움찔한다.

"안톤? 엘리자베스 여왕 시대에 살았던 인물을 알고 있니?"

안톤이 소심하게 나를 쳐다본다. 아이는 겁에 질려 있다. 많이 찔렸던 모양이다.

"셰익스피어."

소년이 사과하는 톤으로 말한다.

"그래! 그때는 셰익스피어의 시대였어. 자, 셰익스피어에 대해 뭘 알고 있지, 안톤?"

로렌이 불쑥 끼어든다.

"그 사람도 죽었어요."

"계속 그 테마로 밀어붙일 모양이구나."

"도움이 돼 드려 기쁠 뿐이에요, 선생님."

"〈로미오와 줄리엣〉."

여전히 죄책감이 느껴지는지 안톤이 나직한 목소리로 말한다.

"그리고 〈헨리 4세〉 1부. 영어시간에 배우고 있어요."

나는 잠시 소년을 빤히 쳐다본다. 아이가 부끄러워하며 고개를 푹 숙인다.

"그가 어떤 사람이었을 것 같니? 그가 어떻게 살았을 것 같아?"

안톤은 대답이 없다.

"내가 얘기하고 싶은 건 셰익스피어가 사람이었다는 사실이야. 실제로 존재했던 사람이라는 것. 우리처럼 말이지. 그는 작가로만 알려져 있지만 사실은 사업가이기도 했어. 인맥을 아주 잘 활용한 사람이었지. 연극 제작도 했었고. 진짜 비가 내리는 진짜 거리에서 진짜 에일을 마시고 진짜 굴을 먹었던 사람이었어. 귀걸이를 하고 다녔고, 담배를 피웠지. 우리와 똑같이 숨을 쉬고, 잠을 자고, 또 화장실도 들락거렸어. 손과 발이 있고, 입 냄새를 심하게 풍겼던 사람."

"하지만…… 그가 입 냄새를 심하게 풍겼다는 건 어떻게 아시죠?"

로렌이 손가락으로 머리를 꼬아 대며 묻는다. 그 답을 아이들에게 속 시원히 들려줄 수 있으면 얼마나 좋을까? 나는 미소를 흘리며 당시에 치약이 없었다는 사실을 상기시켜 주는 것으로 답변을 대신한다.

런던, 1599년

나는 여름 내내, 그리고 가을로 접어들 때까지 서더크에서 류트를 연주했다. 성문이 닫히는 시간까지 연주를 하고 나서 한 시간을 걸어 집으로 돌아오는 일상이 반복되었다.

오늘은 날씨가 좋지 않아 군중이 별로 모이지 않았다. 나는 여인숙들을 돌며 연주할 공간을 내어줄 것을 요청했지만 모두 거절했다. 여인숙 연주자와 길거리 연주자의 위치는 하늘과 땅 차이였다. 나는 죽어 가는, 그리고 달갑지 않은 부류에 속해 있었다. 가장 큰 문제는 펨브룩스 맨이라는 악단이 이 시장을 독점하다시피 하고 있다는 사실이었다.

날이 어둑해질 무렵, 내가 일자리를 찾고 있다는 소식을 전해들은 악단 소속 바이올린 연주자가 카디널스 햇Cardinal's Hat 밖을 서성이고 있는 나를 찾아왔다. 텁수룩하게 수염을 기른 거구의 남자는 이 지역에서 '나무 월스턴'이라는 별명으로 잘 알려져 있었다. 그의 흐트러진 머리는 꼭 폭풍 속에서 휘날리는 나뭇잎들을 보는 듯했다.

그가 내 멱살을 움켜잡고 나를 벽으로 거칠게 떠밀었다.

"그냥 내버려 둬."

상냥한 빨강머리 창녀 엘사가 말했다. 그녀와 나는 귀갓길에 잠깐씩 한담을 나누며 친분을 쌓아 왔다.

"넌 닥치고 있어."

그가 다시 나를 돌아보았다. 그의 치아는 심하게 썩어 갈색 조약돌처럼 변해 있었다. 확 풍겨 온 똥 냄새가 그에게서 나는 건지, 아니면 바로 옆 무두질 공장에서 나는 건지 알 길이 없었다.

"비숍스게이트의 여인숙엔 얼씬도 하지 마. 뱅크사이드 주변은 더더욱 안 되고. 죽고 싶지 않으면 알아서 잘 처신하란 말이야. 여긴 우리 구역이야. 너 같은 애송이가 나댈 곳이 아니라고."

나는 그의 얼굴에 침을 뱉었다. 그가 류트의 넥을 움켜잡았다.

"그거 놔!"

"이것부터 부러뜨리고 나서 네 손가락을 부러뜨려 주지."

"류트 돌려줘! 이 깡패 같은……."

엘사가 바짝 다가왔다.

"월스턴! 그거 돌려줘!"

그가 류트를 번쩍 쳐들었다. 벽에 내리쳐 박살을 내려는 모양이었다. 그때 뒤에서 연극조의 굵은 목소리가 들려왔다.

"멈춰, 월스턴."

월스턴이 움찔하며 뒤를 돌아보았다. 언제 다가왔는지 세 남자가 버티고 서 있었다.

순간 엘사의 얼굴에 화색이 돌았다. 어쩌면 능청스러운 연기였는지도 모른다. 그녀가 손으로 천천히 문질러 드레스의 주름을 폈다. 이 구역 전체가 극장이나 다름없었다. 무대 위도 그렇고 무대 밑도 마찬가지였다.

"오, 맙소사! 리처드 3세가 직접 납셨구만."

물론 진짜 리처드 3세는 아니었다. 나조차도 런던에서 가장 유명한 배우, 리처드 버비지를 알고 있었다. 당시 기준으로 따지면 그는 어마어마한 미남이었다. 에롤 플린이나 타이론 파워나 폴 뉴먼이나 라이언 고슬링에는 한없이 못 미쳤지만. 만약 그가 틴더(소셜 데이팅 앱_역주)에 소개됐다면 단 한 사람으로부터도 선택을 받지 못했을 것이다. 그의 칙칙한 갈색 머리는 숱이 적었고, 울통불퉁한 얼굴은 렘브란트의 초상화처럼 흉측했다. 하지만 그에게는 엘리자베스 1세 시대 사람들을 반하게 만든 묘한 매력이 있었다. 이십일 세기 사람들이 더 이상 열광하지 않는 특별한 분위기. 영혼을 흔드는 강렬하고 추상적인 무언가. 풍모. 에너지.

"좋은 저녁입니다, 버비지 씨."

나무 월스턴이 류트를 쥔 손을 내리며 말했다.

"모두가 그렇게 생각하고 있는 것 같진 않구만."

버비지가 말했다. 나는 함께 나타난 두 남자를 돌아보았다. 한 명은 통처럼 둥글게 생겼고, 월스턴의 것보다는 깔끔하게 관리된 인상적인 턱수염을 가지고 있었다. 술에 거나하게 취한 그는 과장된 표정으로 비웃는 중이었다. 그 역시 배우인 듯했다.

"한심한 친구 같으니라고. 어서 이 아이에게 류트를 돌려줘."

나머지 한 명은 호리호리한 체구에 꽤 잘생긴 편이었다. 입이 작고, 뒤로 빗은 긴 머리가 단정해 보이지는 않았지만 눈빛은 암소처럼 부드러웠다. 함께 온 동료들과 마찬가지로 그 역시 속이 채워지고 레이스로 장식된 더블릿(14~17세기에 남성들이 입던 짧고 꼭 끼는 상의_역주) 차림을 하고 있었다. 옷은 황금색을 띠고 있었지만 햇빛이 옅어 확신할 수는 없었다. 귀에 고리 모양의 금 귀걸이를 달고 있는 것을 보니 돈 잘 버는 보헤미안인 듯했다. 아무튼 그들은 잘나가는 배우들인 게 분명했다. 버비지와 함께 활동하는 국왕 극단 단원들.

"이런……, 여길 좀 봐. 지옥은 텅 비어 있겠군. 악마들이 죄다 이곳 뱅크사이드에 다 모여 있으니까."

잘생긴 남자가 체념한 듯이 씁쓸한 목소리로 말했다. 엘사는 그가 누군지 알아보는 모양이었다.

"진짜 셰익스피어가 납셨네."

셰익스피어는 희미하게 미소를 지었다. 엘사가 셰익스피어 옆에 선 덩치 큰 남자를 돌아보았다.

"난 당신도 누군지 알아요. 또 다른 윌. 맞죠? 윌 켐프?"

켐프가 고개를 끄덕였다. 그리고 자랑스러운 듯 자신의 불룩한 배를 토닥였다.

"그 사람이 맞습니다."

"내 류트 돌려줘요."

나는 월스턴에게 다시 말했다. 달라진 분위기를 파악한 나무는 더 이상 더 이상 진상을 부리지 않았다. 그가 류트를 내 손에 쥐어 주고는 슬그머니 물러났다.

엘사가 멀어지는 그를 향해 새끼손가락을 조롱하듯 흔들어 보였다.

"염병할 놈! 구더기보다 못한 놈!"

세 명의 배우가 일제히 웃음을 터뜨렸다.

"자, 이만 퀸스로 돌아가자고. 가서 한잔 해야지."

켐프가 말하자 셰익스피어가 못마땅한 듯 인상을 찌푸렸다.

"이미 에일에 찌들어 있으면서."

엘사가 리처드 버비지의 귀에 무언가를 속삭였다. 그의 손은 이미 그녀의 몸을 신나게 더듬어 대는 중이었다.

셰익스피어가 내게로 다가왔다.

"월스턴은 짐승 같은 놈이야."

"네, 셰익스피어 씨."

그에게서는 담배와 정향 냄새가 풍겼다.

"나무가 저럴 땐 정말 피곤해. 아무튼 그건 그렇고…… 연주는 좀 하니?"

나는 아직도 조금 얼떨떨한 상태였다.

"네?"

"류트 말이야."

"네."

그가 내 앞으로 몸을 기울였다.

"몇 살이나 됐지?"

"열여섯 살입니다."

로즈에게 들려준 답을 떠올리며 나는 말했다.

"그보다 최소 두 살은 더 어려 보이는데. 두 살이 더 들어 보이기도 하고. 아주 수수께끼 같은 얼굴을 가졌구나."

"열여섯 살이 맞습니다."

"뭐 그런 건 전혀 중요하지 않아."

살짝 휘청거리던 그가 넘어지지 않으려 내 가슴에 한 손을 얹었다. 자세히 보니 그도 동료들만큼이나 거나하게 취한 상태였다. 그는 이내 자세를 바로잡았다.

"우리 국왕 극단은 지금 함께할 음악가들을 찾고 있어. 내가 새 작품을 하나 썼거든. 〈뜻대로 하세요〉. 공연할 때 음악이 필요해. 노래가 많이 들어갈 텐데 류트 연주자가 없지 뭐야. 우리 류트 연주자가 매독에 걸려 버렸거든."

나는 셰익스피어를 빤히 쳐다보았다. 그의 눈 속에서는 황금빛 불꽃이 튀고 있었다. 누군가가 들고 있는 횃불 때문이었다.

켐프가 엘사에게 찰싹 달라붙어 있는 버비지를 잡아끌었다. 그는 성미가 급한 타입인 것 같았다.

"내일, 글로브 극장으로 와. 열한 시까지."

셰익스피어는 못 들은 척했다.

"여기서 연주해 봐."

그가 턱으로 류트를 가리키며 말했다.

"지금 말씀이십니까?"

"쇠는 달았을 때 두드려야지."

엘사가 갑자기 내가 모르는 음탕한 노래를 부르기 시작했다.

"이 친구 아직도 얼떨떨한 상태잖아. 봐."

켐프가 동정하듯 말했다.

"아니. 그냥 연주하게 해."

셰익스피어가 말했다.

"뭘 연주해야 할지 모르겠는데요."

"마음에서 우러나오는 곡이면 돼. 우리가 여기 없다고 생각하고 너 자신에게 진실한 연주를 해봐."

그가 엘사를 조용히 하게 했다. 여덟 개의 눈이 나를 지켜보고 있었다.

나는 눈을 감고 머릿속에 로즈를 떠올리며 최근에 즐겨 불렀던 곡을 연주하기 시작했다.

그대는 온종일 나를 비추는 햇볕입니다

그대의 찡그리는 얼굴은 나를 아프게 하고

또 나를 주저하게 만듭니다

그대의 미소에 나는 껑충 뛰어오르고

내 안에서는 기쁨이 자라지만

그대의 찡그린 얼굴은 내게 비탄의 겨울을 안겨 줍니다.

나는 노래를 마치고 말없이 나를 응시하고 있는 네 사람의 얼굴을 쳐다보았다.

"에일! 에일 생각이 간절해졌어!"

켐프가 소리쳤다.

"대단한데. 곡 선정은 좀 아쉽지만."

버비지가 말했다.

"노래도 잘 부르네요."

엘사의 말이었다.

"실력이 대단하구나. 내일 글로브 극장으로 와. 열한 시까지. 주급으로 12실링을 줄게."

셰익스피어가 말했다.

"고맙습니다, 셰익스피어 씨."

"주급으로 12실링을?"

로즈는 귀를 의심하는 것 같았다. 그 다음날 아침이었고, 우리는 일을 나가기 전에 물을 길어 나르는 중이었다. 로즈는 걸음을 멈추고 물통을 내려놓았다. 나도 그녀를 따라 통을 내려놓았다. 귀리 헛간과 과수원에서 북쪽으로 1마일쯤 떨어진 길 끝의 우물에서 길어온 물은 마시기 위한 게 아니라 청소용이었다. 우리에게는 잠시 동안이나마 휴식이 필요했다. 분홍빛을 띤 아침 하늘은 왠지 불길하게 느껴졌다.

"그래. 주급 12실링."

"셰익스피어 씨 밑에서 일하게 되는 거야?"

"응. 국왕 극단에서."

"톰, 정말 잘됐다."

그녀가 나를 와락 끌어안았다. 누이처럼. 아니, 그보다 더 가까운 사람처럼.

하지만 이내 그녀의 얼굴에 어두운 그림자가 드리워졌다. 그녀는 다시 물통을 집어 들었다.

"왜?"

"앞으로 널 보기가 힘들어질 것 같아서."

"매일 저녁 집으로 돌아올 텐데 뭐. 성벽을 돌아오든 넘어오든 간에."

"그런 뜻이 아니야."

"그럼 무슨 뜻인데?"

"나 같은 시장통 과일 장수가 너 같은 유명인이랑 어떻게 같이 지낼 수 있겠어?"

"그런 소리 마, 로즈."

"넌 꽃이 됐지만 난 아직도 잡초일 뿐이야."

"그렇지 않아. 넌 잡초가 아니야."

"넌 한곳에 오래 머무르는 법이 없잖아, 톰. 프랑스에서 도망쳐 왔고, 서픽에서도 그랬고, 머지않아 여기서도 도망칠 거잖아. 넌 한 곳에 머무를 줄 몰라. 우리가 입을 맞춘 후로 넌 계속해서 내 눈을 피해 왔어."

"로즈, 만에 하나 내가 도망친다 해도 그건 너 때문이 아닐 거야."

"그럼 무엇 때문이지, 톰? 나 때문이 아니라면 네가 왜 여길 떠나야 하느냐고."

내게는 그에 대한 답이 없었다.

물통이 무거웠지만 우리는 멈추지 않고 계속 걸음을 옮겨 나갔다. 마구간에 다다르자 우리를 빤히 쳐다보는 말들이 눈에 들어왔다. 그들의 모습은 최상층 관람석에 앉아 몇 번 본 연극을 또 다시 관람하는 귀족들을 연상시켰다. 로즈는 말이 없었다. 어머니의 죽음에 대해 거짓말을 할 수밖에 없었던 나는 마음이 무거웠다. 그래서 나 자신에 대해서만큼은 진실을 들려주고 싶었다. 나중에 때가 되면 기필코 그러겠노라고 다짐했다.

집 앞 거리에는 여자 두 명이 나와 있었다. 그중 한 명은 늙은 애덤스 부인이었다. 그녀는 함께 있는 여자에게 고래고래 소리를 지르고 있었다. 분위기가 심상치 않았다.

로즈는 일방적으로 당하고 있는 여자를 알고 있었다. 화이트 채플 시장에서 장사를 하는 메리 피터스였다.

말이 없는 여자는 슬픈 표정을 짓고 있었다. 그녀는 마흔 살쯤 되어 보였다. 당시는 누구나 마흔 살을 넘겨 살던 시대가 아니었다. 남편을 여읜 그녀는 항상 검은 상복을 걸치고 다녔다.

애덤스 부인은 몸을 앞으로 기울인 채 독설을 쏟아내고 있었다. 참다못한 메리가 고개를 획 돌리고 노파를 매섭게 노려보았다. 소리 없는 격노를 감지한 노파가 겁에 질린 고양이처럼 주춤 물러났다.

메리는 웰 가를 따라 우리가 있는 쪽으로 다가왔다. 그녀는 애덤스 부인에 대해 까맣게 잊은 듯한 모습이었다. 메리를 쳐다보는 로즈가 살짝 긴장했다.

"안녕하세요, 메리."

메리가 희미하게 미소를 지었다. 그녀의 시선이 내게로 돌아왔다.

"이 아이가 너의 톰이니?"

너의 톰.

나는 기분이 좋아졌다. 로즈가 시장에서 내 얘기를 하고 다닌 모양이었다. 비로소 완전히 그녀의 남자가 되었다는 사실이 나를 흐뭇하고 뿌듯하게 만들어 주었다. 원래부터 나를 위해 마련된 자리에 들어와 있는 기분이었다.

"네, 맞아요."

로즈가 얼굴을 살짝 붉혔다. 그녀의 볼이 아침 구름을 연상시키는 분홍빛을 띠고 있었다.

메리가 고개를 끄덕였다.

"그 사람은 오늘 나오지 않았어. 이 반가운 소식을 너와 그레이스에게 빨리 들려주고 싶었단다."

"정말요?"

로즈가 안도하는 표정을 지었다.

"열병에 걸렸나 봐. 부디 매독이었으면 좋겠는데. 안 그래?"

순간 내 안에서 호기심이 일었다.

"누구 말씀인가요?"

메리가 움찔하며 주춤 물러났다. 마치 해서는 안 되는 말을 경솔하게 내뱉었기라도 한 것처럼.

"윌로우 씨 얘기야. 시장 관리인."

로즈가 대답했다. 메리가 돌아서며 말했다.

"나중에 보자."

"네."

나는 집으로 향하면서 로즈에게 윌로우 씨에 대해 물었다.

"아, 걱정 마. 성질이 좀 사나울 뿐이니까."

딱 그 말뿐이었다. 로즈는 이내 메리 이야기로 화제를 돌렸다. 메리는 몇 년 전 이곳으로 왔으며, 고독벽癖이 있는 사람이라고 했다. 또한 속내를 알 수 없고, 과거에 대해서도 알려진 게 없다고 덧붙였다.

"아주 상냥한 여자야. 비밀이 많기는 하지만. 그건 너도 마찬가지잖아. 난 기필코 네 비밀을 밝혀내고 말 거야. 내가 모르는 걸 들려줘. 아주 하찮은 얘기라도 상관없어. 부스러기만이라도."

스트랜드 가의 모든 금을 다 가질 수 있다 해도, 난 너와 함께 웰 가의 이 작은 집에서 사는 게 더 좋아. 나는 속으로만 대답했다.

"어제 뱃사공이 템스 강에 빠지는 걸 봤어. 넌서치 하우스 바로 밑에서. 너도 같이 봤으면 좋았을 텐데."

"난 그런 끔찍한 광경을 감상하는 걸 즐기지 않아."

"그 사람, 아마 살아서 나왔을 거야."

그녀가 수상쩍어하는 표정을 지었다. 살짝 빈정대는 듯한 분위기도 느껴졌다. 나는 잽싸게 화제를 돌렸다.

"네가 그레이스를 끔찍이 챙기는 걸 보면 정말 대단하다는 생각이 들어. 많은 걸 잃었는데도 굴하지 않고 꿋꿋이 살아가려 애쓰잖아. 잔인한 현실 속에서도 용케 행복을 찾아내고. 넌 물웅덩이 속에서 깜빡이는 빛과 같은 존재야."

"물웅덩이?"

그녀가 웃음을 터뜨렸다.

"미안. 계속해 봐. 이런 칭찬은 자꾸 들어도 좋으니까. 어서 더 해봐."

"난 네가 똑똑해서 좋아. 아무 생각 없이 이 험한 세상을 살아가는 바보가 아니라서."

"난 네가 생각하는 것처럼 대단한 사람이 아니야. 그냥 과일 따는 사람에 불과하다고. 지극히 평범한 사람."

"넌 지금껏 내가 만나본 사람 중 가장 평범하지 않은 사람이야."

그녀가 살며시 내 손을 잡았다.

"내 옷은 그저 꿈 많은 누더기에 불과해."

"그게 없으면 더 나을걸."

"꿈 말이야?"

"아니."

나는 그녀에게 바짝 붙어 섰다. 그리고 그녀의 눈을 똑바로 쳐다보았다. 더 이상 도망치고 싶지 않았다. 오랫동안 그녀를 찾아 헤맸고, 이제야 운명에 이끌려 그녀를 찾아냈다. 앞으로 우리에게 무슨 일이 벌어질지는 알 수 없지만, 나는 바람에 실려 떠다니는 플라타너스 씨처럼 통제력을 상실해 버렸다.

"빨리 가 봐. 이 얘기는 나중에 계속하기로 하자. 이러다 늦겠어."

그녀가 말했다. 우리는 키스를 했다. 나는 눈을 감고 라벤더와 그녀의 향기를 깊게 들이마셨다. 나는 사랑에 빠져 있었고, 그 사실이 너무나 두려웠다. 공포와 사랑. 그것들이 서로 다르지 않다는 걸 나는 잘 알고 있었다.

런던, 현재

사랑과 공포가 한데 뒤섞인 그때의 아찔한 느낌을 아직도 생생히 기억하고 있다. 아득하게 들려오는 벨소리도 그 기억을 흩뜨려 놓지 못한다. 나는 그녀의 머리에서 풍기던 과수원 향기도 기억하고 있다. 그녀가 보고 싶어 미칠 것만 같다.

진정해.

나는 눈을 뜬다. 안톤이 교실을 슬그머니 빠져나가고 있다.

"안톤."

나는 소년을 부른다.

"잠깐 얘기 좀 할까?"

소년은 겁에 질린 얼굴이다. 아이는 수업이 진행되는 내내 그런 표정을 짓고 있었다. 안톤이 이어폰을 귀에 꽂는다.

"음악 좋아하니?"

뜬금없는 질문에 아이는 어리둥절해 한다. 전혀 다른 분위기의 질문을 예상했던 모양이다. 소년은 애써 태연한 척하고 있지만 흔들리는 눈빛은 감추지 못한다.

"네, 좋아해요."

"악기도 연주할 줄 알아?"

소년이 고개를 끄덕인다.

"네, 피아노를 조금 칠 줄 알아요. 어릴 때 엄마에게 배웠어요."

"그건 조심하는 게 좋아. 널 엉망으로 만들어 버릴 수도 있다고. 특히 머릿속을 말이야. 네 감정까지도."

아이가 의아한 듯 나를 쳐다본다. 나는 계속 말을 이어 간다.

"어머니도 네가 어떤 애들이랑 어울려 다니는지 아시니?"

안톤은 소심하게 어깨를 으쓱인다.

"넌 마음만 먹으면 얼마든지 달라질 수 있어."

아이가 살짝 부루퉁한 표정을 짓는다.

"시Si는 제 친구가 아니에요. 그냥 내가 아는 친구의 형일 뿐이에요."

"친구? 학교 친구 말이니? 이 학교에 다니는 친구야?"

아이가 고개를 젓는다.

"한때는요."

"한때는?"

"퇴학당하기 전까지는요."

나는 고개를 끄덕인다. 이제야 이해가 된다. 잠시 어색한 침묵이 흘렀다. 아이의 얼굴이 실룩거린다.

"어젯밤에 하신 말씀, 사실인가요? 누군가를 죽여 본 적이 있다는 얘기요."

"아, 물론이지. 난 사람을 죽여 봤어. 애리조나 사막에서. 아주 오래 전 일이지. 살인은 절대 권하고 싶지 않아."

아이가 웃음을 터뜨린다. 아직도 내가 농담을 하고 있는 줄 아는 모양이다. (절대 농담이 아니다.)

"잡히진 않으셨어요?"

"아니. 네가 생각하는 그런 식으로는 잡혀 본 적 없어. 하지만 점점 나이가 들어 가면서 조금씩 깨닫게 되지. 누구든 그 족쇄로부터 영원히 벗어날 수 없다는 걸 말이야. 사람의 마음이…… 감옥이 될 수도 있거든. 세상에는 선택의 기회가 주어지지 않는 것들이 많단다."

"네, 저도 그걸 깨달았어요."

"자기가 태어날 곳도 고를 수 없고, 살면서 누구를 떠나보낼지도 선택할 수 없어. 따지고 보면 우리 뜻대로 할 수 있는 건 많지 않아. 인생은 만고불변한 조류야. 역사와 마찬가지로. 하지만 그렇다고 선택의 기회가 아주 없는 건 아니야. 가끔은 우리 스스로 결정을 내려야 할 때가 있지."

"그런가요?"

"당연하지. 경솔하게 내린 잘못된 결정은 언젠가 반드시 우리 발목을 잡게 돼 있어. 1919년에 베르사유 조약이 체결되는 바람에 1933년에 히틀러가 득세하게 된 것처럼. 지금 우리가 내리는 모든 결정이 미래를 좌우하게 된단다. 한 번 길을 잘못 들면 영원히 헤매게 될 수도 있어. 현재의 과오는 계속해서 우리를 따라다닐 거고, 언젠가는 기어이 우리를 나락에 빠뜨려 버리고 말 거야. 그 무엇도 너그럽게 우리를 봐주지 않지."

"정말 그런 것 같아요."

"우리에겐 도덕적 나침반이 있어. 누구나 옳고 그름을 판단할 수 있잖아. 어디가 북쪽이고, 어디가 남쪽인지. 우린 그 나침반을 믿어야 해, 안톤. 널 잘못된 방향으로 이끌려하는 사람들이 많더라도 절대 현혹되어선 안 돼. 선생님을 무조건 믿으라는 얘기가 아니야. 자동차 광고에서 봤지? 내비게이션 시스템이 기본 옵션으로 따라온다고들 하잖아. 네게도 옳고 그름을 구분하는 능력이 이미 장착돼 있어. 인간의 기본 옵션이니까. 음악처럼. 넌 그냥 듣기만 하면 돼."

아이가 고개를 끄덕인다. 과연 내 말을 얼마나 이해했을지 궁금하다. 따분하거나 겁이 나서 최대한 빨리 교실을 벗어나고 싶은 마음뿐인지도 모른다.

"멋진 연설이었어요, 선생님."

"다행이네."

하루살이에게 이런 조언을 해 주고 있다니 기분이 묘하다. 다 부질 없는 일인데. 헨드릭은 늘 경고했었다. 언젠가는 반드시 죽는 평범한 인간에게 정을 주는 것보다 위험한 일은 없다고. 우리의 최우선 사항들을 위태롭게 만들 수 있으니까. 하지만 헨드릭의 최우선 사항은 더 이상 내 최우선 상황이 아니다. 어쩌면 그것들은 더 위태로워질 필요가 있는지도 모른다. 나는 평범한 인간이고 싶다. 그런 바람을 품어온 지 꽤 되었다. 한 사백 년쯤.

나는 목소리 톤을 가볍게 바꾸어 본다.

"학교 다니는 게 재밌니, 안톤?"

소년이 고개를 끄덕인다.

"가끔만요. 가끔은…… 사는 데 아무 도움이 안 된다는 생각이 들곤 해요."

"응?"

"삼각법이랑 셰익스피어랑 뭐 그런 것들 말이에요."

"오, 그래. 셰익스피어. 〈헨리 4세〉."

"1부."

"그래. 네가 아까 그랬지. 별로 재미없었어?"

아이가 어깨를 으쓱인다.

"학교에서 단체로 보러 갔었어요. 지루해 죽는 줄 알았죠."

"연극 싫어해?"

"네. 연극은 상류층 나이 든 사람들만 즐기는 거 아닌가요?"

"옛날엔 그렇지 않았어. 모두가 좋아하는 오락거리였지. 런던에서 극장보다 더 요란하고 흥분되는 장소가 없었다니까. 남녀노소 할 것 없이 다들 극장으로 몰려갔었어. 네가 말한 상류층의 나이 든 사람들은 멋들어지게 차려입고 발코니석에 앉았지. 나머지 사람들은 따로 마련된 자리에서 관람했어. 입장료가 페니 한 닢이었는데 당시에도 그건 큰돈이 아니었어. 1페니로는 빵 한 덩이밖에 살 수 없었으니까. 당시 극장에선 싸움도 많이 벌어졌었지. 가끔 칼부림이 벌어질 때도 있었어. 배우들이 형편없으면 무대 위로 온갖 것들이 날아들었지. 굴 껍질, 사과, 뭐 그런 것들. 공연 때 셰익스피어도 무대에 함께 올랐었어. 윌리엄 셰익스피어 말이야. 포스터 속의 죽은 남자. 그도 무대에 함께 올랐었다니까. 네가 생각하는 만큼 아주 오래된 일이 아니야. 역사는 이 순간에도 우리와 함께하고 있어, 안톤. 피부에 와 닿을 만큼 가까이에 있다고."

그가 살짝 미소를 짓는다. 이것이 바로 교사들이 느낀다는 보람인 모양이다. 절망적인 상황에서 엿보이는 한 가닥의 희망.

"꼭 그 자리에 계셨던 것처럼 말씀하시네요."

"맞아. 난 그 자리에 있었어."

나는 말한다.

"네?"

이번에는 내가 미소를 지을 차례다. 감질 나는 순간이다. 당장이라도 진실이 드러날 수 있는 상황. 마치 살아있는 새를 손에 쥐고 있는 듯한 기분이다.

"난 셰익스피어를 실물로 봤어."

아이가 웃음을 터뜨린다. 내 말을 농담으로 들었다는 뜻이다.

"뭐 그렇다고 치죠, 해저드 선생님."

"내일 보자."

내일. 나는 그 단어를 좋아하지 않는다. 하지만 어떤 이유에서인지 지금은 별로 거슬리지 않는다.

"그래. 내일."

런던, 1599년

나는 무대 위 최상층 관람석에 앉아 있었다. 바로 옆에는 크리스토퍼라는 나이 들고 오만하고 창백한 남자가 버지널(16~17세기경 쓰인 건반이 있는 현악기로, 다리가 없는 하프시코드_역주)을 연주하고 있었다. 쉰 살쯤 되어 보이는 그는 국왕 극단의 최고령자였다. 우리는 관객들의 눈에 잘 띄는 곳에 앉아 있었다. 하지만 다행스럽게도 짙은 그림자에 파묻혀 있어서 신원이 드러날 염려는 없었다. 크리스토퍼는 내게 거의 말을 걸지 않았다. 공연 전에도, 그리고 공연 후에도.

언젠가 그와 모처럼 나누었던 대화가 기억난다.

"런던에서 오지 않았지?"

그가 무시하는 톤으로 물었다. 이해할 수 없는 업신여김이었다. 요즘과 마찬가지로 당시에도 런던 주민 대부분이 타지 출신이었다. 그게 바로 진정한 런던이었다. 태어나는 생명보다 죽는 생명이 많았기 때문에, 런던이라는 큰 도시가 제대로 돌아가고 또 성장하려면 외부인들에게 의존할 수밖에 없었다.

"프랑스에서 왔어요. 어머니가 왕의 군대를 피해 이곳으로 오셨죠."

나는 말했다.

"가톨릭?"

"네."

"어머니는 지금 어디 계시고?"

"돌아가셨어요."

그는 연민을 보이지도, 그 사연을 궁금해하지도 않았다. 그저 학구적인 눈빛으로 나를 응시할 뿐이었다.

"프랑스인답게 연주하는구나. 외국인의 손가락을 가졌어."

나는 내 손을 내려다보았다.

"제가요?"

"그래. 현을 뜯지 않고 살며시 쓰다듬잖아. 그래서 기묘한 소리가 나는 거고."

"셰익스피어 씨가 이런 기묘한 소리를 좋아하시거든요."

"나이도 어린 게 연주를 꽤 잘하더구나. 아주 신기해. 하지만 언제까지나 젊음을 유지할 수는 없겠지. 세상에 그럴 수 있는 사람은 아무도 없어. 동쪽에 산다는 그 소년은 예외지만."

그는 알고 있었다.

순간 나는 깨달았다. 런던처럼 큰 도시에서도 절대 긴장의 끈을 놓아서는 안 된다는 것을.

"그들이 그 애 어머니를 죽였다더군. 마녀였다나?"

내 심장이 쿵쾅대기 시작했다. 나는 태연한 모습을 보이기 위해 무던히 애를 썼다.

"하지만 강에서 익사했다니 결백이 증명된 거 아니겠어요?"

그가 수상쩍다는 얼굴로 나를 쳐다보았다.

"난 그녀가 익사했다고는 안 했는데."

"보나마나 물고문 의자에 앉혀졌겠죠. 마녀로 몰려 죽은 거라면."

그의 눈이 가늘어졌다.

"왜 갑자기 흥분하는 거지? 봐. 손가락이 떨리고 있잖아. 사실 난 자세한 사정을 몰라. 그냥 할에게 전해 들었을 뿐이니까."

할은 온순한 성격의 플루트 연주자였다. 바로 앞에 앉아 있는 그는 우리 대화에 별로 끼고 싶어 하지 않는 눈치였다. 그들은 다른 극단에서도 함께 일한 적이 있는 가까운 사이였다.

"그녀 아들이 나이를 먹지 않았다나 봐. 아들에게 영생을 선물하려고 한 남자를 마법으로 홀려 죽게 했다고 들었어."

창백한 피부의 소심한 할이 작은 입을 열고 말했다. 그 말에 어떻게 대꾸해야 할지 난감했다.

크리스토퍼는 아직도 나를 유심히 쳐다보고 있었다. 그때 뒤에서 발소리가 들려왔다.

"공개 토론회인가요?"

셰익스피어였다. 그가 굴 껍질을 열고 그 안에 갇혀 있던 연체동물을 쪽쪽 빨아먹었다. 그는 태피터(양복 안감, 넥타이, 리본 등을 만드는 광택이 있는 얇은 견직물_역주)로 된 의상에 굴 즙이 튀지 않게 조심하고 있었다. 그가 굴을 음미하며 크리스토퍼를 쳐다보았다.

"네. 물론이죠."

"새로 들어온 어린 톰도 잘 챙겨 주고 있겠죠?"

"오, 그럼요. 어린 톰이 아주 잘 적응하고 있어요."

셰익스피어가 들고 있던 굴 껍질을 바닥에 떨어뜨렸다. 그의 얼굴에 미소가 떠올랐다.

"다행이네요."

그러곤 나를 가리키며 말했다.

"아무래도 네 자리를 앞으로 옮겨 줘야겠어. 벤치 옆으로 말이야. 그래야 류트 소리가 잘 들릴 테니까."

크리스토퍼의 얼굴이 붉으락푸르락해졌다. 아주 통쾌한 순간이었다. 나는 일어나 셰익스피어가 지정해 둔 자리로 향했다. 내가 지나갈 수 있게 할이 몸을 살짝 틀어 주었다. 나는 새 자리에 앉았다. 먼지투성이 나무 바닥에서 굴 껍질 안쪽이 반짝이고 있었다. 마치 나를 감시하는 눈 같아 보였다.

"고맙습니다."

나는 고용주에게 말했다. 셰익스피어가 냉담한 표정으로 고개를 저었다.

"여긴 자선 단체가 아니라는 거 명심해. 자, 다들 잘 들어요. 오늘은 특별히 더 신경 써서 연주해야 해요. 월터 경이 오셨거든요."

맨 앞 벤치에서는 극장 안이 훤히 내려다보였다. 관람석은 무대만큼이나 흥미진진한 공간이었다. 화창한 오후에는 수천 명에 달하는 관객들이 몰려들기도 했다. 요즘 극장들도 그 정도의 인파를 감당할 수는 없다. 글로브 극장조차도. 페니만 내고 들어온 사람들은 늘 시끌벅적했고, 툭하면 자기들끼리 싸움을 벌였다. 3펜스를 내고 들어와 쿠션 깔린 벤치를 차지한 사람들조차도 발코니석의 상류층을 올려다보며 괜히 심술을 부릴 때가 있었다.

한마디로, 모든 타입의 관객을 볼 수 있다는 뜻이었다. 도둑들. 말썽꾼들. 창녀들. 창백한 얼굴에 까만 치아를 가진 여자들. 당시 설탕에 썩어 검어진 치아는 부의 상징으로 여겨졌다. (일부러 살을 태우고 치아 미백 시술을 받으러 다니는 요즘 사람들은 이해가 되지 않을 것이다.)

관객들에게 활기를 불어넣는 노래가 많았다. 나는 이름이 기억나지 않는 금발의 배우가 부른 〈푸른 숲 나무 아래〉라는 곡을 특히 좋아했다. 늘 쾌활한 그는 여걸 로잘린드의 아버지인 공작과, 프랑스의 숲으로 쫓겨난 충직한 아미앵 경을 연기했다.

푸른 숲 나무 밑에 같이 와 누어서,
귀여운 새소리에 맞추어
즐겁게 노래할 사람들아,
이리로 오라, 이리, 이리로 오라

여기엔 해칠 사람 없네

있는 것이라고는 겨울과 거친 날씨뿐.

연극의 배경인 프랑스의 아르덴 숲은 어릴 적 어머니와 가끔 거닐었던 라 포레 퐁스la forêt de Pons를 연상시켰다. 우리는 커다란 플라타너스 아래 앉아 시간을 보내곤 했다. 어머니는 내게 노래를 불러 주었고, 나는 플라타너스 씨들이 떨어지는 걸 지켜보았다. 뱅크사이드의 악취와 불결함에서 아주 멀리 떨어진 세상. 아래 관람석에서 풍겨 오는 맥주와 조개와 오줌 냄새로부터도. 그럼에도 불구하고 연극은 내 안의 많은 기억들을 휘저어 놓았다. 추방당한 사람들, 계속 신원이 바뀌는 사람들, 그리고 사랑에 빠지는 사람들.

희극이었지만 내게는 가슴 아픈 비극으로 와 닿았다.

나는 자크라는 캐릭터가 마음에 들지 않았다. 그는 극 중에서 하는 일이 아무것도 없었다. 나는 지금껏 이 연극을 여든네 번이나 관람했다. 하지만 아직까지도 그 인물이 대체 무엇을 했는지 기억이 나지 않는다. 그저 젊은 낙천주의자들 틈을 기웃거리며 비아냥대거나 우울해할 뿐이었다. 자크는 셰익스피어가 직접 연기했다. 그가 읊는 대사들이 나의 미래를 경고하듯 뼛속까지 파고들었다.

온 세계는 무대이며

모든 남녀는 한낱 배우에 불과하네

　　퇴장도 하고 등장도 하며,

　　주어진 시간에 많은 배역을 맡아 연기도 하고……,

　셰익스피어는 이상한 배우였다. 그는 아주 조용했다. 목소리
가 그렇다는 게 아니라 특징이나 존재감이 그렇다는 뜻이다. 버
비지나 켐프와는 전혀 딴판이었다. 셰익스피어는 셰익스피어
풍 연기를 하지 않았다. 술에 취하지 않았을 때는 더 그랬다. 무
대 위에서도, 그리고 밑에서도, 그는 너무나 조용했다. 마치 세
상을 투사하려기보다는 흡수하려는 듯이.

　목요일, 공연을 마치고 집에 돌아오니 그레이스가 울고 있었
다. 로즈는 동생을 끌어안고 달래는 중이었다. 윌로우 씨가 자
신에게 성상납을 한 여자에게 그들의 자리를 주었단다. 뿐만 아
니라 그는 로즈에게까지 같은 요구를 해 왔다고 했다. 그녀와
그레이스가 듣기에 민망한 말을 지껄여 대면서.

　"너무 걱정 마. 시장에서 계속 장사를 할 수 있으니까. 비록
좋은 자리는 빼앗겼지만."

　내 안에서 뜨거운 분노가 치밀어 올랐다. 그리고 그 격노는
이내 나를 삼켜 버렸다. 다음날, 나는 서더크로 향하는 길에 시
장에 들렀다. 그리고 윌로우 씨를 찾아가 그에게 주먹을 날렸
다. 그는 향신료 가판대 위로 나자빠졌다. 주황색 연기가 자욱
하게 뿌려지면서 신세계의 향기가 확 풍겼다.

내가 벌인 어리석은 짓 때문에 그레이스와 로즈는 두 번 다시 시장에 발을 들이지 못하게 되었다. 그가 그레이스에게 성상납을 요구한 사실이 드러난 이상 윌로우 씨도 우리에게 그 이상의 조치는 취하지 못했다.

로즈는 내 욱하는 성질을 심하게 나무랐다. 그녀의 욱하는 성향 역시 내게 뒤지지 않았음에도.

그것은 우리가 처음으로 벌인 언쟁이었다. 로즈가 내뱉은 말들보다도 온몸으로 느껴지던 그녀의 격노가 더 뚜렷이 기억난다. 그녀는 샤프 씨에게 이 상황을 어떻게 설명해야 할지 모르겠다며 울상을 지었다.

"과일만 따서는 먹고 살 수 없어, 톰. 그걸 내다 팔아야 한다고. 더 이상 시장에 출입할 수 없으니 이젠 어디로 가져가 팔아야 하지?"

"그건 내가 책임질게. 다 나 때문에 벌어진 일이니까 내가 해결할게, 로즈. 날 믿어."

나는 셰익스피어에게 로즈와 그레이스가 극장에서 과일을 팔 수 있게 해 달라고 부탁했다. 공연을 마친 그는 퀸스 터번 앞 잔디밭을 가로질러 나갔다. 그리고 자신을 알아보는 남자를 외면한 채 선술집으로 들어가 버렸다.

나는 그를 따라 안으로 들어가 보았다. 퀸스에 발을 들이는 건 이번이 처음이 아니었다. 그들은 앳되어 보이는 내 얼굴을 문제 삼지 않았다. 셰익스피어는 조용한 구석 자리에서 술을 마시는 중이었다.

그에게 어떻게 말을 걸어야 할지 고민에 빠져 있을 때 그가 한 손을 번쩍 들어 나를 불렀다.

"어린 톰! 여기 와서 앉아."

나는 그쪽으로 다가가 그의 맞은편 벤치에 앉았다. 우리 사이에는 작은 오크나무 테이블이 놓여 있었다. 옆 테이블에서는 두 남자가 체커 게임을 벌이고 있었다.

"안녕하세요, 셰익스피어 씨."

셰익스피어가 가까운 테이블에서 술병을 치우고 있는 여자를 불렀다.

"내 친구에게도 에일 한 잔 갖다 줘."

그녀가 고개를 끄덕였다. 셰익스피어는 잠시 생각에 잠겼다.

"참, 자네는 프랑스에서 왔지? 에일보단 보통 맥주가 낫지 않겠나?"

"아닙니다. 에일이 좋습니다."

"현명한 친구로군. 여기서 파는 에일은 감히 런던 최고라고 할 수 있어."

그가 자신의 에일을 한 모금 넘긴 후 눈을 감았다.

"하지만 에일은 오래 두면 안 돼."

그가 말했다.

"일주일만 지나면 이 에일은 기사의 반바지만큼이나 시큼해질 거야. 하지만 맥주의 맛은 영원히 변치 않아. 씁쓸한 홉 열매

덕분이라지? 우린 에일을 통해 인생에 대한 소중한 교훈을 얻을 수 있어. 너무 오래 기다리면 반겨 맞을 기회도 없이 작별을 고하게 된다는 것. 우리 아버지는 한때 에일 감식가셨지. 나도 그쪽으로 공부를 한 적이 있고."

마침내 주문한 에일이 도착했다. 맛을 보니 꽤 달콤했다. 셰익스피어가 파이프를 채운 후 불을 붙였다. 주머니 사정이 넉넉한 극단 사람들은 그처럼 담배를 즐겨 피웠다. ("인도의 약초가 내 병을 낫게 했다니까.") 또한 그는 담배가 작품을 쓰는 데도 큰 도움이 되어 준다고 했다.

"새 작품을 쓰고 계세요? 혹시 저 때문에 작업에 차질이 빚어지고 있진 않나요?"

나는 물었다. 그가 고개를 끄덕였다.

"그래, 쓰고 있지. 하지만 자네가 방해가 되진 않아."

"아, 다행이네요. 정말 다행이에요."

나는 말했다. (윌 셰익스피어처럼 상대를 주눅 들게 만드는 사람은 세상에 또 없다.)

"새 작품의 제목은 〈줄리어스 시저〉야."

"줄리어스 시저의 삶을 그린 작품인가 보네요."

"아니."

"오."

그가 파이프를 길게 한 번 빨았다. 그러곤 연기를 내뿜으며 말했다.

"난 작품 쓰는 걸 좋아하지 않아. 이건 빈말이 아니야."

"하지만 작가님은 글 쓰는 재능이 남다르시잖아요."

"그래서 뭐? 내 재능은 에일 한 병의 가치도 없어. 전혀 중요하지 않아. 조금도. 아무리 머리를 쥐어뜯어도 쓸만한 글은 몇 줄 건지지 못해. 이렇게 고통스러운데 그깟 재능이 무슨 소용이겠어? 남들은 내 재능이 부러울지 몰라도 내게는 저주나 다름없어. 작가로 사느니 차라리 카디널스 햇에서 몸을 파는 게 훨씬 행복할 거야. 내 깃펜은 곧 나의 저주라고."

아무래도 내가 날을 잘못 고른 듯했다.

"내가 글을 쓰는 건, 내가 아니면 할 사람이 없기 때문이야. 물론 그 덕분에 돈도 많이 벌고 있지만. 돈을 버는 건 나쁘지 않아. 내가 아직 미치지 않은 것도 다 돈 덕분이니까."

그는 잠시 슬픈 표정을 지었다.

"어릴 적에 아버지가 돈 때문에 고통받으시는 걸 지켜봤었어. 내가 자네 나이쯤 됐을 때. 아버지는 참 좋은 분이었지. 글은 읽을 줄 몰랐지만 다른 쪽으로 재능이 많으셨어. 에일 감식가로 일하셨고, 장갑 장사도 하셨고, 양모 무역에도 손을 대셨었지. 그 외에도 하신 일이 무척 많았어. 그 덕분에 돈도 좀 버셨고 매일 저녁 고기가 식탁에 올라왔었지. 하지만 아버지는 그 많던 돈을 다 잃고 말았어. 사람이 좋아 여기저기 빌려 주셨는데 아무도 갚지 않더군. 집에는 부양해야 할 아내와 일곱 아이들이 있는데, 결국 아버지는 오랫동안 폐인으로 지내셔야 했어.

병에 걸린 듯이 몸을 연신 떨어 대셨고, 쥐의 그림자만 보여도 기겁을 하셨지. 그래서 내가 펜을 들게 된 거야. 그러지 않으면 나마저도 미쳐 버릴 것 같았거든."

그는 한숨을 내쉬며 옆 테이블의 체커 보드를 물끄러미 쳐다보았다. 한 남자가 보드에 체커말을 놓고 있었다. 셰익스피어가 물었다.

"자네 아버님은 어떠셨나?"

"저도 모릅니다, 작가님. 제가 어릴 때 돌아가셨거든요. 전사하셨습니다. 프랑스에서."

"가톨릭교도들에게?"

"가톨릭교도들에게."

"그래서 영국으로 온 건가?"

나는 나 자신에 대해 얘기하는 것이 불편했다. 하지만 셰익스피어는 나에 대해 궁금한 게 많은 듯했다. 그에게 부탁을 해야 하는 입장이라 싫은 내색은 할 수 없었다.

"네. 어머니와 함께 왔어요. 서펵으로."

"시골 공기가 별로였나 보군."

"문제는 그곳 공기가 아니었어요."

"그럼 거기 사람들이 문제였나?"

"모든 게 다 문제였어요."

그는 에일을 홀짝이는 틈틈이 파이프를 빨았다. 시선은 계속해서 내 얼굴을 훑어 나갔다.

"앳된 얼굴에 어울리지 않게 생각이 깊은 친구군. 사람들은 자네 같은 타입을 좋아하지 않지. 언제든 자기들이 속아 넘어갈 수 있으니까."

나는 점점 불안해졌다. 그는 나를 시험하고 있는 듯했다. 크리스토퍼와 할이 나누었던 대화 내용이 뇌리를 스쳤다.

"혹시 퀸스 맨Queen's Men이라고 아나?"

그가 물었다.

"극단 말씀인가요?"

"그래. 거기 헨리 헤밍스라는 사람이 들어왔었어. 다른 여러 극단을 전전했다는데 알고 보니 특이한 사연이 있더군. 세월이 흘러도 나이를 먹지 않았다나. 사람들이 그 사실을 알아채고 수상쩍게 여기면 그는 다른 극단으로 도망쳐 버렸어. 그리고 그렇게 퀸스 맨까지 오게 됐지. 하지만 거기 도착하기가 무섭게 그에 대한 소문이 빠르게 퍼졌다더군. 거기 소속 배우 중 하나가 그를 알아봤나 봐. 십 년 만에 만난 예전 동료를 대번에 알아보다니 이상한 생각이 들지 않았겠어? 아무튼 어쩌다 보니 두 사람 사이에 싸움이 벌어졌대. 그냥 보통 싸움이 아니라 목숨을 건 혈투였다지, 아마? 옥스퍼드셔 군郡의 테임이라는 마을에서 벌어진 일이었어. 나중에는 극단 사람 두 명이 더 그에게 달려들었다던데. 토끼를 쫓는 개들처럼 말이야."

그가 파이프를 테이블에 내려놓고 천장을 향해 가느다란 연기를 뿜어냈다.

"작가님도 거기 계셨나요?"

나는 물었다. 그가 고개를 저었다.

"난 모르는 친구야. 사실 내가 그에게 고마워해야 하지."

"왜죠?"

그가 미소를 지었다. 삶의 고달픔이 느껴지는 미소였다.

"죽어 줬으니까. 그 일로 그는 죽었고, 퀸스 맨은 중요한 인물을 한 명 잃었어. 그들이 스트랫퍼드에 왔을 때 사정이 딱해 보여서 내가 먼저 손을 내밀었어. 극단에 들어가고 싶다고 말이야. 우린 함께 술을 마시며 이런저런 얘기를 나눴지. 플루타르크와 로빈 후드 얘기도 했고. 그렇게 나도 퀸스 맨이 돼 버린 거야. 그 덕분에 이렇게 런던까지 오게 됐고."

"그렇군요."

그가 한숨을 내쉬었다.

"사실 시작부터 좀 불길했어. 그 친구의 죽음과는 아무 관련이 없었지만 헤밍스의 그림자가 계속 내 앞을 어른거리더라고. 마치 내가 그의 자리를 빼앗기라도 한 것처럼. 솔직히 요즘도 가끔 그런 생각이 들곤 해. 내가 부당하게 이득을 취한 게 아닌가 하고 말이야. 그들은 난폭하고 비도덕적인 오합지졸들이었어. 그를 죽인 놈들 말이야. 나무 월스턴 같은 놈이 열두 명이나 됐었지. 잘 생각해 봐. 헨리 헤밍스는 아무 죄도 짓지 않았잖아. 그저 정상인들과 조금 달랐을 뿐. 절대 늙지 않는 얼굴을 가졌다는 것 말이야. 아무튼 난 그렇게 이 바닥에 첫발을 들여놓을 수 있었어. 한심하지?"

그는 잠시 고뇌에 찬 모습을 보이다가 자신의 턱수염을 살살 긁어 댔다. 그러곤 다시 파이프를 집어 들고 천천히 한 번 빤 후 눈을 감았다. 나는 에일을 홀짝이며 그의 왼쪽 어깨 너머로 흩뿌려지는 담배 연기를 지켜보았다.

"그렇게 생각하지 마세요."

나는 말했다.

"그게 어디 쉬운가? 내가 들려준 얘기엔 교훈이 없어. 어차피 생길 주름이라면 환희와 웃음으로 그 주름을 만드는 게 낫다는 것만 빼고."

나는 그가 나를 또 다른 헨리 헤밍스로 보고 있지는 않은지 궁금했다. 헨리 헤밍스가 정말로 나와 같은 부류였는지도 알고 싶었고. 어쩌면 그는 나이 듦의 속도가 평균에서 조금 떨어지는 축복이자 저주를 안고 살아가던 중이었는지도 모른다. 과연 셰익스피어는 에드워드스톤에서 벌어진 일에 대해 알고 있을까? 혹시 서쪽에서 왔다는 얘기를 듣고 나를 그 사건과 연관지으려 하고 있는 건 아닐까? 하지만 다행스럽게도 그의 목소리에는 경고의 기색이 없었다.

"그런데 왜 날 보고 싶어 한 거지?"

나는 깊은 숨을 한 번 들이쉬었다.

"제가 잘 아는 자매가 있습니다. 그레이스와 로즈인데요, 그들에게 일이 필요해요. 사정이 많이 딱하게 됐습니다. 사과를 따다 팔아야 간신히 먹고 살 수 있거든요."

"사과 행상이 나랑 무슨 상관이지?"

그가 짜증이 묻어나는 표정으로 고개를 저었다. 자신처럼 위대한 인물이 왜 그런 하찮은 문제까지 챙겨야 하는지 모르겠다는 듯이.

"다른 얘길 해보든지 날 내버려 두든지 해."

순간 로즈의 근심 어린 얼굴이 뇌리를 스쳐갔다.

"죄송합니다, 작가님. 사실 제가 그들에게 빚을 좀 졌어요. 갈곳 없는 제게 기꺼이 쉼터를 내어 준 고마운 아이들입니다. 부탁드립니다, 작가님."

셰익스피어가 화를 삭이려는 듯 한숨을 내쉬었다. 나는 그의 입에서 무슨 말이 튀어나오게 될지 두려웠다.

"그 로즈라는 애가 대체 누구지? 누구기에 자네가 이러는 거야?"

"제가 사랑하는 사람입니다."

"오, 맙소사. 그 앨 진심으로 사랑하는 거야?"

그는 손님들을 유혹하기 위해 술집에 들어온 엘사와 그녀의 카디널스 햇 동료를 가리켰다. 테이블 밑에 감춰진 엘사의 손은 한 남자의 사타구니에 얹혀 있었다. 그녀의 엄지손가락이 볼록 튀어나온 남자의 물건을 살살 어루만지고 있었다.

"저 여자가 붙잡아 두고 있는 술꾼을 봐. 자네가 얘기하는 사랑이라는 게 저런 건가?"

"아닙니다. 뭐 그렇게도 보실 수 있겠지만 세상엔 다른 종류의 사랑도 있지 않습니까."

셰익스피어가 고개를 끄덕였다. 어느새 촉촉이 젖은 그의 눈이 반짝거렸다. 어쩌면 매운 담배 연기 때문인지도 몰랐다.

"내가 얘기를 해 놓을 테니 그 애들에게 전해. 극장에서 사과를 팔아도 좋다고."

그의 약속대로 자매는 극장에서 사과를 팔 수 있게 되었다.

모든 문제가 깔끔하게 해결되었지만 나는 자크의 독백을 들을 때마다 걱정이 되었다. 어찌 보면 나 또한 인생이라는 무대에 선 배우인 셈이었다. 그때도 나는 누군가를 연기하고 있었다. 다음에는 또 어떤 역할을 맡게 될지, 그리고 그건 대체 언제쯤이 될지 늘 궁금해하면서. 이번 역할을 어떻게 훌훌 털어 버리고 떠날 수 있을까? 내가 떠나면 로즈는 어떻게 되는 걸까.

셰익스피어 씨 덕분에 그레이스와 함께 글로브 극장에서 사과를 팔 수 있게 됐다는 희소식을 로즈에게 전했던 날 밤, 나는 집으로 돌아가는 길에 카드 한 벌을 샀다. 우리는 올드 가에서 사온 파이와 에일로 배를 채운 후 밤새도록 웃고 노래하고 카드 게임을 즐겼다.

대화를 나누던 중 내 입에서 그레이스가 점점 여자가 되어 간다는 말이 튀어나왔다. 그레이스는 언제나 그렇듯 거침없는 대꾸를 내놓았다.

"머지않아 오빠 나이를 넘어서게 될 거야."

그리고 아이는 웃음을 터뜨렸다. 평소와 달리 에일을 네 병이나 들이킨 탓이었다. 하지만 로즈는 따라 웃지 않았다.

"맞아. 넌 조금도 나이가 들지 않았어."

"행복해서 그래. 근심이 없어서 얼굴에 주름이 안 생기는 거라고."

나는 기운 빠진 목소리로 말했다. 사실 내게는 근심거리가 잔뜩 쌓여 있었다. 하지만 첫 주름이 생기기까지 나는 무려 몇십 년을 더 기다려야만 했다.

간주곡이 흐를 때마다 나는 로즈를 지켜보았다. 그녀도 그때마다 관람석에서 나를 바라보았다. 시끌벅적한 공간에서 나누는 무언의 대화. 마치 둘 만의 비밀을 공유하듯 마법 같은 기분이 느껴졌다.

시즌이 무르익어 갈수록 관객들은 점점 더 소란스러워져 갔다. 여왕과 그녀의 신하들이 관람했던 첫 공연 때는 단 한 건의 실랑이도 없었다. 시즌이 막바지에 접어들면 관람석 여기저기서 충돌이 빚어졌다. 언젠가 단골로 극장을 찾던 창녀를 놓고 싸우던 한 남자가 굴 껍질로 상대의 귀를 잘라 버린 사건도 있었다. 나는 그런 험한 곳에서 장사를 해야 하는 자매가 늘 걱정되었다. 하지만 다행히도 그들은 무탈하게 잘 버텨 냈다. 과일도 화이트채플 시장에서보다 네 배 이상 많이 팔려 나갔다.

하지만 하늘이 회색 먹구름으로 뒤덮였던 어느 날 오후, 문제가 터지고 말았다.

이제는 자면서도 완벽하게 연주할 수 있게 된 〈사슴을 잡아서 무엇을 얻었는가?〉라는 곡이 반쯤 진행되었을 때 무언가가 눈에 들어왔다. 입술이 축 늘어지고 사나워 보이는 남자가 그레이스에게서 사과 하나를 훔쳐 먹고 있었다. 그레이스가 페니를 요구하자 남자는 마치 파리를 쫓듯 아이를 멀리 떠밀어 버렸다. 하지만 그레이스는 순순히 물러나지 않았다. 아이는 내 귀에 들리지 않는 말을 고래고래 외쳐 대고 있었다. 나는 그 내용을 대충 짐작할 수 있었다.

그때 또 다른 남자가 벤치에서 벌떡 일어났다. 갈색 치아를 가진 반백의 남자는 에일에 젖은 옷을 걸치고 있었다. 짐승 같은 남자가 그레이스를 바닥에 내동댕이쳤다. 그 바람에 바구니에 담겨 있던 사과들이 흙과 견과류와 굴 껍질로 뒤덮인 바닥에 쏟아져 버렸다. 순간 페어필드 가에 흩뿌려졌던 자두가 머릿속에 떠올랐다. 관객들이 공짜 사과를 차지하기 위해 사방에서 우르르 몰려들었다.

그레이스는 힘겹게 몸을 일으켰다. 사과를 훔쳐 갔던 첫 번째 남자가 아이를 우악스럽게 붙잡고 괴물상 같은 표정을 지으며 혀로 아이의 귓속을 훑어 대기 시작했다.

나는 이미 연주를 중단한 상태였다.

옆에 앉은 할이 플루트를 연주하며 내 발을 툭툭 쳤다. 무대에서는 배우들이 개의치 않고 노래를 이어 나가고 있었다. 뒤에서 크리스토퍼의 짜증 섞인 한숨이 터져 나왔다. 하는 수 없이 나는 다시 연주로 돌아갔다. 그때 상황을 파악한 로즈가 과일 바구니를 팽개쳐 놓고 동생이 있는 쪽으로 달려갔다. 사과 도둑은 계속해서 혀를 놀려 댔고, 그레이스를 붙들고 있는 그의 동료는 아이의 치마를 들추려 하고 있었다.

아이가 남자의 뺨을 후려쳤다. 흥분한 그가 그레이스의 머리채를 움켜잡았다. 나는 아이의 고통을 고스란히 느낄 수 있었다. 그레이스가 팔꿈치로 남자의 얼굴을 힘껏 찍었다. 순간 그의 코에서 피가 터져 나왔다. 나는 본능적으로 발코니석의 오크재 난간을 뛰어넘어 갔다. 내 손에는 류트가 곤봉처럼 들려 있었다. 모두가 숨을 죽이고 지켜보는 가운데 나는 무작정 무대 위로 뛰어내렸다.

윌 켐프 위로 떨어진 나는 충격에 빠진 셰익스피어를 거칠게 밀쳐 내고 로즈와 그레이스가 있는 쪽으로 내달렸다.

무대를 돌아나가는 동안 성난 관객들은 견과류와 술병과 사과를 연신 내 쪽으로 던져 댔다. 무대 위에서는 공연이 계속 이어졌다. 어떤 상황에서든 공연이 중단되는 경우는 거의 없었다. 아래층 관람석이 어찌나 소란스럽던지 5펜스짜리 좌석에서는 배우들의 대사가 아예 들리지 않을 정도였다. 발코니석 관객들마저도 큰소리로 야유를 퍼부으며 나를 향해 음식을 쏟아 부었다.

음탕한 괴한으로부터 빠져나온 로즈는 그레이스를 도우러 달려갔다. 아이는 여전히 남자의 두꺼운 팔뚝에 헤드록이 걸려 있는 상태였다.

로즈와 나는 남자에게 달려들어 간신히 그레이스를 구해 내는 데 성공했다.

나는 자매의 손을 잡고 한쪽으로 이끌었다.

"빨리 여길 빠져나가야 해."

하지만 우리 앞에는 더 큰 문제가 기다리고 있었다.

비싼 좌석에서 일어난 한 남자가 극장 출구를 막아선 것이다. 나는 관람석을 빠져나왔을 때까지도 그를 알아보지 못했었다. 그건 그도 마찬가지였던 것 같았다.

마침내 눈에 들어온 남자는 큰 키에 탄탄한 체구를 가졌으며, 말쑥한 옷차림을 하고 있었다. 숱 없는 머리는 정수리에 납작하게 달라붙어 있었고, 푸주한 같은 큼직한 손을 앞으로 모은 상태였다.

"흠, 소문이 사실이었군. 네가 런던으로 달아났다는 소문 말이야. 우리가 마지막으로 만났던 게 언제였더라? 기분상으론 엊그제였던 것 같은데. 넌 조금도 변하지 않았구나. 역시 보통 아이가 아니었어."

윌리엄 매닝이 한 눈으로 나를 내려다보며 말했다. '소문이 사실이었군.'이라. 크리스토퍼가 나에 대한 의심을 여기저기 퍼뜨리고 다녔던 것일까? 로즈와 그레이스를 괴롭힌 남자들도 매닝과 한 패거리였나?

"여기서 친구들을 사귄 모양이군."

"아니에요."

나는 말했다. 마치 그런 답변이 현실을 감춰 주기라도 할 것처럼. 그의 시선이 어리둥절한 표정의 그레이스와 로즈에게로 돌아갔다.

"아니라고?"

"내 친구들이 아니에요. 오늘 처음 본 애들이에요."

나는 말했다. 자매를 이 일에 끌어들이고 싶지 않았기 때문이었다. 어떻게든 자매와 나의 관계를 부정해야만 했다. 나는 로즈에게 빨리 도망치라고 눈짓했다. 하지만 그녀는 꿈쩍도 하지 않았다.

"아! 아직도 거짓말하는 버릇을 못 고친 모양이군. 얘들아. 너희도 이 녀석에게 속은 거야. 이 녀석은 인간의 탈을 쓴 악마라고. 마녀의 아들."

"어머니는 죽음으로 결백을 증명하셨어요. 당신 때문에 돌아가신 거라고요."

"그 여자가 죽기 전에 또 무슨 마법을 부려 놨는지 누가 알겠어? 또 다른 뭔가로 환생했는지도 모르잖아. 어쩌면 지금 이 자리에 와 있는지도 모르고."

그가 로즈와 그레이스를 한동안 응시했다. 마치 난해한 글을 해독하려 애쓰는 듯한 모습이었다. 나는 더 이상 이곳에 머물 수 없다. 악몽은 또 다시 내 발목을 잡아 버렸다. 나를 조금이라도 알게 된 모든 이가 위험에 빠진 것이다. 나라는 존재 자체가 모두에게는 저주였다. 관객들의 시선은 무대가 아닌 매닝에게 집중되어 있었다. 나를 빤히 쳐다보는 한 남자가 눈에 들어왔다. 아는 얼굴이었다. 이름은 모르지만 그가 칼갈이라는 건 분명히 알고 있었다. 아침에 다리 위에서 그 남자를 본 기억이 났다.

창백한 그는 삐쩍 말랐으며 무척 허약해 보였다. 기껏해야 스무 살쯤 되었을 청년은 늘 허리에 반짝이는 칼들이 줄지어 꽂힌 벨트를 두르고 다녔다.

나는 그중 하나를 뽑아 들고 매닝을 쫓아 볼까 생각했다. 하지만 그랬다가는 타이번의 교수대로 끌려갈 게 뻔했다.

하지만 뭐라도 해야만 하는 상황이었다. 매닝이 자매와 나의 관계를 알게 되는 것보다 내가 떠난 후 자매가 그에게 시달림을 받게 될 것이 더 큰 문제였다.

그래서 나는 로즈에게 애원했다.

"여기서 도망쳐야 해."

"……너를 죽일 방법은 백오십 가지나 있어. 그러니 무섭거든 도망쳐라……."

어느새 무대 위 배우들마저 숨을 죽이고 그레이스의 머리채를 움켜잡은 매닝을 지켜보고 있었다.

"이 꼬마 녀석! 앤 몇 살이나 됐지?"

매닝이 소리쳤다. 그레이스는 있는 힘껏 그를 걷어차고 있었다.

"스무 살? 서른 살? 어쩌면 예순이 넘었는지도 몰라. 이렇게 어려 보이지만 다들 이 녀석에게 속고 있는 거라고."

그레이스가 주먹으로 그의 사타구니를 힘껏 가격했다.

"나한테서 떨어져, 이 개자식!"

하지만 소용없었다. 관객들은 우리가 아닌 매닝 편을 들고 있었다. 우리는 완전히 포위된 상태였다. 매닝은 기어이 우리를 공청회에 세울 것이다. 이번에도 마녀가 어쩌고 마법이 저쩌고 하면서 런던 사람들을 꼬드기겠지. 나 때문에 로즈와 그레이스의 목숨이 위태로워진 것이다. 하지만 그때 기적 같은 일이 벌어졌다.

"그 아이를 놓아 주시오."

어느새 무대 앞으로 다가온 셰익스피어가 말했다.

매닝은 그레이스에게서 떨어지지 않았다.

"윌리엄 매닝이라고 하오. 난……."

"당신이 누구인지는 관심 없소. 우리 배우들도 마찬가지고. 글로브 극장의 그 누구도 당신을 알고 싶어 하지 않소. 그러니 그 소녀와 친구들을 놓아 주시오. 그래야 우리가 공연을 마무리 지을 게 아니겠소."

셰익스피어가 말했다. 그것으로 충분했다. 협조하지 않으면 공연을 중단하겠다는 협박은 제대로 먹혀들었다. 관객들은 매닝이 벌인 소동보다 무대 위 공연에 더 큰 흥미를 느끼고 있었다. 그리고 셰익스피어는 그 사실을 누구보다도 잘 알고 있었다.

그의 말에 극장 안의 모두가 윌리엄 매닝을 야유하기 시작했다. 그의 상기된 얼굴로 굴 껍질이 날아들었다. 매닝의 이마에는 푸른 혈관이 불룩 튀어나와 있었다. 마침내 그의 손이 그레이스에게서 떨어졌다. 우리는 아이를 끌어안고 출구 쪽으로 향했다. 우리 발밑에서 모래 바닥에 널린 온갖 쓰레기가 짓이겨졌다.

나는 무대 쪽을 돌아보았다. 셰익스피어가 다시 원래 자리로 돌아갔는지 확인하기 위해서였다. 그는 먼발치에서 나를 지켜보고 있었다. 그가 활기 잃은 관객들을 향해 나머지 공연을 자신이 빚을 진 배우, '헨리 헤밍스라는 남자'에게 바친다고 선언했다. 나는 그것이 메시지임을 대번에 알 수 있었다. 내게 보내는 암호.

글로브 극장은 물론 뱅크사이드를 영영 떠나야 할 때가 온 것이다.

런던 근처, 해크니, 1599년

소문.

소문은 계속 살아남았다. 여기저기로 거래되는 통화가 아니라 살아 꿈틀대는 생물이었다.

무수한 이야기들이, 오물의 악취와 수레의 달가닥거림 속을 맴도는 등에 떼처럼 윙윙대며 사방으로 퍼져 나갔다.

메리 피터스가 갑자기 실종되었을 때도 성벽 동쪽에 사는 모든 주민들은 소문을 통해 그 내용을 상세히 알게 되었다. 그 소식을 전해 들은 로즈는 언짢아하며 하루 종일 입을 열지 않았었다. 로즈는 내 '욱하는 성질' 때문에 런던의 모든 술집에서 글로브 극장 무대로 뛰어내려 온 류트 연주자 이야기가 신나게 떠돌고 있을 거라고 했다.

"하지만 너랑 그레이스를 구하려면 어쩔 수 없었다고!"

"우리 문제는 우리가 알아서 해결할 수 있어. 지금까지 늘 그래 왔고. 너 때문에 다시 화이트채플로 돌아가게 생겼어."

화제는 내가 우려했던 방향으로 돌아갔다. 그녀는 그 남자가 누구인지 물었다. 윌리엄 매닝.

"나도 몰라."

"거짓말 마."

"정말 몰라."

"그 남자가 그랬잖아. 네 어머니가 마녀였다고. 그게 무슨 뜻이지?"

"그냥 착각한 거야. 내가 자기가 아는 다른 사람인 줄 알았나 봐."

그녀의 초록색 눈이 나를 노려보았다. 그 눈빛에는 격노가 담겨 있었다.

"내가 바보인 줄 알아, 톰 스미스?"

바로 그것이 나를 체념하게 했다. 절반만 맞는 내 이름. 그 이름을 들으니 그녀에게 무엇이라도 들려줘야 할 것 같았다.

"미안해, 로즈. 내 실수였어. 이곳에 오는 게 아니었어. 그냥 네게 진 빚을 갚고 여길 떴어야 했는데. 네게 마음을 준 것도, 네가 나에게 마음을 열게 만든 것도 다 내 잘못이야."

"그게 무슨 말이야, 톰? 그게 무슨 수수께끼 같은 소리냐고."

"그래. 맞아. 내 존재 자체가 수수께끼야. 그리고 넌 그걸 절대 풀 수 없어. 나도 풀 수가 없는걸 뭐."

나는 자리에서 일어나 같은 곳을 빙빙 맴돌기 시작했다. 그레이스는 자기 방에서 자고 있었다. 나는 아이가 깨지 않도록 나지막이 말했다. 매우 심각한 말투로.

"이제 너희는 다른 사람을 찾아 봐야 해. 날 봐. 날 보라고, 로즈! 네 상대가 되기에 난 너무 어려."

"그래봤자 고작 2년인 걸 뭐, 톰. 그 정도면 괜찮잖아."

"그 차이는 점점 벌어질 거야."

그녀는 어리둥절한 표정을 지어 보였다.

"그런 일이 가능해? 대체 무슨 소리를 하고 있는 거야, 톰? 어떻게 그 차이가 점점 벌어질 수 있느냐고. 말이 안 되잖아."

"난 더 이상 네게 쓸모가 없어졌어. 이제 서더크로 돌아갈 수도 없게 됐으니까."

"쓸모? 쓸모라고? 난 널 사랑해, 톰."

나는 긴 한숨을 내쉬었다. 내 탄식으로 이 잔인한 현실을 지워 버리고 싶었다. 그녀의 눈에서 눈물이 떨어지는 걸 보고 싶지 않았다. 그녀가 나를 증오해 주기를, 내가 그녀를 사랑하지 않기를 진심으로 바랐다.

"넌 나를 사랑하면 안 돼."

"네 어머니에 대해 들려줘, 톰……. 진실을 듣고 싶어."

그녀의 눈빛에 젖은 나는 차마 거짓말을 할 수 없었다.

"그들이 어머니를 죽인 건 바로 나 때문이었어."

"뭐?"

"나는 정상이 아니야, 로즈."

"무슨 문제가 있는데?"

"난 나이를 먹지 않아."

"뭐라고?"

"날 봐. 시간이 흘러도 내 얼굴은 변하지 않는다고. 난 널 사랑하고 있어. 진심으로. 너도 알지? 하지만 사랑만으로 극복할 수 있는 문제가 아니야. 난 쉴 새 없이 높아져 가는 가지를 붙잡으려고 무모하게 나무를 타고 오르는 소년과 다를 게 없어."

그녀는 충격으로 할 말을 잃은 듯했다.

"나는 나무가 아니야."

"네가 쉰 살이 됐을 때도 난 이런 얼굴을 하고 있을 거야. 더 늦기 전에 나를 버려야 해. 날 보내 줘야 한다고. 그게 우리 모두를 위해……."

그녀가 달려들어 내게 입을 맞추었다. 내가 하려는 말을 막으려는 듯이.

그녀는 내 말을 절반만 믿었다. 그 후로 며칠 동안은 내가 제정신이 아니라고만 했다. 하지만 몇 주, 그리고 몇 달이 흐르자 내 말이 모두 사실이라는 것을 깨닫게 되었다.

그녀는 결코 이해할 수 없을 것이다. 하지만 어쩌겠는가.

이게 나에 대한 진실인 것을.

런던, 현재

내 조언이 안톤에게 어떤 영향을 주게 될지는 알 수 없다. 나는 이제 고작 사백삼십구 년을 살아왔을 뿐이다. 평범한 십대 소년의 미묘한 얼굴 표정을 이해하는 건 아직도 내게 버거운 일이다.

12시 20분이 다 되어서야 비로소 교무실로 들어선다. 나는 자리에 앉아 인스턴트커피와 가공된 햄 냄새를 맡았다. 오늘따라 두통이 심하다. 거기다 이명耳鳴까지 나를 괴롭히고 있다. 가끔 그럴 때가 있다. 스페인 내란 때 귀청이 터질 듯한 대포 소리를 듣고 난 후 얻게 된 병이다.

나는 더 이상 점심 때 슈퍼마켓을 찾지 않는다. 대신 직접 만든 샌드위치를 가져와 점심을 때운다. 하지만 지금은 배가 고프지 않다. 그래서 그냥 눈을 감고 시간을 흘려버린다.

다시 눈을 뜨자 지리 교사 아이샴이 보인다. 그는 머그잔에 어떤 허브 차를 넣어야 할지 고민에 빠져 있다.

카미유도 눈에 들어온다. 그녀는 교무실 반대편에 앉아 샐러드 팩을 열고 있다. 쟁반을 겸하고 있는 작은 책 위에는 사과 주

264

스도 놓여 있다.

다프네는 함께 쓰는 과일 그릇에서 귤을 골라 들고는 능글맞게 미소를 지었다.

"좀 어때요, 톰? 적응이 다 됐나요?"

"네. 아주 좋습니다."

나는 말한다. 그녀가 고개를 끄덕인다. 하지만 내 말이 거짓이라는 건 눈치 챘을 것이다.

"점점 나아질 거예요. 누구나 처음 십 년이 힘들죠."

그녀가 웃음을 터뜨린다. 그러곤 교무실을 나가 버린다.

카미유를 보니 마음이 무겁다. 우리가 마지막으로 대화를 나누었을 때 나는 불필요한 무례함을 보였었다. 그녀가 주머니에서 무언가를 꺼내고 있다. 알약. 그녀는 사과 주스와 함께 약을 목으로 넘긴다.

그냥 잠자코 있는 게 현명한 일이다.

바로 옆에 헨드릭이 있었다면 분명 그렇게 조언했을 것이다. 그게 앨버트로스 소사이어티의 방식이라면서. 어쩌면 카미유는 영영 내게 말을 걸어 오지 않을지도 모른다.

그럼에도 불구하고 나는 어느새 교무실을 가로질러 걸어 가고 있다.

"사과하려고 왔어요."

나는 그녀에게 말한다.

"사과는 왜요?"

그녀가 말한다. 착하게도.

나는 낮은 목소리로 대화를 나누기 위해 그녀 옆자리에 앉는다. 수학 교사 스테파니가 우리를 쳐다보며 인상을 찌푸린다. 그녀는 자두를 먹는 중이다.

"저번에 좀 이상했죠? 내가 너무 무례했어요."

"천성이 그런 사람들도 있잖아요. 본인들이 원해서 그러는 게 아니라."

"내가 원해서 그랬던 건 아니에요."

"사람이 원래 그런데 의도가 무슨 상관이겠어요? 정말 괜찮아요. 이런 세상에선 멀쩡한 상태로 살아가기가 힘들잖아요."

그녀가 진지함을 쏙 뺀 말투로 말한다. 이토록 우아한 모욕은 처음 받아 보는 것이었다.

나는 설명 빠진 설명을 시도해 본다.

"난 그때…… 머릿속이 좀 복잡했어요. 게다가 내 얼굴이 좀 흔하게 생겼잖아요. 그래서 나를 친구의 친구로 착각하는 사람들이 꽤 많아요. TV에서 본 배우라고 오해하는 경우도 종종 있고요."

그녀가 고개를 끄덕인다. 하지만 여전히 납득이 되지 않는다는 표정이다.

"그렇군요. 그냥 그렇다고 치죠 뭐."

내 시선이 카미유의 샐러드 밑에 깔린 책으로 돌아간다. 소설이다. 그날 공원에서 봤을 때 벤치에 앉아 읽고 있었던 책인

가? 펭귄 클래식 시리즈. F. 스콧 피츠제럴드의『밤은 부드러
워』. 앞표지에는 작가의 사진이 들어가 있다.

그녀가 내 반응을 살핀다.

"아, 이거 읽어 봤어요? 느낌이 어땠나요?"

어떻게 대답해야 할지 난감하다. 머릿속에서는 무수한 기억
들이 꼼짝달싹 못하고 있다. 윈도우 창을 너무 많이 열어 놓은
컴퓨터처럼. 보트가 너무 많이 떠 있는 강처럼.

두통은 점점 악화되어 간다.

"난, 난…… 글쎄요…….."

내 입에서 흘러나오는 모든 단어가 물속에 갇힌 노처럼 느껴
진다.

"물살을 거슬러 오르는 보트들처럼."

내가 말한다.

"물살을 거슬러 오르는 보트들처럼? 개츠비?"

나는 숨을 참아 본다. 지금 나는 런던 학교의 교무실에 앉아
있다. 그와 동시에 파리의 호텔 바에도 들어와 있고. 두 세기,
두 곳의 장소와 두 개의 시간 사이에 갇혀 버린 것이다. 지금과
그때 사이에. 물과 공기 사이에.

파리, 1928년

혼자 걷는 중이었다. 내가 일하는 호텔은 집에서 멀리 떨어져 있었다. 나는 바에서 차나 칵테일을 홀짝이는 돈 많은 미국인과 유럽인들을 위해 피아노를 연주했다. 그때 나는 몹시 외로웠다. 그래서 사람들과 부대끼며 살아 보려 애썼다. 내 안의 고독을 숨겨 보기 위해서. 나는 가끔 그랬듯 북적이는 해리스 바로 들어섰다. 바를 찾는 거의 모든 이들이 타지 사람들이었다. 내가 그곳의 분위기를 좋아하는 이유였다.

나는 손님들을 요리조리 피해 들어가 화려한 커플 옆자리에 앉았다. 두 사람 모두 약속이라도 한 듯이 가운데 가르마를 하고 있었다.

남자가 나를 돌아보았다. 내 고독을 감지한 것일까?

"블러디 메리 한 잔 마셔 봐요."

그가 말했다.

"그게 뭔가요?"

"뭐긴요. 칵테일이죠. 지(Zee, 여성 이름 젤다의 애칭_역주)가 아주 좋아한답니다. 그렇지, 여보?"

여자가 슬퍼 보이는 눈으로 나를 쳐다보았다. 그녀는 술에 취해 있거나 무척 졸린 상태이거나 둘 중 하나인 듯했다. 어쩌면 둘 다였는지도 모르고. 유심히 보니 두 사람 다 적당히 취해 있는 것 같았다. 그녀가 고개를 끄덕였다.

"전쟁에서 빠뜨릴 수 없죠."

"무슨 전쟁 말인가요?"

나는 물었다.

"따분함과의 전쟁. 그건 진짜 전쟁이에요. 적들이 사방에 널려 있죠."

나는 블러디 메리를 주문했다. 놀랍게도 그것은 토마토 주스가 들어간 칵테일이었다. 남자가 아내에게 눈을 흘겼다. 그게 장난인지 아니면 진심이 담긴 반응인지는 구분할 길이 없었다.

"당신이 그런 얘길 할 때마다 기분이 좀 상해, 지."

"오, 당신 얘기가 아니었어요, 스콧……. 오늘 당신은 조금도 따분하게 굴지 않았어요."

남자가 내게 한 손을 내밀었다.

"스콧 피츠제럴드라고 합니다. 이쪽은 젤다."

사백 년 이상 살다 보면 세상 그 누구를 만나도 흥분이 되지 않는다. 그럼에도 불구하고 침대 옆에 놓아 둔 책을 쓴 작가와 우연히 마주하게 된 건 무척 특별한 사건이었다.

"당신이 쓴 책을 읽어 봤어요. 『위대한 개츠비』. 그뿐 아니라 『낙원의 이쪽』, 그 책도 출간되기가 무섭게 사서 읽었습니다."

그 말에 그는 정신이 번쩍 든 모양이었다.

"어땠습니까? '개츠비' 말입니다. 다들 '낙원'을 더 좋아하는 것 같더군요. 거의 모두가 그렇다고 합디다. 출판사들이 아주 당혹스러워하고 있습니다."

젤다가 속이 편치 않다는 듯 얼굴을 찌푸렸다.

"책 커버가 문제였어요. 어니스트의 감을 신뢰할 순 없지만 그 문제에 대해서만큼은 그가 옳았어요. 이건 눈과의 전쟁이라고요."

"세상 모든 걸 전쟁으로 보면 안 돼."

"세상 모든 건 전쟁이 맞아요, 스콧."

그들은 당장이라도 옥신각신 다툴 것만 같았다. 그래서 나는 잽싸게 끼어들었다.

"정말 좋았습니다. 그 책 말예요."

젤다가 고개를 끄덕였다. 그녀는 앳된 얼굴을 가지고 있었다. 그건 그녀의 남편도 마찬가지였다. 부부는 꼭 어른 옷을 입혀 놓은 아이들 같아 보였다. 그들에게서는 미묘한 순수함이 느껴졌다.

"이 사람에게 좋은 작품이라고 몇 번을 얘기했는지 몰라요. 아무리 그렇게 얘기를 해도 그냥 한 귀로만 흘려버리더라고요."

그녀가 말했다.

책에 대한 내 평가에 스콧은 안도하는 모습이었다.

"그건 당신이 「헤럴드 트리뷴」에 서평을 실은 놈과 달리 책을 보는 안목이 있다는 증거입니다. 자, 여기⋯⋯."

그가 내게 블러디 메리를 건네주었다.

"이건 여기서 처음 만들어 판 거예요."

젤다가 말했다. 나는 생소한 음료를 살짝 맛본 뒤 물었다.

"정말인가요?"

"실례지만 무슨 일을 하시죠?"

스콧이 끼어들어 말했다.

"피아노를 치고 있습니다. 시로스에서요."

"파리의 시로스 말인가요? 다누 가에 있는? 멋지군요. 대단
합니다."

그가 말했다. 젤다가 남은 진 칵테일을 마저 들이켰다.

"당신을 두렵게 하는 건 뭔가요?"

스콧이 사과하듯 미소를 지어 보였다.

"이 사람은 술이 좀 들어가면 뚱딴지같은 질문을 곧잘 던진
답니다."

"뭐가 두렵냐고요?"

"누구나 두려워하는 게 있잖아요. 난 잠자리에 드는 시간이
두려워요. 살림도 마찬가지고요. 가정부들이 맡아 하는 모든 일
이 다 두려워요. 스콧은 비평을 두려워해요. 그리고 헤밍웨이
도. 외로움도."

"내가 왜 헤밍웨이를 두려워해?"

나는 그 답을 찾아 머리를 굴려 보기 시작했다. 이번만큼은

솔직한 답변을 내놓고 싶었다.

"난 시간이 두려워요."

젤다가 미소를 지었다. 연민이 묻어나는 미소 같았지만 체념의 미소로도 보였다.

"나이 들어 가는 것 말인가요?"

"아뇨. 그게 아니라……."

"스콧과 난 절대 늙어 갈 생각이 없어요. 안 그래요, 여보?"

"맞아. 우린 한 유년기에서 또 다른 유년기로 옮겨 다니면서 살기로 했잖아."

스콧이 말했다. 나는 한숨을 내쉬었다. 적당히 사려 깊고 진지한 모습을 보일 필요가 있었기 때문이다. 아직 전성기의 지성을 유지하고 있다는 사실도 드러내면서.

"하지만 결국에는 유년기를 떠나보내야 할 때가 올 겁니다. 오래 살다보면 말이죠."

젤다가 내게 담배를 내밀었다. 나는 그것을 받아 물었다. (당시 모든 사람이 그랬듯 나 역시 담배를 피웠다.) 그녀는 스콧의 입에 담배를 물려 준 후 자신도 하나를 꺼내 물었다. 성냥을 켜는 그녀의 눈에서 격렬한 절망의 빛이 튀었다.

"철이 들거나 무너지거나. 우리에게 주어진 신성한 선택이죠."

그녀가 담배를 한 번 길게 빨고 나서 말했다.

"시간을 멈출 수 있다면 얼마나 좋을까요."

그녀의 남편이 말했다.

"우린 그 방법을 찾아야 합니다. 가장 행복할 때 그물이라도 던져 시간이라는 놈을 붙잡아 둬야 한다고요. 나비를 잡듯이. 그 순간이 영원히 이어질 수 있게."

젤다의 시선은 북적이는 바 쪽으로 돌아가 있었다.

"사람들은 나비를 잡아 핀으로 꽂아 두잖아요. 나비는 그렇게 죽어 가고……."

그녀는 먼발치에 있는 누군가를 바라보고 있는 듯했다.

"셔우드가 안 보이네요. 하지만, 오, 저길 좀 봐요! 거트루드와 앨리스예요."

잠시 후, 부부는 칵테일 잔을 손에 쥔 채 그쪽으로 사라졌다. 내게도 같이 가자고 제안했지만 나는 토마토 주스를 탄 보드카와 함께 자리에 남기로 했다. 역사의 안전한 그림자에 파묻힌 채로.

런던, 현재

　과거는 우리가 생각하는 것만큼 멀리 떨어져 있지 않다. 오히려 놀라울 정도로 가까이에 있다. 그리고 그것은 전혀 예상치 못한 순간에 불쑥 튀어나와 우리를 당혹스럽게 만든다. 모든 물체와 단어에는 유령이 도사리고 있다.

　과거는 하나의 독립된 장소가 아니다. 과거는 무수히 많은 장소들이고, 그것들은 항상 현재로 파고들 태세를 갖추고 있다. 방금 전까지는 1950년대였다가 이내 1920년대로 바뀌기도 한다. 그리고 그 순간들은 서로 밀접하게 관련되어 있다. 시간의 축적. 과거는 그렇게 조용히 쌓이고 또 쌓여 가다가 우리가 방심한 틈을 타 맹렬히 달려든다.

　또한 현재 안에 숨어 살며 '더 이상 상관도 없어진 것들'을 반복해서 상기시킨다. 도로 표지판과 공원 벤치의 명판과 노래와 성姓과 얼굴과 책 표지들에서도 쉴 새 없이 배어 나온다. 가끔 나무나 일몰을 보고 있을 때 몇 세기에 걸쳐 눈에 담아 온 모든 나무와 일몰의 기억이 한꺼번에 몰려나와 나를 압도해 버리곤 한다. 그것으로부터 스스로를 보호할 방법은 없다. 이 세상에 살면서 책이나 나무나 일몰을 피할 도리란 없으니.

"괜찮아요?"

카미유가 묻는다. 그녀의 한 손은 책 커버에 얹혀 있다. 제목에서 '부드러워'라는 단어만이 살짝 드러나 있을 뿐이다.

"네. 두통이 좀 있어서요."

"병원에는 가 봤어요?"

"아뇨. 나중에 가 보려고요."

하지만 의사를 찾아가는 일은 절대로 없을 것이다. 나는 그녀를 쳐다본다. 그녀는 상대로 하여금 말을 걸고 속내를 털어놓게 만드는 얼굴을 가지고 있다. 굉장히 위험한 얼굴.

"잠이 부족한 건 아니고요?"

그녀가 말한다. 왜 그렇게 생각한 걸까? 내가 의아해한다는 걸 눈치 챘는지 그녀가 이내 덧붙인다.

"페이스북을 보니 새벽 세 시에 '좋아요'를 눌렀더군요. 평일 밤인데 너무 늦게까지 깨 있는 거 아닌가요?"

"아."

그녀의 미소에서 장난기가 살짝 엿보인다.

"습관인가요? 한밤중에 여자들 페이스북 살펴보는 거?"

내 얼굴이 화끈 달아오른다.

"그게…… 저…… 내 뉴스피드에 올라와 있었어요."

"농담이에요, 톰. 왜 그렇게 긴장하고 그래요?"

내 사정을 알고 있다면 그런 얘기는 못할 텐데. 시간의 엄숙함을 안다면.

"미안해요. 지금 내 상태가 말이 아니라서."

나는 그렇게 사과한다.

"괜찮아요. 원래 인생이 다 그렇잖아요."

어쩌면 그녀는 알고 있는지도 모른다.

"원래 내가 사람들과 잘 어울리지 못해요."

"이제 알겠어요. L'enfer, c'est les autres(지옥, 그것은 타자이다)."

"Sartre(사르트르)?"

"Oui(네). Dix(10)점 줄게요. 사르트르. 미스터 코미디."

나는 말없이 미소만 짓는다. 그녀의 얼굴은 내 마음을 편하게 만들어 주는 동시에 겁주고 있다. 그래서 나는 잽싸게 질문을 던져 본다. 지금껏 살아오면서 숱하게 던져온 질문을.

"혹시 매리언이라는 사람을 알아요?"

그녀의 미간이 찌푸려진다. 뜬금없는 질문에 어리둥절해하는 모습이다.

"프랑스어 마리옹, 아니면 영어 매리언?"

"영어. 뭐 프랑스어도 상관없고요."

나는 대답한다. 그녀는 잠시 생각에 잠긴다.

"마리옹 레이라는 아이랑 같이 학교에 다닌 적 있어요. 걔가 내게 생리에 대해 알려 줬죠. 우리 부모님은 너무 조신해서 그런 걸 가르쳐 주지 않으셨어요. 몸에서 피가 배어 나오는 심각한 문제인데도 말이죠."

그녀는 그런 얘기를 하면서도 목소리를 낮추지 않는다. 교무실에 다른 교사들이 여럿 남아 있는데도. 스테파니는 아직도 우리 쪽을 바라보며 인상을 쓰고 있다. 손가락으로 자두 씨를 들고서. 두 자리 건너에서는 아이샴이 휴대폰으로 누군가와 통화를 하고 있다. 나는 그녀의 당당함이 마음에 든다.

수다가 필요한 타이밍이다. 모든 징후들이 수다를 이어 가라고 부추기는 중이다. 하지만 나는 그 짐작들을 무시해 버린다.

"다른 매리언은요?"

"없어요. 미안해요."

"괜찮아요. 오히려 내가 미안하죠. 내가 하고 싶었던 말은 그 것뿐이에요."

그녀가 미소를 흘리며 나를 쳐다본다. 내 눈빛에서 무엇을 보았는지 그녀의 미소는 금세 증발해 버린다. 나를 어디서 봤는지 또 다시 궁금해하는 것일까?

"인생은 원래 이해하기 힘든 거예요. 하지만 어떤 미스터리는 특히 더 난해하죠."

그녀가 말한다. 그리고 잠시 어색한 침묵이 흐른다. 나는 애써 미소를 지어보인 후 내 자리로 돌아온다.

Part 4

피아니스트

애리조나, 비즈비, 1926년

8월이었다. 나는 마을 변두리에 자리한 작은 목조 주택의 거실에 들어와 있다. 헨드릭이 시킨 임무를 수행하기 위해서. 8년마다 임무가 하나씩 주어진다. 합의된 대로. 임무를 완수하면 다음 장소로 옮겨 갈 수 있다. 헨드릭은 신원 세탁과 보안을 책임져 준다. 임무를 수행할 때만 빼면 특별히 위험에 노출될 일도 없다.

다행히 나는 매번 운이 좋았다. 지금껏 주어진 세 번의 임무를 모두 완벽하게 완수해 냈다. 문제의 앨버들을 찾아내 소사이어티에 가입하도록 만드는 것. 폭력을 써야 하는 상황까지 가본 적은 없었다. 인격이 시험당하는 일도 없었고. 하지만 이곳 비즈비에서는 모든 게 달라졌다. 나는 이곳에서 내가 누구인지 알게 되었다. 매리언을 찾기 위해 내가 무슨 짓까지 벌일 수 있는지도.

저녁이 다 된 시간. 창밖의 벌건 산들이 서서히 어둠에 파묻혀 갔다. 아직 후끈한 열기는 남아 있었다. 마치 누군가가 사막의 열기를 한 데 모아 목조 주택 안으로 쑤셔 넣고 있는 것 같았다.

코끝에서 떨어진 땀방울이 다이아몬드 9 카드를 적신다.

"이런 날씨에 익숙지 않은 모양이군. 그렇죠? 대체 어디서 살다 온 겁니까? 알래스카? 유콘에서 금을 캐다 온 건 아니고요?"

빼빼 마른 남자는 치아가 하나도 없었다. 그리고 왼손에는 손가락 두 개가 부족했다. 그는 자신을 루이스라고 소개했었다. 그가 위스키를 한 모금 넘겼다. 독한 술임에도 그는 움찔하지 않았다.

"여기저기 숨어 살아왔습니다. 그럴 수밖에 없었어요."

나는 말했다. 또 다른 남자, 조가 웃음을 터뜨렸다. 똑똑한 그는 방금 전 로얄 플러시(같은 문양의 에이스, 킹, 퀸, 잭, 10의 5장이 연속되는 것으로, 포커 게임 최고의 패_역주)로 나를 놀라게 했었다. 그의 웃음소리가 불길하게 느껴졌다.

"흥미롭군요. 오랜만에 돈 많은 외지인과 밀주를 나눠 마시니 기분이 좋습니다. 코치스 카운티에서 온 건 아니죠? 그 정도는 척 보면 알 수 있어요. 옷차림부터 다르지 않습니까. 보다시피 이곳 사람들은 다 꾀죄죄합니다. 하루 종일 광산이 뿜어내는 흙먼지에 파묻혀 사니까요. 비즈비에선 그렇게 하얀 옷을 찾아볼 수 없습니다. 게다가 당신은 손마저도 눈처럼 깨끗하지 않습니까?"

나는 내 손을 내려다보았다. 요즘에는 연주를 하느라 더 지겹도록 내려다보는 손이었다. 나는 지난 8년간 독학으로 피아노를 배웠다.

"그래 봤자 손이 손이죠 뭐."

나는 감상적으로 말했다. 우리는 한 시간 넘게 포커를 치고 있었다. 지금까지 내가 잃은 돈은 백이십 달러에 달했다. 나는 위스키를 또 한 모금 넘겼다. 마치 불을 삼키는 기분이었다. 지금이야. 나는 생각했다. 슬슬 임무를 수행할 때가 됐어.

"난 당신들이 누군지 알아요."

"호오?"

조가 말했다. 시계가 째깍거렸다. 밖에서는 무언가가 울부짖고 있었다. 개나 코요테 중 하나일 것이다.

나는 헛기침을 한 번 했다.

"당신들은 나랑 같은 처지예요."

"그럴 리가요."

조가 사막만큼이나 건조한 소리로 웃음을 터뜨렸다.

"조 톰슨. 그게 당신 이름 맞죠?"

"대체 지금 뭐하는 겁니까?"

"빌리 스타일스도 아니고. 윌리엄 라킨도 아니고."

루이스가 앉은 채로 자세를 바로 했다. 그의 얼굴은 딱딱하게 굳어져 있었다.

"당신 누구요?"

"지금껏 많은 이름으로 살아왔습니다. 당신들처럼. 자, 당신은 뭐라고 불러야 합니까? 루이스? 제스 던롭? 아니면 존 패터슨? 또는 쓰리-핑거 잭? 그것 말고도 많죠?"

네 개의 눈과 두 개의 총구가 나를 노려보고 있었다. 그간 보아 온 그 어떤 총잡이보다도 날렵한 손놀림이었다. 내가 찾던 사람들이 틀림없었다.

그들이 내가 지니고 있는 권총을 가리켰다.

"그 총 꺼내서 테이블에 내려놔. 천천히……."

나는 그들이 시키는 대로 했다.

"문제를 일으키려고 온 게 아니야. 당신들을 도우려고 온 거라고. 난 당신들 정체를 알고 있어. 당신들이 과거에 누구로 살아왔는지도 알고 있고. 구리 광산에서만 일해 온 건 아니지? 난 당신들이 악명 높은 페어뱅크 열차 강도였다는 걸 알아. 사우스 퍼시픽 급행열차를 털어서 돈을 꽤 챙겼지? 당신들이 구리 광산에서 사서 고생할 필요가 없다는 것도 난 알고 있어."

조의 어금니는 꽉 물려 있었다. 그러다 이가 다 빠져 버리지 않을까 걱정될 만큼. 나는 계속 말을 이어 갔다.

"당신들은 26년 전, 툼스톤에서 총에 맞아 죽을 운명이었어."

나는 주머니에서 헨드릭이 입수한 사진들을 꺼냈다.

"당신들 사진이야. 삼십 년 전에 찍은 거지. 이때랑 비교해 봐도 당신들은 변한 데가 없어."

그들은 굳이 사진들을 내려다보지 않았다. 그들은 자신들이 어떤 사람들인지 알고 있었다. 내가 이곳을 찾은 이유도 알고 있었고. 나는 계속 이어 나갔다.

"당신들을 곤란하게 만들려고 온 게 아니야. 그러니까 마음들 놓으라고. 세상엔 당신들 같은 사람들이 많아. 잘은 모르겠지만 당신들은 거의 동년배인 것 같군. 18세기에 막 접어들었을 때 태어났지? 과거에 당신들과 같은 처지의 사람들을 만나 본 적이 있었어? 그런 사람이 한둘이 아닐 텐데. 우리 같은 사람들은 세상에 엄청 많다고. 모르긴 해도 수천 명은 족히 될걸. 다들 알다시피 우리 상황은 굉장히 위험해. 영국의 한 의사가 이 병에 '애너제리아'라는 이름을 붙여 주었지. 이게 세상에 알려지면 우리 모두는 위험에 빠지게 돼. 그래서 누구에게도 발설해서는 안 되고, 남들이 우리에 대해 알도록 해서도 안 돼. 우리뿐만 아니라 우리가 끔찍이 챙기는 사람들마저 위험해질 수 있으니까. 사람들은 우리를 정신병원에 가둬 두려고 할 거야. 과학의 이름으로 우릴 붙잡아 감옥에 처넣어 버리던지. 미신에 빠진 사람들에게 죽임을 당하게 될지도 모르고. 이제 본인들이 어떤 위험에 빠져 있는지 이해가 돼?"

루이스가 텁수룩한 수염을 북북 긁어 댔다.

"이 총 안 보여? 위험에 빠져 있는 건 오히려 당신이야."

조는 얼굴을 찌푸리고 있었다.

"그래서 뭘 어쩌자는 거지?"

나는 심호흡을 한 번 했다.

"난 당신들에게 제안을 하러 왔어. 이곳 비즈비 사람들도 이미 당신들을 수상쩍게 여기기 시작했잖아. 소문은 금세 사방으로 퍼지게 될 거야. 다들 알다시피 사진의 시대가 열렸어. 우리의 과거가 증거로 남게 됐다고."

내 목소리에서 조금씩 공포가 묻어나기 시작했다. 어느새 나는 헨드릭을 닮아 가고 있었다. 내 입에서 흘러나오는 말들은 헨드릭이 주절거릴 법한 것들이었다. 모든 단어가 공허하게 느껴졌다.

"단체가 하나 있어. 우리 같은 사람들을 위한 조합 정도로 보면 될 거야. 우린 애너제리아를 앓고 있는 사람들을 찾아내 이 단체에 가입시키려 하고 있어. 그들을 돕기 위해서 말이지. 그 사람들이 다른 곳에서 마음 놓고 새 출발을 할 수 있도록 지원하기 위해서. 신원을 세탁하려면 돈도 많이 들고 갖춰야 할 서류도 많잖아."

조와 루이스가 잠시 눈빛을 교환했다. 멍한 눈의 루이스는 동료보다 지능이 떨어지는 것 같았다. 심각하리만큼 우둔해 보였지만 그 덕분에 설득하기가 쉬울 것 같았다. 반면에 조는 몸만큼이나 정신도 강인해 보였다. 콜트를 쥐고 있는 조의 손은 조금도 떨리지 않았다.

"돈이라면 얼마를 얘기하는 거지?"

루이스가 물었다. 그의 머리 위에서는 날벌레 한 마리가 윙윙대고 있었다.

"그건 그때그때 달라. 소사이어티가 꼼꼼히 따져서 예산을 할당하거든."

이제는 말투까지 헨드릭을 닮아 가는 것 같았다.

조가 고개를 저었다.

"자네도 들었지, 루이스? 우리더러 비즈비를 떠나래. 이게 말이 된다고 생각해? 그런 일은 절대 없을 거야. 우린 여기가 좋아. 이곳 사람들과도 많이 친해졌고, 이제 떠돌이 생활은 질렸어. 오래 전 이 나라에 발을 내딛은 후로 지금껏 안 가 본 데가 없다고. 난 죽어도 여길 떠나지 않을 거야."

"순순히 내 말 듣는 게 좋을걸. 소사이어티는 8년마다……."

조가 긴 한숨을 내쉬었다. 그의 입에서는 으르렁대는 소리가 나지막이 흘러나왔다.

"소사이어티? 소사이어티가 어쨌다고? 우린 소사이어티 소속이 아니야. 거기 들어갈 일도 없을 거고. 내 말 알아듣겠어?"

"미안하지만 그건……."

"머리에 구멍을 내 줘야 알아듣겠나?"

"소사이어티가 보안관 사무실에 연락해 뒀어. 그들은 내가 이곳에 와 있다는 걸 알고 있지. 당신이 나를 쏘면 그 즉시 체포될 거야."

그 말에 두 남자가 웃음을 터뜨렸다.

"들었어, 루이스?"

"똑똑히 들었지."

"이 피터 어쩌고 하는 신사 분께 왜 방금 전 농담이 우스웠는지 설명해 줄까?"

"그냥 톰이라고 불러. 아까 얘기한 대로 나 역시 당신들과 같은 처지야. 그동안 무수히 많은 이름으로 살아왔지."

조는 내 말을 무시하고 골똘히 생각에 잠겼다.

"좋아. 내가 설명해 주지. 당신의 농담이 웃긴 이유는 보안관이 우리를 절대 건드릴 수 없기 때문이야. 여긴 평범한 마을이 아니거든. 다우니 보안관과 P. D.가 우리와 얼마나 각별한 사이인지 모르는 모양이군."

P. D. 펠프스 다지. 비즈비에 대해 조사하는 과정에서 이 지역이 자랑하는 광업 회사에 대해서도 조금 알게 되었다.

"사실 우리는……."

조가 계속 말을 이었다.

"보안관 사무실을 도와 비즈비 추방령을 집행했었어. 당신도 들어 봤겠지?"

나도 대충은 알고 있었다. 1919년, 파업에 참여한 광부 수백 명이 불법으로 납치되고 마을에서 추방했던 사건이었다.

"당신이 아무리 조합 어쩌고 하며 사탕발림을 해 대도 소용없어. 우리가 그때 조합을 입에 담는 놈들을 어떻게 처리했는지 알아? 저 멀리 뉴멕시코까지 쫓아 버렸어. 모든 수단과 방법을 총동원해도 좋다는 보안관의 승인도 받았었고. 짜증이 많이 난 얼굴이구만. 더운가 보지? 자, 이 찜통 같은 곳에서 이럴 게 아니라 밖에 나가서 머리나 식히자고."

칠흑 같은 어둠이 내려앉아 있었다. 사막다운 어둠이었다.

후텁지근했던 공기는 많이 식었지만 내 몸에서는 여전히 땀이 배어나오는 중이었다. 나는 한 시간에 걸쳐 땅을 파헤치고 있었다. 온몸이 욱신거렸고, 입에서는 시큼한 위스키 냄새가 뿜어져 나왔다.

총알은 전염병이 아니다. 앨버들에게는 수백 가지 질병에 대한 저항력이 있었다. 하지만 노화와 마찬가지로 총알에 대해서도 속수무책이었다. 나는 여기서 죽고 싶지 않았다. 끝까지 살아남아 매리언을 찾아내야만 했다. 헨드릭은 내 딸을 찾을 날이 얼마 남지 않았다고 장담했었다.

내가 땅을 파는 내내 두 남자 중 최소 한 명은 리볼버로 나를 겨누고 있었다. 내가 구덩이를 나온 후로도 상황은 바뀌지 않았다. 한쪽에서는 그들의 새들브레드 말 두 마리가 한가롭게 풀을 뜯고 있었다.

"자, 우린 당신 수중의 돈까지 묻어 버리고 싶지는 않아. 가진 돈을 전부 꺼내서 땅에 내려놔."

내가 밖으로 나오자 조가 말했다. 나는 삽에 몸을 기댄 채 서 있었다. 절대 놓쳐서는 안 되는 마지막 기회였다. 나는 호기심에 찬 눈으로 말들을 바라보았다. 두 남자의 시선도 그쪽으로 돌아갔다. 조의 차가운 시선이 내게로 돌아왔을 때 삽은 이미 그의 얼굴을 향해 날아드는 중이었다. 그는 의식이 몽롱한 상태로 고꾸라졌다. 그가 놓친 권총이 땅에 툭 떨어졌다.

"죽여."

조가 불분명한 발음으로 말했다.

겁이 많을 것 같았던 루이스는 내가 예상한대로 굼뜨게 반응했다. 내가 조의 권총을 집어 드는 동안 루이스는 간신히 방아쇠를 두 번 당기는 데 성공했다. 총성이 사막을 쩌렁쩌렁 울려댔다. 등에서 통증이 느껴졌다. 오른쪽 어깨 쪽에서. 하지만 나는 멈추지 않았다. 조의 권총을 번쩍 들고 그것으로 루이스의 목을 쏘았다.

그의 권총이 또 다시 불을 뿜었지만 이번에는 총알이 멀리 빗나가 버렸다. 나는 권총으로 조를 두 번 쏘았다. 어둠 속에서 피가 튀었다. 나는 통증을 무시하고 그를 발로 굴려 내가 파 놓은 구덩이에 밀어 넣었다. 그런 다음 삽으로 흙을 떠 구덩이를 메워 나갔다. 나는 두 마리 말 중 한 녀석의 엉덩이를 찰싹 때렸다. 깜짝 놀란 말이 전력을 다해 내달리기 시작했다. 나는 나머지 한 녀석의 등에 올라탔다.

처음 느껴 보는 극심한 통증이 찾아들었다. 하지만 꾹 참고 말을 몰아 사막을 가로질러 나갔다. 말라붙은 언덕과 산을 넘어. 그리고 거대한 채석장을 지나. 혼미해진 의식 탓인지 꼭 어둠에 파묻힌 스틱스 강(그리스 신화에 나오는 저승에 있는 강_역주)을 향해 질주하는 기분이었다. 나는 의식의 끈을 놓지 않으려 필사적으로 버텼다. 말은 밤새도록 멈추지 않고 달려 나갔다. 내가 투손에 도착한 건 일출 무렵이었다. 나는 애리조나 여관을 찾아 들어갔고, 아그네스는 그곳에서 내 상처를 알코올로 소독

해 주었다. 그녀가 핀셋으로 살 속을 후벼 깊숙이 박힌 총알을 뽑아내는 동안 나는 젖은 수건을 꽉 깨문 채 터져 나오는 비명을 간신히 참아 냈다.

로스앤젤레스, 1926년

내가 입은 총상은 서서히 회복되어 갔다. 하지만 어깨의 통증은 여전히 가시지 않고 있었다. 나는 할리우드 대로에 자리한 가든 코트 아파트먼트 호텔의 레스토랑에 들어와 있었다. 대리석과 기둥들, 그리고 장엄한 분위기. 가까운 테이블에는 넋을 잃은 듯한 여자가 앉아 있었다. 그녀의 입술은 짙은 색으로 칠해져 있었고, 얼굴은 유령처럼 창백했다. 그녀는 양복 차림으로 알랑대는 남자 두 명과 대화를 나누는 중이었다. 릴리언 기시였다. 유명한 영화배우. 프랑스 혁명을 배경으로 한 영화 〈폭풍 속의 고아들〉에서 그녀를 본 기억이 났다.

나는 멍한 표정으로 그녀를 바라보았다. 지난 8년간 앨버커키에서 지내면서 영화의 매력에 흠뻑 빠졌다. 한 시간 남짓 되는 시간 동안 어둠 속에 앉아 스크린에 온 신경을 집중시키면 나 자신의 문제를 까맣게 잊을 수 있었다.

"다들 여기 단골이야."

헨드릭이 목소리를 낮추고 말했다. 그는 새우 소스를 곁들인 넙치 요리를 먹고 있었다.

"글로리아 스완슨, 페어뱅크스, 패티 아버클, 발렌티노. 지난 주엔 채플린이 바로 이 자리에 앉았었다고. 지금 자네가 앉아 있는 자리에 말이야. 여기서 수프를 먹었다지? 딱 그것만 시켜 먹었대. 수프만."

헨드릭이 씩 웃었다. 그의 웃는 모습이 지금처럼 역겹게 느껴진 적은 없었다.

"왜 그래, 톰? 소고기가 별로야? 너무 익혀 나왔나?"

"고기는 괜찮아요."

"오, 애리조나에서의 일 때문에 그러는 모양이군."

나는 하마터면 웃음을 터뜨릴 뻔했다.

"그게 아니면 뭐가 문제겠어요? 당신 때문에 두 사람을 죽여야 했다고요."

"목소리 낮춰. 릴리언 기시 양이 들으면 어쩌려고 그래? 제발 신중하라고, 톰."

"왜 나를 레스토랑으로 데려온 겁니까? 위층 아파트에 산다면서요."

그가 혼란스러운 표정을 지었다.

"난 레스토랑이 좋아. 사람들이 북적이는 데가 좋다고. 자넨 이런 분위기가 싫은가, 톰?"

"내가 뭘 싫어하는지 알려 줄게요. 우선……."

그가 한 손으로 가까이 오라는 제스처를 취했다.

"어서 얘기해 봐. 자네는 뭘 싫어하지? 그걸 털어 놓으면 행복해지나?"

그가 말했다. 나는 몸을 앞으로 기울이고 속삭였다.

"말을 타고 살인 현장에서 달아나는 게 싫어요. 어깨에 총알이 박히는 것도 싫고요. 총알 말이에요. 그리고……, 그리고……."

말의 흐름이 흔들리기 시작했다.

"정말 그러고 싶지 않았어요. 그들을 죽이고 싶지 않았다고요."

그가 냉정한 모습으로 한숨을 내쉬었다.

"존슨 박사가 뭐라고 했었지? '스스로 짐승이 되기를 선택한 자만이 인간이 겪는 고통을 피할 수 있다.' 내 생각을 들려줄까? 내가 보기에 자네는 이제야 스스로를 알아 가고 있는 것 같아. 오랫동안 그걸 모르고 살아왔지 않나. 자기가 누구인지, 무엇인지조차 몰랐었지. 어디 그뿐이었나? 자네는 인생의 목표도 없는 친구였어. 가난하게 살았고, 어떤 감정이라도 느껴 보려 사력을 다해 왔지. 하지만 지금의 자네를 한 번 봐. 이제는 분명한 삶의 목표가 생겼잖아."

그가 잠시 말을 멈추었다.

"새우 소스가 정말 끝내주는군."

웨이터가 다가와 와인을 더 따라 주었다. 우리는 그가 사라질 때까지 말없이 요리에만 집중했다. 피아노가 다시 연주되기 시작했다. 식사를 하던 손님 몇몇이 앉은 채로 고개를 돌려 피아니스트를 바라보았다.

"그냥 너무 싫었다는 애길 하는 거예요. 그 사람들은 절대 소사이어티에 들어올 타입이 아니었어요. 그 정도는 간단한 사전 조사만으로도 확인할 수 있지 않습니까? 내 등을 떠밀기 전에 그걸 귀띔해 줬어야죠, 헨드릭."

"제발 나를 부를 땐 세실이라는 이름을 써 줘. 여기선 세실로 불린단 말이야. 내 사연을 들려줄까? 난 샌프란시스코에서 부동산 개발로 큰돈을 벌었어. 사실상 그 도시를 재건하는 데 큰 공을 세운 셈이지. 대지진이 발생한 이후에 말이야. 왜? 내가 세실 같아 보이지 않아? 이제부턴 무조건 세실이라고 부르라고. 그래야 다들 내가 세실 B. 드밀인 줄 알지. 자기들을 스타로 만들어 줄 수 있는 할리우드의 거장. 여자 꼬시는 데 이만큼 좋은 간판은 또 없을걸."

그가 잠시 생각에 잠겼다.

"난 이 도시가 마음에 들어. 모두가 이곳으로 몰려오고 있다고. 사우스다코타나 오클라호마나 유럽의 시골 소녀들까지도. 여긴 조금도 변하지 않았어. 빙하기엔 짐승들이 이곳으로 몰려들었었지. 그리고 일렁이는 호수처럼 보이는 타르갱(천연 아스팔트가 모여 있는 구덩이_역주)에 속속 빠져 죽었어. 그놈들 냄새를 맡은 다른 짐승들도 우르르 몰려와 거기 갇혀 버렸고. 뭐 어쨌든, 난 안전한 종류의 포식자야. 사람들은 내가 일흔여덟에 한물간 줄만 알고 있지. 일흔여덟 살! 생각해 봐. 그 나이 때 난 플랑드르의 난봉꾼이었다고. 구제불능의 플레이보이 말이야. 그때 내가 몇 명의 여자에게 청혼을 했는지 알아? 오죽했으면 사람들이 나를 로우랜즈의 발렌티노라고……."

나는 와인을 벌컥벌컥 들이켰다.

"더는 못하겠어요, 헨드릭. 더 이상은 안 된다고요."

"세실이라고 부르라니까."

"허친슨 박사를 찾아갔던 건 미안해요. 진심으로 사과할게요. 하지만 난 옛날로 돌아가고 싶어요. 내가 나였던 시절로 돌아가고 싶다고요."

"미안하지만 그건 곤란해. 시간은 무조건 앞으로 흐르게 돼 있거든. 우리에겐 특별히 많은 시간이 허락됐을 뿐 시간을 되돌리는 능력까지는 주어지지 않았어. 시간을 멈출 수도 없고. 그 부분은 하루살이들과 같은 운명인 거야. 다시 엄마 뱃속으로 돌아갈 수 없듯 소사이어티를 탈퇴하는 것도 불가능해. 그건 이해하지, 톰? 게다가 자네 딸은 어쩌고? 그 앨 찾아야 하잖아. 우리가 기필코 찾아낼 테니 아무 걱정 마."

"이제까지 못 찾고 있잖아요."

"아직까지는 그렇지. 하지만 난 그 애가 세상 어딘가에 살아 있다는 걸 몸으로 느낄 수 있어. 확신한다고, 톰."

나는 대꾸하지 않았다. 화가 많이 나 있는 상태였다. 하지만 분노란 실은 공포가 밖으로 투영되는 것이다. 소사이어티는 아무것도 아니었다. 현실 세계에서 물리적 존재로 확인되지도 않았다. 웅장한 건물 밖에 명판이라도 붙어 있다면 모를까. 소사이어티는 헨드릭과 그를 믿고 따르는 사람들 몇몇에 불과했다. 사실…… 헨드릭 한 사람만으로도 충분했다. 그가 지닌 '재능' 만으로도. 이번에도 그는 탁월한 말재간으로 나를 낚는 데 성공했다. 어쩌면 그는 진실을 얘기하고 있는 것인지도 모른다. 내 딸의 존재를 몸으로 감지하고 있다는 주장 말이다.

하지만 문득 스치는 생각이 있었다.

"당신의 재능이 그토록 탁월하다면 왜 그걸 몰랐던 겁니까? 그들이 날 죽일 수도 있었다는 걸 왜 몰랐느냐고요."

"그들은 자넬 죽이지 않았잖아. 만약 자네가 그들에게 죽임을 당했다면 그런 비난을 받아 마땅했겠지. 내가 끔찍한 실수를 저지른 거니까. 하지만 자네는 이렇게 멀쩡히 살아 있잖아. 난 이렇게 될 줄 진작 알고 있었어. 이런 일을 한두 번 해 온 줄 알아? 따지고 보면 우리 모두가 생존자들인 셈이야. 하지만 자네는…… 모르겠어. 남달리 특별한 구석이 있다고. 기필코 살아남아야겠다는 의지랄까. 자네 나이가 되면 대부분 마치 인생을 다 산 것처럼 체념해 버리지. 하지만 자네는 미래에 목말라하고 있어. 미래를 동경하고 있다고. 물론 딸 때문이겠지. 하지만 다른 이유도 있다는 걸 난 알아. 그게 뭔지는 모르겠지만 아무튼 엄청난 것인 게 틀림없어."

"8년에 한 번씩 완전히 다른 사람이 되어 살아야 하는…… 이게 대체 뭐하는 짓입니까?"

"자네는 날 만나기 전에도 그런 삶을 살아오지 않았나. 지금이랑 뭐가 다르지?"

"그때는 내게 선택권이 있었지 않습니까. 내가 원하는 대로 살 수 있었다고요."

헨드릭이 고개를 저었다. 그의 진지한 얼굴에 미소가 살짝 머금어졌다.

"그렇지 않아. 자네는 늘 도망자 신세였잖아. 세상으로부터, 그리고 자네 자신으로부터 숨어 지내 왔던 거 벌써 잊었어?"

"하지만 우리 같은 사람들을 숨겨 주려고 소사이어티를 만든 거 아닌가요?"

"아니, 톰. 그게 아니야. 자네는 모든 걸 오해하고 있는 것 같군. 우리를 좀 봐. 모두가 오고 싶어 하는 화창한 도시, 거기서도 가장 유명한 레스토랑에 앉아 있잖아. 우린 숨어 사는 게 아니야. 세인트 올번스 대장간에 숨어 하루 종일 살인적인 열기와 씨름하는 것과 지금 이 상황이 어떻게 똑같다는 거지? 소사이어티의 목표는 앨버들의 삶의 질을 향상시켜 줄 수 있는 구조, 그런 시스템을 만들어 제공하는 거야. 자네는 가끔 신규 회원을 모집하는 일만 도와주면 되고. 멋진 인생을 누리게 해 주는데 고맙다고는 못할 망정 대체 왜 이러는 건가?"

"난 지난 8년간 앨버커키의 농장에서 암소 세 마리와 선인장 몇 그루를 벗 삼아 살아왔어요. 이게 소사이어티가 얘기하는 멋진 인생입니까?"

헨드릭이 고개를 저었다.

"자네에게 전달할 편지가 있어. 레지널드 피셔가 보내온 거야. 그 친구 기억해? 그 왜, 자네가 시카고에서 설득해 데려온 친구 있잖아."

나는 그가 건넨 편지를 펼쳐보았다. 아주 긴 편지였다. 끝부분의 한 줄이 특히 내 시선을 잡아끌었다. 당신이 그때 나타나 주지 않았다면 신을 배신하고 나 스스로 목숨을 끊었을 겁니다. 지금은 너무 행복해요. 더 이상 인류의 별스러운 표본이 아니라 가족의 일원이 됐으니까요.

"좋아. 애리조나 일은 내 실수라고 인정하지. 하지만 내가 그동안 세상의 앨버들을 위해 해 온 일들을 잘 따져 보라고. 몇 명이 전쟁터에서 목숨을 잃긴 했지만 그건 어쩔 수 없는 일이었어. 내가 무슨 수로 전쟁을 막겠나? 자네는 피아노를 쳤었지, 톰?"

"매일 다섯 시간씩 쳤습니다."

"이제 연주할 수 있는 악기가 몇 개로 늘었나?"

"서른 개쯤 됩니다."

"굉장하군."

"전혀요. 듣는 사람들이 괴로워하는걸요. 류트로 거슈윈을 연주하는 게 쉬운 일은 아니라서."

"그런가?"

헨드릭이 남은 생선을 마저 입에 넣었다. 그리고 진지한 표정으로 나를 빤히 쳐다보았다.

"자네는 살인자야, 톰. 소사이어티가 보호해 주지 않으면 지금쯤 감옥에서 썩고 있었을 거라고. 자네에겐 우리가 필요해. 하지만 난 자네가 그저 불가피하다는 이유로 소사이어티에 남는 건 바라지 않아, 톰. 그래. 자네가 왜 이러는지 알아. 이해한다고. 자네가 소사이어티로 이끄는 것으로 살려 낸 소중한 생명들도 영원히 잊지 않을 거야. 앞으로는 자네의 요구 사항을 좀 더 사려 깊게 챙기겠다고 약속하지. 매리언을 찾는 데도 더 많은 자원을 할당할 거야. 세계 각지에서 새로 들어온 사람들이 좀 있어. 런던. 뉴욕. 스코틀랜드. 빈. 그들에게 알아보라고 얘기해 놓을게. 물론 필요한 자금은 내가 다 부담할 거고. 앞으로 자네 얘기를 더 귀담아듣고 최대한 도와줄 테니 그렇게 믿고 기다려 줘. 난 자네가 인생을 즐겁게 살아 주길 바라고 있어, 톰. 매리언뿐만 아니라 자네가 그토록 갈망하는 미래를 꼭 누릴 수 있기를……."

그때 네 남자가 레스토랑 안으로 들어왔다. 웨이터가 그들을 빈 테이블로 안내했다. 그들 중 하나는 지구상에서 가장 잘 알려진 얼굴을 가지고 있었다. 찰리 채플린. 그가 릴리언 기시를 알아보고 그녀에게로 다가갔다. 그의 차분한 표정에 가끔 긴장된 미소가 머금어졌다. 그녀의 웃는 모습은 우아해 보였다. 셰익스피어와 같은 공기를 마셔 본 나는 이제 채플린과 같은 공기를 마시고 있었다. 어떻게 감사해하지 않을 수 있겠는가.

"우린 역사의 보이지 않는 실들이야."

내 생각을 읽었는지 헨드릭이 말했다. 채플린이 우리 쪽을 돌아보며 보이지 않는 중절모를 까딱였다.

"봐. 내가 뭐랬어? 여기가 저 친구 단골집이라니까. 보나마나 오늘도 수프만 시켜먹을 거야. 자, 이번 생엔 뭘 하며 살고 싶나?"

나는 세상의 시선을 한 몸에 받고 있는 채플린을 생각했다. 그보다 더 끔찍한 악몽이 또 있을까? 나는 계속 머리를 굴리며 하얀 야회복 재킷 차림의 피아니스트를 바라보았다. 그는 눈을 지그시 감은 채 우아한 연주를 이어 나가고 있었다. 나를 제외한 세상의 외면에도 아랑곳하지 않고.

"저것."

나는 턱으로 피아니스트 쪽을 가리켰다.

"난 저게 하고 싶어요."

런던, 현재

.

"어째서 국제 연맹은 무솔리니가 아비시니아로 쳐들어가는 걸 막지 못했나요?"

아미나는 맨 앞줄에 앉아 있다. 초롱초롱하고 진지한 얼굴은 잔뜩 찌푸려진 상태다. '자랑스러운 눈송이Proud Snowflake'라고 적힌 티셔츠 차림의 아이는 한 손에 연필을 쥐고 있다.

나는 제2차 세계 대전이 발발한 원인에 대해 가르치는 중이다. 1939년을 시작으로 1930년대를 거꾸로 거슬러 올라가고 있다. 이탈리아가 지금은 에티오피아로 알려진 아비시니아를 장악했던 1935년. 히틀러가 득세했던 1933년. 그리고 스페인 내전과 대공황까지.

"막으려고 노력은 했어. 건성으로 해서 그렇지. 경제 제재를 들먹이며 윽박지른다고 그가 눈 하나 깜짝했을 것 같아? 당시 사람들은 자신들이 무엇에 맞서고 있는지조차 몰랐어. 역사 속 사건들을 바라보는 방법은 두 가지야. 앞에서 볼 수도 있고, 뒤에서 거꾸로 볼 수도 있지. 하지만 당시 사람들은 오직 한 방향에서만 역사를 들춰 봤어. 그래서 파시즘이 어느 쪽으로 향하는

지 미처 깨닫지 못했던 거야."

수업은 매끄럽게 진행 중이다. 두통도 별로 심하지 않고. 카미유와 화해한 게 주효했던 것 같다. 하지만 부작용도 있다. 지금처럼 아무 생각 없이 입만 나불거리는 것.

"하지만 아비시니아 소식이 전환점이 되어 주긴 했지. 그제야 사람들이 정신을 차리기 시작했거든. 독일뿐만 아니라 이탈리아까지 무슨 짓을 벌이고 있었는지 깨닫게 된 거야. 세계 질서를 제대로 읽을 수 있게 된 거지. 무솔리니가 승리를 선언했던 날 신문을 봤었는데……."

젠장.

나는 말을 멈춘다. 방금 내가 무슨 말을 내뱉었는지 깨달았기 때문이다. 쥐고 있는 연필만큼이나 날카로운 아미나도 내 실수를 놓치지 않았다.

"그때 그 자리에 계셨던 것처럼 말씀하시네요."

소녀가 말한다. 학생 두어 명이 동의한다는 듯 고개를 끄덕인다.

"아니. 난 그때 거기 없었어. 그냥 그런 기분이 든다는 것뿐이지. 역사란 바로 그런 거야. 언제든 되돌아가 체험할 수 있지. 또 다른 현재랄까……."

아미나가 흥미로워하는 표정을 짓는다.

나는 수업을 이어 나간다. 수습이 필요한 상황이다. 작은 실수이긴 하지만 마음이 무겁다. 지금껏 살아오면서 이런 적이 없었기에 더 당혹스럽다.

쉬는 시간, 카미유는 복도에서 누군가와 대화를 나누고 있다. 그녀의 몸은 학생이 그린 그림에 기대어져 있다. 리우데자네이루의 빈민 지역을 그려놓은 듯한 작품으로 19세기 후반에 활동한 야수파 화가들을 연상시킨다.

그녀는 마틴과 대화 중이다. 무능한 음악 교사. 마틴은 검은 청바지에 검은 티셔츠 차림이다. 그의 얼굴은 턱수염으로 덮여 있고, 머리도 다른 남자 교사들보다 길다. 무슨 얘기가 오가는지는 알 수 없지만 카미유는 웃고 있다. 왠지 모를 질투심이 찾아든다. 그들을 지나쳐 가려는데 나를 먼저 발견한 마틴이 능글맞게 미소를 지어 보인다.

"안녕, 팀. 길을 잃은 거예요? 지도 못 받았어요?"

"톰."

나는 말한다.

"뭐라고요?"

"내 이름은 톰이에요. 팀이 아니라 톰."

"알았어요. 두 이름이 너무 비슷해서 헷갈렸어요."

카미유가 나를 쳐다보며 미소를 짓는다.

"오늘 수업은 어땠어요?"

그녀가 묻는다. 그녀는 형사처럼 예리한 눈빛으로 나를 응시하고 있다.

"괜찮았어요."

나는 대답한다.

"톰, 목요일마다 몇몇이 코치 앤 호시즈에 모여 한잔 하거든요. 주로 일곱 시쯤 만나요. 나, 마틴, 아이샤, 사라……. 당신도 환영이에요. 그렇죠, 마틴?"

마틴이 어깨를 으쓱인다.

"자유세계잖아요. 문은 항상 열려 있어요."

이 상황에서 내가 내놓을 수 있는 답은 하나뿐이다. 됐어요. 하지만 나는 카미유를 흘끔 쳐다보며 말한다.

"네, 좋아요. 코치 앤 호시즈. 일곱 시. 나도 낄게요."

피아노에 대한 막간

나는 중력에 영향을 받지 않는 화살처럼 이곳저곳으로 떠돌아다녔다.

비록 잠깐 동안이었지만 사정이 나아지긴 했다. 어깨의 총상도 완전히 치유됐고.

나는 다시 런던으로 돌아갔다. 헨드릭은 나를 런던 호텔의 피아니스트로 만들어 주었다. 모든 게 만족스러웠다. 나는 칵테일을 마시며 구슬 장식을 단 드레스 차림의 여자들과 시시덕거렸고, 밤마다 돈 많은 한량, 그리고 세련된 신여성들과 재즈 음악에 맞춰 춤을 추며 놀았다. 내게는 완벽한 나날이었다. 진에 절은 방탕함 속에서 무수한 우정과 끈끈한 관계가 꽃피던 시절. 광란의 20년대. 요즘에는 당시 분위기를 이렇게 표현한다지?

하긴, 그 이전 시대들과 비교했을 때 확실히 요란스럽기는 했었다. 물론 런던은 과거에도 시끌벅적했던 적이 몇 번 있었다. 우렁찼던 1630년대, 그리고 웃음이 끊이지 않았던 1750년대. 하지만 이번은 달랐다. 런던 전체가 소음으로 늘 진동했다. 그리고 그 소음은 자연발생적인 게 아니었다. 자동차 엔진, 영화 음악, 라디오 방송, 호들갑 떠는 사람들.

소음의 시대였다. 음악을 연주하는 것이 갑자기 새로운 중요성을 띠게 되었다. 악기를 연주할 줄 알면 어디 가든 대접을 받았다. 현대 생활의 돌발적인 불협화음 속에서 듣기 좋은 음악을 만들어 내고, 사람들에게 소음을 이해시키는 능력은 음악가들을 신으로 만들어 주었다. 창조자. 명령자. 위안 제공자.

나는 그 역할을 무척 즐겼다. 제1차 세계 대전 이후 대양 여객선에서 상류층 관광객과 망명자들을 위해 피아노를 연주해 온 런던 출신의 대니얼 허니웰. 하지만 서서히 우울함이 찾아들었다. 오래 전, 사랑하는 연인을 떠나보낸 후로 늘 극심한 우울증에 시달려 왔기 때문에 새삼스러울 건 없었다. 하지만 이번에는 시대의 분위기도 그것에 일조했다.

그때 나는 뭐라도 하고 싶었다. 나 자신을 위해서만 사는 것에 진저리가 났다. 그래서 인류를 위해 무언가를 해보고 싶어졌다. 나 역시 인간이었으니까. 다른 인간들과 공감하는 부분이 많았으니까. 과도하게 오래 살아야 하는 이 저주, 또는 이 축복을 안고 살아가는 이들은 말할 것도 없고.

'시간 죄책감.' 내가 아그네스에게 사정을 털어 놓았을 때 그녀는 내 증상을 그렇게 불렀다. 내게 주어진 8년이 거의 끝나갈 무렵 그녀는 나를 만나러 런던에 왔다. 당시 아그네스는 몽마르트르에 살고 있었다. 그녀는 내게 많은 이야기를 들려주었다. 여전히 인생을 즐기는 모습이었다.

"자꾸 두려워져요. 매일 악몽에 시달려요."

나는 그녀에게 말했다. 그녀는 내 배 위에 두 발을 얹어 놓은 상태였다. 우리는 내 메이페어 아파트 침실에 누워 담배를 피우고 있었다.

"프로이트 씨의 책을 읽어 봤나요?"

"아뇨."

"절대 읽지 말아요. 기분이 더 꿀꿀해질 테니까. 그는 우리가 스스로를 통제하지 못한다고 했어요. 인간이 정신의 무의식적인 부분에 의해 지배된다나요. 우리 자신에 대한 진실은 우리가 꾸는 꿈에서만 찾을 수 있대요. 그는 대부분 사람들이 자유로워지기를 거부한다고 했어요. 왜냐하면 자유에는 책임이 따르니까. 사람들은 책임을 두려워한대요."

"프로이트는 8년에 한 번씩 새 삶을 살지 않아도 되니까요."

우리는 곧장 아그네스가 '모험'이라고 부르는 일 얘기로 넘어갔다. 헨드릭이 전보로 우리에게 내려준 임무. 이번에는 그녀와 함께 떠나야 했다. 우리는 차를 몰고 요크셔로 향했다. 음산한 시골 마을에 자리한 고딕 풍의 정신병원인 하이 로이즈 병원으로. 한 여자가 자신의 병을 솔직히 밝혔다는 이유로 그곳에 감금되어 있었다. 우리는 구내에서 그녀를 납치하는 데 성공했다. 아그네스는 클로로포름을 묻힌 손수건으로 직원 세 명을 기절시켰고, 가엾은 플로라 브라운에게도 같은 방법을 썼다. 플로라는 스카프로 얼굴을 가린 채 불쑥 나타난 우리 둘을 보고 기겁을 했다.

우리는 의식을 잃은 그녀를 신속히 병원 밖으로 끌어냈다. 병원에서 탈출하는 건 예상보다 간단했다. 또 어떤 이유에서인지 그날의 사건은 언론에 보도되지 않았다. 병원 측이 곤란해져서일까? 환자들 관리가 원래 엉망이었기 때문에? 지역 당국이 제대로 수사하지 않아서? 설령 보도가 되었더라도 우리는 무사했을 것이다. 헨드릭이 뒤처리를 완벽히 해 주었을 테니.

플로라는 아주 젊었다. 겨우 여든 살 밖에 되지 않았다. 그녀는 열일곱, 열여덟 살의 외모를 하고 있었다. 충격 때문에 말까지 더듬을 정도로 심각한 상태에 빠져 있었지만 소사이어티 덕에 안정을 찾게 되었다. 많은 이들이 그랬던 것처럼. 정말로 자신이 미쳤다고 믿어 온 그녀는 진실을 알고 나서 안도하며 눈물을 쏟았다.

그녀는 아그네스와 함께 오스트레일리아로 떠났다. 그리고 그곳에서 새 삶을 시작했다. 그 후에는 미국으로 건너가 또 다른 사람으로 살게 되었다. 소사이어티는 제 역할을 충실히 해내고 있었다. 실제로 많은 사람들을 살려 냈다. 플로라 브라운. 레지널드 피셔. 지금껏 무수히 많은 앨버들이 그에게 은혜를 입었다. 나 역시 마찬가지였다. 그제야 헨드릭이 옳았음을 깨닫게 되었다. 우리가 벌여 온 일들이 무의미하지만은 않았다는 것을. 그를 항상 신뢰한 건 아니었지만, 우리가 해 온 일에는 자부심이 느껴졌다.

나는 런던으로 돌아가고 싶지 않았다. 헨드릭에게는 전보로 사정을 설명해 놓았다. 시로스 사장은 고맙게도 파리에 있는 호텔의 자매 레스토랑에서 일을 할 수 있게 조치를 취해 주었다. 덕분에 나는 몽마르트르에서 살게 되었다. 아그네스가 살던 아파트에서. 사람들에게는 그녀의 '남동생'이라고 둘러댔다. 우리 두 사람의 경로가 잠시 중첩된 적이 있었다. 이 부분을 언급하는 이유는 우리가 아주 흥미로운 대화를 나누었기 때문이다. 그녀는 앨버들이 천 년의 절반 위치에 도달하면 깊은 통찰력을 갖게 된다고 했다.

"깊은 통찰력이라뇨?"

"정말 끝내줘요. 세 번째 눈이 생긴다고나 할까. 시간의 느낌 자체가 달라지죠. 눈 깜빡할 새에 모든 걸 다 볼 수 있게 돼요. 과거도. 그리고 미래도. 순간적으로 모든 것이 멎어 버리면 앞날을 훤히 내다볼 수 있어요."

"그게 좋은 건가요? 난 끔찍할 것 같은데."

"좋을 것도 없고 끔찍할 것도 없어요. 그냥 그렇게 된다는 얘기죠. 모든 게 명백해지는 엄청나게 강력한 느낌."

그때 나눈 대화는 그녀가 떠난 후로도 계속 나를 산란하게 만들었다. 현재가 이해되지 않을 때, 그리고 미래가 궁금해질 때 내게도 그런 능력이 있으면 얼마나 좋을까 상상해 보곤 했다.

나중에 나는 몽파르나스로 가게 되었다. 그곳에 머물면서는 시를 많이 썼다. 언젠가 그곳 묘지에 있는 보들레르의 묘비에 몸을 기댄 채 서서 시를 한 수 지은 적도 있었다. 매일 밤 피아노를 치며 많은 시인과 화가와 예술가들을 만나 보았다. 물론 그 누구와도 깊은 관계로 발전하지는 못했다.

나는 음악에만 절어 살았다. 시로스에서 일하는 틈틈이 레자네폴Les Années Folles이라는 재즈 클럽에서도 연주를 했다. 지난 삼십 년간 끊임없이 피아노를 연주해 왔고, 피아노가 내 몸의 일부가 된 듯한 기분이 들었다. 피아노는 모든 감정을 완벽히 담아낼 수 있는 악기였다. 슬픔, 행복, 환희, 회한, 비탄. 어떨 때는 그 모든 감정들이 한꺼번에 담기기도 했다.

틀에 박힌 일과를 순순히 따라가는 나날이 이어졌다. 눈을 뜨자마자 골루아즈(프랑스 담배 상표의 하나_역주)를 꺼내 물었다. 그런 다음, 몽파르나스 대로에 자리한 르 돔 카페Le Dôme Café에서 페이스트리로 배를 채웠다. (나는 정오가 다 되어서야 아파트를 나서곤 했다.) 가끔 커피를 곁들이기도 했다. 주로 코냑을 한 잔씩 시켜 마셨지만. 내게 술은 곧 자유였다. 와인과 코냑을 마시는 건 거의 도덕적인 의무가 되어 버렸다. 나는 내가 행복하다고 믿어질 때까지 마시고, 마시고, 또 마셔 댔다.

하지만 불현듯 무언가가 불균형한 상태에 빠져 버린 듯한 느낌이 들었다. 시간이 뒤죽박죽이 되어 버린 느낌. 타락의 연속이었다. 감당이 되지 않을 정도였다. 너무 많은 변화가 있었다. 넘치는 행복이 넘치는 고통과 병치되었다. 지나친 부, 그 바로 옆에는 지나친 빈곤이 있었다. 세상은 점점 빠르고 요란해져 갔다. 사회 체계는 점점 혼란스럽고 단편적인 것으로 변했다. 재즈처럼. 그래서 소박함과 질서, 희생양, 깡패 같은 리더, 그리고 종교나 컬트처럼 변해 가는 국가들을 향한 갈망이 속속 생겨나기 시작했다.

1930년대에 접어들어서는 인류 전체가 위험에 빠지기도 했다. 요즘에는 더 흔한 일이 됐지만 말이다. 모두가 쉬운 답으로 복잡한 문제를 풀고 싶어 했기 때문이다. 인간으로 살기에 너무 위험한 시절이었다. 느끼고, 생각하고, 관여하는 것 모두가 위험천만했다. 그래서 파리를 떠난 후로는 피아노를 치지 않았다. 지금껏 손도 대지 않고 있었다. 내 인생에 피아노가 들어올 공간은 더 이상 남아 있지 않았다. 가끔 궁금해질 때가 있었다. 과연 피아노 앞에 다시 앉게 될 날이 올까? 그 답은 카미유 옆에 나란히 앉아 있을 때 자연스레 풀려 버렸다.

런던, 현재

"난 옛날 음악이 좋아요."

마틴이 고개를 끄덕이며 말하곤 라거 맥주로 목을 축였다.

"주로 지미 헨드릭스를 듣지만 밥 딜런, 도어즈, 롤링스톤스도 즐겨 들어요. 우리가 태어나기 전에 유행했던 음악 말예요. 요즘 음악은 지나치게 상업화 됐잖아요."

나는 마틴이 마음에 들지 않는다. 사백 년 넘게 살아온 나는 상대에 대한 판단이 굉장히 빠르다. 마틴 같은 사람들은 어느 시대에든 득실거렸다. 얼간이들. 1760년대, 플리머스의 미네르바 여관 무대 주변을 서성였던 리처드라는 얼간이가 떠오른다. 그는 내가 연주하는 곡에 맞춰 고개를 까딱이며 자기 무릎에 앉혀 놓은 창녀와 내 흥을 보곤 했다. 어떨 때는 연주되는 곡과 아무 상관이 없는 잡담을 큰소리로 늘어놓기도 했다.

우리는 코치 앤 호시즈에 빙 둘러앉아 있다. 작은 나무 테이블은 류트 뒷면을 연상시키는 짙은 색이다. 테이블에는 갖가지 음료와 감자칩과 땅콩이 놓여 있다. 펍 안은 어색할 정도로 조용하다. 머릿속에 떠오른 미네르바 여관의 어수선하고 역겨운 분위기 때문에 그렇게 느껴지는 건지도 모른다.

"아, 나도 마찬가지예요. 하긴 이 세상에 올드 록을 좋아하지 않는 지리 교사가 있겠어요?"

아이샴이 거들었다.

아이샴의 썰렁한 농담에 모두가 잠시 딴청을 피운다. 아이샴 조차도.

"팔십 년대 힙합도 괜찮아요. 드 라 소울, 트라이브 콜드 퀘스트, P.E, 또 N.W.A, 케이알에스원······."

마틴이 덧붙인다.

"요즘 아티스트는요?"

카미유가 그에게 묻는다. 마틴의 시선이 카미유의 가슴을 잽싸게 훑고 그녀의 눈으로 올라간다.

"요즘 음악은 잘 안 들어요. 얘기해도 당신은 잘 모를 거예요."

"아무래도 그렇겠죠. 난 프랑스에서 왔으니까. 거긴 음악이 없거든요. 정말이에요."

마틴은 그녀의 비꼬는 말투를 감지하지 못한다. 하지만 나는 그녀의 반응이 마음에 든다.

"그렇군요. 그럼 당신은 어떤 음악을 좋아하죠?"

마틴이 말한다.

"내 취향은 좀 절충적이에요. 비욘세. 레너드 코헨. 자니 캐시. 보위. 자크 브렐도 좀 듣고요. 하지만 내가 가장 좋아하는 앨범은《스릴러》예요. 그리고 역대 최고의 팝송은 〈빌리 진〉이라고 생각하고요."

"〈빌리 진〉? 정말 끝내주는 곡이죠."

마틴이 나를 돌아본다.

"그럼 당신은요? 음악 좋아해요?"

"조금."

그의 눈이 살짝 커진다. 구체적으로 들려 달라는 신호다.

"연주할 줄 아는 악기 있어요?"

카미유가 미간을 찌푸리며 내게 묻는다. 왠지 그 질문에는
숨은 뜻이 있는 듯하다. 나는 어깨를 으쓱인다. 거짓말을 하는
건 쉬운 일이다. 하지만 내 입에서는 진실이 흘러나온다.

"기타 조금, 피아노도 그렇고……."

"피아노?"

카미유의 눈이 휘둥그레진다. 헐렁한 웨일스 럭비 셔츠 차림
의 체육 교사 사라가 한쪽 구석을 가리켰다.

"저기 피아노가 있어요. 아무나 와서 치라고 놓아 둔 거예요."

나는 피아노를 물끄러미 바라본다. 평범한 하루살이인 척하
는 데 집중하느라 피아노를 미처 보지 못했었다.

"가서 한번 쳐 보시죠."

흐느적거리며 다가온 바텐더가 빈 글라스를 치우며 말한다.
이십대로 보이는 그의 얼굴은 성긴 턱수염으로 덮여 있다.

나는 패닉에 빠진다. 힘겹게 끊은 마약을 눈앞에 둔 것 같은
기분이다.

"아뇨, 됐어요."

카미유 앞에서 불편해하는 나를 유심히 지켜보던 마틴이 부추긴다.

"빼지 말고 가서 쳐 봐요, 톰. 지난주 목요일엔 내가 등 떠밀려 저기 앉았었다고요. 이번엔 당신 차례예요."

카미유가 동정하는 눈빛으로 나를 쳐다본다.

"의무적으로 해야 하는 건 아니에요. 가입을 위한 의식도 아니고요. 원하지 않으면 안 해도 돼요."

"그게 아니라…… 너무 오랫동안 안 쳐 봐서 말이죠."

나는 말한다. 하지만 그녀가 동정하는 건 원하지 않는다. 그래서 나는 자리에서 일어나 긁히고 낡은 수형竪型 피아노 앞으로 다가갔다. 음울한 침묵이 흐르는 다른 테이블에서는 백발이 된 남자 세 명이 비터 맥주가 반쯤 남은 글라스를 응시하고 있다.

내가 의자에 앉자 실내가 쥐 죽은 듯 조용해진다. 들리는 것이라고는 마틴의 코웃음 소리뿐이다.

나는 건반을 내려다본다. 파리를 떠난 후로는 피아노를 제대로 쳐 본 적이 없다. 한 세기 전에는 피아노가 있어 행복했다. 기타와 다르게 피아노에는 특별한 무언가가 있었다. 연주자로 하여금 더 많은 감정을 쏟아내도록 유도하는 묘한 기운.

무슨 곡을 연주해야 할지 모르겠다.

일단 소매부터 걷어 올린다.

그리고 눈을 감는다.

멍한 상태.

머릿속에 가장 먼저 떠오르는 걸 연주하기 시작한다.

"〈그린슬리브스〉."

나는 이스트런던의 펍에서 피아노로 〈그린슬리브스〉를 연주하고 있다. 마틴의 웃음소리가 거슬리지만 무시하고 계속 연주를 이어 나간다. 〈그린슬리브스〉가 어느새 〈푸른 숲 나무 아래〉로 바뀌었다. 갑자기 매리언이 보고 싶어진다. 그래서 잽싸게 리스트의 〈사랑의 꿈Liebestraum No. 3〉으로 넘어간다. 잠시 후, 거슈윈의 〈내가 사랑하는 남자The Man I Love〉가 흐를 때는 마틴의 웃음소리가 뚝 멎은 후다. 이제야 완전히 음악에만 집중할 수 있게 된 것이다. 파리의 시로스에서 연주할 때의 기분이 고스란히 느껴진다. 피아노가 품은 능력이 새삼 확인되는 순간이다.

하지만 다른 기억들도 속속 떠오르기 시작한다. 감정이 점점 격해지면서 머릿속이 욱신거려 온다.

나는 연주를 멈추고 동료들을 돌아본다. 그들의 입은 쩍 벌어져 있다. 카미유가 먼저 박수를 친다. 말없는 세 남자와 펍의 직원들도 그녀를 따라 박수를 친다.

마틴은 그린슬리브스 어쩌고 하는 말을 웅얼거린다.

"정말 굉장했어요."

아이샴이 내게 말한다.

"이러다간 당신이 학교에서 잘리겠는데요?"

사라가 마틴에게 말한다. 마틴은 사라를 향해 눈을 흘긴다. 나는 카미유 옆으로 돌아가 앉는다.

"당신이 연주하는 동안 묘한 기분이 또 느껴졌어요. 오래 전에 당신이 연주하는 걸 본 기억이 나는 것 같기도 하고요. 그 왜, 기시감이라는 거 있죠?"

나는 어깨를 으쓱인다.

"기시감이 사실은 현실의 기억이라던데요."

"조현병 증상이에요."

마틴이 말한다.

"뭐, 아무튼⋯⋯."

카미유가 내 손등에 자신의 손을 얹으며 말한다. 하지만 그 손은 누가 보기 전에 잽싸게 떨어져나간다.

"정말 대단했어요. si merveilleux(굉장해요)!"

짧은 순간이지만 강렬한 욕정이 솟구쳐 오른다. 또 다른 인간에 대해 강한 욕정을 느껴 본 것은 몇 세기만의 일이다. 카미유를 볼 때마다, 그녀의 다정다감하면서도 단호한 목소리를 들을 때마다, 그녀 눈가의 미묘한 주름을 볼 때마다, 그녀의 손길이 내 피부에 닿을 때마다, 그녀의 입을 볼 때마다, 그녀와 함께하는 삶이 어떨지, 그녀에게 흠뻑 빠져 버리는 기분이 어떨지, 그녀의 귀에 대고 내 이런 열망을 속삭이는 기분이 어떨지, 그녀를 탐하고, 또 그녀가 나를 탐하는 기분이 어떨지 궁금해진다.

그녀와 같은 침대에서 깨고, 함께 대화하고 웃으며 아늑한 침묵 속에 빠져드는 기분은 어떨까. 그녀를 위해 아침 식사를 준비하는 기분이 또 어떨까. 토스트. 까막까치밥나무 열매로 만든 잼. 핑크빛 그레이프프루트 주스. 그리고 예쁘게 썬 수박 조금. 그것들을 접시에 담는다. 머릿속에 미소 짓는 그녀의 모습이 떠오른다. 그녀가 아닌 그 누구와도 결코 함께 누릴 수 없는 행복이다.

피아노를 연주하면 생기는 일.

피아노가 위험한 이유.

인간화.

"톰? 한잔 더 할래요?"

그녀의 목소리가 내 몽상을 깨뜨린다.

"아뇨, 괜찮아요. 이 정도면 충분해요."

나는 얼굴을 붉히며 대답한다. 마치 비밀이 가득 담긴 책이 된 기분이다. 모두가 볼 수 있게 활짝 펼쳐진.

아이샴이 휴대폰을 꺼내 든다.

"스캔한 거 보고 싶은 사람? 3D 사진이에요."

그가 묻는다.

"오, 보여 줘요!"

카미유가 말한다. 아이샴의 아내는 임신 중이다. 우리는 일제히 몸을 기울이고 움직이는 초음파 이미지를 들여다본다. 초음파 검사라는 개념이 처음 등장했던 것은 1950년대였다. 그런데 아직까지도 미래처럼 느껴진다. 점토로 빚은 것 같은 연약하고 원시적인 생명체. 반쯤 만들다 만 조각품을 보는 기분이다.

카미유가 내 팔뚝에 난 흉터를 보고 있다. 나는 겸연쩍어하며 황급히 소매를 내린다.

"아직 성별은 몰라요. 조이는 아이가 나올 때까지 알고 싶지 않대요."

그의 눈가가 촉촉해져 있다.

"보나마나 아들일 거예요."

마틴이 화면을 가리키며 말한다.

"그건 음경이 아니에요."

아이샴이 말한다. 마틴이 어깨를 으쓱인다.

"음경 맞아요."

나는 화면을 물끄러미 내려다본다. 로즈가 임신 사실을 알려주었을 때 어떤 기분이었는지 기억을 더듬어 본다. 로즈가 이 자리에 있었다면 초음파 검사를 어떻게 생각했을지 궁금하다. 그녀는 아이의 성별을 미리 알고 싶어 했을까? 나는 말없이 의자 등받이에 몸을 붙인다. 기다렸다는 듯 죄책감이 밀려든다. 로즈가 아닌 다른 여자에게 욕정을 느끼고 있는 것에 대한 죄책감.

말도 안 되는 일이다.

나는 또 다시 몽상에 빠져든다. 두통을 잊고. 내가 코치 앤 호시즈에 들어와 있다는 사실을 잊고. 어느새 이곳은 이스트칩의 보어스 헤드Boar's Head로 바뀐 상태다. 어둠이 깔린 밖으로 나가

좁은 길을 걷다보면 로즈와 매리언과 몇 세기 전 버리고 떠나온 과거 버전의 나를 만날 수 있다.

런던, 1607년~1616년

1607년, 나는 스물여섯 살이었다.

물론 스물여섯 살 청년으로는 보이지 않았다. 뱅크사이드에서 일했을 때보다 아주 조금 나이가 들어 보였을 뿐. 나는 그때 처음으로 신체적 변화를 감지했다. 내 몸은 시간 속에 멈춰 있었다. 하지만 그즈음에 아주 서서히 변화가 찾아들었다.

예를 들면 체모. 가랑이, 가슴, 겨드랑이, 그리고 얼굴에 전에 없던 털이 생겨나기 시작했다. 열두 살 때 변성기가 지난 목소리도 조금씩 굵어져 갔다. 어깨도 미세하게나마 더 넓어졌고. 팔에 근육이 붙었는지 우물에서 물을 길어올 때도 예전처럼 힘들지 않았다. 의지에 따라 발기도 되었다. 로즈는 내 얼굴이 조금씩 남자다워져 간다고 했다. 그런 변화를 확인한 로즈는 결혼을 하자고 제안했다. 우리는 양가 부모 없이 조촐하게 결혼식을 올렸다. 그레이스는 결혼식의 유일한 입회인이었다.

그레이스도 결혼을 했다. 그녀는 자신과 완전 딴판인 남자와 약혼해 행복한 생활을 해 왔었다. 그레이스의 남편 워터는 수줍음 많고 신앙심 깊은 제화공 도제였다. 열일곱 살이 된 그녀는 스테프니의 작은 집에서 그와 함께 살고 있었다.

결혼 후 로즈와 나도 이사를 갔다. 이유는 간단했다. 한곳에 오래 머물수록 더 위험해지니까. 로즈는 최대한 멀리 떠나자고 했다. 그녀는 멀리 떨어진 작은 마을로 가고 싶어 했다. 하지만 나는 그 결정이 안겨 줄 위험천만한 결과를 미리 점칠 수 있었다. 그래서 나는 정반대의 제안을 했다. 성벽 안에서 살아보자고. 언제든 북적대는 인파 속에 섞여들 수 있는 곳으로 가자고. 그래서 우리는 이스트칩을 선택했다. 그곳에서의 삶은 그럭저럭 만족스러웠다. 적어도 한동안은 그랬다.

부패하고 쥐가 들끓는 비참한 곳이었다. 하지만 우리에게는 서로가 있었다. 문제는 내가 로즈와 같은 속도로 나이 들어가지 않는다는 사실이었다. 그녀는 스물일곱 살이었고 정확히 그 나이로 보였다. 하지만 나는 그녀의 아들이라 해도 믿을 만큼 어려 보이는 외모를 유지하고 있었다.

나는 사람들에게 열여덟 살이라고 둘러댔다. 다행히 내가 거의 매일 나가서 일하는 보어스 헤드 여관에서는 의심의 눈초리를 받지 않았다. 하지만 어느 날, 로즈가 월경이 멎었으며 아무래도 임신을 한 것 같다고 귀띔해 주었을 때 나는 내가 그녀를 위험에 빠뜨릴 수도 있다는 생각에 불안해졌다. 그 소식을 어떻게 받아들여야 할지 알 수 없었다. 기뻐해야 할지, 당혹스러워해야 할지. 그녀가 임신했다. 우리 부부만 먹고 사는 것조차도 버거운 상황에서 곧 태어날 아이까지 부양할 자신은 없었다.

물론 다른 고민거리도 많았다. 무엇보다도 로즈의 안위가 가장 큰 걱정이었다. 당시에는 아이를 낳다가 죽는 여자가 한둘이 아니었다. 나는 냉기가 스며들지 않게 집의 모든 창문을 꼭꼭 걸어 잠그고 그녀를 지켜 달라고 신에게 기도했다.

놀랍게도 한동안 내게는 나쁜 일이 벌어지지 않았다.

우리는 딸을 낳았고, 아이에게 매리언이라는 이름을 붙여 주었다. 아이가 짜증을 내며 울 때면 나는 기저귀 차림의 딸을 품에 안고 프랑스어로 노래를 불러 주며 달랬다. 그 방법은 꽤 잘 먹혔다.

나는 딸에게 푹 빠져 지냈다. 세상의 모든 부모가 다 그렇겠지만 내 경우는 더 특별했다. 그리고 당시 느낀 경이로움은 지금 이 순간까지도 식지 않고 있다. 대체 어디서 그런 사랑이 생겨났을까? 지금껏 어디 숨어 있다가 불쑥 나타난 걸까? 비탄만큼이나 갑작스레 찾아든 완벽하고 완전한 행복. 인간이기에 누릴 수 있는 기적이었다.

우리 아이는 아주 작았다. 당시 사람들은 아기들이 작고 연약하다는 것을 당연히 여기지 않았다.

"살아남을 수 있을까, 톰? 신이 우리 아이를 데려가진 않으시겠지? 응?"

로즈는 잠든 매리언을 지켜보며 내게 묻곤 했다. 우리는 매 순간 아이가 제대로 숨을 쉬는 것을 확인하고 가슴을 쓸어내렸다.

"그런 일은 없을 거야. 봐. 저렇게 건강하잖아."

나는 대답했다. 죽은 동생들의 기억이 로즈를 불안에 떨게 만들었다. 냇과 롤런드. 매리언이 기침을 할 때마다, 아니 어떤 소리라도 낼 때마다 로즈는 하얗게 질린 얼굴로 말했다.

"우리 롤런드도 저러다 죽었어!"

그녀는 밤마다 하늘에 수놓아진 별들을 올려다보았다. 밤하늘에 새겨진 우리의 운명, 그리고 매리언의 운명을 확인하려는 듯이.

그런 불안이 로즈를 점점 지치게 만들었다. 그 후 몇 달간 그녀는 거의 입을 열지 않고 지냈다. 창백하고 진이 빠진 모습으로 모든 것을 자신의 탓으로 돌렸다. 자기가 나쁜 어머니라면서. 전혀 사실이 아닌데도. 지금 와서 돌이켜보면 산후 우울증 때문이 아니었나 싶다.

그녀는 매일 새벽, 동이 트기도 전에 일어나 매리언을 품에 안고 기도를 했다. 식욕을 잃었는지 수프 몇 스푼을 간신히 떠먹고서 하루하루를 버텨 나갔다. 매리언이 태어난 후 그녀는 더 이상 과일을 팔러 나가지 않았다. 더군다나 그녀에게는 친구도 없었다. 바깥세상의 활기를 몸으로 느낄 기회가 없어진 것이다. 그래서 나는 그레이스에게 언니의 말벗이 되어 줄 것을 부탁했다. 그녀는 짬이 날 때마다 아기 옷이나 약재상이 파는 기저귀 발진 연고 따위를 챙겨 언니를 찾아왔다. 로즈의 기분 전환을 위해 저속한 농담도 많이 익혀 왔다.

동네에는 좋은 이웃이 많았다. 특히 에즈키엘과 홀위스 부부.

그들은 아홉 명의 자녀를 낳았고, 그중 다섯 명이 살아남았다. 물방앗간에서 일하는 오십대의 홀위스는 육아와 관련된 조언을 많이 해 주었다. 창문을 열어 나쁜 기운을 쫓으라는 것. 아이가 어릴 때는 목욕을 시키지 말라는 것. 아이가 잠을 못 잘 때는 약간의 모유에 장미 향수를 섞어 이마에 발라 주면 된다는 것.

하지만 로즈는 그런 조언들조차도 매리언을 위태롭게 만들 수 있다면서 호들갑을 떨었다. (로즈는 무엇보다도 아이가 또래들보다 몸이 작다는 사실을 무척 불안해했다.) 그녀는 내가 머리를 긁적일 때마다 버럭 화를 냈다.

"그건 지저분한 버릇이야, 톰. 우리 때문에 아이가 병에 걸리면 어떻게 해?"

"그럴 일 없어."

"그만하라니까, 톰. 당장 그만해. 아이 곁에서 트림도 하지 마."

"아이 곁에서 트림한 적 없어."

"에일을 마신 후엔 반드시 입안을 헹궈야 해. 밤중에 집에 돌아오면 아이가 깨지 않게 조용히 하고. 너 때문에 매리언이 여러 번 깼잖아."

"미안해."

매리언이 자는 동안 로즈가 아무 이유 없이 울음을 터뜨릴 때도 있었다. 그럴 때면 그녀는 내게 안아 달라고 했다. 나는 시키는 대로 했고. 연주를 마치고 늦게 돌아왔을 때 펑펑 울고 있는 그녀를 발견한 적도 많았다.

왜 그런 기억을 자꾸 곱씹게 되는지 모르겠다. 고작 몇 달 동안 이어지다 만 일인데. 여름이 끝나갈 무렵 로즈는 원래 상태로 돌아왔다. 내가 틈틈이 당시를 회상하는 건 어쩌면 그것이 나를 무겁게 짓누르는 죄책감의 근원일지도 모르기 때문이다. 갈등의 상당 부분이 내 책임이라는 것을 잘 알기에. 로즈는 강인했다. 그녀는 우리 가족을 조직한 사람이자 창시자였다. 항상 우리를 옳은 길로 이끄는 리더. 로즈가 나와 결혼하기로 결심한 것도 그녀가 지닌 남다른 용기 때문이었다.

하지만 오래 가지 않아 그녀 안에서 불안감이 서서히 고개를 들기 시작했다. 매리언이 유아기와 유년기를 무사히 넘긴다 해도 문제는 남아 있었다. 딸이 아버지보다 더 나이 들어 보이기 시작하면 의심의 눈길이 우리에게 집중될 게 뻔했다.

내게도 새로운 걱정거리가 생겼다. 로즈가 매리언이 죽을까 봐, 또는 아버지보다 빨리 나이 들어갈까 봐 걱정하는 동안 나는 딸이 그러지 않을까 봐 걱정했다. 매리언이 아버지 같을까 봐. 나처럼 비정상일까 봐. 열세 살이 되고 나서부터는 나이가 들지 않을까 봐. 매리언이 나처럼 수난을 겪게 될까 봐. 아니, 나보다 더한 수난을 겪게 될까 봐. 여자들은 결백을 증명하기 위해 강바닥에서 죽어 가야 했던 시대였으니까.

나는 밤잠을 이루지 못했다. 아무리 에일을 퍼마셔도 소용이 없었다. (그리고 내 음주량은 나날이 늘어 갔다.) 머릿속에서는 매닝의 이미지가 계속 떠올랐다. 보나마나 그는 런던에 멀쩡히 살아있을 것이다. 그와 맞닥뜨린 적은 없었지만 종종 그의 기운이 느껴질 때가 있었다. 그림자에서도, 오물통에서도, 하다못해 교회에 걸린 시계의 시침에서도 그의 사악한 기운이 느껴졌다.

온 세상이 미신에 사로잡혀 있었다. 사람들은 자신의 목숨을 깨달음과 지식과 관용에 이르는 매끄러운 경사로 정도로 여긴다. 하지만 내 경험에 비추어 보았을 때 그건 사실과 다르다. 이 세기에도 그렇고, 그 세기에도 그랬다. 제임스 왕이 왕좌에 오르면서 미신은 더 판을 치게 되었다.『악마론』을 썼을 뿐만 아니라, 청교도적인 번역가들에게 성서를 수정하게 만든 제임스 왕은 굉장히 편협한 사람이었다.

역사의 교훈에 따르면 무지와 미신은 어떤 순간에도, 어느 누구의 마음속에서도 폭발할 수 있다. 또한 아무리 작은 의심도 순식간에 행동으로 이어질 수 있다.

그렇게 우리의 공포도 점점 커져 갔다. 언젠가 보어스 헤드에서 한 무리의 남자들이 그룹의 일원을 악마 숭배자라고 비난하면서 소란을 피운 적이 있었다. 또 언젠가는 특정 농부로부터는 절대 돼지고기를 공급받지 않는다는 푸주한과 말을 섞어 본 적도 있었다. 그 농부가 키우는 돼지들이 전부 사악한 기운에 사로잡혀 있으며, 그것을 먹으면 영혼이 타락해 버린다는 것이 그의 주장이었다. 근거 없는 헛소리에 불과했지만 그의 믿음에는 흔들림이 없었다. 오래 전 서픽에서도 악마로 낙인찍힌 돼지 한 마리가 재판을 받고 화형당하는 황당한 일이 있었다.

우리는 〈맥베스〉를 보러 글로브 극장을 찾지 않았다. 그곳에서 무슨 봉변을 당하게 될지 몰랐기 때문이다. 당시에는 정치와 초자연적 악의에 대한 이야기가 크게 유행했다. 과연 셰익스피어는 내 사정을 알고 나서도 내게 친절을 베풀 수 있을까? 혹시 헨리 헤밍스의 죽음이 정당했다고 믿지는 않을까? 하지만 내게는 더 크고 구체적인 걱정거리들이 있었다.

우리 동네 끝자락에는 한 남자가 살고 있었다. 말끔한 옷차림의 그는 늘 『악마론』과 킹 제임스 성경의 자극적인 부분들을 큰소리로 읊어 댔다. 매리언이 네 살이 되었을 때 사람 좋은 에즈키엘과 홀위스마저도 나를 수상하게 보기 시작했다. 내가 나이를 먹지 않는다는 걸 눈치 챘기 때문인지도 모른다. 로즈가 나보다 열 살 이상 많아 보였기 때문에.

매닝과 맞닥뜨린 적은 없었지만 가끔 여기저기서 그의 이름이 언급될 때가 있었다. 언젠가 거리에서 모르는 여자가 불쑥 나타나 손가락으로 내 가슴을 쿡쿡 찔러 댄 적이 있었다.

"매닝 씨가 당신에 대해 들려줬어요. 모두가 그 얘기를 들었죠. 그는 당신에게 아이가 있다고 했어요. 태어나자마자 질식시켜 죽여 버렸어야 했다나요. 혹시 모르니까."

또 언젠가는 매리언을 데리고 외출한 로즈가 '마법사'와 함께 산다는 이유로 수난을 당한 적도 있었다.

매리언은 눈치가 빠른 아이였다. 똑똑하고 예민했으며, 늘 슬픔을 안고 살았다. 봉변을 당하고 집에 돌아온 아이는 펑펑 울었다. 그 후로는 밖에서 부모가 걱정거리를 속삭일 때마다 아이는 입을 꼭 닫고 우울해했다.

우리는 사는 방식에 조금씩 변화를 주었다. 온가족이 함께 외출하는 일은 절대로 없었다. 의심의 눈길이 감지될 때는 특히 더 몸가짐을 조심했다.

매리언은 학교에 다니지 않았다. 여자이기도 했고, 귀족도 아니었기 때문이었다. 하지만 우리는 글을 읽는 것 정도는 가르쳐야 한다고 생각했다. 필요할 때마다 생각 속에서 숨을 곳을 찾을 수 있도록. 당시만 하더라도 글을 읽는 것 자체가 비범한 재능으로 여겨졌었다. 그리고 마침 내게는 그런 재능이 있었다. 글을 읽을 줄 아는 어머니를 두었던 덕분에 (비록 프랑스어만 구사할 수 있었지만) 어린 소녀가 글을 배운다는 발상이 이상하게 느껴지지 않았다.

매리언은 굉장히 재능 있고 호기심 많은 아이였다. 집에는 책이 달랑 두 권뿐이었지만 아이는 그것들을 분신처럼 여기며 끔찍이 챙겼다. 여섯 살 때 에드먼드 스펜서의 『페어리 퀸』을 뗐고, 여덟 살 때는 미셸 드 몽테뉴를 술술 인용할 수 있게 되었다. 집에는 몇 년 전 서더크의 수요 장터에서 사온 몽테뉴의 영어판 에세이집이 있었다. 2펜스를 주고 사온 그 책은 심하게 손상된 상태였다. 너덜거리는 책등에서는 페이지들이 떨어져 나갔다. 어머니가 아버지 손을 잡을 때면 아이는 말했다.

"세상에 완벽한 결혼생활이라는 게 존재한다면 그것은 사랑보다 우정에 가깝기 때문이다."

또한 자신이 슬퍼 보이는 이유를 설명할 때는 이렇게 말하곤
했다.

"나의 생애는 끔찍한 불행으로 충만해 있는 것 같으나 그
대부분은 결코 일어나지 않았다."

"그것도 몽테뉴가 한 말이야?"

아이는 고개를 살짝 끄덕였다.

"나 자신을 더 잘 표현하기 위해 인용하는 거예요."

딸이 말했다. 나는 그 대답 또한 인용문일 거라 짐작했다.

그리고 어느 날, 아이는 또 다른 무언가를 읽고 말았다.

딸은 가끔 밖에 나가 놀곤 했다. 어느 날 아침, 류트로 존 다
울런드의 신곡 〈내 연인이 우는 걸 보았네〉를 연습하고 있는데
딸이 불쑥 들어왔다. 아이는 누군가에게 뺨이라도 한 대 얻어맞
은 듯한 표정을 짓고 있었다.

"무슨 일이야?"

아이는 가쁜 숨을 몰아쉬고 있었다. 잠시 뜸을 들이던 아이
가 미간을 찌푸리고 나를 쳐다보았다. 나이에 어울리지 않는 진
지한 표정이었다.

"아빠는 사탄인가요?"

나는 웃음을 터뜨렸다.

"아침에만 사탄이 되지."

아이는 웃을 기분이 아닌 것 같았다. 그래서 나는 잽싸게 덧

붙였다.

"아니, 매리언. 왜 갑자기 그런 걸 묻지?"

딸이 나를 데리고 나가 그 이유를 보여 주었다.

누군가가 우리 집 문에 '이 집에 사탄이 산다.'라고 적어 놓았다. 끔찍한 광경이었다. 무엇보다도 어린 매리언이 그것을 발견했다는 사실이 나를 분노케 했다.

그것을 눈으로 확인한 로즈는 대번에 결심을 굳혔다.

"아무래도 런던을 떠나야겠어."

"어디로 가게?"

로즈에게 목적지는 전혀 중요하지 않았다. 그녀는 무척이나 단호했다.

"당장 떠날 준비를 해야겠어."

"떠날 준비라니?"

그녀가 문 옆에 기대어 놓은 류트를 가리켰다.

"다른 데도 음악을 좋아하는 사람들이 많아."

나는 류트를 물끄러미 쳐다보았다. 멋들어진 나무 장식 한복판에 뚫린 작은 구멍을. 류트의 껍데기 속, 그 구멍 안 세상을 머릿속에 그려 보았다. 우리의 축소된 버전이 누구에게도 들키지 않고, 안전하고 무사하게 지낼 수 있는 공간을.

런던, 현재

나는 류트를 챙겨 9학년 교실에 들어왔다. 책상에 기대어 놓은 류트를 집어 든다.

"이건 사백 년 전에 프랑스에서 만들어진 수제 악기야. 당시 영국 류트들에 비해 디자인이 복잡하지."

"옛날엔 기타가 그렇게 생겼었나 보네요."

다니엘이 말한다.

"엄밀히 말하면 류트는 기타가 아니야. 가까운 사촌 지간이기는 하지만 류트는 음색 자체가 아주 가벼워. 모양을 한 번 봐. 눈물방울처럼 생겼지? 그리고 얼마나 깊은지 봐. 뒷면도 보고. 이건 쉘shell이라고 불러. 현은 양의 창자로 만들었는데, 그래서 아주 완벽한 소리를 낼 수 있는 거야."

다니엘이 역겹다는 표정을 짓는다.

"아주 오래 전에 쓰인 악기야. 키보드와 전기 기타를 합친 것 같다고나 할까. 여왕도 이걸 연주했었어. 하지만 당시에는 공공 장소에서 악기를 연주하는 걸 천박하게 여겼단다. 그래서 하류 층 사람들이 주로 류트를 연주했지."

나는 〈흘러라, 눈물이여〉의 첫마디를 연주한다. 아이들은 별 감흥이 없는 듯하다.

"당시에 유행하던 곡이야."

"팔십 년대에요?"

마커스가 묻는다. 안톤 옆에 앉은 소년은 금시계와 복잡한 머리 스타일로 치장한 상태다.

"아니, 그보다 오래 됐지."

문득 뇌리를 스치는 기억이 있다.

나는 코드를 연주해 본다. E 마이너. 그렇게 몇 번 퉁기다가 A 마이너로 넘어간다.

"그 곡은 저도 알아요. 우리 엄마가 좋아하시는 곡이에요."

다니엘이 말한다. 안톤은 미소를 흘리며 고개를 끄덕인다. 나는 연주에 맞춰 가사를 흥얼거린다.

"빌리 진."

우스꽝스러운 가성으로. 아이들이 일제히 웃음을 터뜨린다. 몇몇은 따라 부르기까지 한다.

카미유와 그녀가 가르치는 7학년 학생들이 프랑스어 수업을 위해 운동장으로 향하던 길에 멈춰 서서 나를 지켜본다.

교실 문을 연 카미유가 복도에서 손뼉을 치기 시작한다. 눈을 지그시 감은 그녀가 미소를 지으며 후렴을 따라 부른다.

잠시 후, 그녀가 눈을 뜨고 나를 쳐다본다. 행복하면서도 두렵고, 두려우면서도 행복한 묘한 기분이 찾아든다. 어느새 다프네까지 바짝 다가와 있다. 나는 연주를 멈춘다. 아이들의 입에서 아쉬움의 탄성이 터져 나온다. 다프네가 말한다.

"나 때문에 멈추지 말아요. 오크필드에서 류트로 연주하는 마이클 잭슨을 듣게 될 줄이야. 나도 그 노래를 아주 좋아해요."

"저도요."

카미유가 말한다. 물론 나는 그 사실을 이미 알고 있었다.

캔터베리, 1616년~1617년

캔터베리는 나와 내 어머니 같은 프랑스 위그노 교도들의 정착지들 중 하나였다. 로슈포르의 공작은 내 어머니에게 런던이나 캔터베리로 갈 것을 권했었다. 특히 '경건한 도시' 캔터베리는 도피 중인 외지인들을 따뜻하게 맞아 주는 곳이라고 했다. 하지만 어머니는 그 조언을 무시하고 서픽을 선택했었다. 치명적인 실수였다. 서픽은 어머니의 믿음처럼 조용하지도, 안전하지도 않은 곳이었다. 하지만 나는 공작의 조언을 잊지 않고 있었다.

그래서 우리는 캔터베리를 선택했다.

그곳에서 따뜻하고 아늑한 집을 찾았고, 런던에서보다 적은 집세로 계약할 수 있었다. 그곳의 대성당과 맑은 공기는 마음에 들었지만 일자리가 없다는 건 큰 문제였다.

그곳의 어떤 펍과 선술집도 음악가를 고용하려 하지 않았다. 그뿐 아니라 극장 일을 구하는 것도 쉽지 않았다. 결국 나는 거리에서 연주를 할 수밖에 없었다. 하지만 시장 광장 교수대에서 누군가가 처형될 때를 제외하면 많은 인파가 몰리는 경우는 드

물었다.

보름쯤 지나자 수중의 돈이 바닥나 버렸다. 로즈와 아홉 살이 된 매리언은 꽃을 팔러 다니기 시작했다. 몽테뉴의 금언을 줄줄 외는 매리언은 음악적으로도 천부적인 재능이 있었다. 나는 틈틈이 딸에게 프랑스어로 말을 걸었다. 아이는 금세 새 언어를 익혀 나갔다. 하지만 로즈는 그 점을 못마땅해 했다. 이런 교육이 바깥세상과 담을 쌓는 일이라는 믿음 때문이었다.

매리언은 가끔 자신만의 세계에 갇혀 콧노래를 흥얼거리며 방 안을 빙빙 맴돌거나 입으로 딸깍 소리를 내곤 했다. 백일몽에 빠져 갈망의 눈빛으로 창밖을 내다볼 때도 있었다. 보이지 않는 근심거리가 이마에 주름을 만들어 놓아도 아이는 끝내 그게 무엇인지 알려주지 않았다. 딸의 많은 면이 그 애 할머니를 연상시켰다. 세심함과 똑똑한 머리와 음악성. 신비스러움. 아이는 류트보다도 시장에서 2펜스에 사온 틴 파이프를 더 좋아했다. 손가락보다 호흡으로 만드는 음악이 더 좋다는 게 딸의 설명이었다.

딸은 거리에 나가 틴 파이프를 연주했다. 그것을 불어 대며 신나게 돌아다녔다. 어느 화창했던 토요일 아침, 매리언과 함께 로즈의 신발을 수선하러 구두 수선공을 찾아간 적이 있었다. 내가 수선공과 대화를 나누는 동안 매리언은 가게 밖에서 파이프로 〈푸른 숲 나무 아래〉를 연주했다.

잠시 후, 아이가 가게 안으로 뛰어 들어와 반짝이는 은 페니

한 닢을 들어 보였다. 딸의 얼굴에는 환한 미소가 떠올라 있었다. 나는 그때껏 딸이 이토록 기뻐하는 모습을 본 적이 없었다.

"어떤 아주머니가 주고 가셨어요. 이 동전은 제가 늘 지니고 다닐 거예요. 왠지 행운을 가져다줄 것 같아서요."

하지만 행운은 오래 지속되지 않았다.

바로 다음날, 우리 가족이 교회로 향하고 있을 때 한 무리의 십대 소년들이 우리를 조롱하기 시작했다. 그들은 손을 잡고 걷는 로즈와 나를 비웃었다. 우리는 손을 놓고 서로의 얼굴을 쳐다보았다. 순간 민망함에 얼굴이 화끈 달아올랐다.

언제부터인가는 성질 고약한 오소리 같은 집주인 플린트 씨가 집세를 받으러 나타날 때마다 내게 온갖 질문을 던져 대기 시작했다.

"자넨 그녀의 아들인가, 아니면······?"

"자네 딸이 프랑스어를 할 줄 아는 것 같던데, 맞나?"

시간이 흐를수록 상황은 점점 더 꼬여만 갔다. 이곳에서도 걷잡을 수 없이 퍼지는 소문을 막을 길이 없었다. 어디를 가나 숙덕거림과 예리한 눈초리와 노골적인 냉대가 쏟아졌다. 찌르레기들마저도 요란하게 쩍쩍대며 우리를 조롱하는 것 같았다. 우리는 더 이상 교회에 나가지 않았다. 어떻게든 사람들 눈에 띄지 않으려고 애썼다. 하지만 그럴수록 우리를 향한 의심은 눈덩이처럼 불어날 뿐이었다. 사람들은 우리와 어울리는 악령을 쫓는다면서 집 앞 나무에 원을 여러 개 새겨 놓았다.

어느 날 시장에서 마녀 사냥꾼이라는 한 남자가 매리언에게 다가왔다. 그는 로즈가 자신의 쾌락을 위해 남편의 젊음을 유지시키고 있다고 주장하며 내 딸을 마녀의 아이라고 불렀다. 또한 매리언 역시 마녀의 자식인 만큼 악마가 분명할 거라고 지껄였다.

매리언은 고개를 번쩍 쳐들고 괴물의 눈에는 괴물만 보이는 법이라고 받아쳤다. 몽테뉴가 실제로 남겼을 법한 금언은 아니었지만 그에게 영향을 받은 것만큼은 분명했다. 남자가 사라진 후 매리언은 격하게 흐느꼈고, 하루 종일 입을 열지 않았다.

그날 저녁, 매리언이 악몽에서 깨어났다가 다시 잠든 후, 공포에 질린 로즈는 떨리는 목소리로 시장에서 겪은 일을 들려주었다.

"왜 사람들은 우리를 그냥 내버려 두지 않는 거지? 저 애가 걱정돼 미치겠어. 우리 가족이 걱정돼서 돌아 버릴 것 같다고."

그녀는 눈물을 글썽이고 있었다. 그녀의 얼굴이 점점 굳어져 갔다. 결심이 섰다는 뜻이었다. 그것은 예상치 못한 섬뜩한 결정이었다.

"런던으로 돌아가야겠어."

"하지만 애초에 거기서 도망쳐 온 거였잖아."

"그건 실수였어. 빨리 돌아가자. 우리 가족 모두……. 우리 가족 모두……, 우리 가족 모두."

그녀는 계속 그 말을 반복했다. 마치 그 후에 이어질 말이 두렵다는 듯이. 하지만 결국 그 말도 입 밖으로 끄집어내졌다.

그녀의 볼을 타고 눈물이 쏟아져 내렸다. 우리는 서로를 부둥켜안았고, 나는 그녀 머리에 살짝 입을 맞추었다.

"내가 있으면 당신과 매리언이 위험해."

"찾아보면 무슨 방법이 분명 있을……."

"아니야."

로즈는 손으로 문질러 편 스커트를 내려다보았다. 그녀가 질끈 감은 눈을 비비며 깊은 숨을 들이쉬었다. 바깥 골목에서 수레가 덜거덕거리며 지나가고 있었다. 그녀는 한동안 말없이 나를 쳐다보았다. 침묵 그 자체가 그녀의 메시지였다.

"우리랑 같이 있으면 당신이 위험해져, 톰."

그녀는 나머지 절반을 얘기하지 않았다. 나와 같이 있으면 그들 또한 위험해진다는 것을. 하지만 그녀는 그것 역시 알고 있을 것이다. 나는 죽을 만큼 괴로웠다. 나 자신이 목숨 바쳐 보호하려는 이들에게 위험이 되어 버렸다니.

나는 아무 말도 할 수 없었다. 무슨 말을 할 수 있었겠는가. 로즈는 나 없이도 꿋꿋이 살아갈 수 있을 것이다. 오히려 내가 없으면 지금보다 훨씬 평탄한 삶을 누릴 수 있을 거다.

그녀의 시선이 내게로 돌아왔다.

"나 혼자만을 위해 하는 얘기가 아니야. 내가 어떻게 되든 그건 상관없어. 당신이 없으면 난 죽은 거나 다름없다고. 그냥 걸어 다니는 유령일 뿐이야."

바로 그 순간, 남아 있던 모든 희망이 사라져 버렸다.

매리언은 내가 떠나야 한다는 걸 알고 있었다. 아이는 그 사실에 큰 상처를 받았다. 딸의 눈빛에서 그걸 확인할 수 있었다. 하지만 지금껏 그래 왔듯 아이는 이번에도 속으로만 끙끙 앓을 뿐이었다.

"이젠 아무 일도 없을 거야. 더 이상 곤란한 질문을 던지는 사람도, 우리 집 문에 이상한 표시를 새겨 놓는 사람도 없을 거야. 네 어머니에게 욕을 하며 침을 뱉는 사람도. 앞으로는 그런 나쁜 일이 벌어지지 않을 테니 아무 걱정하지 마. 아빠는 잠깐 멀리 떠나 있을게."

"돌아올 거예요?"

딸이 덤덤하게 물었다. 마치 내가 이미 아득하게 멀어져 있기라도 한 것처럼.

"다시 돌아와서 우리랑 같이 사실 거예요?"

진실을 들려주면 우리 두 사람의 가슴은 갈가리 찢어질 게 뻔했다. 그래서 나는 부모로서 할 수밖에 없는 일을 하고 말았다. 거짓말을 들려주는 것.

"그래. 꼭 돌아올게."

어두워진 딸의 얼굴이 일그러졌다. 아이는 쌩하니 자기 방으로 들어가 버렸다. 잠시 후, 매리언이 무언가를 들고 거실로 나왔다.

"손 내밀어 보세요."

내가 손을 내밀자 딸이 페니 한 닢을 쥐어 주었다.

"행운의 동전이에요. 이걸 항상 몸에 지니고 다니세요. 그리고 이걸 꺼내 보면서 저를 생각하세요."

아이의 말이었다. 우리는 한밤중에 런던으로 떠나기로 했다. 캔터베리에서 마차를 타고 런던으로 가는 것은 돈이 없이는 불가능한 일이었다. 우리는 2실링이 조금 안 되는 돈으로 간신히 마부를 구할 수 있었다.

그날 밤, 마차 안에서 매리언은 내 어깨에 기대어 잠이 들었다. 나는 두 팔로 딸을 감싸 안았다. 로즈는 나를 지켜보며 어둠 속에서 눈물짓고 있었다. 내 손에는 매리언의 동전이 꼭 쥐어져 있었다.

그 후 몇 년 동안 괴로운 나날이 이어졌다. 내 머릿속에는 우리가 가족으로 지낸 세월의 기억들이 바구니 속 자두들처럼 빽빽이 들어차 있었다. 그럴 수만 있다면 그 기억들을 하나씩 꺼내 다시 살아 보고 싶었다. 매달 한 번씩이라도 가족과 재회할 수 있다면 얼마나 좋을까? 일 년에 한 번씩이라도 상관없었다. 로즈와 매리언을 다시 눈앞에 두고 볼 수만 있다면. 하지만 인생은 무조건 순차적으로 살게 되어 있다는 게 문제였다.

나는 언제부터인가 야행성 인간이 되어 버렸다.

나의 류트와 앳된 얼굴은 펍들에서 크게 히트를 쳤다. 이국적이고 앳된 얼굴이 진귀하게 취급되는 머메이드 터번에서는 특히 더 그랬다. 나는 술과 매음굴에 푹 빠져 하루하루를 보냈다. 도시는 점점 붐벼 갔지만 그럴수록 나는 점점 더 외로워져 갈 뿐이었다. 로즈와 매리언과 함께할 수 없는 삶은 내게 무의미했다. 나는 그들이 쇼어디치에 산다는 것을 알고 있었다. 가끔 그곳을 찾아가곤 했지만 아내와 딸은 보지 못했다.

그리고 전염병이 유행했던 1623년의 어느 날, 나는 강가에서 눈에 익은 누군가를 보게 되었다. 삼십대로 보이는 여자는 잠이 든 남자 아이를 안고 있었다. (전염병이 돌면 사람들은 강변에 나와 거닐었다. 강바람은 깨끗하다는 그릇된 믿음 때문이었다. 오히려 강가에서 숨을 거둔 사람들이 훨씬 많았음에도.) 그 여자가 그레이스라는 사실을 깨닫기까지는 오랜 시간이 걸렸다. 하지만 그녀는 나를 대번에 알아보았다.

그녀는 슬프고 불안해 보였다. 한때 그녀가 발산했던 활기는 더 이상 찾아볼 수 없었다. 그녀는 한동안 나를 응시했다.

"아직도 얼굴이 그대로네. 날 봐. 어느새 이렇게 늙어 버렸다고!"

"늙다니. 그렇지 않아, 그레이스."

그녀는 아직 늙었다는 표현이 어울릴 나이가 아니었다. 피부도 아직 늘어지지 않았고. 하지만 그녀의 목소리에서는 슬픔과 삶의 무게가 느껴졌다. 나는 그 이유가 궁금했다.

"그 사람은 어떻게 지내?"

나는 오랫동안 머릿속에 담아 두었던 질문을 끄집어냈다.

"로즈도 걸렸어."

그녀가 말했다.

"걸리다니, 뭘?"

그레이스는 굳이 설명하지 않았다. 그녀의 표정이 모든 걸 말해 주고 있었다. 순간 끔찍하도록 싸늘한 기운이 내 온몸을 휘감았다.

"언니는 전염될 거라면서 나조차도 가까이 오지 못하게 하고 있어. 그래서 문을 사이에 놓고 얘기할 수밖에 없다고."

"그 사람을 만나 봐야겠어."

"안 만나 줄걸."

"언니가 내 얘긴 안 했어?"

"많이 보고 싶어 해. 입만 열면 형부 얘기뿐이라고. 그때 보내는 게 아니었다고 하면서. 형부를 쫓아 버렸기 때문에 나쁜 일들이 연이어 벌어진 거라면서. 언니는 단 한순간도 형부를 잊은 적이 없었어. 단 한순간도 형부를 사랑하지 않았던 적이 없었고."

눈물이 왈칵 쏟아질 것 같았다. 나는 잠들어 있는 그녀의 아들을 내려다보았다.

"그 사람, 지금 어디 살지? 매리언은 어디 있고? 매리언은 잘 지내고 있겠지?"

그레이스는 당혹스러워하는 기색이 역력했다. 그녀는 첫 번째 질문에 대해서만 답을 내놓았다.

"로즈는 형부가……."

"내겐 옮지 않을 거야. 아직까지 멀쩡한 거 보면 알잖아. 난 그 어떤 병에도 걸리지 않아."

그레이스는 서늘한 오후 공기 속에서 아기를 살살 흔들었다.

"알았어. 가르쳐 줄게……"

런던, 현재

학부모 면담이 있는 날이다. 나는 테이블 뒤에 앉아 있다. 지난 한 시간 동안 먹은 이부프로펜만 세 알이다. 나는 회상에 잠긴 상태다. 로즈와 마지막으로 나눈 대화를 떠올리고 있다. 마지막으로 그녀를 보았을 때를. 아니, 그냥 떠올리는 게 아니라 당시 상황을 다시 살고 있는 중이다. 홀에서 북적이는 학부형들은 주머니 속에 들어 있거나 손에 쥐어진 스마트폰을 만지작거리느라 정신들이 없다. 나는 그녀의 속삭임에 귀를 기울인다. 그녀는 이 홀에서 오백 미터도 채 떨어지지 않은 곳에 누워 있다.

어둠이 모든 걸 덮고 있어. 이토록 진저리나는 황홀감이 또 있을까?

그녀는 환각에 대해 얘기했었다. 하지만 생각할수록 그것은 인생에 대한 은유로 느껴졌다.

"괜찮아, 로즈. 괜찮아……."

나는 미친 사람처럼 웅얼거린다. 이십일 세기 안에 갇힌 채로.

그녀가 남긴 또 다른 말이 머릿속에서 메아리친다.

밤낮 할 것 없이 나를 뒤흔들었던 말.

개도 당신이랑 똑같아. 당신이 찾아 주면 좋겠어. 당신이 그 애를 지켜 줘야 해······.

"미안해, 로즈. 정말 미안해······."

또 다른 목소리가 불쑥 끼어든다. 테이블 너머에서 들려오는 현재의 목소리.

"괜찮으세요, 해저드 씨?"

안톤 캠벨의 어머니, 클레어다. 그녀는 어리둥절한 표정으로 나를 쳐다보고 있다.

"네, 네, 괜찮습니다. 그냥 좀······. 죄송합니다. 뭔가를 생각하고 있었어요. 제게 무슨 하실 말씀이라도······? 자, 저는 들을 준비가 됐습니다."

"고맙다는 말씀을 드리려고요."

그녀가 말한다.

"네?"

"안톤이 학교 공부에 이토록 열심인 건 처음 봐요. 요즘엔 역사 과목에 아주 꽂혀 있더라고요. 도서관에서 관심 가는 책들도 많이 빌려다 보고요. 언뜻 보니 별의별 책이 다 있더군요. 아무튼 그런 모습이 너무 보기 좋아요. 안톤은 그게 다 선생님 덕분이라고 했어요."

그녀에게 아들의 친구가 나를 칼로 찔러 죽이려 했다는 얘기를 들려줄까 고민하다가 그냥 두기로 한다. 뿌듯한 마음이 들었기 때문이다.

누군가를 자랑스럽게 여겨 보는 건 실로 오랜만의 일이다. 마지막으로 이런 기분을 느꼈던 순간은 매리언에게 몽테뉴를 읽는 것과 틴 파이프로 〈푸른 숲 나무 아래〉를 연주하는 법을 가르쳐 주었을 때였다. 헨드릭은 늘 내게 말했었다. 소사이어티를 위해 헌신하는 나 자신을 자랑스러워하라고. 하지만 그런 기분을 느껴 본 적은 많지 않았다. 요크셔에서 플로라를 구출해 냈을 때 한 번 정도? 솔직히 내가 소사이어티를 위해 하는 일들은 무척 긴장되고 우울한 작업이었다. 하지만 이 경우는 다르다. 확실하고 지속 가능한 뿌듯함이랄까.

"그 애 때문에 걱정이 많았어요. 방황하기 시작해서……. 이제 겨우 열네 살인데 마음의 문을 꼭 닫고 지내 왔죠. 나쁜 애들과 어울려 다니고, 귀가 시간도 늦고……."

"아, 그랬었나요?"

"애가 말을 잘 안 해요. 하지만…… 무슨 바람이 불었는지 요며칠 새 확 달라졌어요. 그래서 감사 인사를 드리러 온 거예요. 고맙습니다."

"아주 똑똑한 아이입니다. 제2차 세계 대전과 노예 매매에 관한 대영 제국의 역할에 대해 쓴 에세이는 정말 훌륭했어요. 이대로만 가면 거뜬히 A를 받을 수 있을 겁니다."

"대학에 진학하고 싶어 해요. 역사를 계속 공부하겠다나요. 아시다시피 요즘은…… 등록금이 엄청나게 비싸잖아요. 하지만 어떻게든 꼭 보내 주고 싶어요. 그래서 지금부터 열심히 일해 악착같이 돈을 모으고 있답니다. 많이 고되긴 하지만 그 애의지가 워낙 확고해서요."

자부심에 가슴이 벅차오른다. 이것, 바로 이것 때문에 교사가 되려고 했던 것이다. 세상을 조금이라도 더 낫게 변화시키는 일이 가능하다는 걸 확인하고 싶어서.

"그렇군요……."

나는 체육관 한쪽에 마련된 또 다른 테이블을 바라본다. 카미유가 잠시 쉬고 있다. 그녀는 안경을 벗어 쥐고 눈을 비비는 중이다. 컨디션이 좋아 보이지 않는다. 그녀의 시선이 작은 테이블에 놓인 문서들로 내려간다.

나는 다시 캠벨 부인과의 대화에 집중한다. 아니, 그러려고 노력한다. 머릿속은 아직도 많은 이미지들로 채워져 있다. 로즈의 망연자실한 얼굴, 책을 챙겨든 매리언, 화염에 휩싸인 집.

1666년, 도시 전체가 불타 버렸을 때 나는 진화 작업에 힘을 보탰다. 자살 행위나 마찬가지라는 것을 알면서도 무모하게 런던 브리지 옆의 한 가게로 뛰어 들어갔다.

"네. 그러시겠죠."

나는 캠벨 부인의 말을 건성으로 듣고 나서 말한다. 바로 그때 카미유가 의자에서 픽 고꾸라진다. 바닥에 쓰러지는 과정에서 늑골이 테이블 모서리에 부딪친다. 그녀의 다리에서 경련이 인다. 발작을 일으킨 모양이다. 체육관 한복판에서. 학부모 면담 중에.

나는 앨버트로스 소사이어티의 존재를 알기 전부터 남의 일에 함부로 참견하지 않으려 애썼다. 세상일에 관심을 끊고 무심하게 사는 것이 현명하다고 늘 생각해 왔다. 하지만 지금은 모른 척 지나칠 때가 아닌 것 같다. 어느새 과거의 나로 되돌아간 기분이다. 로즈와 그녀의 동생을 보호하려고 극장 관람석에서 뛰어내렸던 순간의 나로.

나는 그쪽으로 황급히 달려간다. 다프네도 달려오고 있다. 카미유의 온몸이 움찔거린다.

"테이블을 뒤로 밀어내요!"

내가 다프네에게 외친다. 그녀는 시키는 대로 한다. 그리고 또 다른 교사에게 구급차를 부르라고 지시한다.

나는 카미유를 꼭 붙잡아 두고 있다. 학부모들이 우르르 몰려든다. 그들은 21세기 사람들답게 우려의 표정으로 호기심을 감추고 우리를 지켜본다.

마침내 경련이 뚝 멎는다. 의식을 되찾은 그녀는 혼란스러워하는 표정이다. 그녀는 아무 말 없이 내 얼굴만 빤히 올려다본다.

"다들 좀 비켜 주세요. 자, 여러분, 뒤로 조금씩만 물러나 주세요……."

물을 가져온 다프네가 학부모와 교사들에게 말한다.

"이제 괜찮아요. 그냥 발작을 일으켰을 뿐이에요."

나는 카미유에게 말한다.

그냥. 굉장히 끔찍하게 들리는 단어다.

"어디…… 어디…… 내가……?"

그녀가 주위를 흘끔 돌아본다. 그리고 팔꿈치로 바닥을 딛고 일어나 앉는다. 그녀는 기진맥진한 모습이다. 마치 무언가가 그녀의 진을 빼놓은 듯하다. 나는 다프네와 함께 그녀를 부축해 의자에 앉힌다.

"여기가 어디죠?"

"체육관이에요. 당신이 일하는 학교의. 걱정 말아요. 방금 전엔 그저…… 잠깐 발작을 일으켰을 뿐이에요……."

다프네가 미소를 지으며 말한다.

"학교."

그녀가 혼잣말로 속삭인다.

"구급차가 오고 있어요."

한 학부모가 아이폰을 주머니에 집어넣으며 말한다.

"저는 괜찮아요."

그녀가 말한다. 그녀는 조금도 민망해하지 않는다. 그저 피곤하고 혼란스러워할 뿐. 카미유가 미간을 찌푸린 채로 나를 응시한다. 내가 누구인지 기억하지 못하는 듯하다. 어쩌면 상황 파악이 너무 잘되고 있기 때문인지도 모른다.

"이제 됐어요."

나는 그녀에게 말한다.

그녀의 시선은 내게서 떨어지지 않는다.

"난 당신을 알아요."

나는 그녀에게 미소를 지어 보인 후 당혹스러운 표정으로 다프네를 돌아본다. 나는 그녀에게 속삭인다.

"당연히 알아야죠. 우린 동료잖아요."

그런 다음, 모여든 군중을 향해 말한다.

"전 새로 온 역사 교사랍니다."

그녀가 등받이에 몸을 붙인다. 그리고 물을 한 모금 넘긴다. 그녀의 고개가 가로저어진다.

"시로스."

그 이름이 망치가 되어 내 심장을 후려친다. 허리케인으로 초토화된 센트럴 파크에서 헨드릭이 했던 말이 떠오른다. 과거는 사라지지 않아. 그냥 숨어 있을 뿐이지.

"난……."

"당신은 피아노를 쳤어요. 저번에 펍에서……. 그때 난……."

두 가지 가능성이 있다. 내가 꿈을 꾸고 있는 걸까? 충분히 가능한 일이다. 나도 카미유 꿈을 꾼 적이 있었으니까.

아니면, 그녀 역시 늙었는지도 모른다. 아주, 아주, 아주 늙었는지도. 고대인. 앨버. 어쩌면 페이스북에서 본 그녀의 과거 사진들은 포토샵으로 조작해 놓은 것들인지도 모른다. 그녀에게서 느껴졌던 묘한 기운. 이국적인 동질감. 그게 아니라면 그녀가 나를 아는 또 다른 이유가 있을 것이다.

어떻게든 그녀의 입을 막아야만 한다. 그러지 못하면 나뿐만 아니라 그녀의 정체까지도 세상에 노출될 수 있다. 그녀에게 강한 연민이 느껴진다. 더 이상 그 사실을 부인할 이유가 없다. 오랫동안 나 자신에게 늘어놓았던 거짓말. 새로운 누군가에게 마음을 주지 않고도 얼마든지 잘 살 수 있다는 믿음. 다 허튼소리였다. 거짓말. 카미유가 내게 그 깨달음을 준 것이다. 더 이상 그녀를 마음에 두지 않은 척할 필요가 없어졌다. 그녀를 향한 보호 본능이 마구 생겨난다.

학교 체육관에서 카미유가 뱉어 낸 민감한 내용의 고백을 헨드릭이 그냥 두고 볼 리 없다. 그는 그보다 훨씬 하찮은 이유로도 앨버들의 입을 틀어막아 온 사람이다. 만약 그녀가 앨버들에 대해 알고 있다면, 그리고 그것에 대한 진실을 공개적으로 폭로한다면 나뿐만 아니라 그녀 자신의 목숨마저도 위태로워질 수 있다.

"흥분하지 말아요. 우리…… nous allons parler plus tard(나중에 얘기해요)……. 다 설명해 줄게요. 하지만 지금은 안 돼요. 여기서는 말을 아껴야 해요. 제발 그렇게 해 줘요."

그녀는 졸려 하는 얼굴로 앉아 있다. 반듯한 자세를 유지하는 것조차 힘에 부치는 모양이다. 그녀가 나를 빤히 쳐다본다. 더 이상 어리둥절한 표정은 묻어나지 않는다.

"알았어요. 그럴게요."

나는 물이 담긴 컵을 그녀의 입으로 가져가 목을 축이게 한다. 그녀가 다프네를 비롯한 우려에 찬 얼굴들을 찬찬히 돌아보며 미소를 짓는다.

"죄송해요……. 몇 달에 한 번씩 이렇게 발작을 일으킬 때가 있어요. 간질이 있거든요. 지금은 기운이 없지만 곧 나아질 거예요. 발작을 막으려고 먹는 약이 있는데 그게 잘 안 듣네요. 다른 약을 처방 받아야겠어요……."

그녀가 다시 나를 쳐다본다. 눈꺼풀이 많이 무거워 보인다. 연약해 보이면서도 묘하게 단호한 느낌.

"괜찮아요?"

나는 그녀에게 묻는다. 그녀가 고개를 끄덕인다. 하지만 나만큼이나 겁에 질려 있는 표정이다.

파리, 1929년

저녁 일곱 시쯤 된 것 같았다. 넓고 텅 빈 댄스 플로어 옆에서는 야회복 재킷 차림의 남자들과, 목 부분이 깊게 파이고 장식 술이 잔뜩 달린 시프트 드레스 차림에 단발을 한 여자들이 식전주인 와인을 홀짝이며 내가 연주하는 음악을 감상하고 있었다.

시로스는 재즈로 유명했다. 하지만 1929년의 수준 높은 고객들은 평범한 재즈를 원치 않았다. 이미 재즈는 사방에서 쉽게 접할 수 있었으니까. 그래서 나는 가끔 다른 장르를 섞어 연주하곤 했다. 댄스 플로어에 사람들이 있으면 아르헨티나 탱고나 집시 음악을 접목시켰다. 부드럽고 차분한 음악이 어울리는 이른 저녁에는 포레의 음울한 곡들을 몰입해서 연주했다.

"Prétendez que je ne suis pas ici(이쪽은 보지 마세요)."

한창 연주에 몰두하고 있을 때 사진사가 다가와 말했다.

"Non(안 돼)."

나는 속삭였다. 절대 사진 촬영에 응해서는 안 된다는 헨드릭의 규칙 때문이었다.

"Pas de photos! Pas de(사진 찍지 말아요! 찍지 말아요)……!"

하지만 너무 늦어 버리고 말았다. 연주에 심취해 있느라 그가 신나게 셔터를 눌러 대고 있다는 사실을 미처 깨닫지 못한 것이다.

"Merde(젠장)."

나는 웅얼거리며 기분 전환을 위해 거슈윈의 곡으로 넘어 갔다.

런던, 현재

우리는 글로브 극장 안의 고급 가스트로펍(미식을 뜻하는 가스트로(gastro)와 펍(pub)이 합쳐진 말로, 편안한 분위기에서 고급 음식을 즐기는 레스토랑을 가리킨다_역주)에 들어와 있다.

나는 많이 긴장한 상태다. 장소 때문은 아니다. 카미유, 그녀 때문이다. 그녀로부터 어떤 진실을 듣게 될지 두렵다. 그녀가 시로스를 어떻게 알지? 어떻게 그게 가능한 거지? 머릿속에 떠올려 본 모든 답들과 미처 상상하지 못한 미지의 답들이 나를 소름 돋게 만든다. 그녀가 걱정이다. 물론 내 걱정도 되고. 나는 창턱에 앉은 불안해하는 새처럼 몸을 씰룩거리며 주위를 살핀다.

사실 두려워하는 이유는 또 있다. 지금까지는 내가 용케 살아남았기 때문이다. 그러니까 내 말은, 오랫동안 자살하고 싶은 충동에 휩싸이지 않고 살아왔다는 뜻이다. 마지막으로 그런 충동을 느꼈던 것은 스페인 내전 때, 타라고나 인근 벙커 안에서였다. 당시 나는 권총을 입에 물고 방아쇠를 당길 준비를 하고 있었다. 마침 매리언이 쥐어 준 행운의 동전이 눈앞에 아른거리지 않았더라면 내 머리는 그때 박살나 버렸을 것이다. 1937년

356

의 일이었다. 그때부터 지금껏 참아 왔으니 꽤 오래 버텨 온 셈이다.

얼마 전, 헨드릭으로부터 벗어나고 싶다는 생각을 진지하게 해본 적이 있었다. 하지만 그건 실수였다. 내가 헨드릭의 '소유'라는 건 분명한 사실이다. 솔직히 그게 나쁜 것만은 아니다. 자유 의지는 과대평가된 부분이 있다.

"불안은…… 자유가 느끼는 현기증이다."

19세기 중반에 키에르케고르가 말했다.

로즈의 죽음으로 나는 몇 세기 동안 괴로웠었다. 그리고 그 고통은 감정의 이끼를 남기지 않고 중립적인 단조로움으로 바뀌어 갔다. 나는 음악과 음식과 시와 레드와인과 세상의 여러 미적 쾌감을 즐겨 왔고, 그것을 후회하지 않았다.

한때 내 안이 공허감으로 채워졌던 적이 있었다. 하지만 공허감은 과소평가된 부분이 있다. 공허감에는 사랑뿐만 아니라 고통도 없다. 공허감이 나쁘기만 한 건 아니었다. 공허감 안에서는 나름대로 자유를 누릴 수 있었으니까.

나는 그녀의 설명을 듣기 위해 이 자리에 나온 것이다. 그것을 듣는 대가로 내 사연을 들려줄 필요는 없다. 하지만 솔직히 이런 자리가 어색하기는 하다.

오래 전, 무작정 무대 위로 뛰어내렸을 때, 엎어진 윌 켐프를 깔고 앉아 매닝과 다시 맞닥뜨리게 되었을 때 이후로 이곳을 다시 찾은 건 오늘이 처음이다. 로즈에게 또 다른 고백을 들려

주었던 날 이후로 처음이다. 아직도 이곳에는 그날의 아득한 메아리가 남아 있다. 사방에서는 포크와 나이프를 분주히 놀려 대는 중산층 고객들의 수다 소리가 쉴 새 없이 들려온다.

메뉴 커버에서 셰익스피어의 유명한 초상화가 나를 올려다보고 있다. 초상화는 실제 그의 얼굴과 조금도 닮지 않았다. 지나치게 넓은 이마와 단정치 못한 머리, 그리고 성긴 턱수염과 멍한 표정. 하지만 눈만큼은 그의 것과 완벽히 닮아 있다. 지금 그 냉담한 눈이 아직까지 살아있는 나를 응시하고 있다. 그날 자신이 탈출시켜 준 청년이 여태껏 죽지 않고 살아있다는 이 희비극이 흥미롭다는 듯이.

웨이터가 다가오자 카미유가 미소를 지으며 그를 올려다본다.

그녀는 미드나이트블루 색 스커트를 입고 있다. 피곤해 보이는 그녀의 얼굴은 창백하지만 여전히 아름답다.

"난 홍어로 할게요."

그녀가 웨이터에게 주문을 하고 나서 글라스를 들고 와인 향을 맡는다.

"탁월한 선택이십니다."

웨이터가 말했다. 그의 시선이 내 쪽으로 돌아온다.

"난 케일 페스토 뇨키로 줘요."

그가 내 예전 고용주의 초상화가 붙은 메뉴판을 받아 들고 돌아선다. 나는 다시 카미유를 쳐다보며 긴장을 풀어 보려 애쓴다.

"미안해요. 학교에서 가끔 별스럽게 굴어서요."

나는 말한다. 카미유가 고개를 젓는다.

"이제 그런 얘긴 그만해요. 끊임없는 사과는 별로 매력적인 특성이 아니에요."

"알아요. 하지만 내가 사교성이 좀 부족해서 말이죠."

"하긴. 사람들을 대하는 게 쉬운 일은 아니죠."

"머릿속이 복잡할 때도 많고요."

"클럽에 가입해야겠네요."

"그런 클럽도 있나요?"

"아뇨. 세상에 그런 사람이 어디 한둘이겠어요? 하지만 너무 걱정하진 말아요. 그냥 자기 편할 대로 살면 되는 거니까."

"난 남들 앞에 나서는 걸 좋아하지 않아요. 늘 조심하며 살고 있죠."

내 시선은 그녀에게 고정되어 있다. 과거에 그녀를 보았던 기억은 없다. 익숙한 패턴과 사람들로 넘쳐나는 이 삶 속에서 그녀는 그 누구도 연상시키지 않는 매우 드문 특징을 가지고 있다. 하지만 확인은 해봐야 한다.

"우린 예전에 만난 적이 없었던 것 같은데. 그렇죠? 그날 공원에서 보기 전까지는 말이에요. 다프네의 사무실 창문으로 한 번 본 적은 있었지만 그 전에 만났던 기억은 없어요. 그렇지 않나요?"

"만났다는 게 정확히 뭘 얘기하는지는 모르겠지만, 전통적인 의미로는 만난 적이 없었어요."

"그렇군요."

"네."

대화가 교착 상태에 빠져든다. 둘 다 던지고 싶은 질문은 많지만 일단은 권총집에 잘 담아 둔 채 상대가 먼저 나서 주기를 기다리는 중이다. 문장 하나가 우리 중 하나를 미치게 만들 수 있으니까.

우리는 말없이 호밀빵과 꼬치에 꽂혀 나온 올리브만 씹어 댄다.

"기분은 좀 어때요?"

나는 묻는다. 성의 없게 들릴지 모르지만 내 진심을 담은 질문이다. 그녀가 빵을 조금 뜯는다. 그리고 한동안 그것을 응시한다. 마치 그 안에 비밀이 숨겨져 있기라도 한 듯이. 발효시킨 반죽 안에 우주의 모든 요소가 담겨 있기라도 한 것처럼.

"많이 나아졌어요. 오랫동안 간질병을 앓아 왔어요. 예전에는 증상이 훨씬 심했었죠."

그녀가 말한다.

오랫동안.

"발작이 자주 일어났었나요?"

"네."

그녀가 말한다. 웨이터가 다가와 우리의 글라스를 다시 채워 준다. 나는 한 모금을 넘겨 본다. 그리고 또 한 모금.

카미유가 강렬한 눈빛으로 나를 쳐다본다.

"이제 당신 차례예요. 약속했죠? 난 당신의 사연이 궁금해요."

"당신에게 내 얘기를 들려주고 싶어요. 하지만 당신이 모르는 게 나은 내용도 있어요. 당신뿐만 아니라 세상 그 누구에게도 들려줄 수 없는 비밀."

나는 말한다. 그 말대로 진실을 얼마나 털어놓아야 할지 아직 결심이 서지 않은 상태다.

"범죄와 관련이 있나요?"

그녀가 놀리는 톤으로 말한다.

"아뇨. 그게 저……, 아주 아니라고는 할 수 없어요. 하지만 그보다 문제가 되는 건, 나에 대해 알게 되면 보나마나 미쳤다고 할 거예요."

"필립 K. 딕이 가끔은 미쳐 버리는 것이 현실에 대응하는 적절한 방법일 때가 있다고 말했었죠."

"공상 과학 소설 작가 말이에요?"

"네. 난 공상 과학 소설 마니아예요."

"그렇군요."

나는 말한다.

"당신은요?"

나 자체가 공상 과학 소설이에요. 나는 속으로 대답한다.

"조금 읽어 봤어요.『프랑켄슈타인』.『앨저넌에게 꽃을』."

"이제 당신에 대해 얘기해 봐요. 내게 들려주려고 했던 얘기 있잖아요. 당신이 미쳤다고 생각하지 않을게요."

그녀가 말한다. 여기서 종지부를 찍어 버리고 싶은 충동이 솟구친다. 하지만 나는 꾹 참는다.

"나에 대해 얘기하기 전에 당신 얘기부터 듣고 싶어요."

나는 단호하게 말한다. 그녀의 눈이 휘둥그레진다.

"나 먼저요?"

나는 깊은 숨을 한 번 들이쉰다. 마침내 때가 온 것이다.

"당신이 나를 어떻게 알아봤는지 들려줘요. 당신이 왜 시로스를 언급했는지도 알아야겠어요. 시로스는 이미 팔십 년 전에 문을 닫았다고요."

"난 그렇게 늙지 않았어요."

"알아요. 그래서 궁금하다는 거예요."

한쪽에서 은은한 노래가 흘러나온다. 그녀가 그쪽으로 고개를 돌린다.

"아, 내가 좋아하는 노래예요. 당신도 들어 봐요."

나는 귀를 쫑긋 세워 본다. 귀에 익은 감상적인 멜로디. 칼리 사이먼이 부른 〈다시 돌아오다〉라는 곡이다.

"어머니가 칼리 사이먼의 팬이셨어요."

"그리고 마이클 잭슨?"

"그건 나였고요."

그녀가 미소를 짓는다. 문득 자신에 대해 설명할 차례가 되었다는 사실을 깨달았는지 그녀가 잠시 어색해하는 모습을 보인다. 그 순간, 나는 그녀와 함께 있는 상황을 그려 본다. 그날 펍에서 그랬던 것처럼. 그녀와 키스하는 모습도 상상해 본다. 당장 여기서 도망치고 싶은 충동에 휩싸인다. 헨드릭에게 달려가 이곳을 뜰 수 있게 비행기 표를 예약해 달라고 애원하고 싶다. 두 번 다시 그녀를 볼 수 없는 곳으로 보내 달라고. 하지만 이미 늦어 버리고 말았다.

그녀는 이미 준비가 된 상태다.

"알았어요. Je vais m'expliquer(설명할게요)."

그녀가 말한다. 그렇게 설명은 시작된다.

그녀는 일곱 살 때 처음 발작을 겪었다고 했다. 그녀의 부모는 어린 딸이 다치지 않게 집 안 구석구석에 조치를 취해 놓았다. 푹신한 카펫. 냅킨을 붙여 모서리를 무디게 만든 테이블. 그녀에게 딱 맞는 약을 찾는 것은 쉽지 않았고, 그녀는 결국 광장 공포증을 갖게 되었다.

"사는 것 자체가 너무 두려웠어요."

열아홉 살 때 그녀는 에릭이라는 잘생기고 유머러스한 웹 디자이너와 약혼을 했다. 그의 어머니는 스웨덴인이었다. 내가 인터넷에서 봤던 바로 그 에릭이었다. 페이스북의 에릭. 그는 2011년, 암벽 등반을 하던 중 사고를 당해 세상을 떠났다.

"나도 그 현장에 있었어요. 물론 암벽 등반을 했던 건 아니었고요. 언제 발작을 일으킬지 모르는데 함부로 암벽을 타겠어요? 아무튼 난 그 자리에 있었어요. 친구들이랑 같이 지켜보고 있었는데…… 엄청나게 많은 피가 뿌려졌어요. 그 후 몇 달 동안 눈만 감으면 피가 보였을 정도였죠. 그가 죽는 걸 보고 나니…… 에라, 모르겠다. 그렇게 돼 버린 거예요."

그녀가 심호흡을 몇 번 한다. 기억을 들려주는 것은 당시 상황을 다시 체험하는 것과 별로 다르지 않다.

"나 역시 언제라도 죽을 수 있겠다고 생각했어요. 그토록 건강하던 사람이 한순간에……. 그 역시 힘없는 인간일 뿐이었어요. 거기선 도저히 견딜 수가 없겠더라고요. 어디로든 떠나야만 했어요. 그래서 여행을 시작했죠. 더 이상 간질병의 포로로 잡혀 있고 싶지 않았어요. 이해가 되나요?"

물론 이해된다.

"그래서 어떻게 됐죠? 일이 어떻게 풀렸나요?"

"육개월 동안 남아메리카를 돌아다녔어요. 브라질, 아르헨티나, 볼리비아, 콜롬비아, 칠레. 난 칠레가 너무 좋았어요. 정말 굉장한 곳이었죠. 아무튼 그렇게 쏘다니다가 돈이 바닥나 버리고 말았어요. 그래서 다시 프랑스로 돌아갔죠. 하지만 그르노블엔 차마 갈 수가 없겠더라고요. 끔찍한 기억이 생생히 남아 있어서. 그래서 파리로 갔죠. 그곳의 고급 레스토랑과 호텔들을 차례로 돌다가 운 좋게 플라자 아테네라는 큰 호텔에서 일하게 됐어요. 그 일을 하니 마음이 좀 편해지더군요. 하루 종일 많은 사람들과 대화를 나눴어요. 체크인, 체크아웃. 하지만 깊이 있고 의미 있는 대화는 아니었죠. 인생에 대한 진지한 질문을 받아 본 적도 없고요. 나한테는 완벽한 일터였어요."

바로 이거다. 느낌이 온다. 그녀의 설명이 이어지는 동안 내 가슴 속에서는 불안감이 솟구쳐 오른다.

"거기 로비에 전시된 사진들이 있거든요. 이십 년대 파리의 황금기를 담은 사진들. 대부분 재즈 클럽과 큰 도로와 몽마르트르를 찍은 것들이었어요. 거기서 본 것 중엔…… 치타와 같이 공연했던 재즈 가수 겸 댄서의 사진도 있었는데…… 이름이 뭐더라?"

"조세핀 베이커?"

담배 연기 자욱한 파리의 센추리 클럽에서 찰스턴(1920년대 미국의 찰스턴에서 시작돼 유행한 사교춤_역주)을 추던 그녀의 모습이 떠오른다.

그녀가 고개를 끄덕이며 두 손을 꼼지락거린다. 결론이 가까워졌다는 듯이. 나는 마음을 굳게 먹는다.

"네, 맞아요. 조세핀 베이커. 일하는 자리 맞은편엔 커다란 사진이 하나 붙어 있었어요. 레스토랑에서 피아노를 치는 남자의 사진이었죠. 레스토랑 이름은 시로스였고요. 사진 속에 시로스라는 이름이 분명히 나와 있었거든요. 흑백 사진이었는데 당시 촬영된 것 치고는 꽤 선명했어요. 사진 속 피아니스트는 음악에 심취한 모습으로 피아노 너머의 뭔가를 바라보고 있더군요. 레스토랑 손님들의 시선에도 아랑곳하지 않고 말이에요. 난 그 얼어붙은 순간에 완전히 매료돼 버렸어요. 세월이 흘러도 변치 않는…… 묘한 매력이 느껴지더라고요. 시공을 초월한 느낌이랄까. 게다가 그 피아니스트는 잘생기기까지 했었어요. 손도 아주 고왔고요. 거기다 음울함이 묻어나는 표정까지. 깨끗한 하얀 셔츠 차림이었고, 소매는 걷어 올려져 있었어요. 팔뚝에는 흉터가 남아 있었고요. 곡선으로 된 흉터. 난 그 남자에게 반해 버렸어요. 그래도 상관없다고 생각했죠. 어차피 그는 죽었을 테니까. 하지만 죽지 않았어요. 그렇죠? 그 남자가 바로 당신이잖아요."

나는 머뭇거린다. 어떻게 반응해야 할지 모르겠다. 그날 펍에서 내 흉터를 빤히 쳐다보던 그녀의 모습이 떠오른다. 마침내 그 이유를 알게 되었다. 이제야 모든 게 이치에 닿는다.

상황이 우스워졌다. 진실을 들려주려고 그녀를 이곳으로 데려왔는데 이제는 두려워서 입이 떨어지지 않는다. 본능은 내게 거짓말을 할 것을 부추기고 있다. 거짓말은 내 특기나 다름없다. 어느 상황에서도 능숙하고 자연스럽게 거짓말을 늘어놓을 수 있다. 지금은 그냥 웃음을 터뜨리며 실망하는 척해야 할 타이밍이다. 정말로 나를 알아보는 줄 알았는데 이제 보니 농담이었다고 웃어넘길 타이밍. 사진, 특히 1920년대에 촬영된 사진을 어떻게 믿을 수 있겠느냐고.

하지만 나는 그러지 않는다. 그녀를 무안하게 만들고 싶지 않기 때문이기도 하지만 그녀에게 진실을 털어놓고 싶기 때문이기도 하다. 그녀는 진실을 알 필요가 있다고 생각해서다.

"어때요?"

그녀가 침묵을 깨며 말한다. 그러곤 의미를 알 수 없는 애매한 제스처를 취해 보인다. 턱을 살짝 내민 채 눈을 감고 고개를 끄덕인다. 흘러내린 머리를 귀 뒤로 쓸어 넘기면서. 점잖은 반항의 제스처. 그녀는 무엇에 저항하고 있는 걸까? 인생? 현실? 간질병? 불과 2초 만에 벌어진 일이지만 인정할 수밖에 없다. 4세기만에 처음으로 사랑에 빠졌다는 사실.

제스처 하나 때문에 누군가와 사랑에 빠졌다는 건 이상하게 들릴 수 있을 것이다. 하지만 가끔 눈 깜빡할 새 한 사람에 대한 모든 것이 파악될 때가 있다. 모래알만 보고 우주를 이해할 수 있듯이. 한순간에 빠진 사랑은 첫눈에 반한 사랑과는 또 다른 것이다.

"이제 보니……."

나는 조심스레 말한다. 일단 그녀가 자신의 이론을 얼마나 믿고 있는지 시험해 볼 필요가 있다.

"당신은 공상 과학 소설을 좋아할 뿐만 아니라 나 자체가 공상 과학 소설이라고 믿고 있군요. 정말 내가 시간 여행자인 것 같아요?"

그녀가 어깨를 으쓱인다.

"글쎄요. 모르겠네요. 정말 모르겠어요. 믿어지지 않는 진실 자체가 공상 과학 소설인 셈이잖아요. 지구가 태양을 중심으로 돈다는 것. 전자기. 진화. 엑스선. 비행기. DNA. 줄기세포. 기후 변화. 화성에서 발견된 물의 흔적. 전부 우리가 눈으로 확인하기 전까지는 공상 과학 소설로만 치부되던 이론들이었어요."

나는 당장 레스토랑을 뛰쳐나가고 싶은 충동에 휩싸인다. 그것은 그녀와 영원히 대화를 나누고 싶은 충동만큼이나 강렬하다. 완전히 같지는 않지만.

나는 눈을 질끈 감는다. 뜨겁게 달구어진 쇳조각이 피부를 짓이겨 대고 있기라도 한 것처럼.

"말해 봐요. 진실을 얘기해 보라고요."

"그럴 수 없어요."

"그 사진 속 남자가 당신이라는 거 알아요."

"그건 연출된 거예요. 그 사진 말이에요. 1920년대에 촬영된 게 아니에요."

"당신은 지금 거짓말을 하고 있어요. 그러지 말아요."

나는 자리에서 일어난다.

"이만 가 봐야겠어요."

"가지 말아요, 제발. 부탁이에요. 난 당신이 좋아서 이러는 거예요. 세상 모든 것으로부터 도망칠 순 없잖아요."

"당신이 틀렸어요. 모든 것으로부터 도망칠 수 있어요. 계속 달아나고, 달아나고, 또 달아나면 돼요. 일생 동안 그렇게 살면 된다고요. 달아나고, 바꾸고, 또 달아나고."

사람들이 음식을 씹다 말고 나를 돌아본다. 내가 소란을 피우고 있는 것이다. 이곳 서더크에서. 또 다시. 나는 다시 의자에 앉는다.

"나한테 그 사진이 있어요. 내 휴대폰에. 그 사진을 찍어 뒀었죠. 아주 선명하게 잘 찍혔어요. 이상하게 들릴지 모르지만 당신이 끝내 입을 열지 않는다면 난 다른 방법을 동원해서라도 그 답을 꼭 밝혀내고 말 거예요."

그녀가 말한다.

"그건 현명한 일이 아니에요."

"내겐 현명한 일로 여겨지는데요. 세상의 모든 진실은 명백하게 밝혀져야 해요. 날 봐요. 고질적인 간질병을 떠안고 살아가야 하잖아요. 이 풀리지 않는 미스터리에서 벗어날 길이 없다고요. 전문가들도 아는 게 거의 없고요. 어딘가에는 분명 이 병의 진실도 숨어 있을 거예요. 그저 우리가 아직 찾아내지 못했을 뿐. 그래서 세상의 모든 진실은 명백하게 밝혀져야 한다고 얘기하는 거예요. 특히 요즘에는 더 그래야 하고요. 그리고 당신이 약속했잖아요. 여기서 얘기하겠다고 약속한 거 잊었어요? 끝까지 이렇게 나온다면 나도 끝까지 물고 늘어질 거예요."

"만약 내가 진실을 들려주고 그 누구에게도 발설하면 안 된다는 다짐을 받는다면요? 그럼 어떻게 되는 거죠?"

"그럼 난 그 약속을 지켜야죠."

나는 그녀의 얼굴을 빤히 쳐다본다. 얼굴만 봐서는 상대를 깊이 알 수 없지만 나는 그녀를 믿는다. 지난 한 세기 동안 헨드릭 외의 그 누구도 신뢰하지 않았었다. 그럼에도 불구하고 그녀에게 믿음이 간다. 어쩌면 와인 탓인지도 모른다. 어쩌면 이런 쪽으로 소질을 키워 나가는 중인지도 모르고.

이 두렵고 당황스러운 순간에 나는 그녀를 속속들이 알게 되었다. 마치 그녀와 일생을 함께해 온 사람처럼.

"그래요. 그게 나였어요. 그게 나였다고요."

그녀는 한동안 나를 응시한다. 마치 짙은 안개 속에서 무언가가 서서히 모습을 드러내기라도 한 것처럼. 마치 지금껏 살아오면서 단 한 번도 확신을 가져 본 적이 없었던 것처럼. 마치 이 모든 것이 정교하게 조작된 환상이라는 설명을 기다리고 있는 것처럼. 나는 그녀의 표정을 흥미롭게 지켜본다. 그녀가 진실을 알게 되었다는 사실이 나를 흥분시킨다.

걱정은 나중에 해도 늦지 않다. 진실은 내게서 그녀에게로 전달되었다. 하지만 지금은 후련한 마음뿐이다.

우리가 주문한 음식이 도착한다. 나는 웨이터가 북적이는 레스토랑 속으로 사라질 때까지 그를 지켜본다. 그런 다음, 그녀를 쳐다보며 모든 것을 털어놓기 시작한다.

두 시간 후, 우리는 템스 강변을 걷고 있다.

"믿기가 무서운데요. 당신 얘기가 옳다는 건 알고 있어요. 진작부터 알았죠. 하지만 이런 엄청난 진실을 알게 될 줄은 상상도 못했어요. 설마 내가 미쳐 버린 건 아니겠죠?"

"당신은 미치지 않았어요."

한때 카디널스 햇이 있었던 자리에서는 청년 하나가 BMX

자전거 묘기를 펼치고 있다.

나는 카미유를 쳐다본다. 그녀는 행복해하는 관광객들 틈에서 한없이 심각한 표정을 짓고 있다. 갑자기 죄책감이 밀려든다. 나는 그녀에게 비밀을 털어놓았을 뿐만 아니라 내 감정의 무게까지 지워 주고 말았다.

나는 그녀에게 매리언에 대해 들려주었다. 그리고 지금, 딸이 준 동전이 담겨 있는 비닐 주머니를 꺼내 보인다.

"그 애가 이걸 쥐어 주었던 날이 기억나요. 작년에 겪은 일보다도 딸과 함께 보낸 나날을 더 생생히 기억하고 있어요."

"그 애가 아직도 살아 있다고 생각해요?"

"모르겠어요. 사백 살이 넘은 사람으로 살아가는 것만으로도 사실 벅차요. 좋은 세상을 만나서 더 이상 우리를 마녀로 모는 사람도, 우리에게 자식이 없다는 걸 이상하게 여기는 사람도 없지만. 난 늘 그 애의 기운을 느껴 왔어요. 아주 똑똑한 아이였죠. 책 읽는 걸 무척이나 좋아했고요. 아홉 살 때 몽테뉴가 했던 말을 줄줄 읊고 다녔다니까요. 난 그 애의 정신이 걱정이에요. 너무 예민해서 말이죠. 말수도 적고. 세상엔 그 애를 거슬리게 하는 게 많아요. 그래서 툭하면 속상해했죠. 불필요한 생각도 깊게 했고요. 자기만의 세상에 갇혀 있을 때가 많았고, 악몽도 자주 꿨어요."

"저런."

카미유가 말한다. 하지만 나는 그녀의 머릿속이 멍한 상태라는 걸 알고 있다.

그녀에게 말해 주지 않은 한 가지가 있다. 앨버트로스 소사이어티. 그것까지 알게 되면 그녀는 위험에 빠질 수도 있다. 그녀는 매리언 외에 나 같은 사람이 또 있는지 묻는다. 나는 아그네스나 헨드릭을 언급하지 않는다. 그냥 타히티 섬에서 만난 오랜 친구 오마이에 대해서만 살짝 들려줄 뿐이다.

"그가 런던을 떠난 후로는 한 번도 보지 못했어요. 그는 쿡과 세 번째 항해를 함께 했어요. 쿡이 통역해 줄 사람을 필요로 했거든요. 그리고 끝내 영국으로 돌아오지 않았어요."

"쿡 선장 말인가요?"

"네."

그녀는 내가 들려준 이야기에 무척 버거워하는 중이다. 이런 상황에서 셰익스피어와 피츠제럴드에 대한 이야기까지 늘어놓는 건 좋지 않을 것 같다. 그 얘기는 나중에.

우리는 다른 얘기로 넘어간다. 그녀는 흉터를 다시 보고 싶다고 말한다. 팔뚝을 내보이자 그녀가 손가락으로 흉터를 살며시 더듬어 나간다. 마치 그래야 믿을 수 있겠다는 듯이. 나는 강을 바라본다. 아주 오래 전, 허친슨 박사가 발견된 곳. 문득 그녀에게 털어놓을 게 있다는 사실이 떠오른다.

"저기……, 내가 들려주는 얘기는 누구에게도 발설하면 안돼요. 사실 당신에게도 들려주지 않는 게 좋겠지만, 비밀로 담아 두기엔 당신이 너무 집요하게 물고 늘어져서 말이죠. 당신은 나를 안다고 생각했어요. 그리고 바로 그런 생각, 그 호기심이 진실 그 자체보다도 당신을 더 위험에 빠뜨릴 수 있어요. 그러니까 아무에게도 얘기하면 안돼요."

나는 말한다.

"위험? 마녀들의 시대는 지났잖아요. 공개적으로 밝혀도 아무 문제 없을 텐데요. DNA 검사도 해보고요. 당신 같은 사람들도 있다는 게 입증되면 여러모로 도움이 될 거예요. 특히 과학계에서 반기겠죠. 이것도 질병인데 치료법을 찾아야 하지 않겠어요? 아까 당신이 그랬잖아요. 면역 체계가……."

"이 진실을 알게 된 사람들 대부분이 불행한 최후를 맞았어요. 나에 대한 논문을 발표하려 했던 의사는 죽었고요. 영원히 실종돼 버린 사람도 여럿이에요."

"실종? 누가 그들을 잡아가기라도 했다는 얘기예요?"

세상의 모든 진실에는 거짓말이 딸려오기 마련이다.

"그건 나도 몰라요. 워낙 어두운 구석이 많아서."

우리는 계속 대화를 이어 나간다. 밀레니엄 브리지를 지나 동쪽으로 방향을 튼다. 대화에 심취한 우리는 자연스럽게 집으로 향하는 중이다.

한 시간도 넘게 걸어야 하지만 개의치 않는다. 날씨가 온화해 굳이 지하철을 탈 필요도 없다. 우리는 세인트 폴 대성당을 지나쳐 걷는다. 나는 그녀에게 한때 이곳이 지금보다 훨씬 북적거렸다는 사실을 알려 준다. 성당 경내에 런던 출판사들 대부분이 몰려 있었다는 얘기도 덧붙인다. 우리는 아이언몽거 레인이라는 길을 따라 걷고 있다. 그녀가 이 길에 대해 묻자 나는 서더크로 통하는 길이라 자주 오갔다고 대답한다. 또한 하루 종일 금속 주조 작업이 펼쳐져 사방에서 요란한 소음과 뜨거운 열기가 뿜어져 나왔던 사실도 알려 준다.

그녀의 집은 내가 사는 곳 동쪽에 위치하고 있다. 내가 에이브러햄을 산책시켜야 한다고 하니 그녀는 함께 가겠다고 나선다.

우리는 공원 벤치에 나란히 앉는다. 우리가 처음 만났던 장소다. 우리 머리 위로 쇼핑백이 둥둥 떠다니고 있다. 마치 만화 속 유령을 보는 듯하다.

"옛날과 지금은 뭐가 가장 다른가요?"

"모든 게 다 달라졌어요. 눈에 보이는 모든 게 다. 변하지 않고 같은 상태로 유지되는 건 세상에 없어요."

나는 나무를 타고 오르는 다람쥐를 가리킨다.

"저 녀석은 한때 붉은날다람쥐였어요. 그때는 저렇게 회색을 띠지 않았었죠. 옛날엔 쇼핑백 따위가 바람에 날아 다니지도 않았고요. 교통 소음이라고는 다가닥다가닥 소리뿐이었어요. 사람들은 휴대폰 대신 회중시계를 꺼내 시간을 확인했죠. 그리고 냄새. 지금은 별 냄새 안 나지만 그땐 사방이 악취로 진동했어요. 미처리 하수와 공장들이 템스 강으로 쏟아 내는 오수 때문에."

"와아."

"굉장히 심각한 문제였어요. 대악취 사건The Great Stink에 대해

들어본 적 있죠? 천팔백 몇 년이었는데, 아주 무더운 여름이었
어요. 도시 전체가 지독한 악취로 진동했었죠."

"악취는 지금도 나지 않나요?"

"지금과는 비교가 안 될 정도였다니까요. 그때 다들 악취에
절어 살았어요. 씻고 다니는 사람도 없었고요. 당시 사람들은
목욕이 건강에 해롭다고 생각했거든요."

그녀가 자신의 겨드랑이에 코를 대고 킁킁거린다.

"나 같은 사람들이 득실거렸겠네요."

나는 몸을 기울이고 그녀의 냄새를 맡아 본다.

"당신은 너무 깨끗해요. 사람들이 수상하게 여겼을 거예요.
당신은 20세기 수준으로 깨끗하니까."

그녀가 웃음을 터뜨린다. 좋아하는 사람을 웃게 만드는 것은
세상에서 가장 간단하면서도 가장 순수한 기쁨이다.

하늘이 조금씩 어둑해져 간다.

"정말 나를 좋아해요?"

그녀가 또 다시 웃는다.

"사백 살 된 사람치고는 철이 없는 것 같군요."

"음, 정확하게는 사백삼십구 살이에요."

"미안해요. 사백삼십구 살 된 남자로 정정할게요."

"그런 걸 묻다니. 당신은 다섯 살배기 같아요."

"나도 다섯 살배기가 된 기분이에요. 나이를 이렇게 먹었는
데도 당신 앞에선 다섯 살밖에 되지 않은 것 같아요. 그래요. 그

대답이 정 듣고 싶다면…….”

그녀가 말한다.

“진실을 듣고 싶어요.”

그녀가 한숨을 내쉰다. 어색한 연기다. 그녀의 시선이 하늘로 올라간다. 나는 최면에 걸린 듯 그녀의 옆모습을 멍하니 쳐다본다.

“맞아요. 난 당신이 좋았어요.”

나도 한숨을 내쉰다. 나 역시 어색한 연기를 하고 있다.

“과거형이군요. 슬프네요.”

“알았어요, 알았어. 좋아해요. 좋아한다고요. 됐어요?”

“나도 마찬가지예요. 나도 당신이 좋아요. 당신에게 매력을 느끼고 있어요.”

이건 진심이다. 하지만 그녀는 웃음을 터뜨린다.

“매력이라고요? 아, 미안해요.”

그녀가 웃음을 흐린다. 그녀에게 입을 맞추고 싶어진다. 과연 내가 할 수 있을까? 지난 사백 년을 독신으로 살아온 내가 이런 상황의 에티켓을 알 리 없다. 하지만 가뿐하고 행복한 기분을 느끼는 자체만으로도 만족이 된다. 더 이상 진전이 없어도 상관없다. 키스를 영원한 가능성으로 남겨 둔 〈그리스 항아리에 부치는 노래(영국의 서정시인 키츠의 시_역주)〉 같은 이 순간, 나는 더 바랄 게 없다. 그녀는 나를 쳐다보고 나는 그녀를 쳐다본다.

카미유가 나에 대한 미스터리를 풀고 싶어 하는 만큼 나 역시 그녀의 미스터리를 풀고 싶다. 그녀는 내게 살며시 다가오고 나는 그녀의 어깨를 감싸 안는다. 바로 이곳, 공원 벤치에 나란히 앉아. 어쩌면 이것이 사랑에 빠지는 조건인지도 모른다. 영원히 풀고 싶은 미스터리를 찾아내는 것.

우리는 한동안 말없이 앉아만 있다. 오래된 커플처럼. 에이브러햄은 스프링어 스패니얼을 신나게 쫓아다니는 중이다. 그녀의 머리는 내 어깨에 얹혀 있다. 나는 잠시 그 기분 좋은 무게를 즐겨 본다. 그리고 2분 후, 두 가지 일이 연달아 벌어진다. 우선, 갑자기 로즈가 떠오르면서 죄책감이 밀려든다. 해크니의 작은 침대에서 내 가슴을 베고 누웠던 아내. 내 몸이 살짝 경직되어 있지만 카미유는 내가 무슨 생각을 하고 있는지 모를 것이다.

그리고 내 휴대폰이 울린다.

"그냥 안 받을래요."

나는 그렇게 말하고 응답하지 않는다. 하지만 잠시 후, 휴대폰이 또 다시 울린다. 그녀가 말한다.

"누구인지 확인해 봐요."

나는 휴대폰을 꺼내 화면에 떠오른 글자 하나를 빤히 들여다본다. H. 응답할 수밖에 없는 전화다. 카미유와 함께 있어도 평소에 하던 대로 해야만 한다. 그래서 나는 전화를 받는다. 순간 온몸을 감싸고 있던 행복이 바람에 떠다니는 쇼핑백처럼 날아가 버린다.

나는 휴대폰을 귀에 갖다 붙인 채 벤치에서 일어난다.

"내가 시간을 잘못 고른 건가?"

헨드릭이 묻는다.

"아뇨. 아니에요, 헨드릭. 괜찮아요."

"어디지?"

"개를 산책시키고 있어요."

"자네 혼자 있나?"

"네. 나 혼자 있어요. 나와 에이브러햄뿐이죠."

나는 말한다. 카미유가 듣지 못하도록 나지막하게. 하지만 헨드릭은 똑똑히 들을 수 있도록 크게. 하지만 둘 다 실패한 것 같다.

잠시 침묵이 흐른다.

"그렇군. 내가 연락한 이유는 말이야……. 우리가 누군가를 찾아냈어."

"매리언?"

"아니, 걔 아니고. 자네 친구를 찾았지."

'친구'라는 단어가 나를 혼란스럽게 만든다. 나는 카미유를 내려다본다. 그녀는 벤치에 앉아 찡그린 얼굴로 나를 응시하고 있다.

"누군데요?"

"자네 친구 있잖아."

그게 누구인지 짐작조차 되지 않는다.

"친구라니, 누구 말이죠?"

"자네의 폴리네시아 친구 오마이. 그가 아직 살아있더라고. 아주 어리석은 친구야."

"오마이?"

카미유가 가까이 없었어도 나는 기뻐하지 않았을 것이다. 옛 친구에게 관심이 없어서가 아니라, 헨드릭이 그를 찾아냈다는 사실이 나를 불안하게 만들었기 때문이다. 보나마나 그는 끝까지 숨어 지내기를 바랐을 텐데. 불과 일 분 전의 행복은 어느새 내 손이 닿지 않는 곳까지 멀어져 버린 상태다.

"그 친구, 지금 어디 있죠? 어떻게 된 거랍니까?"

나는 묻는다.

"조슈아 레이놀즈의 삼백 년 전 초상화 속 모델과 똑같이 생긴 오스트레일리아 서퍼가 있다고 해서 알아봤지. 솔 데이비스라는 이름을 쓰고 있더군. 서핑 커뮤니티에선 꽤 알려진 친구인가 봐. 실제로는 삼백오십 살이 넘었지만 아직까지도 삼십대의 외모를 유지하고 있어. 세월이 흘러도 늙지 않는 그를 보고 사람들이 수상쩍게 여기기 시작했다더군. 인터넷에서도 난리났고 말이야. 누군가가 이런 댓글을 올려놨어. '오, 그 불멸의 친구라면 잘 알지. 우리 동네에 살아. 신기하게도 구십 년대의 외모를 그대로 유지하고 있더라고.' 그는 요주의 인물이 돼 버렸어. 사람들이 의심하기 시작했으니. 문제는 그뿐만이 아니야. 베를린에 사는 아그네스의 정보원은 그들이 이미 그에 대해 알

379

고 있다고 했어. 연구소 말이야. 그 친구는 지금 큰 위험에 처해 있는 거라고."

바람이 점점 거세져 간다. 카미유는 자신의 어깨를 문질러 대고 있다. 내게 춥다는 신호를 보내고 있는 것이다. 나는 고개를 끄덕이고 입을 우물거린다.

"갈게요."

하지만 헨드릭이 눈치 채지 못하도록 최대한 자연스럽게 움직여야 한다.

"저기……."

"곧 방학이지? 중간 방학."

갑자기 불길한 기운이 느껴진다.

"네."

"시드니 행 비행기 표를 보내 줄게. 두바이에서 두 시간 경유하는 동안 공항에서 쇼핑도 좀 하고. 오스트레일리아에서 햇볕 좀 쬐다가 오면 좋잖아."

햇볕 좀 쬐다가 와. 나를 스리랑카로 보내기 전에도 헨드릭은 그렇게 말했었다.

"더 이상 임무는 없을 거라고 했지 않습니까. 8년 동안 방해 안 할 테니 마음 놓고 지내라면서요."

내가 대꾸한다.

"설마 챙겨야 할 사람이라도 생긴 건 아니겠지? 그런 일은 없어야 하는데."

"아니에요. 사람이 아니라 개예요. 에이브러햄. 많이 늙어서 8년을 버티는 건 무리라고요. 그렇다고 이 녀석만 남겨 두고 떠날 수도 없고요."

"요즘엔 도그시터라는 직업도 있다던데."

"개가 아주 예민해서요. 불안해지면 악몽도 꾸고 분리 불안 장애도 앓고 있어요."

"자네 혹시 술 마셨나?"

어떻게든 카미유에게 불똥이 튀는 일은 없어야 한다.

"아까 와인을 조금 마셨어요. 인생의 낙이죠. 그게 가장 중요하지 않나요? 당신도 그렇게 말했었잖아요."

"자네 혼자서?"

"나 혼자서요."

카미유가 벤치에서 일어난다. 그녀는 개줄을 붙잡고 있다. 뭐하려는 거지? 하지만 이미 늦어 버렸다. 그녀는 이미 행동에 들어간 상태다.

"자, 가자!"

안 돼.

"에이브러햄!"

개가 그녀에게로 달려간다. 헨드릭의 목소리가 차가워진다.

"사람이 생긴 건가?"

"네?"

"방금 에이브러햄을 부른 여자 말이야. 자네가 키우는 개 이름이잖아. 안 그런가?"

헨드릭은 노인답게 수천 개의 증상에 시달리고 있다. 하지만 애석하게도 난청은 거기에 포함되어 있지 않다.

카미유가 에이브러햄의 목에 클립을 끼우고 나서 다시 나를 돌아본다. 그녀는 떠날 채비를 마친 상태다.

"여자가 생겼어?"

카미유가 다가와 귀를 쫑긋 세운다.

"누구지?"

"아무도 아니에요. 그녀는 나랑 아무 상관도 없는 사람이에요." 나는 말한다.

키스를 퍼붓고 싶었던 그녀의 입술은 충격에 쩍 벌어져 있다.

"뭐라고요?"

그녀가 속삭인다. 그것은 소리 없는 비명에 가깝다. '진심으로 하는 얘기가 아니에요.' 나는 몸짓으로 말한다.

"그냥 공원에서 만난 사람이에요. 개들끼리 워낙 친해서요."

카미유는 격분한다. 헨드릭이 한숨을 길게 내쉰다. 과연 그는 내 해명을 믿어 줄까? 그가 다시 주요 문제로 돌아간다.

"자네가 못 가면 또 다른 누군가가 그 친구를 만나러 가게 될 거야. 낯선 사람이 말이야. 최근에 사람들을 많이 모아 뒀거든. 그들은 결국 매리언도 찾아낼 거야. 그러니까 내 말은, 자네 대신 보낼 사람들이 많다는 뜻이지. 그들이 그를 설득할 수 있을지는 모르겠지만. 아무튼 이제……."

헨드릭은 잠시 말끝을 흐리다 또렷하게 덧붙였다.

"자네에게 달렸어. 모든 게 자네에게 달렸다고."

선택권. 역시 헨드릭답다. 내가 가서 오마이를 설득하든지, 오마이가 고집을 부리다 죽든지 하나를 고르라는 것. 그는 지금 그 말을 하고 있는 것이다. 베를린에서 보낸 사람이 못하면 또 다른 누군가가 그 일을 맡아 처리할 것이다. 인정하고 싶지 않지만 그가 옳다. 헨드릭은 조종자이지만 진실은 늘 그의 편이다.

카미유가 내게 개줄을 쥐어 주고 공원을 나가 버린다.

"나중에 연락할게요. 생각 좀 해보고 나서."

"한 시간 주지."

"한 시간. 알았어요."

나는 전화를 끊고 나서 카미유를 불러 본다.

"카미유, 기다려요. 어디 가는 거예요?"

"집에요."

"카미유?"

"방금 누구랑 통화한 거죠?"

"그건 말할 수 없어요."

"그녀에게 내가 누구인지 털어놓지 못했던 것처럼 말이죠?"

"여자가 아니었어요."

"더 이상은 못 견디겠어요, 톰."

"카미유, 제발."

"꺼져요."

"카미유?"

"우리 사이에 뭔가 특별한 연결고리가 있다고 믿었어요. 그래서 당신에게 모든 걸 털어놓은 거라고요. 제기랄. 하마터면 당신과 잘 뻔했다고요! 이게 당신 수법이죠? 상대를 당신 마음대로 조종하는 거 말이에요. 나도 이 개처럼 조련하고 싶었나요?"

"에이브러햄은 조련 받은 개가 아니에요. 카미유, 제발, 이러지 말고……."

"Fils de pute(매춘부의 자식 같으니)!"

그녀가 씩씩거리며 공원을 나가 버린다. 그녀를 따라가고 싶다. 내 안의 모든 원자가 그러기를 바라고 있다. 그녀에게 헨드릭에 대해 들려주고 싶다. 모든 게 오해였다는 걸 알고 나면 그녀는 화를 풀어 줄 것이다. 하지만 나는 잔디 위에, 그리고 자줏빛 하늘 아래 멀뚱히 서 있을 뿐이다. 날은 빠르게 어둑해져 가는 중이다. 그녀를 위험에 빠뜨리는 것보다는 차라리 그녀를 열받게 하는 편이 낫다. 어려운 문제다. 그녀를 보호하려면 그녀에게 신경을 끊어야만 한다.

이미 상황은 걷잡을 수 없이 커져 버렸다. 헨드릭이 그녀의 목소리를 듣고 말았다. 눈치 빠른 그는 그녀의 프랑스 악센트를 놓치지 않았을 것이다.

젠장. 와인을 마시면 이렇게 된다. 누군가에게 가까워지려 하면 이렇게 함정에 빠져 버리고 만다. 나는 1891년부터 같은 함정에 빠져 허우적거려 왔다. 언제나 그렇듯 이것도 헨드릭의 함정이다. 온몸이 마비된 느낌이다. 정상인의 삶은 내게 사치다. 실로 오랜만에 만난 마음이 가는 상대를 언짢게 만들기나 하고. 젠장. 젠장. 젠장.

"젠장."

나는 에이브러햄을 내려다보며 말한다. 에이브러햄이 어리둥절한 표정으로 헥헥대며 나를 올려다본다.

지난 몇 세기 동안 나는 내 모든 절망이 비탄이라고 생각했었다. 하지만 비탄이라면 극복할 수 있어야 한다. 아무리 압도적인 비탄이라도 몇 년의 세월이 흐르면 극복할 수 있다. 극복은 못하더라도 최소한 그것과 타협하며 살아갈 수 있어야 한다. 필요하면 남들에게 의지하면서. 우정과 가족과 가르침과 사랑의 힘으로. 이런 깨달음을 얻은 지는 꽤 오래되었다.

하지만 생각할수록 우습다. 내가 남을 변화시킬 수 있을 거라 믿었다니. 당장 학교를 때려치워야 한다. 그 누구와도 말을 섞지 말아야 한다. 그 누구와도 엮여서는 안 되고 완전히 고립된 채 살아야 한다. 아이슬란드로 돌아갈까? 그냥 헨드릭이 내려 주는 임무에만 충실하며 살아 볼까?

나 자신에게나 남에게 고통을 주지 않고 살아가는 건 불가능해 보인다. 에이브러햄이 옆에서 낑낑거린다. 마치 내 고통을 이해한다는 듯이.

"난 괜찮아. 자, 이제 집으로 돌아가자."

나는 에이브러햄에게 비스킷을 내주고서 보드카를 홀짝인다. 그리고 미쳐 버릴 때까지 칼리 사이먼의 〈다시 돌아오다〉를 반복해서 흥얼거린다.

십 분 후에는 약속대로 헨드릭에게 전화를 걸어야 한다. 나는 유튜브에 접속해 '솔 데이비스'를 검색해 본다. 서핑보드에 올라 선 웨트수트 차림의 남자가 거센 파도 위를 누비는 영상.

물에서 나온 남자가 해변을 가로질러 와 카메라를 향해 환히 미소 짓는다. 그러다가 미간을 살짝 찌푸리며 고개를 저어 댄다.

"저런 파도엔 함부로 뛰어들면 안 돼요."

그가 오스트레일리아 악센트로 말한다. 머리를 박박 밀어버린 그는 내가 마지막으로 보았을 때보다 스무 살쯤 더 나이 들어 보이는 외모를 가지고 있다. 하지만 의심의 여지가 없었다. 오마이. 나는 화면을 정지시킨다. 오마이의 눈이 나를 뚫어져라 쳐다보고 있다. 그의 이마에는 바닷물이 송골송골 맺힌 상태다.

나는 휴대폰을 집어 들고 '최근 통화 기록'에서 'H'를 찾아 누른다.

헨드릭이 응답한다.

"좋아요, 헨드릭. 할게요."

Part 5

귀환

영국, 플리머스, 1768년

내가 오마이를 처음 만난 것은 비가 내리는 3월의 어느 화요일, 플리머스 항구의 자갈길에서였다. 나는 숙취에 시달리는 중이었다. 플리머스에서는 매일 숙취를 달고 살았었다. 숙취에 절어 있거나 거나하게 취해 있거나. 여러모로 축축한 곳이었다. 비, 바다, 에일. 마치 모두가 아주 서서히 익사해 가는 기분이었다.

새뮤얼 월리스 선장을 찾는 것은 어렵지 않았다. 길드 집회소에 걸린 그의 초상화를 본 적이 있었기 때문이다. 감청색 코트 차림의 그는 어떤 남자와 심각한 대화를 나누며 부두를 걸어 나가는 중이었다.

나는 한 달 전 플리머스에 도착했다. 당시 나는 절망에 빠져 지내고 있었다. 언젠가는 딸을 찾을 수 있을 거라는 희망은 사라진 지 오래였다. 나는 오랫동안 나를 괴롭혀 온 수수께끼를 푸는 데 집중하고 있었다. 챙겨야 할 사람도 없는 세상에서 왜 꾸역꾸역 살아가야 하나? 그 답은 아직도 찾지 못했다. 지금 와서 돌이켜보면 당시 나는 심각한 우울증을 앓고 있었던 것 같다.

나는 월리스에게 달려가 그의 앞에 우뚝 섰다. 그리고 계속 걸어오는 그의 앞에서 뒷걸음질 쳐 가기 시작했다.

"사람이 부족하다는 애길 들었어요. 항해에 필요한 인력 말예요. 돌핀호 선원."

내가 말했다. 두 남자는 걸음을 멈추지 않았다. 월리스 선장이 나를 응시했다. 역사가 크게 부풀려 놓은 많은 인물들과 마찬가지로 그 역시 실제로는 무척 평범한 사람에 불과했다. 그는 멋들어진 옷으로 신체적 단점을 감추기 위해 노력했다. 작은 키에 뚱뚱한 체구, 그리고 자줏빛이 도는 얼굴. 항해보다는 화려한 성찬에 훨씬 더 어울리는 사람이었다. 하지만 그는 2년 후, 자신의 이름을 딴 섬을 갖게 될 위대한 인물이었다. 경멸이 묻어나는 그의 작은 초록색 눈은 계속해서 나를 쳐다보고 있었다.

"자네는 누군가?"

그가 코웃음 섞인 목소리로 물었다.

"존 프리어스."

처음으로 입 밖에 꺼내보는 이름이었다.

월리스 선장과 함께 있는 남자가 그의 팔뚝에 살며시 손을 얹었다. 미묘한 제스처였지만 목적은 확실하게 달성했다. 남자는 월리스 씨와 완전 딴판이었다. 눈빛은 날카로웠지만 입가에는 온화한 미소가 머금어져 있었다. 호기심이 생겼는지 그의 입술이 살짝 말려 올라갔다. 그는 쌀쌀한 날씨에도 흑옥색 코트만을 걸치고 있었다. 토비아스 퍼노. 그 후 몇 년에 걸쳐 나는 그를 깊이 알게 되었다.

두 사람은 북적이는 항구 한복판에 멈춰 서 있었다. 한쪽에는 얼룩진 회색 상자들이 수북이 쌓여 있었고, 그 안에선 갓 죽은 생선들이 햇빛을 받아 반짝였다.

"왜 우리가 자네를 데려가야 하지?"

"제게는 쓸만한 기술이 있습니다."

"무슨 기술?"

퍼노 씨가 물었다.

나는 가방에서 나무로 된 검은 갈루베(구경이 작고 구멍이 세 개 있는 플루트와 비슷한 피리_역주)를 꺼내 입에 물었다. 그리고 〈비스케이 만〉이라는 민요의 첫 소절을 연주했다.

"실력이 대단한데."

퍼노 씨가 미소를 지으며 말했다.

"만돌린도 연주할 수 있습니다."

류트는 굳이 언급하지 않았다. 요즘 세상에 면접을 하면서 팩스기를 다룰 줄 안다고 자랑하는 것과 다르지 않았으니. 이미 류트는 과거의 악기가 되어 버린 지 오래였다.

퍼노 씨는 내 재능을 높이 평가해 주었다.

"흠, 선상에서 공연을 열 것도 아니지 않습니까, 퍼노 씨."

월리스 씨가 못마땅해하는 표정으로 퍼노 씨를 돌아보며 말했다. 퍼노 씨가 습한 공기를 한 번 들이마셨다.

"그의 이런 음악적 재능은 긴 항해에 도움이 될 겁니다, 월리스 씨."

"다른 기술도 있습니다."

나는 윌리스 씨에게 말했다. 그가 의심의 눈빛으로 나를 쳐다보았다.

"돛을 걸 줄 알고요, 돛대에 기름칠을 할 줄도 압니다. 삭구(배에서 쓰는 로프나 쇠사슬 등의 총칭_역주)를 고칠 줄도 알고, 글과 지도도 잘 읽습니다. 총을 장전하고 쏘는 것도 문제없습니다. 그뿐 아니라 프랑스어도 아주 잘합니다. 네덜란드어도 할 줄 알지만 프랑스어만큼은 아니에요. 밤잠이 없어서 매일 불침번을 세우셔도 됩니다. 더 있는데, 계속 할까요?"

퍼노 씨는 터지는 웃음을 참으려 애쓰고 있었다. 윌리스 선장의 얼굴은 여전히 딱딱하게 굳어 있었다. 오히려 방금 전보다도 더 불쾌해하는 것 같았다. 그가 나를 지나쳐 걷기 시작했다. 그의 벨벳 코트 자락이 황급히 후퇴하는 배의 돛처럼 펄럭거렸다.

"우린 일찍 출발할 거야. 내일 아침 정각 여섯 시. 시간 맞춰서 항구로 나와."

"알겠습니다. 여섯 시. 꼭 나갈게요. 고맙습니다. 정말 고맙습니다."

런던, 현재

내가 9학년 아이들에게 사회사를 가르치고 있을 때 카미유가 창밖으로 지나간다. 고통스러운 꿈을 꾸는 기분이다.

"엘리자베스 여왕 시대엔 주머니에 지폐를 넣고 다니는 사람이 없었어. 잉글랜드 은행이 생기기 전까지는 다들 동전만 잔뜩 들고 다녔지……."

나는 본능적으로 한 손을 들어 보이지만 카미유는 아무 반응이 없다. 나를 똑똑히 보고 있는데도. 안톤은 내 손이 슬그머니 내려가는 걸 지켜본다.

일주일 내내 그런 어색한 분위기는 계속 이어진다. 카미유는 나를 투명 인간 취급한다. 교무실에서도 나와 눈이 마주치지 않으려 무던히 애를 쓴다. 밖에서 스쳐 지날 때도 그녀는 인사를 건네지 않는다. 그렇다. 내가 상처를 준 거다. 그녀에게 말을 붙이면 상황은 더 악화될 것이다. 그래서 나는 시도조차 하지 않는다. 일단 오스트레일리아에서 볼일을 보고 나서 다른 곳으로 떠날 계획이다.

학교 로비를 대각선으로 가로지르던 중에 그녀와 다시 마주

친다. 그녀가 슬퍼하는 모습을 보고 도저히 참을 수가 없어 입을 열어 본다.

"카미유, 미안해요……. 정말 미안해요."

그녀는 고개만 살짝 끄덕이고는 계속 걸음을 옮겨 나간다.

그날 저녁, 나는 공원 벤치를 바라보며 카미유를 살며시 끌어안은 순간을 떠올린다. 에이브러햄은 자기 몸집의 사분의 일밖에 되지 않는 자그마한 몰티즈 개를 따돌리려 애쓰는 중이다. 벤치에서는 슬픈 기운이 묻어나고 있다. 그것 역시 당시 상황을 기억하고 있는 듯하다.

토요일은 중간 방학이 시작되는 날이다. 나는 에이브러햄을 도그 시터에게 맡기고 오스트레일리아로 날아갈 계획이다. 지금 나는 슈퍼마켓에 와 있다. 작은 여행용 치약을 골라 장바구니에 담고 있을 때 다프네가 눈에 들어온다. 밝은 색 블라우스 차림의 그녀가 카트 뒤에서 나를 발견한다. 순간 그녀의 눈이 휘둥그레진다.

내가 여행을 떠난다는 사실을 그녀에게 들키고 싶지 않다. 그래서 치약과 선탠 로션을 「뉴 사이언티스트」 밑에 잽싸게 숨겨 놓는다.

"안녕하세요, 해저드 선생님!"

그녀가 웃음을 터뜨리며 말한다.

"교장 선생님, 안녕하세요!"

불행하게도 대화가 시작된다. 그녀는 콜럼비아 가의 꽃시장으로 향하던 길에 카미유를 보았다고 알려 준다.

다프네의 눈빛이 짓궂어 보인다.

"내가 당신의 보스가 아니었다면, 그냥 당신의 옆집 이웃이었다면 마담 게랭이 우리 학교의 어떤 역사 교사에게 푹 빠져 있다고 귀띔해 주었을 텐데 말이죠."

슈퍼마켓의 부자연스러운 조명이 온몸에 느껴진다.

"하지만 그럴 수 없어 유감이에요. 난 교장이니까. 그리고 교장은 그런 얘기를 마구 퍼뜨리고 다니면 안 되니까. 교내 커플 로맨스를 부추기는 건 교장이 할 짓은 아니잖아요. 난 그저…… 그녀가 일주일 내내 너무 조용하지 않았나요? 그거 못 느꼈어요?"

나는 애써 미소를 지어 보인다.

"아쉽게도 그건 가짜 뉴스입니다."

"왠지 당신이라면 그녀의 기분을 풀어 줄 수 있을 것 같아서 말이죠."

"제가 나서면 더 악화될 겁니다."

잠시 어색한 침묵이 흐른다. 적어도 내게는 이 침묵이 어색하게 느껴진다. 다프네는 절대 어색해할 사람 같지 않다. 그녀의 카트에는 럼주 한 병과 파스타 한 봉지가 담겨 있다.

"파티가 있나 보죠?"

나는 화제를 돌리려 묻는다.

그녀가 한숨을 내쉰다.

"그랬으면 얼마나 좋겠어요? 이 바카디Bacardi는 어머니에게 드릴 거예요."

"같이 나눠 드실 거 아닌가요?"

"하! 그런 일은 절대 없을 거예요. 우리 어머니가 럼주를 얼마나 좋아하시는데요. 지금은 서비턴의 양로원에 살고 계세요. 어머니가 원하신 거예요. 친구 분들과 같이 지내고 싶으시다면서 말이죠. 아무튼 어머니는 틈만 나면 술을 사오라고 시키세요. 정말 못 말린다니까요. 내가 무슨 밀주업자도 아니고. 금주법 시대의 미국처럼……"

나는 애리조나에서 피아노로 래그타임을 연주했던 기억을 떠올린다. 피아노 옆 먼지 덮인 바닥에 밀주 한 병을 놓아 두었던 기억도 난다.

"어머니는 신장이 좀 안 좋으세요. 예전에 뇌졸중으로 쓰러진 적도 있었고요. 술은 절대 마시면 안 되지만 오래 살려고 태어난 게 아니라 재밌게 살려고 태어난 거라면서 고집을 부리시지 뭐예요. 하지만 꽤 오래 살기도 하셨어요. 지금 여든일곱 살이시거든요. 연세에 걸맞지 않게 얼마나 터프하신지 몰라요."

"재밌는 분 같으시네요."

나는 어떻게든 화기애애한 대화를 이어가 보려 애쓰는 중이다. 하지만 내 고통스럽고 지나치게 활동적인 해마는 학교에서 본 카미유의 모습을 끊임없이 떠올리게 만든다. 그녀의 창백했던 얼굴을. 나를 피해 일부러 교무실 끝에 틀어박혀 있던 그녀의 모습을.

하지만 다프네의 목소리가 나를 절망으로부터 꺼내 준다.

"그래요. 아주 재밌게 사시는 분이죠. 함께 지내시는 분들도 다들 독특하시고. 그중 한 분은 자신이 정복자 윌리엄이 통치했을 때 태어났다고 주장하세요. 양로원이 아니라 정신병원에 계셔야 할 텐데."

그 말에 나는 움찔한다. 가장 먼저 매리언이 떠오른다. 하지만 논리적으로 말이 되지 않는다. 만약 매리언이 살아있다면 그 애는 노파의 모습을 하고 있지 않을 것이다. 나보다 어리니까. 게다가 딸은 정복자 윌리엄이 아니라 제임스 왕이 통치했을 때 태어났다.

"가엾은 메리 피터스. 완전히 미쳐 버리다니. 이제는 TV도 무서워한다나요. 하지만 좋은 분이세요."

메리 피터스.

나는 다프네를 쳐다보며 고개를 젓는다. 해크니에 살았을 때 메리 피터스가 실종되었다는 소문을 들은 기억이 있다. 로즈와 함께 시장에서 장사했던 여자. 애덤스 부인으로부터 끈질기게 괴롭힘을 받아 왔던 여자.

"오. 정말이세요? 저런, 딱하기도 하지."

다프네가 사라진 후 나는 카트를 통로에 버려둔 채 슈퍼마켓을 성큼 나와 버린다. 그리고 휴대폰으로 서비턴 행 기차 시간을 검색해 본다.

양로원은 도로에서 멀리 떨어진 곳에 자리하고 있다. 건물 앞에는 나무들이 빽빽이 세워져 있다. 나는 바깥 인도에 서서 무엇을 어찌해야 할지 고민에 빠진다. 길 건너로 우체부 한 명이 보일 뿐 도로는 텅 빈 상태다. 나는 깊은 숨을 한 번 들이쉰다.

인생은 요상한 리듬에 따라 흘러간다. 그 사실을 깨닫기까지는 많은 시간이 걸렸다. 수십 년. 아니 수백 년. 그 리듬은 단순하지 않지만 분명 존재하기는 한다. 박자는 변화무쌍하다. 구조 안에는 또 다른 구조가 갇혀 있고, 패턴 속에는 또 다른 패턴이 숨어 있다. 무척 당황스럽다. 존 콜트레인의 색소폰 연주를 처음 들을 때처럼.

하지만 계속 듣다 보면 익숙함이 찾아든다. 요즘 리듬은 매우 빠르다. 나는 어느새 크레센도에 다다라 있다. 모든 일들이 한순간에 일제히 벌어진다. 바로 그것이 패턴 중 하나다. 아무 일도 없을 때는 그런 따분한 상태가 오랫동안 이어진다. 하지만 어느 정도 시간이 흐르면 그런 소강상태를 견딜 수 없게 된다. 바로 그때가 드럼이 끼어들어야 하는 타이밍이다. 무슨 일이든 벌어져야 할 때. 그 필요는 대개 자기 자신으로부터 비롯된다. 그럴 때면 전화를 건다. 그리고 하소연한다.

"이번 삶은 더 못해먹겠어요. 다음으로 넘어가게 해 줘요."

그러고 나면 직접 통제할 수 있는 일과 그럴 수 없는 일들이 속속 벌어진다. 뉴턴의 운동 제3법칙. 작용에는 항상 반작용이 따른다. 일들이 벌어지면 또 다른 일들도 덩달아 벌어진다. 하지만 가끔 왜 그런 일들이 벌어지는지 설명할 수 없을 때가 있다. 왜 버스들은 모두 한꺼번에 도착하는지. 왜 인생의 행운의 순간과 고통의 순간이 한데 뭉키어 밀려드는지. 우리가 할 수 있는 일이라고는 그 패턴과 리듬을 관찰하고 그냥 순응하는 것뿐이다.

나는 숨을 한 번 깊이 들이쉬었다가 천천히 내쉰다.

애쉬 그레인지 양로원. 로고는 낙엽이다. 평범해 보이는 낙엽. 간판은 은은한 노란색과 파란색을 띠고 있다. 이토록 우울해 보이는 간판은 처음이다. 건물에서도 음산한 기운이 풍긴다. 고작 이십 년 정도밖에 되어 보이지 않는데도 옅은 주황색 벽돌과 색이 들어간 창문들이 칙칙한 분위기를 뿜어낸다. 완곡하게 표현된 죽음을 대하는 기분이다.

나는 안으로 들어간다.

"실례합니다."

나는 사무실을 지키고 있는 여자에게 말한다. 그녀는 아크릴 유리로 된 작은 창문을 열어 준다.

"메리 피터스를 만나러 왔습니다."

그녀가 나를 바라보며 환히 미소 짓는다. 지극히 사무적인 미소다. 전화기가 발명되기 전까지는 절대 볼 수 없었던 미소.

"오, 네. 아까 전화 주셨던 분이죠?"

"그렇습니다. 제가 전화 드렸습니다. 톰 해저드입니다. 오래
전 해크니에서 그분과 알고 지냈습니다."

그녀가 컴퓨터 모니터를 응시하며 마우스를 몇 번 클릭한다.

"오, 그러시군요. 그렇지 않아도 지금 기다리고 계세요. 저쪽
으로 들어가시면 됩니다."

"고맙습니다."

나는 말한다. 그리고 카펫 타일 깔린 바닥을 걸어 나간다. 마
치 시간을 거슬러 오르는 기분이다.

메리 피터스는 벌겋고 생기 없는 눈으로 나를 쳐다본다. 그
녀의 백발은 민들레 씨만큼이나 푸석해 보인다. 피부 위로 흉측
하게 튀어나온 정맥들은 꼭 비밀 지도에 그려진 루트를 보는
듯하다. 하지만 그녀는 사백 년 전, 해크니에서 만났던 그 여자
가 분명하다.

"기억나. 네가 시장에 처음 왔을 때. 그 비열한 놈이랑 싸움을
벌였었잖아."

그녀가 말한다.

"월로우 씨."

나는 자욱한 향신료의 안개 속으로 사라지던 그를 떠올린다.

"맞아."

그녀의 숨소리가 거칠다. 숨을 들이쉴 때마다 걸걸대는 소리

가 난다. 그녀가 움찔하면서 구부러진 손가락으로 자신의 눈썹을 살살 문지른다.

"두통이 있어. 종종 이런다니까."

"나도 마찬가지예요."

"소리 없이 왔다가 가곤 하는데 요즘 들어 확실히 심해진 것 같아."

나는 경이에 찬 눈으로 그녀를 쳐다본다. 아직도 말을 할 기운이 남아 있다니. 지난 이백 년을 이런 노쇠한 상태로 살아왔을 텐데.

"난 이제 얼마 남지 않았어. 그래서 이곳으로 온 거야. 더 이상 위험이 없으니."

그녀가 말한다. 마치 내 생각을 읽고 있다는 듯이.

"위험이 없다고요?"

"2년밖에 남지 않았거든."

"그걸 어떻게 알죠? 앞으로 50년 넘게 살 수 있을지도 모르는데요."

그녀가 고개를 젓는다.

"상상만 해도 끔찍해."

"몸은 좀 어떤가요?"

그녀가 조크를 듣기라도 한 듯이 미소를 짓는다.

"죽음이 얼마 남지 않았어. 보다시피 내가 걸린 병은 한두 가지가 아니야. 의사가 앞으로 몇 주밖에 못 살 거라고 하더군. 그래서 알게 됐지. 내게 2년 정도밖에 남지 않았다는 걸 말이야. 길어야 3년일 거야. 그래서 마음 놓고 여기서 지내기로 했어. 안전하게……."

이해가 되지 않는다. 아직도 불안해하면서 왜 사람들에게 자신의 진짜 나이를 떠벌리고 다녔을까?

방에는 노인이 몇 명 더 있다. 대부분 의자에 앉아 크로스워드 퍼즐을 풀거나 백일몽에 잠겨 있다.

"넌 로즈의 남자였지? 그녀는 늘 네 얘기만 해 댔어. 난 로즈와 그 동생이 과일을 팔던 자리 바로 옆에서 꽃을 팔았었거든. 톰이 어쩌고, 톰이 저쩌고. 입만 열면 톰 얘기뿐이었어. 그녀는 널 만나고 나서 생기를 되찾았지. 완전 딴 사람이 돼 버렸다고."

"난 그녀를 죽도록 사랑했어요. 아주 강한 사람이었죠. 내가 아는 그 누구보다도 위대한 사람이었어요."

나는 말한다. 그녀가 연민이 묻어나는 미소를 희미하게 지어 보인다.

"그때 나는 정말 비참하게 살았어. 나 또한 속병을 앓고 있었거든."

그녀가 방 안을 찬찬히 둘러본다. 누군가가 TV를 켠다. 〈태양 속에서의 새 인생〉이라는 쇼의 오프닝 크레디트가 흐르고 있다. 잠시 후, 스페인 레스토랑 '블루 말린'에서 홍합을 씻고 있는 커플이 화면에 떠오른다. 두 사람 모두 진이 빠진 모습이다.

메리의 시선이 다시 내게로 돌아온다. 그녀는 수심에 잠긴

듯한 표정을 짓고 있다. 메리의 입이 다시 열린다.

"네 딸을 만났어."

갑작스레 흘러나온 충격적인 말에 머릿속이 혼미해진다.

"방금 뭐라고 했죠?"

"네 딸, 매리언."

"매리언?"

"얼마 전에 만났어. 같은 병원에 있었거든."

나는 넋이 나간 상태다. 인생을 살다 보면 이럴 때가 많다. 오랜 기다림 끝에 고대했던 것을 눈앞에 두게 되었을 때 찾아드는 몽롱함. 그게 사람이든 기분이든 정보이든 간에. 오래된 구멍은 스스로 닫힐 줄 모르게 된다.

"뭐라고요?"

"사우스얼에 있는 정신병원에서. 난 통원 환자였어. 의자에 앉아 펑펑 울기만 하는 미친 노파였지. 그 앤 아예 병원에서 살고 있더라고. 거기서 그 애를 처음 만났어. 난 네 딸이 태어나기 전에 마을을 떠났었잖아. 안 그래?"

"그 아이가 내 딸이라는 건 어떻게 알았죠?"

그녀가 황당하다는 듯 나를 쳐다본다.

"걔가 알려 줬으니까. 걔 나뿐만 아니라 모든 사람들에게 그 얘기를 신나게 늘어놨어. 그래서 미친 사람으로 몰렸던 거라고. 누가 그런 황당한 주장을 믿어 주겠어? 그러니 정신병원으로 보내질 수밖에 없었겠지. 아무튼…… 걔 프랑스어를 아주 잘했어. 노래도 많이 불렀고."

"무슨 노래를 불렀죠?"

"옛날 노래들. 아주 오래된 노래들. 노래를 하면서 눈물도 많이 쏟았지."

"아직도 거기 있을까요?"

그녀가 고개를 젓는다.

"떠났어. 생각할수록 이상한 일인데……."

"이상한 일이라뇨? 그게 무슨 뜻이죠?"

"어느 날 밤 그 애가 갑자기 사라졌거든. 병원 사람들은 요란한 소음을 들었다고 하는데…… 다음날 내가 병원에 갔을 때 그 앤 이미 떠나버린 후였어."

"어디로요? 어디로 간 거죠?"

메리가 한숨을 내쉰다. 그녀는 한동안 뜸을 들인다. 기억을 더듬는 그녀의 얼굴에는 슬픔과 혼란의 표정이 교차하고 있다.

"그걸 아는 사람이 없더라고. 단 한 사람도. 그냥 퇴원했다고만 둘러댈 뿐이었어. 그걸 곧이곧대로 믿을 사람은 없겠지만. 이상한 일이긴 한데, 원래 정신병원은 별의별 일이 다 벌어지는 곳이잖아."

여기서 포기할 수는 없다. 이 순간을 위해 몇 세기를 기다려 왔는데. 하지만 단 십 초 동안의 희망은 눈 깜빡할 새 다시 사라져 버렸다.

"그 애가 어디로 갔을까요? 어디로 갈 거라는 언급은 없었나요? 그런 얘기를 흘렸을 것 같은데.”

“글쎄. 모르겠어, 정말로.”

“대화 중에 특정 장소를 언급한 적은 없었나요?”

“여기저기 많이 돌아다녔다고 했어. 자기가 가 본 곳들에 대해 들려줬었지. 캐나다에서도 살아 봤다고 했고.”

“캐나다? 정확히 어디 말이죠? 토론토? 나도 토론토에서 살아 봤는데.”

“모르겠어. 거긴 아니었던 것 같아. 참, 스코틀랜드 얘기도 했었어. 말할 때 보면 스코틀랜드 악센트가 살짝 묻어났거든. 유럽 구석구석을 들쑤시고 다녔던 모양이야.”

“런던에 와 있진 않을까요?”

“그야 모르지.”

나는 등받이에 몸을 갖다 붙인다. 그리고 머리를 굴려 본다. 매리언이 아직 살아 있다니 안심이다. 하지만 그동안 얼마나 괴로웠을지를 생각하니 마음이 아파왔다.

지금쯤 소사이어티가 그 애를 찾아내지 않았을까? 누군가가 그 아이의 입을 막으려 했다면? 어쩌면 헨드릭은 모든 걸 알고 있는지도 모른다. 알면서도 모르는 척하고 있는 것인지도. 혹시 누군가가 납치해 간 건 아닐까? 베를린에 있는 연구소로? 아니면 또 다른 조직의 소행인지도 모른다.

“내 말 잘 들어요, 메리. 더 이상 과거 얘기는 흘리지 말아 줘요. 매리언이 위험해질 수도 있으니까. 당신도 마찬가지고요.

생각은 마음껏 하되 말은 하지 말아요. 당신의 진짜 나이를 얘기하는 것도 위험해요."

나는 말한다. 앉은 채로 몸을 들썩이던 그녀가 보이지 않는 통증에 움찔한다. 그렇게 일 분이 흘러간다. 그녀는 내 말을 잠시 곱씹다가 그냥 묵살해 버린다.

"한때 나는 누군가를 사랑했었어. 한 여자를. 그녀를 정말 열렬히 사랑했었지. 무슨 말인지 이해해? 우리는 이십 년 가까이 그 관계를 지켜 왔었어. 아주 은밀하게 말이야. 그때도 사람들은 경고했지. 우리 사랑을 절대 입 밖에 내지 말라고. 그랬다간……위험에 처할 수 있다고. 사랑이 위험한 행위가 돼 버린 거야."

나는 고개를 끄덕인다. 무슨 뜻인지 이해가 된다.

"그러다가 뒤늦게 깨달았어. 사람답게 살려면 진실을 말해야 한다는 것을. 자기 자신에게 솔직해져야 한다는 것을. 그게 아무리 위험천만한 일이라 해도."

나는 메리의 손을 꼭 잡는다.

"고마워요. 정말 큰 도움이 됐어요."

간호사가 다가와 내게 차를 권한다. 나는 괜찮다고 말한다. 그리고 메리에게 나지막이 묻는다.

"혹시 앨버트로스 소사이어티에 대해 들어본 적 있어요?"

"아니. 못 들어봤는데."

"조심해요, 제발. 나이 얘기는 절대로……."

나는 벽에 걸린 시계를 올려다본다. 2시 45분. 세 시간 후에는 두바이 행 비행기에 몸을 실어야 한다. 그곳을 경유해 시드니로 향해야 한다.

"조심해야 해요."

나는 메리에게 말한다. 그녀는 고개를 젓는다. 그리고 눈을 감는다. 그녀의 한숨 소리는 고양이가 내는 쉭쉭 소리만큼이나 작다.

"겁을 먹기에는 너무 늙었어. 거짓말을 늘어놓기에도 너무 늙었고."

그녀가 앉은 채 몸을 앞으로 기울인다. 지팡이를 쥐고 있는 손에는 힘이 잔뜩 들어가 있다. 메리가 말한다.

"그건 너도 마찬가지잖아."

나는 밖으로 나와 헨드릭에게 전화를 건다.

"톰? 무슨 일이지?"

"그 애가 살아 있다는 거 알고 있었나요?"

"누구?"

"매리언. 매리언. 그 앨 아직도 못 찾았어요? 정말 모르고 있었어요?"

"톰, 흥분하지 마. 난 아무것도 몰라. 뭔가 알아낸 게 있나 보지?"

"딸이 아직 살아있어요. 사우스얼에 있는 병원에서 지내다가 어느 날 갑자기 사라져 버렸대요."

"사라져? 납치를 당했다고?"

"모르겠어요. 그냥 겁을 먹고 도망친 걸지도 몰라요."

"병원에서 말이지?"

"정신병원이요."

우체부가 인도를 따라 터덜터덜 걸어 나가고 있다.

"그 애가 어디 있는지는 몰라요. 아무래도 오스트레일리아는 못 다녀오겠어요. 딸을 찾으러 갈 거예요."

나는 휴대폰에 대고 속삭인다.

"만약 그 애가 납치당한 거라면……."

"그건 알 수 없잖아요."

"만약 그 애가 납치당한 거라면 자네 혼자서는 절대 찾을 수 없어. 내 말 잘 들어. 아그네스에게 베를린 쪽을 살펴보라고 할 게. 아무 걱정 말고 오스트레일리아에 다녀와. 그 작업이 끝나면 우리도 자네 딸을 찾는 데 집중할 테니까. 곧 찾아낼 수 있을 거야. 정말로 납치된 거라면 보나마나 베를린이나 베이징이나 실리콘 밸리에 붙잡혀 있겠지. 자네 혼자 찾아 나서는 건 어리석은 짓이야. 런던에 살면서도 지금껏 못 찾았잖아."

"본격적으로 찾아 나서지 않았기 때문이에요. 곁길로 살짝 새는 바람에."

"그래, 톰. 그래. 이제야 그걸 깨달았구만. 자네가 그동안 곁길로 새 나가 있었다는 걸. 이제라도 알았으니 됐어. 다 잘 풀릴 테니까 아무 걱정 말고 다녀오기나 해."

"안 돼요. 그럴 수 없어요."

"매리언을 찾고 싶다면 임무에 집중해, 톰. 가서 그 친구를 설득해 데려오라고. 누가 알겠어? 그가 쓸 만한 정보를 내줄지. 자네도 알지 않나. 앨버들 문제는 앨버들이 가장 잘 안다는 거. 흔들리지 말고 자네 할 일에만 신경 쓰라고, 톰. 매리언의 행방도 모르면서 대체 어딜 뒤져 보겠다는 거지? 베를린도 그 친구에 대해 알고 있다는 거 잊지 마. 매리언은 400년 동안 살아남았잖아. 일주일 더 버티는 건 문제도 아닐 거야. 오스트레일리아 건을 매끄럽게 해결해 주면 기필코 자네 딸을 찾아 주겠다고 맹세하지. 자네가 뭔가 단서를 찾아낸 모양인데. 안 그런가?"

그에게 메리 피터스에 대해 들려줄 수는 없다. 절대 소사이어티와 함께할 수 없는 그녀를 위험에 빠뜨리고 싶지 않기 때문이다.

"난 빨리 내 딸을 찾고 싶을 뿐이에요."

"그건 걱정 말라니까, 톰."

그가 말한다. 나는 그를 믿는 만큼 그를 증오한다. 그동안 숱하게 그를 의심해 왔지만, 사실 이제는 나도 그걸 느낄 수 있다. 그가 몸으로 느낀다는 그 기운을.

"똑똑히 느낄 수 있어. 과거를 오래 체험했더니 이젠 미래까지 감지할 수 있게 됐다고. 그러니 날 믿어. 거의 다 찾았다니까, 톰. 머지않아 딸과 재회하게 될 거야. 하지만 그 전에 자네 친구를 살리고 싶다면 빨리 공항으로 달려가는 게 좋을걸. 오마이가 자네를 필요로 하고 있으니까."

그렇게 통화는 종료된다. 그리고 언제나 그렇듯 나는 헨드릭이 시키는 대로 움직인다. 왜냐하면 그는 내 유일한 희망이니까.

타히티 섬, 1767년

내 임무는 마을에 불을 지르는 것이었다.

"불 붙여! 집으로 돌아가고 싶다면 저 야만인의 오두막을 태워 버리란 말이야, 프리어스! 나머지 오두막들도 마찬가지고!"

월리스가 소리쳤다. 묵직한 횃불을 쥔 내 손이 덜덜 떨리고 있다. 제대로 서 있을 수조차 없을 만큼 기운이 없다. 횃불을 내리는 건 어려운 일이 아니었다. 하지만 나는 오두막에 불을 붙일 수 없었다.

나는 검은 모래를 밟고 서 있었다. 섬사람 하나가 나를 지켜보았다. 청년은 아무 말도 하지 않았다. 그는 아무것도 하지 않았다. 그냥 오두막 앞에 서서 나만 빤히 쳐다보고 있을 뿐이었다. 눈이 휘둥그레진 그의 얼굴에는 두려움과 반항의 표정이 교차하고 있었다. 그의 길고 성긴 머리는 가슴까지 내려와 있고, 몸에는 다른 섬사람들보다 많은 장신구가 걸쳐져 있었다. 팔찌는 뼈로 만든 것들이었다. 목걸이도. 청년은 스무 살쯤 되어 보였다. 하지만 나는 눈에 보이는 대로 믿어서는 안 된다는 것을 누구보다도 잘 알고 있었다.

몇 세기 후, 나는 청년의 반항적인 눈빛과 어리둥절한 표정을 다시 보게 될 것이다. 유튜브 영상에서. 바다에서 걸어 나온 서퍼는 이 청년이 분명했다.

나는 성인聖人이 아니었다. 신세계를 발견하고 그곳에 제국을 구축하는 것에 전혀 부끄러움을 느끼지 못했다. 더구나 나는 당시 사람들과도 전혀 다른, 먼 과거에서 온 사람이었다. 그럼에도 불구하고 차마 청년의 집에 불을 지를 수가 없었다. 그의 눈빛 때문인지, 그가 나와 같은 부류라는 것을 알아차렸기 때문인지, 아니면 지금껏 살아오면서 저질러 온 수많은 죄악들에 대한 죄책감 때문인지 알 수는 없었지만.

윌리스는 계속해서 내게 고함을 쳐 댔지만 나는 못 들은 척 돌아섰다. 들고 있던 횃불은 젖은 모래에 던져 놓았다. 바다가 알아서 처리하도록. 나는 다시 청년에게로 돌아갔다. 내 벨트에는 선상에서 지급된 권총이 꽂혀 있었다. 나는 그것을 뽑아들고 모래에 내려놓았다. 청년은 그게 뭐에 쓰는 도구인지 모르는 듯했다. 나는 그가 충분히 알 법한 칼도 그 옆에 내려놓았다.

주머니에서 작은 거울을 꺼내 그에게 보여 주었다. 그는 호기심에 가득 찬 눈으로 거울에 비친 자신의 얼굴을 들여다보았다.

윌리스가 내 앞으로 성큼 다가왔다.

"지금 이게 무슨 짓인가, 프리어스?"

나는 차분하게 윌리스를 쳐다보려 애썼다. 청년이 나를 쳐다보았던 눈빛으로. 다행히 퍼노도 내 편을 들어 주었다.

"섬사람들의 집을 태워 버리면 앞으로 이곳에서 환영 받지 못할 겁니다. 우린 이 사람들을 잘 구슬려 보려고 온 겁니다. 겁을 주려고 온 게 아니라. 겁을 줘도 이렇게까지 하는 건 좀 심하지 않습니까?"

잠시 알아들을 수 없는 말을 웅얼거리던 월리스가 나를 홱 돌아보며 말했다.

"자네를 데려온 걸 후회하지 않게 해 주게."

안타깝게도 오두막들은 전부 불타 없어져 버리고 말았다. 이것이 바로 타히티라고 알려진 섬이 유럽인들에게 처음 발견되었던 날의 모습이다. 그로부터 2년 후, 첫 항해에 나선 제임스 쿡 선장은 자신이 데려온 천문학자와 함께 이곳에서 금성이 태양의 표면을 가로지르는 현상, 이른바 '금성 횡단'을 관찰했다. 섬의 지리적 이점은 과학 지식을 진보시켰고, 경도의 계산을 용이하게 해 주었다.

마을이 불길에 휩싸여 있는 동안 두 박물학자는 조 웨버라는 화가와 함께 다우림 지역으로 들어갔다. 모두들 장악이 아닌 발견을 위해 이 섬에 온 것이라고 굳게 믿고 있었다.

하지만 지리학적 발견의 자랑스러운 역사에 자주 기록되어 온 일은 이곳에서도 벌어지고 말았다. 기적적으로 발견한 낙원을 무참히 불태워 버린 것.

두바이, 현재

한밤중임에도 두바이 공항은 아주 밝다. 나는 면세점을 어슬렁거리는 중이다. 여자 직원이 내게 향수 샘플을 뿌리려고 한다.

"괜찮습니다."

나는 말한다. 하지만 여자는 내 말을 듣지 않는다. 그녀는 결국 소바쥬Sauvage라는 향수를 얇은 직사각형 카드에 뿌려 내게 건넨다. 나는 그녀의 부담스러운 미소에 못 이겨 카드를 받아들고 밖으로 나온다. 향수 냄새를 맡으면서 과연 어떤 식물에서 이런 향을 얻었을지 상상해 본다. 우리가 자연에서 얼마나 분리되어 있는지 새삼 깨닫게 된다. 그 향을 병에 담아 '와일드'라는 이름을 붙이기까지 우리가 자연을 얼마나 괴롭혀 댔을지. 향수는 두통을 없애는 데 아무런 도움도 되지 않는다. 나는 공항 서점을 찾아 들어가 본다. 아랍어로 된 책도 보이지만 대부분 영어로 된 책들이다.

읽을거리를 찾아 훑어보지만 눈에 들어오는 건 죄다 비즈니스 관련 책들뿐이다. 나는 그중 하나를 집어 들고 표지를 들여다본다. 저자의 사진이 큼지막하게 박혀 있다. 말쑥한 양복 차림의 그는 대통령에게나 어울릴 법한 미소를 머금고 있다. 그의 치아는 북극의 눈처럼 눈부시게 빛이 난다. 데이브 샌더슨.『당신 안의 부』. 부제도 달려 있다. '당신 안의 억만장자를 다루는 법.'

나는 한동안 표지에 정신을 팔아 버린다. 아주 인기 있는 현대적인 개념이다. 내면의 우리가 외면의 우리와 다르다는 생각. 책을 사서 읽으면 더 현실적이고 더 나으며 더 부유한 버전의 우리를 밖으로 끄집어낼 수 있다는 생각. 우리가 본성에서 분리되어 있다는 생각. 디올 향수가 숲속 식물에서 분리되어 있듯이.

바로 이것이 이십일 세기의 문제다. 우리는 이미 필요한 걸다 소유하고 있다. 그래서 요즘 마케팅은 우리 감정에 호소하는 전략을 쓴다. 별로 필요하지도 않은 것을 굳이 원하도록 만드는 전략 말이다. 그게 연봉을 삼만 파운드나 받아도 가난하게 느껴지는 이유다. 열 개 나라를 돌아다녀 봤어도 해외여행을 거의 못해 본 것처럼 느껴지는 이유이고. 주름이 하나만 보여도 너무 늙었다고 여겨지고, 포토샵으로 처리하지 않으면 심각하게 못생겼다고 느껴지는 이유다.

1600년대 사람들은 내면의 억만장자를 찾으려 하지 않았다. 그들은 그저 청소년기까지 살아남는 것과 이를 박멸하는 것을 인생 최대의 목표로 삼았을 뿐이었다.

아.

내가 왜 이렇게 툴툴거리는 거지?

피로 때문인지 눈이 건조해진다. 일곱 시간의 비행도 한 몫 했을 것이다. 나는 비행기로 다니는 걸 좋아하지 않는다. 공중을 떠다니는 게 싫은 건 아니다. 그보다도 개트윅 공항을 떠난 지 몇 시간 만에 새로운 문화와 기후를 가진 다른 나라에 도착하게 되는 상황이 싫은 것이다.

어쩌면 내가 아직도 크기에 집착하고 있기 때문인지도 모른다. 요즘 사람들은 더 이상 그것을 이해하려 하지 않는다. 사람들은 세상이 엄청나게 크다는 것과 자신들이 한없이 보잘것없다는 사실에 별 관심을 두지 않았다.

내가 처음으로 세계 일주에 나섰을 때 지구를 한 바퀴 돌아오기까지는 무려 일 년이라는 세월이 걸렸다. 그것도 시커먼 남자들로 득실대는 배를 타고서. 하지만 요즘은 세계 어느 곳도 옆집 드나들 듯 할 수 있다. 이제 한 시간 후면 나는 시드니로 떠나는 비행기에 오르게 된다. 그리고 점심시간쯤에는 그곳에 도착하게 될 것이다. 그런 생각을 하니 폐소공포증이 생길 것만 같다. 말 그대로 세상이 오그라들고 있는 느낌이다. 바람이 빠져 가는 풍선처럼.

나는 서점의 또 다른 섹션으로 이동한다. '사상'이라고 이름 붙여진 서가엔 영어로 쓴 책과 영어로 번역된 책들이 대부분이다. 경제경영 섹션보다는 규모가 많이 작다. 공자. 고대 그리스 철학자들. 그때 학구적으로 보이는 수수한 커버가 눈에 들어온다.

미셸 드 몽테뉴의 『수상록』.

순간 가슴이 철렁 내려앉는다. 나도 모르게 입에서 딸의 이름이 흘러나온다. 마치 그 애가 가까이 있기라도 한 것처럼. 마치 우리가 함께 읽은 모든 책 속에 우리의 일부가 담겨 있기라도 한 듯이. 나는 그 책을 펼쳐 들고 가장 먼저 눈에 들어오는 문장을 읽어 나간다. 기억은 잊고자 할수록 더 강렬하게 새겨진다. 눈시울이 점점 뜨거워져 간다.

휴대폰이 울린다. 나는 황급히 책을 내려놓는다. 휴대폰 화면을 들여다보니 문자 메시지가 도착해 있다. 오마이.

오랜만이야. 빨리 만나고 싶어. 피그 트리라는 레스토랑에 테이블을 예약해 뒀어. 오늘 저녁 8시. 도착해서 시차 적응 좀 하다가 나오라고.

시차 적응.

인간이 비행기를 만들어 타고 다니는 것이 해왕성에 정착해 사는 것만큼이나 황당하게 여겨졌던 시대를 살았던 사람이 그런 단어를 쓰다니, 우습다. 나는 즉시 답을 보낸다.

이따 보자고.

나는 몽테뉴를 놓아두고 공항 서점을 나선다. 그리고 커다란 창문 앞으로 다가가 탑승을 기다린다. 유리창에 이마를 갖다 붙이고 어둠에 묻힌 사막을 물끄러미 바라보면서.

영국, 플리머스, 1772년

항해를 마치고 돌아온 나는 플리머스에서 지냈다. 나는 그곳을 좋아했다. 런던과 마찬가지로 그곳 역시 숨어 지내기에 안성맞춤이었다. 도시는 선원, 부랑아, 범죄자, 가출인, 떠돌이, 연주자, 화가, 몽상가, 그리고 외톨이들로 득실거렸다. 나는 그 모든 것에 해당되었고.

어느 날 아침, 나는 숙소인 미네르바 여관을 나와 새로 지어진 기지창(보급품을 조달, 비축, 분배하는 부대나 그 시설_역주)으로 향했다. 그곳에는 거대한 해군함이 버티고 있었다.

"대단하지 않습니까?"

부둣가에서 한 남자가 경탄하는 나를 보며 말했다.

"네. 네, 정말 대단하네요."

"곧 신세계를 찾으러 떠날 겁니다."

"신세계요?"

"네. 저건 쿡의 군함이에요."

"쿡?"

그때 뒤에서 발소리가 들려왔다. 누군가의 손이 내 어깨에 얹혔다. 나는 화들짝 놀라며 뒤를 돌아보았다.

"맙소사, 프리어스. 왜 그리 놀라지?"

큰 키에 호리호리한 체구를 가진 남자가 말쑥한 옷차림으로 서 있었다. 그의 얼굴에는 인자한 미소가 떠올라있었다.

"오, 퍼노 씨……. 안녕하세요."

그가 날카로운 눈으로 내 얼굴을 살폈다.

"자네는 조금도 변하지 않았군, 프리어스."

"바닷가 공기 덕분입니다."

"그럼 바닷바람을 좀 더 쐬어 보겠나? 나랑 또 다시 나가 볼 텐가? 이번엔 다를 거야. 윌리스 대신 쿡이랑 같이 떠나는 거니까."

그가 항구 너머 수평선을 가리키며 말한다.

"쿡 선장님의 군함을 타고 가시는 건가요?"

"난 그냥 따라가 주기만 하는 거야. 어드벤처 호의 지휘관 자격으로. 지금 한창 선원을 모으는 중이야. 어떤가? 우리랑 함께 가지 않겠나?"

그가 물었다.

오스트레일리아 상공, 현재

　나는 연결편 비행기를 타고 가는 중이다. 시드니와 골드 코스트의 중간 지점쯤 온 것 같다. 피로가 몰려든다. 지난 이틀간 대부분의 시간을 비행기와 공항에서 보냈으니 그럴 만도 하다. 선실 뒤편 어딘가에서 아기가 울고 있다. 그 소리를 듣고 있노라니 매리언이 떠오른다. 한창 이가 나기 시작했을 때. 로즈는 고통스러워하는 딸을 지켜보며 혹시 그러다 죽지는 않을까 걱정했다. 세상의 모든 개들이 서로 비슷하듯 아기들의 우는 소리 역시 서로 다르지 않다.

　내 앞에는 젊은 커플이 앉아 있다. 남자의 어깨에 기대어진 남자의 머리. 과거에는 보기 드물었던 광경이다. 감동적이지만 나는 묘한 질투심에 사로잡힌다. 내 어깨에도 누군가의 머리가 기대어지면 좋겠는데. 헨드릭에게 전화가 걸려오기 전 카미유가 그랬던 것처럼. 바로 이것이 내가 로즈에게 느꼈던 감정일까? 우리가 처음 만났을 때. 아니면, 그것과는 전혀 다른 감정일까? 어쩌면 이것은 또 다른 종류의 사랑인지도 모른다. 하지만 그게 뭐 중요한가?

지난 한주 동안 우리는 서로에게 말을 걸지 않았다. 교무실에서 전기 주전자를 앞에 두고 펼쳐진 어색한 분위기가 떠오른다. 그녀는 캐모마일 차를 찾아 티백 상자를 뒤적이고 있었고, 무겁게 내려앉은 침묵이 비명을 질러 대고 있었다.

어머니는 내게 살아남으라고 했었다. 어머니가 세상을 떠난 후 나는 어떻게든 살아남아야만 했다. 말처럼 쉬운 일은 아니지만 어머니는 옳았다. 지극히 당연한 바람이었고. 세상에 남겨질 가족에게 자신의 죽음이 어떤 식으로든 영향을 미치는 것을 바라는 사람은 없다. 하지만 그건 절대로 우리 뜻대로 되지 않는다. 내 경우만 봐도 알 수 있듯이.

하지만 이제는 나도 그 기운을 감지할 수 있다. 헨드릭의 말대로 얼마 남지 않은 모양이다. 매리언. 딸을 찾을 수 있을 거라는 기대는 더 이상 허황되게 여겨지지 않는다. 나는 잠에 빠져든다. 그리고 오마이의 꿈을 꾼다. 꿈속에서 그는 남태평양 해변에 서서 일몰을 바라보고 있다. 슬그머니 다가가 그의 팔뚝에 손을 얹어 본다. 순간 그는 모래처럼 부서져 내린다. 그때 그의 밑에서 작은 체구의 누군가가 보인다. 꼭 러시아 인형을 보는 듯하다. 아이. 머리를 길게 땋아 내린 소녀는 초록색 무명 드레스 차림을 하고 있다.

"매리언."

나는 불러본다. 순간 아이도 모래로 변해 흩어진다. 이내 파도가 들이쳐 아이를 데려가 버린다.

나는 눈을 번쩍 뜬다. 더 이상 아기 우는 소리는 들려오지 않는다. 어느새 비행기는 공항에 내려앉은 후였다. 이제 몇 시간 후면 몇 세기 동안 보지 못했던 친구를 만나게 된다. 그 생각을 하니 갑자기 공포가 나를 압도한다.

소시에테 제도, 후아히네 섬, 1773년

어드벤처 호의 아서 플린 소위는 해변에 무릎을 꿇고 앉아 있었다. 햇볕에 탄 그는 더위에 지친 모습이었다. 빨간색과 하얀색의 리본을 손에 쥔 그가 어설픈 수화를 이어 가며 자신의 머리를 만지작거렸다. 얼굴에는 어색한 미소가 떠올라 있었다. 아서 플린은 예쁘장한 소녀를 흉내 내는 중이었다. 새까맣게 탄 얼굴과 두피와 제멋대로 자란 턱수염에 전혀 어울리지 않는 제스처였다.

그럼에도 불구하고 해변으로 몰려나온 아이들은 흥미로운 눈빛으로 그를 지켜보고 있었다. 세계 어느 곳을 가 봐도 어린아이들의 웃음에는 차이가 없었다. 아이들 뒤에서 무뚝뚝한 표정을 짓고 있던 나이 든 섬사람들도 붉은 피부의 요상한 영국 남자를 보며 미소를 지었다. 아서가 가까이에 서 있는 긴 머리 소녀에게 리본을 건넸다. 아이는 여섯 살쯤 되어 보였다. 잠시 어머니를 돌아보던 아이가 리본을 받아들었다.

아서가 나를 돌아보며 평소와 다른 부드러운 목소리로 말했다.

"프리어스, 구슬 가져왔나?"

그들 뒤로는 군함 두 척이 또 다른 세상에서 온 우아한 야수들처럼 버티고 있었다.

섬사람들에게 선물을 나눠 주며 평화 협상을 하는 동안 나는 눈에 익은 얼굴 하나를 발견했다. 언젠가 본 적이 있는 남자였다.

바닷물에 흠뻑 젖은 그는 목판을 들고 있었다. 예전에 남태평양 제도를 찾았을 때 그것과 비슷한 목판을 본 기억이 있었다. 바다로 나가는 어부들이 쓰는 것이었다. 그들은 그것을 파도에 올라타는 용도로 썼다. 가끔 재미 삼아 파도타기를 하기도 했다. 하지만 내가 그를 기억하는 건 그 목판 때문이 아니었다. 그럼 어떻게 그를 아는 걸까? 이 섬에는 와 본 적이 없었는데.

나는 열심히 머리를 굴려 보았다. 다행히 그 답은 금세 떠올랐다. 내가 횃불로 불을 붙이기를 거부했던 오두막의 주인. 긴 머리와 커다란 눈의 잘생긴 청년. 하지만 그건 타히티 섬이었다. 두 섬 사이의 거리는 얼마 되지 않았지만 목판 하나에만 의지해 건널 수 있는 거리는 절대 아니었다. 어찌 된 일인지 타히티 섬에서 주렁주렁 걸고 있었던 목걸이와 팔찌는 보이지 않았다.

그의 외모는 조금도 달라지지 않았다. 6년은 그리 긴 세월이 아닌 모양이었다. 그는 갈망의 눈빛으로 나를 쳐다보았다. 마치 내게 할 말이 있다는 듯이.

나는 주위를 살폈다. 그리고 청년의 시선이 아서와 다른 선원들에게로 돌아가지 않는지 지켜보았다. 하지만 청년은 계속해서 나만을 응시할 뿐이었다. 그의 입에서 알아들을 수 없는 말이 흘러나왔다. 그가 오른손을 자신의 가슴에 얹어 놓았다. 그리고 손끝으로 가슴을 빠르게 두드리기 시작했다. 나는 그 제스처가 무엇을 의미하는지 대번에 이해할 수 있었다.

나(I).

나(Me).

그 사람(Him).

그가 바다를 가리켰다. 군함들과 그 너머 수평선을. 그의 시선이 모래 바닥으로 떨어졌다. 그의 얼굴에는 두려움인지 역겨움인지 구분되지 않는 표정이 떠올라 있었다. 그가 같은 표정으로 뒤를 돌아보았다. 잠시 빵나무와 해변 너머의 초목이 무성한 정글 쪽을 바라보던 그가 다시 군함들과 바다 쪽으로 시선을 돌렸다. 그는 내가 그 의미를 완전히 이해할 때까지 같은 동작을 계속 반복했다.

모래를 짓이기는 부츠 소리가 점점 다가오고 있었다. 쿡 선장과 퍼노 지휘관이 찌푸린 얼굴로 나를 쳐다보았다.

"지금 뭘 하고 있는 건가, 파인스?"

쿡이 물었다.

"프리어스."

퍼노가 바로잡아 주었다.

쿡은 지휘관의 지적이 날벌레라도 되는 듯이 무시해 버렸다.

"얘기해 보게. 이…… 청년과 뭔가 문제가 있는 것 같던데."

"네, 선장님."

"문제가 뭔가?"

"이 친구가 우리랑 같이 떠나고 싶은 모양입니다."

태평양, 1773년

그의 이름은 오마이였다.

나중에, 그가 영어를 조금 익히고 난 후에 알게 된 사실이지만 그의 본명은 마이였다. 그는 타히티어로 계속 그 사실을 알려 주었지만 우리는 알아듣지 못했었고, 결국 그의 이름은 오마이가 되어 버리고 말았던 것이다. 그도 굳이 바로잡지 않았다.

가끔 섬에 들를 때마다 그는 내게 목판으로 파도를 타는 기술을 가르쳐 주곤 했다. 당시는 '서핑'이라는 개념이 없었던 시대였다. 하지만 그가 즐기는 놀이는 서핑이 분명했다. 그는 목판 위에 서서 오랫동안 버틸 수 있었다. 아무리 거센 파도가 밀려들어도 그는 결코 중심을 잃는 법이 없었다. 하지만 나는 아주 잠시 동안도 제대로 서 있지 못해서 웃음거리가 되기 일쑤였다. 그래도 나는 서핑 보드를 최초로 사용한 유럽인이라는 자부심을 가지고 있다.

오마이는 꽤 똑똑한 친구였다. 그는 엄청난 속도로 영어를 익혀 나갔다. 나는 그가 마음에 들었다. 무엇보다도 따분한 갑판 업무로부터 벗어날 수 있게 해 주었기 때문이었다. 우리는 그늘이나 하갑판의 조용한 구석에 앉아 절인 양배추를 나눠 먹으며 영어를 공부했다.

나는 그에게 로즈와 매리언에 대해 들려주었다. 매리언의 동전도 보여 주며 '돈'이라는 단어도 가르쳐 주었다.

그는 내게 자신이 알고 있는 세상에 대해 알려 주었다.

그는 모든 것에 '마나mana'가 담겨있다고 했다. 모든 나무, 모든 동물, 모든 사람에게.

마나는 특별한 힘이었다. 초자연적인 힘. 선한 힘일 수도 있고 악한 힘일 수도 있었지만 어느 쪽이든 존중해야만 했다.

어느 화창한 날, 그가 갑판에 나와 바닥을 가리켰다.

"이건 뭐라고 불러?"

그가 물었다. 나는 그의 손가락이 가리키는 곳을 내려다보았다.

"그림자."

나는 말했다.

그는 마나가 그림자 속에 살고 있으며, 그림자와 관련된 규칙이 아주 많다고 알려 주었다.

"규칙? 어떤 규칙?"

"사람 그림자를 밟고 서는 건 좋지 않아."

그가 주위를 둘러보았다. 마치 자신이 찾고 있는 단어가 공중에 떠다니기라도 하는 것처럼. 그의 시선이 선미루 갑판 너머 선미로 향하고 있는 퍼노에게로 돌아갔다. 그제야 나는 이해할 수 있었다.

"지휘관? 리더? 족장?"

그가 고개를 끄덕였다.

"널 처음 봤을 때 넌 내 그림자를 밟지 않았어. 바짝 다가오
긴 했지만 그림자는 밟지 않았다고. 그래서 나는 알게 됐지. 너
는 믿어도 된다는 걸. 네 안의 마나가 내 안의 마나를 존중했기
때문이야."

내가 그의 집에 불을 지르지 않았기 때문이 아니라 그림자를
밟지 않았기 때문에? 나는 그로부터 슬그머니 뒷걸음질 쳐 나
왔다. 그가 그런 나를 쳐다보며 웃음을 터뜨렸다. 그리고 내 어
깨에 손을 얹었다.

"친한 사이끼리는 괜찮아. 처음 만났을 때만 조심하면 된다고."

"네가 족장이었어?"

그가 고개를 끄덕였다.

"타히티 섬에서."

"후아히네 섬에선 아니었고?"

"응."

"왜 타히티 섬에서 후아히네 섬으로 간 거야?"

그는 굉장히 유쾌한 사람이었다. 고향을 떠나왔는데도 긴장
하는 모습을 보이지 않았다. 하지만 내가 이 질문을 던지자 그
는 미간을 찌푸리며 윗입술을 잘근잘근 깨물었다.

"괜찮아. 굳이 얘기하지 않아도 돼."

나는 말했다. 하지만 그는 내 궁금증을 풀어 주었다.

"난 널 믿어."

그가 말했다.

"널 믿어도 된다는 걸 안다고. 넌 내게 좋은 선생이 되어 줬어. 좋은 친구이기도 하고. 네게서 어떤 기운이 느껴져. 네가 과거를 얘기할 때마다. 네 눈빛에서도 그걸 읽을 수 있고. 네가 보여준 그 페니. 네가 알고 있는 많은 것들. 난 네가 나와 같은 부류라는 걸 알고 있어. 넌 내 좋은 친구야."

그는 계속해서 그 말을 반복해 댔다. 마치 내 확인이 필요하다는 듯이.

"그래. 우린 좋은 친구지."

"무루루Muruuru. 고마워."

그 순간, 우리는 더 이상 스스로를 감추지 않아도 된다는 자신감이 생겼다.

홀람비가 우리를 지나쳐갔다. 내 옆 침대를 쓰는 홀람비는 오마이를 데려가는 것이 큰 실수라고 강조했었다.

"그 친구는 우리에게 부담이 될 거야. 우리 식량을 축내는 것으로 모자라 이 배에 큰 저주까지 안겨 줄 거라고."

그가 우리를 흘끔 쳐다보았다. 그의 표정이 모든 걸 말해 주고 있었다.

"난 남들보다 나이가 많아. 너도 그렇지? 6년이라는 세월이 흘렀는데 넌 조금도 변하지 않았어. 그때랑 똑같다고."

오마이가 말했다.

"그래."

나는 속삭임에 가까운 목소리로 말했다. 충격에 빠져 다른 말을 할 수 없었다. 덜컥 겁이 났지만 또 한편으로는 기분 좋은 후련함도 느껴졌다. 허친슨 박사를 만나기 한 세기 전에 이미 나와 같은 사람을 만나게 된 것이었다. 마음 놓고 진실을 나눌 수 있는 친구를. 마치 조난을 당해 무인도에서 수십 년을 혼자 살다가 또 다른 생존자를 발견한 것 같은 기분이었다.

그가 나를 빤히 쳐다보다가 씩 웃었다. 어느새 안도감은 두려움을 압도해 버렸다.

"넌 나 같아. 난 너 같고. 난 알고 있었어."

그가 다시 웃음을 터뜨렸다.

"진작 알고 있었다고."

그러곤 나를 와락 끌어안았다. 우리의 그림자가 하나로 합쳐졌다.

"이젠 중요하지 않아! 우리의 마나는 같으니까. 우리의 그림자는 하나니까."

내게는 실로 엄청난 순간이었다. 그렇다. 매리언도 나와 같았다. 하지만 나는 아직도 그 애를 찾지 못하고 있었다. 오마이 덕분에 그나마 외로움을 많이 덜 수 있게 되었다. 그는 나로 하여금 내가 정상이라고 느끼게 해 주었다. 나는 이내 모든 걸 알고 싶어졌다. 내 시선이 주위를 조심스레 훑었다. 하갑판 어디서도 엿듣는 사람이 없다는 걸 확인한 후 우리는 본격적인 대화에 들어갔다.

"그래서 우릴 따라 온 거야? 그래서 섬을 떠나기로 한 거였어?"

그가 고개를 끄덕였다. 고개를 끄덕이는 것은 세계 어디서나 통용되는 표현인 듯했다. 미신도 마찬가지였고.

"그래. 너무 힘들었어. 처음엔 나쁘지 않았거든. 타히티 섬에서 말이야. 그들은 나를…… 아주 특별한 존재로 여겼어. 그래서 내가…… 족장이 될 수 있었던 거야. 그들은 내 안에…… 선한 마나가 담겨 있다고 믿었어. 내가 선하다고, 또 반신반인이라고들 했지. 낮에는 다들 내게 가까이 오지도 않았어. 내 그림자를 밟을까 봐서."

그가 씁쓸하게 웃으며 바다를 바라보았다. 마치 당시 기억이 수평선 위로 빠끔히 내밀어져 있기라도 한 듯이.

"난 훌륭한 족장이 되려고 애썼어. 최선을 다했다고. 하지만 세월이 흐르면서 분위기가 점점 바뀌어 갔지. 다른 남자들. 그들도 족장이 되고 싶었던 거야. 하지만 족장을 그만두려면 죽는 수밖에 없었어. 그래서 나는……."

그가 몸짓으로 폐소공포증을 표현했다. 두 손을 머리 위로 번쩍 쳐든 채로.

"함정에 빠져 버렸구나."

"그래. 함정에 빠져 버린 거야. 그래서 탈출할 수밖에 없었다고. 난 새벽에 몰래 빠져나와 날이 저물 때까지 죽을힘을 다해 내달렸어. 밤이 되면 그들에게 붙잡힐 게 뻔하니까. 난 그저 살고 싶었을 뿐이야."

나는 그에게 어머니에 대해 들려주었다. 매닝에 대해서도. 그리고 우리와 같은 운명을 안고 태어난 매리언에 대해서도. 나 때문에 로즈가 위험에 빠지게 됐다는 사실과, 지금 그녀가 얼마나 보고 싶은지도 전부 얘기했다. 그가 미소를 지어 보였다.

"네가 사랑하는 사람들은 영원히 죽지 않아."

나는 그 말이 무슨 뜻인지 몰랐다. 하지만 그 한마디는 몇 세기 동안 내 마음 속을 떠나본 적이 없었다.

네가 사랑하는 사람들은 영원히 죽지 않아.

"영국에 가도 사람들은 우리를 받아들이지 않을 거야. 선상의 누구에게도 네 '몸 상태'에 대해 알려 주면 안 돼. 난 영국에 돌아가면 또 다른 사람이 되어 살게 될 거야. 퍼노 씨가 나를 수상하게 여기기 시작했거든."

나는 말했다. 오마이는 불안해하는 표정으로 자신의 얼굴을 감쌌다. 그곳에서 어떻게 숨어 지내야 할지 걱정이 되는 모양이었다.

"하지만 걱정 마. 넌 이국적이니까."

나는 말했다.

"이국적? 그게 무슨 뜻이지?"

"다르다는 뜻이야. 멀리서 왔다는 뜻. 아주 멀리서. 파인애플처럼 말이야."

"파인애플? 영국엔 파인애플이 없어?"

"아마 서른 개도 채 안 될걸. 그것도 맨틀피스(벽난로 위 선반_
역주) 장식품으로만."

그가 어리둥절한 표정을 지었다. 거친 파도가 뱃머리를 연신
두들겨 대고 있었다.

"맨틀피스는 또 뭐야?"

오스트레일리아, 바이런 베이, 현재

우리는 꼬마전구 불빛에 에워싸인 베란다에 앉아 있다. 사방에서 행복한 대화 소리가 아득하게 들려온다.

내가 오마이를 마지막으로 보았을 때만 해도 오스트레일리아는 발견된 지 얼마 되지 않은 신대륙이었다. 하지만 오마이의 외모는 거의 변하지 않은 상태다. 얼굴이 살짝 넓어진 것 같기는 하다. 하지만 살이 찐 건 아니다. 그저 나이가 들어 그렇게 된 것일 뿐. 눈 주위에는 전에 없던 주름이 몇 개 보인다. 미소가 사라진 후에도 주름들은 계속 그 자리에 남아 있다. 하지만 모르는 사람의 눈에는 서른여섯 살 정도로만 보일 게 분명하다. 그는 프리다 칼로의 자화상이 찍힌 색 바랜 티셔츠를 걸치고 있다. 시드니 뉴사우스웨일스 미술관에서 열리는 전시회를 광고하려고 제작한 옷인 듯하다.

"정말 오랜만이야. 얼마나 보고 싶었다고, 듀드(dude. 친구를 가볍게 부르는 호칭. "야!"나 "인마!" 정도의 의미로 쓰인다_역주)."

오마이가 말한다.

"나도 마찬가지야. 우와, 이젠 듀드라고 부를 줄도 아네. 대단한데."

"육십 년대부터 그랬지. 여기선 거의 의무적으로 그렇게 불러야 하거든. 서퍼들끼리 말이야."

우리는 오마이가 추천한 코코넛 칠리 마티니를 홀짝이는 중이다. 이곳에서는 바다가 훤히 내려다보인다. 드넓은 해변 곳곳에는 땅딸막한 야자나무가 서 있고, 바다는 반달이 걸린 하늘 아래서 반짝거리고 있다.

"코코넛 칠리 마티니는 처음인데. 너무 오래 살면 이런 게 문제야. 시도해 볼 새로운 것들이 점점 줄어 간다는 것."

나는 말한다.

"오, 글쎄."

낙천주의자답게 그가 반기를 든다.

"난 일생을 바다에서 보냈어. 그런데도 똑같은 파도를 두 번 이상 본 적이 없다고. 마나, 기억하지? 세상 모든 곳이 그걸 담고 있어. 그게 계속 꿈틀대니까 세상이 늘 새로운 거야. 지구 전체가 코코넛 칠리 마티니인 셈이라고."

나는 웃음을 터뜨린다.

"언제부터 솔 데이비스로 살아온 거지?"

"십칠 년 정도 됐어. 내가 바이런에 왔을 때부터."

나는 금요일 저녁을 만끽하고 있는 오스트레일리아 인들을 둘러본다. 한 테이블에서는 생일 파티가 벌어지고 있다. 작은 폭죽 세 개가 꽂힌 케이크가 도착하자 사람들이 일제히 박수를 치며 환성을 지른다. 케이크는 테이블 끝에 앉은 여자 앞에 놓여진다. 그녀의 조끼에는 커다란 배지가 붙어 있다. 오늘로 마흔 살이 된 모양이다.

"아직 아기네."

나는 말한다.

"마흔. 그때 기억해?"

오마이가 비꼬는 투로 말한다. 나는 고개를 끄덕인다.

"그래. 기억해. 너는?"

내가 씁쓸하게 말한다. 오마이의 얼굴에도 씁쓸한 표정이 떠오른다.

"물론. 내가 타히티 섬을 떠나온 해였지."

그의 시선이 멀리 돌아가 버린다. 마치 베란다 너머 어둠 속 어딘가에 또 다른 시간과 공간이 숨겨져 있기라도 한 듯이.

"난 신인神人이었어. 사람들은 나 때문에 해가 뜬다고 믿었지. 내가 날씨와 바다를 조종하고 나무에 열매가 열리게 만든다고. 유럽인들이 쳐들어와 우리를 기독교 신자로 만들어 버리기 전의 일이야. 당시만 해도 신은 구름 위에 떠 있는 존재가 아니었어. 날 보라고. 이 정도면 신으로 추앙받을 만하지 않아?"

"이 마티니는 좀 독한데."

나는 말한다.

"진작 너한테 이 얘길 들려줬어야 했는데."

"맞아. 오래 전에 들려줬어야지."

"아주, 아주, 아주, 아주, 아주, 아주 오래 전에."

웨이트리스가 다가온다. 나는 호박 샐러드와 붉돔 요리를 주문한다. 오마이는 웨이트리스가 '돼지 옆구리 살이 재료로 쓰였다'고 설명한 요리 두 가지를 고른다.

"알아요."

그가 환히 미소 지으며 말한다. 그는 여전히 굉장한 매력의 소유자로 남아 있다.

"다양한 요리를 고르실 수 있게 설명해 드린 겁니다."

"이 정도면 충분히 다양해요. 똑같은 게 아니니 됐어요."

"알겠습니다."

"그리고 이거 두 잔 더."

그가 글라스를 들어 보이며 말한다.

"네."

그는 잠시 웨이트리스의 시선을 붙잡아둔다. 그녀도 그를 똑바로 쳐다본다.

"난 당신을 알아요. 그 서퍼, 맞죠?"

그녀가 말한다. 오마이가 웃음을 터뜨린다.

"여긴 바이런 베이잖아요. 서퍼들이 득실거리는."

"아뇨. 당신은 보통 서퍼가 아니잖아요. 솔 데이비스, 맞죠?"

그가 고개를 끄덕이며 나를 흘끔 돌아본다.

"늘 이렇다니까."

"우와, 여기서 꽤 유명한 모양이네."

"그건 아니고."

"아니긴. 내가 유튜브에서 네 영상을 봤을 정도인데. 정말 대단하더라고. 인터넷에서 아주 난리가 났더라니까."

오마이가 쑥스러운 듯 미소를 짓는다. 왠지 모르게 어색해하는 반응이다. 웨이트리스가 사라지자 그는 자신의 오른손을 물끄러미 내려다본다. 그가 불가사리를 표현하려는 듯 손가락을 쭉 폈다가 다시 주먹을 쥔다. 그의 연갈색 피부는 부드럽고 탄력 있어 보인다. 바다와 애너제리아가 보존해 준 덕분이다.

우리는 한담을 계속 이어 나간다.

잠시 후, 주문한 전채 요리가 도착한다. 그가 분주히 손을 놀리기 시작한다. 음식을 입에 넣은 그가 눈을 감고 탄성을 토해낸다. 모든 것에서 기쁨을 느끼는 그가 부럽다.

"자, 그동안 어떻게 지냈는지 얘기해 봐."

그가 말한다. 나는 그간의 일들을 들려준다. 교사로서의 삶. 그리고 그 전의 삶까지. 최근 역사, 아이슬란드와 캐나다. 독일. 홍콩. 인도. 미국. 그리고 1891년 이야기로 넘어간다. 헨드릭에 대한 이야기. 앨버트로스 소사이어티에 대한 이야기.

"우리 같은 사람들이야. 한둘이 아니라고. 엄청 많은 것도 아니지만."

나는 우리 조직에 대한 모든 것을 들려준다. 8년 규칙에 대해서. 앨버와 하루살이들에 대해서도. 오마이는 휘둥그레진 눈으로 나를 쳐다본다.

"그러니까 네가 하는 일이 뭐지? 그 사람들 말고 너 말이야."

그가 묻는다.

"보스 헨드릭이 지정해 주는 곳에 가서 임무를 수행하는 것. 우리 같은 사람들을 설득해 데려가는 거야. 뭐 생각처럼 나쁘지만은 않아. 최근엔 스리랑카에 다녀왔거든. 나름대로 할 만해."

내 귀에조차도 '할 만하다'는 말이 완곡한 표현으로 들린다. 그가 초조한 표정으로 웃음을 터뜨린다.

"데려가다니, 어디로?"

"어느 특정 장소로 데려가는 건 아니고, 그들을 회원으로 만들어 주는 거야."

"회원으로 만들어? 어떻게?"

"뭐, 간단해. 소사이어티가 어떻게 그들을 보호해 줄 수 있는지, 어떻게 그들의 신원을 전환시켜 줄 수 있는지 설명해 주는 것뿐이야. 헨드릭의 인맥이 엄청나거든. 조합 같은 거라고 생각하면 돼. 보험이라든가. 거기다 우리는 봉급까지 받는다고. 그냥 살아 주는 대가로 말이야."

"영업 실력이 정말 대단한데. 시류를 아주 잘 따르고 있는 것 같아."

"오마이, 이건 농담이 아니야. 우리 같은 사람들은 어느 때보다도 위험에 처해 있다고."

"알아. 하지만 우린 이렇게 멀쩡히 살아 있잖아. 여정이 순탄치만은 않았지만."

"도처에 위험이 널려 있어. 너도 마음을 놓아선 안 돼. 베를린에 연구소가 있거든. 그들이 네 존재를 알고 있어. 지난 몇 년간 우리 같은 사람들을 잡아들여 왔어."

오마이가 웃음을 터뜨린다. 건성이 아닌 진짜 웃음이다. 나는 그들에게 붙잡혀 있을지도 모르는 매리언을 떠올린다. 순간 분노가 치밀어 오른다. 도전을 받고 있는 기분이다. 가톨릭교도 앞에서 무신론자가 그렇듯이.

"우리 같은 사람들을 잡아들인다고? 우와."

"진짜라니까. 문제는 우리를 노리는 게 그들뿐만이 아니라는 사실이야. 실리콘 밸리의 생명공학 회사들도 그렇고, 경쟁상 우위를 궁극적으로 점하고 싶어 하는 사람들도 그렇고. 그들에게 우린 인간이 아니야. 그저 실험실 속 쥐에 불과할 뿐이지."

그가 눈을 비벼 댄다. 갑자기 피로해진 모습이다. 내가 그를 그렇게 만들고 있는 것이다.

"좋아. 그런데 우리를 어떻게 보호해 준다는 거지? 대체 속셈이 뭐야?"

"우리가 반드시 이행해야 하는 의무가 있어."

그가 또 다시 웃으며 눈을 비빈다. 내 말이 자장가로 들리는 모양이다.

"의무?"

"몇 년에 한 번씩 앨버트로스 소사이어티를 위해 무언가를 해야 해."

이번에는 더 큰 웃음이 터져 나온다.

"그 이름, 누가 지은 거지?"

"그래, 알아. 너무 고루하게 들리지?"

"그 임무라는 게 뭐야?"

"여러 가지 있어. 예를 들면 이런 거야. 사람들을 만나 소사이어티에 가입하도록 설득하는 것."

"가입? 계약서 같은 데 서명해야 하는 거야?"

"아니. 계약서 같은 건 없어. 그냥 선의만 있으면 돼. 신뢰. 그보다 더 확실한 계약이 어디 있겠어?"

나도 모르는 새 헨드릭의 말투가 되어 버리고 말았다. 마지막으로 이런 기분을 느꼈던 건 애리조나에서였다. 대참사로 끝났던 그 임무.

"거부하면? 그럼 어떻게 되는 거지?"

"대부분 흔쾌히 가입을 해 주는 편이야. 나쁠 거 없는 조건이니까."

나는 눈을 감는다. 사막에서 총을 쏘았던 기억이 떠오른다.

"오마이, 내 말 들어. 넌 위험에 노출돼 있어."

"날더러 어쩌라는 거야?"

"한곳에 너무 오래 머무르면 안 돼. 헨드릭은 늘 남에게 집착하면 안 된다고 강조하지. 우리는 8년에 한 번씩 새로운 곳으로 이동하게 돼 있어. 주기적으로 새 출발을 하게 되는 거라고. 또 다른 누군가가 돼서 말이야. 넌 여기 너무 오래……."

"난 그럴 수 없어. 여기저기 옮겨다니는 것 말이야."

그는 꽤 단호해 보인다. 아무래도 솔직하게 털어놓아야 할 것 같다.

"우리에겐 선택의 여지가 없어. 소사이어티의 모든 회원들은⋯⋯."

"난 아직 소사이어티에 가입도 하지 않았잖아."

"누구나 자동적으로 가입되는 거야. 앨버는 발견되는 순간 회원이 되는 거라고."

"앨버, 앨버, 앨버⋯⋯. 어쩌고, 저쩌고, 어쩌고⋯⋯."

"소사이어티의 존재를 알게 된 자체가 가입이 된 것이나 마찬가지야."

"인생처럼 말이지?"

"그래."

"그래도 내가 거부하면 어떻게 되는 거지? 내가 끝까지 싫다고 하면?"

나는 답을 내놓기 전에 한동안 뜸을 들인다.

그가 의자 등받이에 몸을 붙이고 고개를 젓는다.

"우와, 듀드. 무슨 마피아야? 너 마피아에 들어간 거야?"

"나도 내 발로 들어가진 않았어. 하지만 제발 믿어 줘. 잘 생각해 보면 이해가 될 거라고. 만약 앨버 하나가 노출되면 세상의 모든 앨버들이 위험해져. 너도 지금껏 숨어 지내 왔다고 했잖아. 그러지 않으면 위험하다는 걸 알잖아."

나는 말한다. 그가 고개를 젓는다.

"난 오스트레일리아에서만 삼십 년을 살아왔어."

나는 그의 말을 곱씹어 본다. '난 오스트레일리아에서만 삼십 년을 살아왔어.'

"이십 년이라고 들었는데."

그의 얼굴이 살짝 굳어진다. 불안하다. 좋은 징조가 아니다. 나는 선상에서 함께 웃던 우리의 모습을 떠올린다. 오마이의 제안으로 런던의 왕립 협회에서 함께 지내던 시절도. 그때 우리는 매일 진을 퍼마시고, 새뮤얼 존슨과 유명 인사들에게 거짓말을 늘어놓으며 신나게 살았었다.

"들어? 누구에게 들었는데? 누가 날 감시해 온 거야?"

"네가 어떻게 삼십 년이나 버텨 올 수 있었는지 이해가 안 돼. 혹시 여기저기 돌아다니면서 살았던 거야?"

"시드니에서 십삼 년 살았고, 바이런에서 십칠 년 살았어. 해안 지방을 잠깐 돌아다니기도 했었고. 블루 마운틴에도 가 봤어. 하지만 대부분 시간은 같은 집에서 보냈다고."

"그동안 널 수상하게 여기는 사람 없었어?"

그가 나를 응시한다. 그의 코가 벌렁거리고 있다. 뜨거운 콧김이 뿜어져 나오는 중이다.

"사람들 눈엔 자기들이 보고 싶은 것만 보일 뿐이야."

"하지만 넌 인터넷 스타가 됐잖아. 아까 웨이트리스도 널 알아봤고. 누군가가 널 촬영해 올려놨어. 많은 사람들이 이미 그걸 봤잖아."

"아직도 네 손에 햇불이 들려 있다고 생각해? 그때처럼 네 의지대로 나를 다루려고? 그깟 햇불 따위는 저 바다에 던져 버려."

진정해.

"맙소사, 오마이. 난 널 도우려는 것뿐이야. 이건 내가 정한 규칙이 아니라고. 난 그저 중개인일 뿐이야. 모든 건 헨드릭이 결정해. 그는 끔찍한 일을 막을 수도 있지만……."

이제 끔찍한 진실을 털어놓을 타이밍이다.

"끔찍한 일이 벌어지도록 할 수도 있어."

"됐어. 네가 친구라서 이 정도로 끝나는 줄 알아."

그가 지갑에서 지폐 몇 장을 꺼내 테이블에 내려놓고 자리에서 일어난다.

그가 나간 후 오랫동안 나는 자리에서 꼼짝도 하지 않는다. 마침내 주문한 음식이 도착한다. 나는 웨이트리스에게 그가 곧 돌아올 거라고 말한다. 하지만 그는 끝내 돌아오지 않는다.

솔직히 나는 전혀 다른 결과를 기대했다. 함께 옛이야기를 나누면서 회포를 풀게 될 줄 알았다. 한때 우리가 상상조차 할 수 없었던 모든 좋은 일과 끔찍한 사건들에 대해 수다를 떨면서. 자전거나 자동차나 비행기에 대해. 기차, 전화기, 사진, 전구, TV쇼, 컴퓨터, 로켓을 타고 떠나는 달나라 여행. 마천루. 아인슈타인. 간디. 나폴레옹. 히틀러. 공민권. 차이콥스키. 록. 재즈. 카인드 오브 블루. 리볼버. 보이즈 오브 서머. 힙합. 스시 레스토랑. 피카소. 프리다 칼로. 기후 변화. 기후 변화 부정. 스타 워즈. 쿠바 미사일 위기. 비욘세. 트위터. 이모티콘. 리얼리티 TV. 가짜 뉴스. 도널드 트럼프. 거듭되는 공감의 기복. 우리가 전쟁 중에 한 일들. 참고 살아남기로 결심한 각자의 이유.

하지만 우리는 그런 얘기를 나누지 않았다. 내가 일을 이렇게 만들어 버린 것이다.

나는 바보다. 친구 하나 없는 바보.

네가 사랑하는 사람들은 영원히 죽지 않아.

아주 오래 전, 오마이는 말했었다.

그의 말이 옳았다. 그들은 죽지 않는다. 적어도 완전하게는. 우리의 기억 속에서 계속 살아가니까. 우리가 그 뜨거운 불꽃을 안에 담아 두고 지켜 나가니까. 기억이 생생히 남아 있으면 그들은 죽어서도 우리를 이끌어 갈 수 있다. 오래 전에 꺼져 버린 별들이 낯선 바다에서 길을 잃은 배들을 이끌듯이. 슬픔을 뒤로 하고 귀를 기울이면 그들이 우리의 인생을 바꾸어 놓을 수 있다. 그들이 우리의 구원이 될 수 있다.

오마이는 마을 외곽에 살고 있다. 브로큰헤드 가 352번지. 단층짜리 미늘벽 판잣집이다.

이곳에서도 바다를 볼 수 있다. 하긴. 오마이처럼 바다를 사랑하는 친구가 다른 데 살 리 없다.

나는 노크를 하고 몇 분 기다린다. 머릿속이 욱신거려 오고 있다. 집 안에서 인기척이 들린다. 잠시 후, 문이 살짝 열린다. 짧은 백발의 노파가 도어체인 너머로 밖을 내다본다. 그녀는 팔십대쯤 되어 보인다. 얼굴에는 지도를 연상시키는 주름들이 가득하다. 어정쩡한 자세로 서 있는 걸 보면 관절염이나 골다공증을 앓고 있는 듯하다. 백내장이 있는 눈에서는 근심이 묻어나온다. 밝은 노란색 카디건을 입었고, 손에는 전기 깡통따개가 들려 있다.

"네?"

"오, 실례합니다. 제가 집을 잘못 찾은 것 같네요. 늦은 시간에 죄송합니다."

"괜찮아요. 난 원래 밤잠이 없으니까."

그녀가 문을 닫으려고 한다. 나는 잽싸게 말한다.

"솔이라는 친구를 찾고 있습니다. 솔 데이비스. 이 집에 살고 있다고 해서 왔거든요. 저는 오래된 친구입니다. 아까 그 친구와 저녁도 같이 먹었어요. 혹시 저 때문에 기분이 상한 건 아닌지 궁금해서 왔습니다."

그녀가 잠시 머뭇거린다.

"톰. 제 이름은 톰입니다."

그녀가 고개를 끄덕인다. 내 이름을 알고 있다는 뜻이다.

"서핑 하러 나갔어요."

"이 시간에요?"

"한밤중에 서핑 하는 걸 좋아해요. 바다는 퇴근을 하지 않는 다나요."

"주로 어디서 서핑을 하죠?"

그녀의 시선이 현관의 시멘트 바닥으로 떨어진다. 마치 그곳에 쓸 만한 대답거리가 널려 있기라도 한 듯이.

"늙으니 머리가 잘 안 돌아가서……. 탈로우 해변."

"고맙습니다. 정말 고맙습니다."

나는 모래에 앉아 그를 지켜본다. 하늘에는 보름달이 걸려 있다. 작은 그림자 하나가 파도 위로 불쑥 솟아오른다. 그때 주머니 안에서 휴대폰이 진동한다.

헨드릭.

응답하지 않으면 불필요한 의심만 사게 될 것이다.

"그 친구랑 같이 있나?"

"아뇨."

"파도 소리가 들리는데."

"지금 서핑을 하고 있어요."

"그럼 통화가 가능하겠군."

"잠깐밖에 못해요. 곧 그가 나올 테니까."

"설득이 되던가?"

"그렇게 될 겁니다."

"모든 걸 다 설명해 줬어?"

"그러는 중입니다. 아직 다 들려주진 못했어요."

"유튜브에 뜬 그 친구 동영상 조회 수가 사십만 명을 넘겼어. 서둘러 숨겨야 한다고."

오마이가 파도 속으로 사라진다. 이내 그의 머리가 불쑥 튀어 오른다. 그에게는 이렇게 사는 게 완벽한 인생일 것이다. 파도를 타다가 떨어졌다가 또 다시 일어나는 일. 원래 인생은 무언가를 부지런히 쌓아 나가는 것이다. 소득도, 지위도, 그리고 권력도. 마치 수직의 마천루를 타고 오르듯이 오직 위만 바라보고 달려가는 삶. 하지만 오마이의 존재는 바다만큼이나 자연스럽게 느껴진다. 수평선만큼이나 넓어 보이고. 그가 다시 서핑 보드에 오른다. 보드에 엎드린 그가 두 팔로 물살을 저어 앞으로 나아간다.

"순순히 말을 들을 겁니다."

"오, 당연히 그래야지. 우리 모두를 위해서도 꼭 그렇게 돼야만 해. 베를린만 문제가 아니야. 베이징의 생명공학 연구소가 지금……."

지난 한 세기 동안 귀에 못이 박이도록 들어온 잔소리다. 매리언을 생각하면 크게 걱정해야 할 상황이지만 지금은 그저 세상의 또 다른 소음으로만 들릴 뿐이다. 물이 모래로 스며드는 소리처럼.

"네. 알았어요, 헨드릭. 이만 끊을게요. 그가 오고 있어요."

"A안. 그건 자네가 할 일이야, 톰. 그리고 명심해. 우리에겐 늘 B안이 준비되어 있다는 거."

"알겠습니다."

"명심해."

나는 전화를 끊고 나서도 계속 모래 위에 앉아 있다. 파도 소리가 호흡하듯 들려온다. 들이쉬었다가, 내쉬었다가.

이십 분 후, 오마이가 물에서 걸어 나온다. 나를 발견한 그는 서핑 보드를 옆에 끼고 계속해서 걸어 나갔다.

"이봐!"

나는 그를 따라 해변을 가로지른다.

"내 말 좀 들어봐. 난 네 친구잖아. 너를 보호하려고 이러는 거야."

"보호 따윈 필요 없어."

"그녀는 누구지, 오마이? 네 집에 사는 그 노파 말이야."

"그건 네가 상관할 일이 아니야. 두 번 다시 날 찾아오지 마."

"오마이. 맙소사, 오마이. 빌어먹을. 이건 중요한 문제라고."

그가 해변 끝 거친 잔디에 멈춰 선다.

"보다시피 난 여기서 잘 살고 있어. 더 이상 숨어 지낼 필요가 없다고. 난 내 모습 그대로 사는 게 좋아. 진실한 삶을 살 거라고."

"세상 어디로도 갈 수 있어. 하와이. 인도네시아. 네가 원하는 곳이면 어디든 갈 수 있다고. 이곳 말고도 서핑 하기 좋은 데는 널려 있어. 어느 바다든 결국엔 하나로 붙어 있는 거잖아. 그런

데도 군이 이곳을 고집할 필요가 있어?"

나는 잽싸게 머리를 굴려 본다. 우리가 함께 했던 과거를 들춰 보면 그의 고집을 꺾을 수 있는 무언가를 찾게 될지도 모른다.

"존슨 박사가 항해를 마치고 돌아온 후 우리에게 했던 말 기억해? 왕립 협회에서 식사를 하면서 했던 말. 진실한 삶에 대한 것 말이야."

오마이는 어깨를 으쓱인다.

"너무 오래된 일이라서."

"정말 기억 안 나? 그때 우린 자고새 고기를 먹었었잖아. 그 자리에서 그는 신지식을 받아들이기 위해 늘 마음을 열어 둬야 한다고 했어. 진실성 없는 지식은 위험해. 지식 없는 진실성은 약한 데다 쓸모가 없고. 난 네게 지식을 주려 하는데 넌 계속 진실성만을 강조하고 있어. 그 잘난 진실성 때문에 너 자신이 목숨을 잃을 수도 있는데."

"그럼 나도 지식을 좀 내줄까, 톰?"

나는 좋다고 손짓한다.

"그래."

그가 발바닥에 박힌 유리 조각을 뽑기라도 하듯이 눈을 질끈 감는다.

"좋아. 내가 아는 정보를 조금 나눠 주지. 나도 한때 너처럼 살았어. 여기저기 옮겨 다니며 살았다고. 태평양 구석구석을 훑고 다녔지. 의심의 눈길을 피할 수 있는 곳이라면 어디든 좋았어. 사모아. 솔로몬 제도. 피지의 라우토카. 슈거 시티. 뉴질랜드. 타히티 섬으로 돌아가 잠시 지낸 적도 있었어. 실로 많은 곳을 돌아다녔었지. 필요할 때마다 사람들에게 도움을 받았고. 문서를 위조하는 것쯤은 일도 아니었어. 덕분에 언제든 새 출발을 할 수 있었지. 혹시 몰라서 십 년에 두 차례씩 이사를 다녔어. 그렇게 살다 보니 사정이 조금씩 바뀌더군."

"어떻게?"

색 바랜 퀵실버 티셔츠에 찢어진 청바지와 플립플롭 신발 차림의 중년 남자가 우리를 지나쳐 걸어 나간다. 마리화나와 콜라 캔으로 무장한 그는 해변 오솔길을 따라 바다로 향하는 중이다. 그는 알아들을 수 없는 구슬픈 노래를 흥얼거리고 있다. 무척 평화로워 보이는 모습이다. 술에 거나하게 취한 남자는 우리에게 눈길도 주지 않는다. 그가 먼발치 모래 위에 털썩 주저앉는다. 그리고 마리화나를 피우며 파도를 바라보기 시작한다. 우리 대화를 엿들을 수 있는 거리는 아니다.

오마이도 책상다리를 하고 모래에 앉는다. 그가 젖은 보드를 모래로 덮인 잔디에 떨어뜨린다. 나는 그의 옆자리에 앉는다.

그는 슬픈 눈빛으로 바다를 바라본다. 기억을 더듬어보는 중이다. 그렇게 몇 분이 흘러간다.

"난 사랑에 빠졌었어."

묻고 싶은 질문은 많지만 나는 일단 친구의 사연을 차분히 들어보기로 한다.

"네가 사랑에 대해 들려준 적이 있었지? 응? 너랑 사랑에 빠진 여자 얘기를 신나게 늘어놓았었잖아. 네 아내 말이야. 매리언의 어머니. 그 여자 이름이 뭐였더라?"

"로즈."

21세기 오스트레일리아의 해변에서 그녀 이름을 말하자 묘한 아찔함이 찾아든다. 시간과 공간의 거리가 감정의 근접함과 융합된 것이다. 나는 두 손을 잔디와 모래에 얹어 놓는다. 몸을 의지할 곳이 필요한 것처럼. 그녀의 흔적이 바닥 어딘가에 숨어 있기라도 한 것처럼.

"내게도 로즈 같은 여자가 있었어. 아주 아름다웠지. 이름은 호쿠였어. 이상하게도 그녀를 생각할 때마다 두통이 찾아들더라고."

나는 고개를 끄덕인다.

"기억통이야. 나도 요즘 들어 두통이 심해졌어."

갑자기 궁금해진다. 아까 오마이의 집에서 본 그 노파가 호쿠인가? 손에 깡통따개를 쥐고 있었던?

"우린 칠 년을 함께 지냈어. 그녀는 전쟁 통에 죽었고……."

어떤 전쟁이었을까? 그리고 어디서? 2차 세계대전. 아마 그럴 것이다.

"그 후에 뉴질랜드로 왔어. 거기서 문서를 위조해 입대했지. 그때처럼 문서 위조가 손쉬웠던 적이 없었어. 군대에서 아무나 받아 주던 시절이었거든. 자원병들에 대해 깊이 알려고도 하지 않았지. 아쉽게도 교전은 거의 없었어. 따분한 시리아에서 조금 머물다가 튀니지로 옮겨갔는데 거긴 상황이 완전 다르더군. 거기서 못 볼 것들을 좀 봤어. 끔찍한 광경들. 너는? 너도 거기서 싸우지 않았어?"

나는 한숨을 내쉰다.

"허락을 안 해 주더군. 헨드릭은 과학과 이념을 섞는 것이야말로 우리에게 가장 위험하다고 했어. 그가 옳긴 했지만 완벽한 인종을 양성하겠다고 난리를 치는 나치가 나타나면서 문제가 생겨 버렸지. 우생학(인류를 유전학적으로 개량하는 것을 목적으로 연구하는 학문_역주) 어쩌고 하는 걸 들고 나온 사이비 과학자들이 우리를 눈여겨보기 시작한 거야. 베를린의 실험 연구소를 장악한 그들은 앨버들을 연구해 온 자료를 보게 됐지. 그때부터 본격적인 앨버 사냥이 시작된 거야. 아무튼…… 헨드릭은 편집증 환자가 돼 버렸어. 앨버들이 전쟁에 엮이는 걸 원치 않았지. 네가 문명을 구하려고 애쓰는 동안 근시안적인 나는 보스턴에서 천식으로 고생하는 사서로 살았어. 아직도 내가 왜 그랬는지 후회가 돼. 아마 사랑을 피해 다니려고 그랬던 같아. 헨드릭이 전쟁을 피해 다녔듯이. 고통 없이 살아남기 위해서 말이야."

어딘가에서 사이렌 소리가 아득하게 들려온다.

오마이는 서핑 보드에서 물기를 닦아내고 있다.

"난 달라. 사랑이 없으면 삶에 의미가 없어진다고. 그녀와 함께 한 칠 년은 내 생애 최고의 시간이었어. 이해돼? 그 전후로

긴 세월을 살아왔지만 내가 진정으로 인간답게 살아 본 건 그때뿐이었어. 시간이란 그런 거야. 늘 한결같지 않지. 살다 보면 공허하게 느껴지는 날들도 있잖아. 그게 몇 년이나 몇 십 년 동안 지속될 때도 있고. 괴어 있는 물처럼 무의미한 시간들. 그러다가 아주 특별한 해를 맞게 되지. 그건 딱 하루일 수도 있고, 오후의 짧은 순간일 수도 있어. 모든 게 갖춰진 완벽한 시간."

나는 공원 벤치에 앉아 『밤은 부드러워』를 읽고 있던 카미유를 떠올린다. 오마이가 계속해서 말을 잇는다.

"난 삶의 진정한 의미를 찾고 싶었어. 한때는 마나를 믿었지. 당시 섬에선 다들 그랬거든. 어쩌면 아직 거기에 집착하고 있는지도 몰라. 어느 정도는 말이지. 미신으로서가 아니라 그 무언가에 대한 아이디어로서. 우리 모두가 마음속에 담아 두고 있는 것. 하늘이나 구름에서 뚝 떨어진 수수께끼가 아니라, 바로 여기서 솟구쳐 오르는 뜨거운 기운."

그가 자신의 가슴을 토닥인다.

"사랑에 빠지면 우리를 지배하는 엄청난 무언가의 존재를 믿게 돼. 우리 마음속에 갇혀 사는 무언가를. 그건 우리를 도울 수도 있고, 망쳐 놓을 수도 있어. 우리는 우리 자신들에게조차 수수께끼로 남아 있잖아. 과학조차도 그걸 인정하고. 인간의 정신이 어떻게 작동되는지 우린 아직도 모르고 있어."

잠시 침묵이 흐른다.

술꾼은 어느새 모래 바닥에 드러누워 쏟아지는 별들을 올려다보고 있다. 그가 다 피운 마리화나를 모래에 비벼 끈다.

그렇게 몇 분이 흐른다. 마침내 오마이가 다시 입을 연다.

"우리에겐 아이가 있었어. 우린 그 애에게 안나라는 이름을 붙여줬지."

그의 목소리가 바다처럼 부드러워졌다. 순간 내 머리가 빠르게 돌기 시작한다. 문득 매리언이 떠오르면서 깨달음이 찾아든다.

"그럼 그녀가? 너희 집에 사는 그 노파가⋯⋯."

그가 고개를 끄덕인다.

"그 앤 네 딸과 달라. 보다시피 저렇게 나이를 먹었다고. 다른 정상인들처럼. 결혼도 했는데 남편은, 그러니까 내 사위는 삼십 년 전에 암으로 세상을 떠났어. 딸은 그때부터 나랑 같이 살아왔고."

"딸이 너에 대해 알고 있는 거야?"

그가 웃음을 터뜨린다. 나 역시 어리석은 질문이라는 걸 알고 있다. 하지만 어떻게 하루살이가 이 엄청난 사실을 알고도 그토록 태연할 수 있는지 도저히 이해가 되지 않는다. 물론 로즈도 내 상태에 대해 알고 있었다. 어머니도 마찬가지였고. 하지만 그들에게 그 지식은 엄청난 고통이었다.

"알고 있어. 그 애 남편도 알았었고."

"그런 비밀을 누가 믿어 주겠어?"

"어떤 사람들은 믿어 주겠지. 위험한 사람들."

그가 나를 응시한다. 나 자신이 한없이 유약하고 한심하게 여겨진다. 여전히 도망 중인 겁쟁이.

"파도에 죽거나 그걸 타고 가거나, 둘 중 하나야. 가끔은 피해 다니는 게 훨씬 위험할 때도 있어. 죽을 때까지 공포에 절어 살 수는 없잖아, 톰. 언제든 보드에 오를 준비가 돼 있어야 한다고. 파도 안에 갇히게 돼도 두려워하면 안 되고. 매 순간에 충실하면서 꿋꿋이 걸어 나가는 거야. 겁을 먹으면 보드에서 떨어지고, 그러다가 바위에 머리를 찧게 되는 거라고. 난 공포 속에서 살고 싶지 않아. 미안하지만 네 제안은 받아들일 수 없어, 톰. 더 이상 도망만 다니면서 살 순 없다고. 이젠 여기가 내 집이야. 널 사랑하지만 너랑 같이 떠나진 않을 거야. 이 해변에서 퍼노 선장의 유령이 출몰한다고 해도."

그가 보드를 챙겨 일어난다.

"내가 알아서 처리할게."

나는 말한다.

"이 문제는 내가 알아서 처리할게."

그는 고개를 끄덕이며 맨발로 콘크리트 길을 걸어 나간다. 나는 해변의 술꾼을 돌아본다. 그가 나를 향해 한 손을 살랑 흔들어 보인다. 나는 모래 위에 누워 오마이가 겪었다는 전쟁을 생각한다. 헨드릭 때문에 나는 싸울 수 없었던 전쟁. 하지만 나는 또 다른 전쟁이 임박했음을 감지할 수 있다. 주머니 안에서 휴대폰이 진동한다. 살아있는 무언가가 내 허벅지를 간질이고 있는 것 같다. 나는 그냥 무시해 버린다. 그리고 이제 무엇을 해야 할지 고민하기 시작한다.

해변에 누운 채 잠에 빠져든다. 한참 후 눈을 떠 보니 벌건 새벽빛이 하늘을 물들여 놓았다. 나는 호텔로 돌아가 아침을 먹고 메시지를 확인한다. 놀랍게도 헨드릭은 딱 한 번 전화를 걸어 왔을 뿐이다. 나는 방으로 올라간다. 와이파이 상태가 좋지 않지만 간신히 온라인에 접속하는 데 성공한다. 페이스북을 살펴보지만 카미유의 새 게시글은 보이지 않는다. 그녀와 대화하고 싶다. 그녀에게 메시지를 띄우고 싶다. 하지만 그럴 수 없다는 걸 알고 있다. 나는 위험하니까. 앨버트로스 소사이어티에 속해 있는 동안은 그녀에게 위험 요소로 남을 수밖에 없다.

나는 침대에 올라가 몸을 웅크린다. 그리고 눈물을 펑펑 쏟기 시작한다. 아무래도 신경쇠약에 걸린 것 같다.

"헨드릭, 이 개자식."

나는 천장에 대고 속삭인다.

"더는 못 참겠어."

나는 울면서 호텔을 나선다. 머리를 써야 할 시간이다. 나는 절벽 꼭대기와 해변을 따라 걸어 나간다. 그리고 케이프 바이런 등대에서 바다를 내려다본다.

어드벤처 호의 갑판에서 남극해를 내다보던 때가 떠오른다. 당시 쿡 선장은 오스트레일리아보다 큰 대륙을 찾겠다며 호들갑을 떨어 댔었다.

살다 보면 얼음 너머에 새로운 대륙이 없다는 사실을 깨닫는 순간이 온다. 그저 더 많은 얼음만이 널려 있을 뿐이라는 것과 똑같은 세상이 계속 이어질 뿐이라는 것을.

가끔은 익숙한 풍경 속에서 생각지도 못했던 사실을 발견할 때도 있다. 우리가 사랑하는 사람들.

또 다시 카미유가 떠오른다. 그녀의 목소리도. 그녀가 고개를 젖히고 하늘을 올려다보는 모습도. 그녀가 의자에서 떨어졌을 때 찾아들었던 공포도.

순간 나는 깨닫는다. 다 부질없다는 것을. 제각각의 페이스로 나이가 들어도 상관없다는 것을. 시간의 법칙을 거스를 수 없다 해도, 앞에 남은 시간은 얼음 너머의 대륙과 같다. 그것이 무엇일지 짐작은 할 수 있지만 정확히 알 수는 없다. 우리가 아는 것이라고는 바로 지금 이 순간뿐이다.

더 걸어 나가니 석호가 나타난다. 바위와 무성한 초목이 초록색의 깊은 물을 에워싸고 있다. 몇 세기를 살아왔지만 아직도 세상에는 내가 모르는 식물이 많다. 하다못해 나는 이 석호의 이름조차도 알지 못한다.

모르는 곳에 와 있는 기분이 나쁘지 않다. 신선함이 사라진 지나치게 익숙한 세상에서 이런 곳을 찾기란 쉽지 않다. 두 개의 작은 폭포가 석호로 물을 쏟아내고 있다. 폭포수 소리에 다른 모든 소음이 묻혀 버린다. 폭포를 보고 있노라니 신부의 면

사포가 떠오른다.

이곳에는 와이파이가 없다. 휴대폰도 터지지 않는다. 오로지 정적뿐이다. 공기에서는 은은한 향기가 풍긴다. 물소리마저도 황홀하게 느껴진다. 통나무에 앉아 있다가 무언가를 깨닫는다. 더 이상 두통이 느껴지지 않는다.

분명한 한 가지.

오마이의 마음을 돌릴 방법은 없다. 물론 나는 그를 죽이지 않을 거고. 은은한 꽃향기를 한껏 들이마신 후 눈을 감는다.

물이 아닌, 다른 소리가 들려온다.

바스락거림. 내 뒤로 난 좁은 오솔길 근처 덤불에서 들려오는 소리다. 짐승인가? 아니. 누군가가 다가오고 있다. 관광객인 모양이다.

나는 뒤를 돌아본다.

여자가 다가오는 중이다. 그녀는 총을 쥐고 있고, 총구는 내게 겨누어져 있다. 순간 가슴이 철렁 내려앉는다.

총을 보았기 때문이 아니다.

그녀의 달라진 모습 때문이다.

얼굴이 몰라볼 정도로 변해 버렸다. 머리는 파란색으로 염색된 상태다. 키도 많이 컸다. 이렇게까지 크게 자랄 줄은 몰랐는데. 그녀의 팔뚝에는 문신이 새겨져있다. 이십일 세기에 딱 어울리는 모습이다. 티셔츠("사람들이 무서워People Scare Me") 하며, 청바지 하며, 입술에 한 피어싱 하며, 주황색 플라스틱 시계 하며, 이유 모를 분노까지. 그녀는 삼십대 후반쯤 되어 보인다. 사백 년 전 나랑 작별인사를 나누었던 소녀의 모습은 온데간데없다. 하지만 그녀는 내 딸이 분명하다. 눈빛만 봐도 알 수 있다.

"매리언."

"그 이름 부르지 말아요."

"나야."

"돌아서요."

"싫어, 매리언. 그러지 않을 거야."

나는 계속해서 그녀를 쳐다본다. 엄청난 충격이 가시지 않는다. 나는 얼굴로 바짝 다가온 총구에 신경 쓰지 않으려 애써 본다. 눈 깜빡할 새 죽음이 덮쳐올 수 있다는 사실도 무시해 버린다. 그저 내 딸에게만 온 신경을 집중하고 싶을 뿐이다.

"너 때문에 지금껏 꾸역꾸역 살아남았던 거야. 네 어머니랑 반드시 널 찾겠다고 약속했거든. 네가 어딘가에 살아있을 줄 알았어. 난 알고 있었다고."

"아빠는 우릴 버리고 떠났어요."

"그래, 맞아. 그러고 싶지 않았지만 너를 위해서 떠날 수밖에 없었어. 네 어머니를 위해서. 네 어머니도 내가 떠나 주기를 바랐어. 그땐 그 방법밖에 없었거든. 우린 런던을 떠났지만 현실은 계속 우리 발목을 잡았지. 난 어머니가 나 때문에 강물에 빠져 죽는 걸 지켜봐야 했어. 그 기분을 헤아릴 수 있겠니? 그런 엄청난 죄책감을 마음에 담아 두고 살아야 하는 기분 말이야.

년 그러고 싶지 않을 거야. 똑같은 이유로 아버지를 죽이고 싶지 않을 거야. 헨드릭이 시켰니? 그가 널더러 이러라고 했어? 그에게 설득당한 거야? 세뇌라도 당했어? 그게 바로 헨드릭의 특기야. 사람들을 세뇌시키는데 탁월한 재능이 있지. 번드르르한 말재주로 사람을 홀려 버린다고. 그는 천 년 가까이 살아왔어. 사람을 조종하는 것쯤은 그에겐 식은 죽 먹기지."

"아빠는 나를 원치 않았어요. 헨드릭에게도 그렇게 얘기했잖아요. 아빠가 되고 싶지 않았다고."

엄청난 충격 위에 또 다른 엄청난 충격이 얹어진 기분이다. 헨드릭은 매리언을 찾아내고도 내게 그 사실을 알려 주지 않았다. 내가 딸을 찾고 싶어 한다는 걸 잘 알고 있었으면서도 지금껏 이 엄청난 사실을 비밀에 부쳐 왔다. 부녀가 같은 소사이어티에 속해 있으면서도 그 사실을 모르고 살아왔다니.

숨이 턱 막혀 와 제대로 말이 나오지 않는다.

"아니야. 그건 사실이 아니야. 매리언, 아빠는 지금껏 널 애타게 찾아다녔어. 제발, 응? 언제부터……, 대체 언제……?"

총은 여전히 나를 겨누고 있다. 나는 그녀의 팔을 움켜잡고 총을 빼앗는 방법을 떠올린다. 하지만 딸에게, 나의 매리언에게 그럴 수는 없다. 무조건 대화로 해결해야 한다. 헨드릭도 했는데 나라고 못할 것 없다.

"나는 아빠에 대해 알고 있고 아빠는 나를 믿지 않으니까, 그래서 나를 찾으려고 했던 거 아닌가요? 아빠가 내게 신경 쓸 이

461

유가 없잖아요. 지난 몇 세기 동안 떨어져서 살아왔는데. 아빠는 자기 자신을 보호하기 위해 앨버트로스 소사이어티에 나를 찾아 제거해 달라고 요청했어요."

"진실은 네가 한 얘기와 정반대야."

"수십 년 전에 아빠가 헨드릭에게 보낸 편지를 읽어 봤어요."

"무슨 편지?"

"내가 두 눈으로 확인했어요. 아빠의 글씨가 분명했다고요. 봉투에도 아빠 이름이 적혀 있었고. 난 편지 내용을 꼼꼼히 읽어 봤어요. 아빠가 소사이어티에 가입하는 조건으로 무엇을 요구했는지. 그걸 읽고 내 안의 한 줄기 희망이 사라져 버렸어요. 정말 미쳐 버리는 줄 알았다고요. 우울증. 공황장애. 정신병. 내가 이 세상에서 누구보다도 사랑했던 아빠가 나를 죽이려 했다니 어떻게 그러지 않을 수 있겠어요? 나도 아빠를 찾고 싶었어요. 나도 아빠 때문에 지금껏 꾸역꾸역 살아남은 거라고요. 그토록 믿었던 아빠가 나를 배신하다니. 난 아빠에게 빚진 게 하나도 없어요."

그녀는 흐느끼고 있다. 표정이 딱딱하게 굳어져 있지만 눈물은 멈추지 않는다. 쏟아지는 딸의 눈물에서 이곳 폭포만큼이나 강렬한 기운이 느껴진다. 나는 모든 게 정상으로 돌아오기를 원한다. 얼마든지 그럴 수 있다는 걸 딸이 알아 주기를 원한다.

"헨드릭이 거짓말을 한 거야. 그는 조작의 달인이야. 그리고 남들까지도 그렇게 물들여 버리지. 그게 도움이 될 때도 있지만 가끔 우리를 곤란하게 만들기도 해. 그에겐 인맥이 있고 돈이 있어, 매리언. 튤립 파동 때 벌어 둔 돈 덕에 지금 같은 엄청난 힘을 갖게 된 거야."

"아그네스가 확인해 줬어요. 다 사실이라고 하더군요. 아빠는 나 때문에 떠나야 했고, 그래서 나를 증오했다고 말예요."

"널 증오했다는 말은 누구에게도 한 적이 없어. 아그네스도 그와 한통속이야. 그에게 단단히 홀려 있다고. 매리언, 아빠는 널 사랑해. 난 완벽한 사람이 아니야. 네게 완벽한 아버지도 못 돼 줬고. 하지만 지금껏 단 한순간도 널 사랑하지 않았던 적이 없어. 오로지 널 찾는 데만 모든 걸 바쳐 왔어. 정말이야, 매리언. 넌 대단한 아이였어. 아빠는 널 영원히 포기하지 않아. 매일같이 널 애타게 그리며 살아왔으니까."

나는 어둑해져 가는 창가에 앉아 『페어리 퀸』을 읽는 딸의 모습을 떠올려 본다. 딸이 침대에 앉아 틴 파이프를 연주하는 모습도.

그 애는 아직도 울고 있다. 하지만 총구는 여전히 나를 겨눈 상태다.

"꼭 돌아오겠다고 했잖아요. 왜 약속을 안 지켰죠?"

"알아, 알아. 아빠가 위험에 처해 있었다는 거 기억하지? 그래서 부득이하게 떠날 수밖에 없었다는 거. 누군가가 우리 집 문에 요상한 표시와 흉측한 글귀들을 새겨 놓았잖아. 마녀 사냥꾼과 황당한 소문들. 그때 분위기가 어땠는지 너도 잘 알잖

아. 내 어머니가 어떻게 됐는지도 알고. 함께 있으면 모두가 위험해지는 상황이었어. 그래서 떠나야 했던 거야. 네가 떠나와야 했던 것처럼."

그녀가 눈을 질끈 감아 버린다. 마치 얼굴로 주먹을 만들려는 듯이.

"개자식."

그녀가 말한다. 총을 빼앗을 절호의 기회지만 나는 움직이지 않는다.

딸은 지난 몇 세기 동안 나를 버티게 해 준 유일한 희망이었다. 하지만 지금은 어느 때보다도 살아야겠다는 의욕이 넘친다. 인생 그 자체를 위해서. 밝은 미래와 새로운 가능성을 위해서.

"네가 〈푸른 숲 나무 아래〉를 연주했을 때가 생각나."

나는 말한다.

"내가 이스트칩 시장에서 사 온 작은 파이프로 말이야. 기억나니? 아빠가 파이프 연주하는 걸 가르쳐 줬던 거 기억나? 처음엔 많이 힘들어했었지? 손이 작아 구멍들을 제대로 막을 수 없어서. 하지만 어느 날 마법처럼 해내고 말았잖아. 넌 어머니가 싫어하는 줄 알면서도 거리에 나가 그걸 불고 다녔지. 그때 네어머니는…… 어린 네가 사람들에게 불필요한 주목을 받을까봐 걱정했었어. 그때 어머니가 왜 그러셨는지 이젠 알겠지?"

그녀는 대답이 없다. 나는 석호와 그 너머 나무들을 바라본다. 딸의 숨소리가 똑똑히 들린다.

나는 주머니에 손을 찔러 넣는다.

"뭐하는 거예요?"

그녀가 물소리에 묻혀 버릴 것 같은 나지막한 목소리로 묻는다. 나는 주머니에서 지갑을 꺼낸다.

"잠깐만."

나는 잘 봉해진 작은 폴리에틸렌 주머니를 뽑아 앞으로 들어 보인다. 그녀가 그 안에 담긴 얇고 까만 동전을 쳐다본다.

"그게 뭐죠?"

"캔터베리에서 있었던 일 잊었어? 햇볕이 쨍쨍 내리쬐던 날 누군가가 파이프를 부는 네 손에 이걸 쥐여 줬었잖아. 우리의 마지막 날, 넌 이걸 아빠에게 쥐여 주며 늘 네 생각을 해 달라고 했어. 바로 이 동전, 이 페니가 내게 버텨 나갈 힘을 준 거야. 이게 아니었다면 아빠는 진작 이 세상을 떠났을 거야. 나중에 널 찾게 되면 이걸 돌려주고 싶었어. 자, 받아."

나는 그것을 앞으로 내민다. 그녀가 총을 쥐고 있지 않은 빈 손을 천천히 올린다. 나는 동전을 그녀의 손바닥에 살며시 놓는다. 그제야 그녀의 총이 내려진다. 딸의 손가락이 서서히 꽃잎을 닫는 연꽃처럼 동전을 감싸 쥔다.

그녀는 어리둥절한 표정을 짓고 있다. 그녀가 들리지 않는 말을 웅얼거리며 내 앞으로 몸을 기울인다. 그리고 내 품에 얼굴을 묻고 격하게 흐느끼기 시작한다. 나는 딸을 꼭 끌어안는다. 그럴 수만 있다면 잃어버린 지난 몇 세기를 멀리 밀어내 버리고 싶다.

그리고 모든 걸 알고 싶다. 앞으로 사백 년 동안 딸이 어떻게 살아왔는지 상세하게 듣고 싶다. 하지만 내게서 떨어져 나간 그녀는 눈가를 훔치며 불안해하는 표정을 짓는다.

"그도 여기 있어요. 헨드릭 말이에요. 그도 이곳에 와 있다고요."

그녀가 자기 어머니와 같은 초록색 눈으로 나를 쳐다보며 말한다.

헨드릭은 직접 매리언을 데리고 오스트레일리아에 왔다. 그는 그녀와 같은 호텔에 방을 예약해 두었다. 바이런 샌즈. 그는 처음부터 이런 상황을 우려했었다. 내가 오마이를 처치하지 못할 거라는 걸 진작 알고 있었던 것이다. 사실 그는 오래 전부터 나를 걱정해 왔다. 스리랑카 임무 때부터. 그리고 내가 런던으로 돌아가겠다고 결심했을 때부터.

매리언은 그의 지시에 따라 나를 미행해 왔다. 하지만 아버지를 죽이라는 가혹한 지시는 내려지지 않았다.

"다 잘될 거야, 매리언."

나는 딸에게 말했었다. 그녀에게 또 다시 거짓말을 할 수밖에 없었다.

"아무 걱정 마. 다 잘될 거니까."

어느새 저녁이 되었다. 매리언과 헨드릭은 바이런 샌즈에서 함께 저녁을 먹고 있다.

"절대 흔들려선 안 돼. 한 시간 전에 네가 보였던 그 모습으로 돌아가야 해. 그와 함께 있을 때는 나를 진심으로 죽이고 싶어 하는 척해야 한다고."

그녀에게 말했었다. 나는 호텔로 돌아가지 않는다. 대신 바이런 샌즈 근처 해안 도로를 걷고 있다. 언제 매리언이 나를 필요로 할지 모르니. 풀과 해변과 바다의 차분함이 내 머릿속 폭풍과 병치된다. 나는 무거운 걸음을 옮겨 가로등 불빛이 닿지 않는 어둠 속으로 들어간다.

나는 전화를 거는 중이다. 카미유에게. 헨드릭은 그녀의 목소리를 들었을 것이다. 술에 취한 내가 공원에서 그의 전화를 받았을 때. 어쩌면 그는 이미 앨버 하나를 런던으로 보내 놓았는지도 모른다. 어쩌면 아그네스가 직접 갔는지도. 그녀를 죽이고 자살로 위장해 놓기 위해.

"받아요. 전화 받아요, 어서……."

답답해진 나는 허공에 대고 말한다. 하지만 그녀는 응답하지 않는다. 그래서 나는 그녀에게 문자 메시지를 띄우기로 한다.

미안해요. 당신에게 들려줄 얘기가 있어요. 다 설명해 줄게요. 하지만 지금은 몸을 피해야 할 때예요. 당신은 위험에 처해 있어요. 지금 당장 아파트에서 나와요. 어디로든 가 있으라고요. 사람들 눈에 잘 띄는 데로.

나는 메시지를 전송한다.

가슴 속에서 심장이 요동친다.

나는 일생을 공포에 사로잡혀 살아왔다. 헨드릭은 더 이상 두렵지 않게 해 주겠노라고 약속했지만 정작 그가 한 일은 내게 더 큰 두려움을 불어넣는 것이었다. 그는 공포로 사람들을 조종했다. 나도, 매리언도 그렇게 당했다. 나 혼자만 당했을 때는 미처 알지 못했었다. 하지만 그가 매리언을 어떻게 조종해 왔는지 알게 되니 모든 게 선명하게 눈에 들어오기 시작했다. 나와 내 딸에게 늘어놓은 숱한 거짓말들. 앨버트로스 소사이어티는 온갖 비밀과 그에게 조종당한 회원들에 의해 지금껏 굴러온 것이다. 오로지 외부 위협에 대한 헨드릭의 피해망상을 잠재우기 위해.

요즘 그를 가장 우려하게 하는 것은 노화 현상을 막는 방법을 연구하는 생명공학 회사들이었다. 그중에서도 특히 진컨트롤 테라피GeneControl Therapies와 스톱타임StopTime이라는 곳. 두 회사 모두 줄기 세포 기술에 적극적으로 투자하고 있었다. 언젠가는 그 기술이 노화를 막아 줄 거라 기대하면서.

헨드릭은 베를린 연구소의 과학자들이 킬러라고 믿었다. 그는 늘 그런 따위의 음모설에 사로잡혀 살았다. 앨버들이 자기 본연의 모습으로 사는 건 쉽지 않은 일이다. 앨버들 대부분은 나처럼 끔찍할 만큼의 부당함을 꿋꿋이 견뎌 내며 살아온 사람들이었다. 하지만 나는 더 이상 윌리엄 매닝의 긴 그림자에 덮여 내 판단력이 흐려지는 걸 두고만 보지 않을 것이다. 이제 나는 위협의 실체를 분명히 알게 되었다. 바로 헨드릭이다.

그는 모든 것을 더럽혀 놓았다. 매리언과의 재회까지도.

카미유로부터 문자 메시지가 도착한다.

????

택시 한 대가 지나쳐 갔다. 도로에는 그 차뿐이다.

그때 휴대폰이 진동한다. 카미유가 아니라 매리언의 전화다.

"그가 오마이를 직접 만나러 가겠대요."

"뭐라고?"

"방금 레스토랑을 나갔어요. 택시를 타고 갔으니 십 분이면 그 집에 도착할 거예요."

노란 줄무늬의 커다란 도마뱀이 야자나무들 사이를 총총 누비고 다닌다.

"방금 택시 하나가 지나쳐 갔는데. 대체 직접 만나서 뭘 하겠다는 거지?"

"그건 얘기하지 않았어요. 그냥 기다리라고만 했어요. 의심받을까 봐 꼬치꼬치 캐묻진 못했어요."

"매리언, 혹시 그가 총을 챙겨 갔니?"

"모르겠어요. 하지만……."

나는 딸의 대답을 마저 듣지 않고 브로큰헤드 가를 향해 전력으로 내달리기 시작한다.

영국, 캔터베리, 1617년

"아빠."

베개를 베고 누운 매리언이 나를 올려다보았다. 아이의 눈에는 걱정이 가득 담겨 있었다. 딸이 한숨을 내쉬었다. 나는 사람들을 피해 달에 올라가 살게 된 새들에 대한 얘기를 들려주던 중이었다.

"응, 매리언?"

"우리 가족도 달에 가서 살면 좋겠어요."

"왜?"

아이의 미간에 깊게 주름이 팼다. 오직 딸만이 지을 수 있는 표정이었다.

"어떤 남자가 엄마에게 침을 뱉었어요. 갑자기 가판대로 불쑥 다가오더라고요. 좋은 장갑을 끼고 있었는데, 얼굴이 꼭 괴물 석상 같아 보였어요. 괴물 석상만큼이나 말수도 적었고요. 그 남잔 역겹다는 눈빛으로 엄마와 나를 쳐다봤어요. 그러자 엄마가 불쾌해하며 물었죠. '꽃 살 거예요?' 긴장을 해서 그런지 엄마의 목소리가 좀 거칠게 들리긴 했어요."

"그래서 그 자식이 엄마에게 침을 뱉었어?"

매리언이 고개를 끄덕였다.

"네. 잠시 그렇게 서 있다가 갑자기 엄마 얼굴에 대고 침을 뱉었어요."

아이의 입이 꼭 다물어졌다. 턱에 얼마나 힘이 들어가 있었던지 얼굴이 실룩거릴 정도였다.

나는 당시 상황을 머릿속에 그려 보았다.

"그 사람이 다른 말은 안 했고? 왜 그랬는지 설명해 주지 않았어?"

매리언의 얼굴이 또 다시 찌푸려졌다. 눈에 담긴 비통함 때문인지 딸은 퍽 성숙해 보였다. 앞으로 어떤 모습으로 자라게 될지 짐작할 수 있었다.

"아무 말도 안 했어요. 그냥 휙 돌아서서 가 버렸어요. 엄마는 얼굴에 묻은 침을 닦아 냈고요. 장사꾼들과 장을 보러 나온 마을 사람들이 우르르 몰려와 우리를 쳐다봤어요."

"그놈 말이다. 다른 사람들한테는 이상한 짓을 하지 않았니?"

"네. 우리에게만 그랬어요."

나는 딸의 이마에 입을 맞추었다. 그리고 담요를 끌어와 덮어 주었다.

"가끔…… 세상은 우리 뜻대로 돌아가지 않을 때가 있어. 사람들에게 실망할 때도 있고. 괜히 남에게 나쁜 짓을 하는 사람들도 있지. 그래서 더 조심해야 하는 거야. 너도 알다시피 아빠는 좀 다르잖아. 세상은 앞으로 나이를 먹는데 아빠는 옆으로 먹으니까."

나는 말했다. 아이의 얼굴이 일그러졌다. 섬뜩한 상상을 하고 있는 모양이었다.

"그 사람이 못된 병에 걸렸으면 좋겠어요. 엄마에게 그런 짓을 한 대가로 고통스럽게 죽어 갔으면 좋겠어요. 교수대에 매달려 바동거리는 걸 보고 싶어요. 사지가 찢겨 나가고 내장이 튀어나오는 것도 보고 싶고요. 내가 직접 그의 눈알을 뽑아 개에게 먹일 수 있으면 좋겠어요."

나는 아이를 물끄러미 쳐다보았다. 방 안의 공기에서마저 딸의 격노가 느껴졌다.

"매리언, 넌 아직 어려. 그런 끔찍한 생각을 하면 안 된다고."

그 말에 딸이 살짝 수그러드는 모습을 보였다.

"너무 무서웠어요."

"몽테뉴가 뭐라고 했지? 두려움에 대해서 말이야."

아이가 천천히 고개를 끄덕였다. 마치 몽테뉴가 방에 들어와 있기라도 한 것처럼.

"고통받을까 봐 두려워하는 사람은 이미 그 두려움으로 고통받고 있다."

나는 고개를 끄덕였다.

"자, 아빠 말 잘 들어, 매리언. 만약 네게 무슨 일이 벌어지면, 만약 네가 아빠랑 똑같아지면, 네가 남들과 달라지면, 반드시 보호막을 만들어 그 안에 숨어야 해. 호두 껍데기처럼 튼튼한 보호막을 만들어서. 오로지 네 눈에만 보이는 보호막 말이야. 아빠가 하는 말 이해하겠니?"

"네."

"호두가 돼."

"사람들은 호두를 깨서 먹잖아요."

나는 살짝 미소를 지었다. 매리언 같은 아이에게 조언하는 건 쉬운 일이 아니었다.

그날 밤, 나는 에일을 한 병 비운 후 로즈 옆에 누웠다. 우리를 사지로 몰아가고 있는 미래가 두려워졌다. 머지않아 식구들을 남겨 두고 떠날 생각을 하니 속이 울렁거려 왔다. 죽을 때까지 캔터베리로부터, 로즈로부터, 매리언으로부터, 나 자신으로부터 도망 다녀야 하는 삶. 내게 남은 여생이 얼마나 되든. 벌써 향수병에 걸려 버린 것 같았다. 나는 더 나은 미래로 이르는 길을 분주히 찾아보기 시작했다. 하지만 어쩌다 보니 그 길은 뜻하지 않은 귀향길이 되어 버리고 말았다.

오스트레일리아, 바이런 베이, 현재

브로큰헤드 가에서는 파도 소리를 꽤 선명히 들을 수 있다. 거세게 밀려든 파도가 절벽에 부딪쳐 산산이 부서지는 소리. 목조 주택에 휘발유가 뿌려지는 소리는 파도 소리에 묻혀 들리지 않는다. 나는 냄새만으로 그가 무슨 짓을 꾸미고 있는지 알아차린다.

"헨드릭, 그만둬요!"

내가 외친다. 어둠 속에서 그의 노쇠한 모습이 보인다. 구부정한 허리, 앙상하고 진이 빠진 얼굴. 꼭 청바지와 하와이안 셔츠 차림의 자코메티(1901~1966. 스위스의 조각가_역주)를 보는 듯하다. 그의 한쪽 팔은 밑으로 축 늘어져 있다. 묵직한 휘발유 통을 들고 있는 게 버거워 보인다. 하지만 그의 움직임에서는 절박한 기운이 느껴진다.

그가 멈칫하더니 멍한 눈으로 나를 돌아본다. 그의 얼굴에선 미소가 보이지 않는다. 헨드릭의 얼굴에서 미소를 볼 수 없는 경우는 매우 드물다.

"타히티 섬에서도 이 친구 집에 차마 불을 지를 수 없었다고 했지? 자네에게 마무리를 맡기는 게 아니었는데. 다행히 역사는 자기 실수를 바로잡을 줄 안다니까."

"이러지 말아요. 오마이는 위험한 존재가 아니라고요."

"나이가 들면 사람들을 꿰뚫어보는 능력뿐만 아니라 시간에 대한 통찰력도 생기게 돼 있어, 톰. 자네는 아직 그 경지에 이르지 못했지만 언젠가는 그럴 때가 올 거야. 세상 모든 것에 대한 깊은 이해가 가능해지면 시간의 양면을 꿰뚫어볼 수 있게 된다고. 과거와 미래. 왜 이런 말이 있지? '미래를 이해하려면 먼저 과거를 이해해야 한다.' 그건 뭘 모르는 사람이 지껄인 헛소리일 뿐이야, 톰. 과거를 몰라도 얼마든지 미래를 내다볼 수 있다고. 물론 전체를 다 볼 수 있는 건 아니지만. 그냥 깜빡이는 조각들만 살짝 엿볼 수 있는 거야. 뒤집힌 기억들처럼. 사람들은 과거를 잊듯 미래를 잊고 살아가지. 하지만 난 이미 충분히 봐 왔어. 이런 일을 자네에게 맡기면 안 된다는 걸 진작 알고 있었지. 자네가 어떻게 나올지 점치는 것도 어렵지 않았고."

"그런 건 중요하지 않아요. 아무것도 중요하지 않다고요."

"아니, 이건 매우 중요한 문제야. 우리는 스스로를 보호해야만 해."

"빌어먹을, 헨드릭! 이제 그런 헛소리는 집어치워요. 우리가 아니라 당신 스스로를 보호하는 길이겠죠. 당신이 원하는 건 바로 그것뿐이에요. 소사이어티도 오로지 당신 한 사람만을 위해 존재해 온 조직이었고요. 제발 이러지 말아요, 헨드릭. 더 이상

19세기가 아니잖아요. 당신은 매리언에 대해 알고 있었어요. 그런데도 내게 알려 주지 않았죠."

그가 고개를 젓는다.

"다 자네를 위해서였어. 난 약속을 지켰다고. 반드시 그 애를 찾아 주겠다고 했었지? 봐. 기어이 찾아냈잖아. 자네가 못한 걸 내가 해낸 거라고. 난 그저 해야 할 일을 했을 뿐이야. 우리 같은 사람들을 보호하는 것."

"보호한다면서 그들의 집에 불을 지르는 겁니까?"

"지금 자네는 캔버스에 코를 갖다 붙이고 있어, 톰. 조금만 물러나면 그림 전체가 한눈에 들어올 거야. 우린 그 어느 때보다도 큰 위험에 처해 있어. 베를린, 그리고 생명공학 회사들. 앞으로는 추적이 더 맹렬해질 거야. 자네도 잘 알잖아, 톰. 하루살이들은 깨달음을 얻을 수 있을 만큼 오래 살지 못해. 태어나서 성장하고 똑같은 실수를 반복하며 살아가지. 그 커다란 원이 빙빙 돌면서 세상을 점점 파괴시켜 나가고 있어. 미국을 한번 보라고. 유럽도 마찬가지고. 인터넷은 또 어떤가? 언젠가는 문명이 떠나 버리고 로마 제국은 또 다시 몰락해 버릴 거야. 미신이 돌아오고, 거짓말이 돌아오고, 마녀 사냥이 돌아오고. 그렇게 다시 암흑시대(유럽 역사의 로마 제국 말기부터 서기 1000년경까지를 이르는 기간_역주)로 돌아가게 되는 거야, 톰. 하긴, 지금껏 살아오면서 그러지 않았던 적이 한 번이라도 있었던가? 어쨌든 그래서 우리는 세상의 비밀로 남아 있어야 하는 거야."

"당신이 해 온 일은 미신을 또 다른 미신으로 대체하는 것뿐이었어요. 거짓말을 밥 먹듯이 하면서. 그리고 간신히 찾은 내 딸에게 나를 죽이라고 시켰죠."

"나 혼자만 거짓말을 해 왔다고, 톰? 정말 그렇게 생각해?"

그가 주머니에서 크롬 라이터를 꺼낸다. 다코타에서 그를 처음 만났을 때 보았던 바로 그 라이터다.

"오래 전에 담배를 끊었어. 로스앤젤레스에선 흡연이 중범죄 취급을 받고 있거든. 하지만 이건 기념품으로 지금껏 보관해 왔어. 자네가 지니고 다니는 그 페니처럼 말이야. 하지만 이 휘발유는 내 돈을 주고 사야 했지."

그가 라이터를 켠다. 순간 나는 깨닫는다. 이건 장난이 아니다. 헨드릭은 정말로 오마이를 죽이려 하고 있다. 그 다음에는 나를 죽이려 들 것이다. 그래서 매리언의 행방을 비밀에 부쳐 온 거다. 오랫동안 소사이어티에 몸담아 온 나는 그가 어떤 사람인지 잘 알고 있다. 놀라운 것은 그가 자신을 노출시켜 가면서까지 이 일을 직접 마무리지으려 한다는 사실이다. 스스로를 위험에 빠뜨리면서까지.

"오마이!"

나는 큰소리로 불러 본다.

"오마이! 오마이! 빨리 집에서 나와!"

그리고 클라이맥스가 시작된다.

크레센도의 최절정. 모든 것이 한꺼번에 폭발하는 순간. 내 인생의 모든 길이 마침내 한곳에서 교차하는 순간.

내가 헨드릭에게 달려드는 순간 어둠 속에서 누군가의 목소리가 터져 나온다.

"멈춰요!"

매리언.

헨드릭이 멈칫한다. 그가 갑자기 유약해 보인다. 숲속에서 길을 잃은 어린 소년처럼. 그가 매리언과 나를 번갈아 쳐다본다. 그때 오마이가 맨발로 뛰어나온다. 그는 나이든 딸을 끌어안고 있다.

"아주 감동적인데. 아버지와 딸이 오랜만에 뭉쳤구만. 자, 봐. 이게 바로 자네의 약점이야. 자네와 내가 다른 이유라고. 하루살이들과 같아지고 싶은 갈망 말이야. 난 그들을 부러워해 본 적이 없어. 튤립 파동이 있기 훨씬 전부터 깨달은 게 있었기 때문이지. 자유로워지려면 그 누구와도 엮이면 안 된다는 것."

그때 총성이 울린다. 그 요란한 소리가 밤하늘을 뒤흔든다. 매리언의 얼굴은 딱딱하게 굳어 있다. 호두 껍데기처럼. 하지만 그녀의 눈에서는 눈물이 쏟아지고 있다. 두 손은 덜덜 떨리는 상태다.

그녀는 표적을 정확히 명중시켰다. 그의 어깨에서 배어 나온 검은 피가 팔뚝으로 흘러내리고 있다. 하지만 그는 멈추지 않고 통을 머리 위로 번쩍 들어 자신의 몸에 휘발유를 끼얹기 시작한다.

"이제 보니 이카로스는 바로 나였구만."

그가 휘발유 통을 떨어뜨리고 라이터를 자신의 가슴으로 가져간다. 그의 얼굴에는 희미한 미소가 머금어져 있다. 자신의 운명을 덤덤히 받아들인다는 의미다. 이런 결말에 만족한다는 의미. 그의 몸에서 맹렬한 불길이 번져 나간다. 불붙은 몸뚱이가 집으로부터 떨어진다. 그는 바다를 향해 나아가는 중이다. 절벽으로.

그는 제멋대로 난 풀을 짓이기며 절벽 끝으로 다가간다. 그의 발이 닿을 때마다 그슬린 풀에서 연기가 피어오른다. 그의 몸에서 튀는 불꽃들이 자그마한 반딧불이들을 연상시킨다. 그는 계속 걸음을 옮겨 나간다. 망설임도, 반성도, 고통스러운 비명도 없다. 비틀대며 나아가는 그에게서는 기어이 자신의 의지대로 생을 마감하겠다는 듯한 투지가 엿보인다.

"헨드릭?"

나는 불러본다. 왜 그의 이름이 질문처럼 튀어나왔는지 모르겠다. 어쩌면 최후의 순간까지도 위대한 수수께끼로 남으려는 그의 의지 때문인지도 모른다. 지금껏 오랜 세월을 살아왔지만 세상에는 아직도 나를 놀라게 하는 것들이 많다.

"오, 맙소사. 오, 맙소사, 오, 맙소사……."

오마이가 중얼거리며 딸을 잔디에 내려놓는다. 헨드릭에게로 달려가려는 모양이다.

"가지 말아요!"

매리언이 말한다. 그녀의 손에는 아직도 총이 쥐어져 있었다. 순간 깨달음이 찾아든다. 그녀를 보내 나를 죽이려 했던 헨드릭. 그는 그녀 어머니의 얼굴에 침을 뱉었던 사람이었다. 매리언이 그토록 증오했던 바로 그 남자. 내가 미처 복수하지 못한 윌리엄 매닝이기도 했고. 지금껏 우리를 괴롭혀 온 모든 이가 바로 헨드릭이었던 것이다.

"그냥 놔둬요. 저 개자식은 죽어 마땅해요. 멀리 물러나 있어요. 절대 달려가서 도와주지 말아요. 그냥 내버려 두라고요."

우리는 그녀가 시키는 대로 한다. 한동안 정적이 흐른다. 지나가는 차들도 없고, 아무것도 보이지 않는다. 이 광경의 유일한 목격자는 언제나 그렇듯 입을 딱 벌리고 내려다보는 달뿐이다. 불길에 휩싸인 채 걸어 나가던 헨드릭이 마침내 절벽 아래로 떨어져 버린다. 불빛이 사라지자 다시 칠흑 같은 어둠이 내려앉는다. 마치 꿈을 꾼 듯한 기분이다.

그가 살았던 세상과 그가 죽고 나서의 세상. 그 두 공간의 경계는 아득하게 들려오는 파도의 속삭임만큼이나 덧없게 느껴진다.

죽음은 눈 깜빡할 새 벌어진다. 삶과 마찬가지로. 그냥 눈을 감고 헛된 두려움을 흘려버리면 된다. 공포에서 해방되고 난 뒤엔 스스로에게 자문해 본다. 나는 누구인가? 아무 의심 없이 살 수 있다면 과연 나는 무엇을 할 수 있을까? 골탕 먹을 걱정 없이 한껏 친절할 수 있을까? 상처받을 걱정 없이 한껏 사랑할 수 있을까? 내일 걱정 없이 오늘을 만끽할 수 있을까? 사랑하는 사람들을 속속 앗아갈 무정한 시간을 두려워하지 않고 살아갈 수 있을까? 물론이다.

그럼 나는 어떻게 해야 하나? 누구를 챙기며 살아야 하나? 누구와 싸우며 살아야 하나? 어느 길을 골라 내려가야 하나? 어떤 기쁨을 누리며 살 것인가? 또 어떤 내면의 수수께끼가 던져질 것인가? 한마디로, 어떻게 살아갈 것인가?

런던, 현재

매리언.

내 딸. 로즈의 딸.

내게는 아직도 작고 사랑스러운 아이일 뿐이야.

사람들은 다들 그런다지? 자식들이 장성한 후에도. 하지만 애석하게도 매리언의 경우는 다르다. 그녀는 더 이상 작고 사랑스러운 아이가 아니다.

물론 어릴 적에도 지금과 같은 남다른 면이 있었다. 예민한 감성, 탁월한 지능. 책벌레 기질. 자신을 욕보인 이들을 이 세상 끝까지라도 따라가 처절히 응징하겠다는 의지.

하지만 지금 그녀에게는 내가 모르는 수천 가지의 새로운 면이 있다.

우리는 더 이상 태어났을 때의 우리가 아니다. 지금의 우리는 세월이 빚어낸 결과물이다. 인생이 깎고 다듬어 온 작품. 그녀는 태어나 사백 년을 살아왔다. 그러니 얼마나 달라져 있겠는가.

그녀는 에이브러햄을 무서워한다. 과거에 무슨 일이 있었는지 모르지만 아무튼 개가 죽을 만큼 싫어졌다고 한다.

에이브러햄은 그녀를 좋아한다. 하지만 매리언은 녀석과 최대한 떨어져 있으려고만 한다. 틈날 때마다 경계의 눈초리로 개를 쳐다보면서.

그녀는 자신의 과거를 허심탄회하게 털어놓는다. 런던과 하이델베르크와 로스앤젤레스 외에도 많은 곳을 겪어 봤다고 한다. 생애 처음으로 밟아 본 외국 땅은 루앙이었다나. 매리언은 그곳을 찍고 보르도로 갔다. 프랑스어에 능통하기도 했지만 무엇보다도 몽테뉴를 워낙 좋아했기 때문에. 그 후에는 암스테르담과 밴쿠버와 스코틀랜드에 차례로 둥지를 틀었다. 1840년대부터 약 백 년 동안은 스코틀랜드에서만 살았다. 물론 거기서도 한곳에만 머무르지는 않았다. 북부 산악 지방. 파이프의 이스트 눅. 셰틀랜드. 에든버러. 그녀는 방직공으로 일했었다. 자신의 전용 베틀도 있었다고 한다.

"순회 방직공이었죠."

매리언이 웃음을 터뜨리며 말한다.

그녀는 우울증 치료를 위해 항우울제 시탈로프람을 먹고 있다고 한다.

"그걸 먹으면 정신이 멍해지지만 어쩔 수 없어요."

그녀는 늘 요상한 꿈에 시달린다고 한다. 종종 공황발작도 일으키고. 악순환이다. 그녀는 오스트레일리아에서 돌아오는 비행기 안에서도 발작을 일으켰었다. 하지만 나는 거의 알아차리지 못했다. 그녀가 아무 문제도 없어 보일 정도로 차분한 모습을 유지했기 때문이었다.

우리는 무탈하게 오스트레일리아를 탈출할 수 있었다. 그녀는 헨드릭과 같은 비행기로 오스트레일리아에 입국하지 않았다. 또 그의 시체가 발견되지 않아 법적으로 발목 잡힐 일도 없었다. 예상대로 그는 또 다른 신원으로 오스트레일리아에 발을 들여놓았다. 때문에 그는 애초에 존재하지 않았던 유령 방문객이 되어 버린 것이다. 일생을 거짓으로 살아온 그는 죽어서도 영원히 풀리지 않을 미스터리로 남게 되었다.

나는 오마이에게 작별인사를 했다. 나중에라도 분위기가 심상치 않아지면 다른 곳을 알아보라고 조언했고, 그는 생각해 보겠다고만 대꾸했다. 그는 결코 그곳을 떠나지 않을 것이다. 그게 무슨 의미인지는 오직 미래만이 알고 있다.

나는 이메일을 쓴다. 조심스레 내용을 작성한 후 '전송' 버튼을 누르기 전에 마지막으로 한 번 더 읽어 본다. 정부가 지원하는 생명공학 회사, 스톱타임의 크리스틴 큐리알 사장에게 띄우는 이메일이다. 그곳은 질병과 노화의 원인인 세포 손상을 막는 방법을 연구하는 회사다. 헨드릭이 그토록 경계해 왔던 회사들 중 하나.

크리스틴,

나는 439살이에요. 증명할 수 있습니다.

당신의 연구를 돕고 싶어요.

톰

나는 시로스 사진과 팔뚝의 흉터가 선명히 보이는 셀피를 이메일에 첨부한다. 그러곤 이메일을 한동안 들여다보다가 전송하는 대신 임시 보관함에 넣어 둔다. 누가 이런 황당한 주장을 믿어 주겠는가? 나중에 또 기회가 있을 것이다.

매리언은 말이 없다. 이따금 입이 열릴 때면 말보다 욕이 더 많이 튀어나온다. 욕을 즐기는 걸 보니 그레이스 이모를 닮은 모양이다. 그녀는 특히 '좆같다(motherfucker)'라는 욕을 즐겨 쓴다. (그 애 이모가 살던 시절에는 들을 수 없었던 욕이었지만.) 매리언에게는 모든 것이 좆같이 느껴지는 모양이다. TV도 좆같고. ("이 좆같은 건 틀어도 볼 게 없어요.") 신발도 좆같고. 미국 대통령도 좆같고. 베틀로 옷감을 짜는 것도 좆같고. 버트런드 러셀의 『서양 철학사』도 좆같고.

그녀는 1963년부터 1999년까지 마약 중독자로 살았었다고 고백한다.

"오. 그게……, 음…….."

내가 웅얼거린다. 아버지 노릇을 해야 할 타이밍이지만 그게 쉽지가 않다.

그녀는 당분간 나와 같이 지내기로 했다. 지금 그녀는 에이브리햄으로부터 멀리 떨어진 의자에 앉아 전자담배를 뻐끔대며 옛날 노래를 흥얼거리고 있다. 아주 오래된 노래. 존 다울런드의 〈흘러라, 눈물이여〉라는 곡이다. 딸이 어렸을 때 류트로 연주해 준 적이 있었다. 아이가 파이프 부는 법을 배우기 훨씬 전에. 그녀는 옛이야기를 하지 않는다. 나도 굳이 꺼내지 않는다. 그녀의 목소리에서 부드러운 비브라토가 느껴진다. 단단한 껍질에 감춰진 속은 아직도 말랑거렸다.

"엄마가 그리워요?"

매리언이 묻는다.

"죽을 만큼 보고 싶어. 이토록 오랜 세월이 흘렀는데도 말이야. 우습지?"

그녀가 슬픈 미소를 지으며 전자담배를 한 모금 빤다.

"살아오면서 다른 여자는 없었나요?"

"아니, 거의 뭐……."

"거의?"

"몇 세기 동안 아무도 없었어. 하지만 지금 학교에 누군가가 있긴 해. 카미유. 그녀가 마음에 들긴 하는데 내가 우리 관계를 돌이킬 수 없게 망쳐 놓은 것 같아."

"사랑은 원래 좆같은 거예요."

나는 한숨을 내쉰다.

"네 말이 맞아."

"그냥 가서 솔직하게 말해 봐요. 아빠가 실수했다고. 왜 그런 실수를 하게 됐는지 솔직하게 설명하면 될 거예요. 솔직해서 나쁠 건 세상에 없다고요. 뭐 정신병원으로 끌려가게 될 수도 있긴 하지만. 그래도 가끔은 그게 유일한 해결책일 때가 있어요."

"솔직한 것도 좆같아."

나는 말한다. 그녀가 웃음을 터뜨린다. 그러다 잠시 침묵에 잠긴다. 무언가를 떠올리는 모양이다.

"나는 원하는 만큼이 아니라 지나칠 만큼의 진실을 말한다. 그리고 나이가 들수록 그 대담함은 커져만 간다."

"혹시 그것도……?"

"몽테뉴가 한 말이에요."

"와, 아직도 몽테뉴를 좋아해?"

"지금 보면 좀 아니다 싶은 부분도 있지만 뭐, 괜찮아요. 누가 뭐래도 그는 현인이었잖아요."

"너는? 지금껏 살아오면서 아무도 없었던 거야?"

"당연히 있었죠. 몇 명 사귀어 봤는데 다 별로였어요. 그냥 나 혼자 지내는 게 좋아요. 이게 더 행복해요. 누군가와 함께 산다는 게 쉬운 일이 아니더라고요. 내 '몸 상태'도 있고. 게다가 대부분의 남자들은 내게 실망만 줬어요. 몽테뉴가 그랬죠? 자신에게 자신을 내주는 것이 인생이라고. 나도 그렇게 살려고 애쓰는 중이에요. 독서, 그림 그리기, 피아노 연주. 구백 살 먹은 노인 쏴 죽이기."

"피아노도 칠 줄 알아?"

"파이프 부는 것보다 재밌던데요."

"아빠도 칠 줄 아는데."

흐뭇한 순간이다. 오스트레일리아에서 돌아온 후 처음으로 나눠 보는 대화다운 대화다.

"입술 피어싱은 언제 한 거야?"

"삼십 년 전쯤에요. 그땐 이게 유행이 아니었어요."

"아프지 않아?"

"아뇨. 이게 이상한가요?"

"난 네 아빠야. 딸에게 관심을 보이는 건 당연한 일이라고."

"문신도 했어요."

"봤어."

"어깨에 하나 있는데, 볼래요?"

그녀가 스웨터를 살짝 내려 어깨를 드러낸다. 나무. 그 밑에는 〈푸른 숲 나무 아래〉라는 문구가 새겨져 있다.

"아빠를 기억하려고 새겼어요. 아빠가 이 노래를 가르쳐 줬잖아요. 기억나요?"

나는 미소를 짓는다.

"기억나."

그녀는 아직도 시차 적응 중이다. 나 역시 마찬가지고. 딸과 함께 살고 싶지만 매리언은 런던이 싫단다. 이곳에서는 공황장애가 생긴다면서. 언제 또 병원에 잡혀 들어갈지도 모르고. 그녀는 셰틀랜드 제도의 페틀러라는 섬에 집이 한 채 있다고 알려 준다. 1920년대에 살았던 집인데 아직도 버려진 채 그곳에 남아 있다고 했다. 아무래도 그곳으로 돌아갈 모양이다. 그녀는 수중에 돈이 조금 있다면서 방학이 끝나는 대로 이곳을 떠나겠다고 한다. 슬프지만 딸의 입장이 이해는 된다. 나는 자주 찾아

가겠다고 약속한다.

"거기선 시간이 흐르지 않아요. 섬에서는. 거기서는 내가 정상인처럼 느껴져요. 아무래도 늘 변치 않는 자연에 에워싸여 사니까요. 도시 생활은 너무 버거워요. 매일 너무 많은 일들이 벌어지잖아요."

매리언이 말한다. 그녀의 손이 가볍게 떨린다. 딸이 그 동안 어떤 고초를 겪으며 살아왔는지 궁금하다. 끝내 털어놓지 않은 사연들. 미래도 궁금하다. 우리 부녀나 오마이가 앨버들의 비밀을 세상에 폭로한 후 그녀에게 무슨 일이 있을지. 또 내게는 무슨 일이 있을지.

하지만 미래를 알 수는 없다. 뉴스를 보며 공포에 떠는 것과는 차원이 다른 문제다. 미래는 그런 것이다. 누구도 점칠 수 없다. 언젠가는 그 사실을 인정해야만 한다. 더 이상 앞을 보려 하지 말고 현재에만 집중해야 한다.

에이브러햄이 소파에서 내려와 주방으로 슬그머니 들어간다. 그제야 매리언이 다가와 내 옆에 앉는다. 딸을 살며시 안아주고 싶다. 아버지답게. 하지만 왠지 딸이 거부 반응을 보일 것만 같다. 망설이고 있을 때 그녀가 내 어깨에 살며시 손을 얹는다. 마차 안에서 열 살 된 딸의 자그마한 머리가 내 어깨에 기대어졌던 순간이 떠오른다. 모든 게 끝났다고 믿었던 순간. 하지만 지금은 모든 게 새로 시작되려 하고 있다.

시간은 가끔 이렇게 우리를 놀라게 한다.

나는 자전거를 타고 학교로 향한다.

혼자서 본관으로 들어가는 안톤의 모습이 눈에 들어온다. 아이는 헤드폰을 낀 채 책을 보는 중이다. 제목은 보이지 않지만 책이 분명하다. 책을 읽는 사람을 보면, 특히 예상치 못했던 사람이 그러는 걸 보면 문명이 조금 더 안전해졌다는 기분이 든다. 소년이 고개를 들고 나를 바라보며 손을 흔든다.

나는 이 일이 좋다. 교사보다 더 보람 있는 직업은 아마 없을 것이다. 누군가를 가르치는 것은 시간의 수호자가 되는 것과도 다르지 않다. 아직 미숙한 정신들을 정성껏 빚어내는 것으로 미래의 행복을 지키는 일이니까. 셰익스피어를 위해 류트를 연주하거나 시로스에서 피아노를 치는 것과는 또 다른 차원의 일이지만, 내가 이 직업에 느끼는 애착은 그것들에 전혀 뒤지지 않는다.

내가 앨버들의 진실을 폭로한 후 얼마나 더 오랫동안 교사로 일할 수 있을지는 모른다. 일주일? 한 달? 십 년? 그건 알 길이 없다. 하지만 아무래도 상관없다. 어차피 인생의 모든 것은 불확실하니까. 바로 그것이 우리가 가끔 과거로 돌아가고 싶어 하는 이유다. 잘 알기 때문에. 아니, 잘 안다고 믿기 때문에. 언젠가 들어 본 노래처럼.

과거를 생각하는 건 좋은 일이다.

1905년, 조지 산타야나라는 철학자가 말했듯 과거를 기억하지 못하는 사람들은 과거의 과오를 반복하게 된다. 한없이 반복되는 끔찍한 잘못들. 사람들이 교훈을 얻지 못했다는 사실은 요즘 뉴스만 봐도 쉽게 확인할 수 있다. 이십일 세기는 그렇게 이십 세기의 허접한 버전이 되어 가는 중이다.

하지만 과거를 들여다볼 수는 있어도 돌아갈 수는 없다. 불가능한 일이다. 나는 두 번 다시 숲속 나무 아래 앉아 어머니가 불러 주는 노래를 들을 수 없다. 정처 없이 페어필드 가를 걷다가 시장에서 과일을 팔고 있는 로즈와 그녀의 동생을 발견하는 것도, 런던 브리지를 건너 엘리자베스 1세 시대의 서더크로 들어서는 것도, 채플 가의 검은 집에서 로즈에게 위로의 말을 건네는 것도 이제는 불가능한 일이 되어 버렸다. 작고 사랑스러운 매리언을 다시 보는 것도.

지도가 없던 시절로 돌아갈 수도 없고, 눈 내리는 빅토리아 시대의 거리를 걷다가 허친슨 박사를 찾아가지 않겠다고 마음을 고쳐먹을 수도 없다. 그리고 1891년으로 돌아가 과거 속 나에게 아그네스를 따라 에트루리아 호에 오르지 말라고 당부하는 것도 불가능하다.

창턱에 앉아 있던 노란 새 한 마리가 푸드덕 날아가 버린다. 그것이 자연의 섭리다. 모든 것의 첫 경험은 일생에 딱 한 번뿐이다. 사랑, 키스, 차이콥스키, 타히티 섬의 일몰, 재즈, 핫도그, 블러디 메리. 누구도 거스를 수 없다. 역사는 일방통행로다. 무조건 앞을 향해서만 나아가야 한다. 하지만 그렇다고 늘 먼 앞을 내다볼 필요는 없다. 가끔은 주위를 둘러보며 현재에 만족하는 게 필요하다.

나는 더 이상 두통에 시달리지 않는다. 오스트레일리아에 다녀온 후로 깨끗이 사라져 버렸다. 그럼에도 나는 불안함을 떨쳐내지 못하고 있다.

교무실 창문 안에서 카미유가 나를 내다보고 있다. 그녀 얼굴에 머금어진 미소가 이내 언짢은 표정으로 바뀐다. 어쩌면 그것은 두려움의 표정인지도 모른다. 나는 멍하니 서서 기다린다. 그녀에게 모든 걸 털어놓을 시간이 왔다. 내가 누구인지 솔직하게 들려줄 것이다. 헨드릭에 대해서도, 그리고 매리언에 대해서도. 나중에 또 다른 공원 벤치가 그 기회를 만들어 줄지도 모른다. 글쎄. 아직은 잘 모르겠지만.

하지만 이제부터 나는 숨어 살지 않을 것이다. 나의 비밀이 주변 사람들에게 상처를 주는 일이 없도록 할 거다.

그래.

때가 왔다.

살아야 할 때가.

나는 이스트런던의 공기를 폐 안 가득 들이마신다. 오늘 공기는 그 어느 때보다도 신선하게 느껴진다. 나는 십대 아이들 틈에 섞여 1960년대에 지어진 칙칙한 학교 건물로 들어선다. 한동안 잊고 있었던 묘한 기분이 되돌아온다.

무언가가 시작되는 기분.

나는 보살피고, 아파하고, 위험을 무릅쓸 준비가 되어 있다.

2분 후, 그녀가 눈에 들어온다. 카미유.

"어서 와요."

그녀가 말한다. 정중하고 사무적인 어투다. 카미유의 눈빛은 내게 해명을 요구하고 있다. 물론 나는 피하지 않을 것이다. 지금까지는 차마 할 수 없었던 일들을 이제는 당당히 해 나갈 거다. 우선 내가 누구인지 설명하는 것부터.

그녀를 앞에 두고 있으니 이상한 기분이 든다. 세상의 모든 것을 이해할 수 있는, 전에 없던 능력이 생긴 것 같다. 바로 직전의 순간들뿐만 아니라 먼 앞날까지도 훤히 꿰뚫어볼 수 있을 것 같다. 마치 온 우주가 자그마한 모래알 안으로 들어온 듯하다.

한 세기 전, 아그네스가 파리에서 했던 말이 떠오른다. 그리고 얼마 전 메리 피터스가 들려주었던 말도. 이제는 나도 시간을 완전히 이해할 수 있게 된 것이다. 과거와 현재와 미래를. 고작 1초에 불과한 짧은 시간이지만 왠지 그 안에서는 카미유의 눈을 영원히 들여다볼 수도 있을 것 같다.

프랑스, 라 포레 퐁스, 미래

학교 복도에서 카미유와 마주보고 있었던 순간으로부터 이년 후.

프랑스.

퐁스 인근 숲은 여전히 제자리를 지키고 있다. 한때 자주 찾았던 곳.

에이브러햄은 많이 늙었다. 녀석은 지난달에 신장 결석을 제거하는 수술을 받았다. 그리고 아직까지도 기력을 회복하지 못하고 있다. 하지만 오늘은 유난히 행복해 보인다. 지금도 사방에서 풍겨오는 수천 가지 냄새를 맡아 대느라 정신이 없다.

"난 아직도 두려워요."

나는 말한다. 우리는 에이브러햄과 너도밤나무 숲을 산책하고 있다.

"뭐가요?"

카미유가 묻는다.

"시간."

"시간이 왜 두렵죠? 당신은 영원히 살 수 있잖아요."

"맞아요. 하지만 당신은 그럴 수 없잖아요."

그녀의 걸음이 뚝 멎는다.

"이상해요."

"뭐가요?"

"당신이 그 많은 시간을 미래를 걱정하는 데 쏟아 붓는 거 말예요."

"그럴 수밖에 없잖아요. 미래가 다가오는 걸 막을 수 없으니."

"그래요. 막을 수 없죠. 하지만 암울한 미래만 있는 건 아니잖아요. 봐요. 우리를 한번 보라고요. 이곳을. 이게 미래잖아요."

그녀가 내 손목을 잡고 내 손을 자신의 배에 얹어놓는다.

"자, 느껴져요?"

느낌이 온다. 신기한 움직임. 네가 발로 차고 있는 거야. 바로 너. 매리언의 여동생.

"느껴져요."

"그것 봐요."

"하지만 언젠가는 이 아이도 나보다 늙어 보일 거예요."

그녀가 다시 걸음을 멈춘다. 그리고 나무들 사이를 가리킨다. 사슴 한 마리가 보인다. 녀석은 한동안 미동도 없이 서서 우리를 쳐다보다가 어딘가로 달아나 버린다. 에이브러햄이 개줄을 잡아끈다. 하지만 그다지 의욕은 없어 보인다.

"앞으로 우리에게 무슨 일이 벌어질지는 모르겠어요. 발작 없이 오늘 오후를 무사히 보낼 수 있을지도 모르겠고요. 그걸 누가 알겠어요?"

카미유가 말한다. 그녀는 방금 전까지 사슴이 버티고 서 있었던 곳을 응시하고 있다.

"맞아요. 그걸 누가 알겠어요?"

나도 사슴이 있었던 곳으로 시선을 가져간다. 사슴은 사라졌지만 녀석 때문에 달라진 공간은 원래 상태로 되돌아가지 않았다. 기억이 그렇게 만들어 놓은 것이다.

"당신은 이제 자유의 몸이에요. 하지만 삶을 누리려면 먼저 그것을 감동시켜야 해요."

"그게 무슨 뜻이에요? 어디서 인용한 거죠?"

나는 묻는다.

"피츠제럴드."

우리는 계속 걸음을 옮겨 나간다.

"그를 만나 본 적 있어요."

"알아요."

"셰익스피어와도 알고 지냈어요. 존슨 박사도 만나 봤고요. 조세핀 베이커가 춤추는 것도 본 적 있어요."

"잘난 척이 심하군요."

"사실이에요."

"이름 얘기가 나와서 말인데요."

그녀가 고르지 않은 이 길에 발을 내딛는 것만큼이나 조심스레 입을 연다.

"그동안 많은 생각을 해봤어요. 당신이 어떻게 생각할지 모르겠지만…… 우리 딸 이름을 소피라고 짓는 건 어때요? 우리 할머니 이름을 따서. 소피 로즈."

"로즈?"

그녀가 내 손을 잡으며 확신에 찬 목소리로 말한다.

"난 늘 그 이름을 마음에 들어 했어요. 예쁜 꽃 이름이기도 하고, 당당히 '일어섰다(rose)'는 의미로도 볼 수 있잖아요. 더 이상 숨지 않고 당당히 살 수 있게 된 지금의 당신처럼 말예요. 그래요. 나도 알아요. 남편 전처의 이름을 자기 아이에게 붙여 주는 게 이상하긴 하지만…… 이미 사 세기 전에 살다 간 사람을 어떻게 질투할 수 있겠어요? 게다가 난 그녀를 좋아해요. 그녀 덕분에 지금의 당신이 있는 거니까. 우리 아이에게도 좋을 것 같지 않아요? 생각해 보면 보통 이름이 아니잖아요."

"맞아요."

우리는 숲속에 멈춰 서서 입을 맞춘다. 나는 그녀를 사랑한다. 이보다 더 큰 사랑은 없을 것이다. 그녀를 사랑할 수 없을지도 모른다는 두려움이 그녀를 잃을지도 모른다는 두려움을 이긴 거다. 오마이가 옳았다. 정답은 삶을 택하는 것이다.

"다 잘될 거예요. 설령 그렇지 않다 해도 걱정 말아요. 우린 어떤 역경도 헤쳐 나갈 수 있으니까."

그녀의 말도 옳다. 가끔 미래가 살짝 엿보일 때가 있다. 바로 눈앞에 서있는 남편의 얼굴도 알아보지 못하는 그녀의 모습. 로즈가 그랬던 것처럼 창백하고 앙상한 몰골로 내 손을 잡고 있는 임종 직전의 그녀의 모습. 그녀가 세상을 떠난 후 나를 덮쳐올 압도적인 비탄도 느껴진다.

내가 그럴 수 있다는 걸 그녀도 안다. 하지만 그녀는 우리의 앞날을 궁금해하지 않는다. 그녀가 옳다. 누구도 미래를 막을 수는 없다. 그리고 모든 순간은 영원히 지속된다. 어딘가에서. 그리고 어떻게든. 우리도 그 안에 담겨 영원히 살아간다. 키스를 하며. 좋은 성적을 거둔 안톤을 칭찬하면서. 매리언의 셰틀랜드 집에서 딸과 위스키를 나누면서. 우레 같은 포화 소리 속에서 몸서리를 쳐 대면서. 빗속에서 퍼노 선장과 대화를 나누면서. 행운의 동전을 꼭 쥐고서. 로즈와 함께 마구간을 지나쳐 걸으면서. 플라타너스 씨들이 빙그르르 돌며 떨어지는 바로 이 숲에서 어머니가 들려주는 노래를 들으면서.

세상에는 오직 현재만이 존재할 뿐이다. 지구상의 모든 물체에 유사하거나 교체 가능한 원자가 담겨 있듯, 시간의 모든 조각에도 우리 모두가 고스란히 담겨있다.

그렇다.

이제 분명해졌다. 현재는 매 순간 속에서 영원히 이어진다. 그리고 우리에게는 아직 살아야 할 현재가 많이 남아 있다. 이제는 이해할 수 있다. 얼마든지 자유로워질 수 있다는 것을. 시간의 지배로부터 완전히 해방되면 비로소 시간을 멈출 수 있다는 것을. 더 이상 나는 과거에 사로잡히지 않을 것이다. 미래를 두려워하지도 않을 거고. 왜?

내가 바로 미래니까.

감사의 말

이 책을 읽어 주셔서 감사합니다. 이 말부터 하고 싶었습니다. 여러분이 읽어 주셨기에 마침내 진정한 책이 된 것입니다. 제가 꿈을 이룰 수 있게 해 주셔서 대단히 감사합니다. 여러분이 재밌게 읽으실 수 있고, 저 또한 즐겁게 쓸 수 있는 책을 쓰고 싶었습니다.

다른 건 몰라도 후자는 달성했습니다. 지금껏 이토록 즐겁게 책을 써 본 적은 없었습니다. 제게는 시간 여행이기도 했고, 심리 치료이기도 했습니다. 물론 정신과 의사에게 바칠 돈도, 드로리언(영화 〈백 투 더 퓨처〉에 나오는 타임머신)도 필요하지 않았습니다.

또 다른 소설 『휴먼: 어느 외계인의 기록』을 집필하는 동안 이 소설의 아이디어가 떠올랐습니다. 그 책은 우리 인간의 작지만 환상적인 삶을 우주의 엄청난 맥락 속에 담아내는 내용의 소설이었습니다. 공간을 테마로 한 소설을 쓰다 보니 다음에는 시간을 테마로 한 소설을 써 보고 싶어졌습니다. 시간은 우리에게 위안을 주기도 하지만 압도적인 공포를 안겨 주기도 합니다.

또한 우리로 하여금 우리 인생의 스케일과 소중한 순간 순간의 어우러짐을 깨달을 수 있게도 해 주죠.

하지만 마음이 굴뚝같다고 글이 술술 써지는 건 아닙니다. 제게 프랜시스 빅모어 같은 편집자가 있다는 사실이 정말로 행복합니다. 그는 늘 제가 무엇을 하고 싶어 하는지 그 본질을 이해하고, 그 목표를 달성할 수 있도록 지원을 아끼지 않습니다. 제게 쓰고 싶은 글을 마음껏 쓸 수 있게 배려해 주시고, 성심껏 책으로 만들어 주시는 제이미 빙을 비롯한 캐논게이트의 모든 분들께도 감사의 뜻을 전하고 싶습니다. 여기서 특별히 언급해야 할 분들이 계십니다. 제니 토드, 제니 프라이, 피트 애들링턴, 클레어 맥스웰, 조 딩글리, 닐 프라이스, 안드레아 조이스, 캐롤라인 클락, 제시카 닐, 앨리스 쇼틀랜드, 앨런 트로터, 로나 윌리엄슨, 그리고 메건 리드.

클레어 콘빌 같은 훌륭한 에이전트를 둔 것 역시 제게는 큰 행운입니다. 그녀 덕분에 제 어설픈 원고들이 그럴듯한 커리어로 쌓여올 수 있었습니다.

또한 프랑스어를 손질해 주신 캐서린 보일, 커크 맥켈런, 그리고 조앤 해리스, 흥미로운 역사적 지식이 가득 담긴 이메일을 통해 틈틈이 시간여행을 시켜 주신 그렉 제너에게도 감사의 말씀을 전합니다. 물론 이 소설을 영화로 만들 생각을 해 주신 베네딕트 컴버배치와 스튜디오카날, 그리고 써니마치의 모든 분들께도 감사의 뜻을 표합니다.

누구보다도 제 아내이자 친구인 안드레아 셈플에게 감사한 마음입니다. 제가 쓰는 모든 책을 가장 먼저 읽고 솔직하게 평해 주거든요. 매일 제게 영감을 안겨 주는 소중한 존재이기도 하고요. 항상 시간을 멈추고 싶게 만드는 유일한 사람입니다.

고맙습니다.